小城

Die kleine Stadt

[德] 亨利希 · 曼 著
常克强 华宗德 译

上海译文出版社

图书在版编目(CIP)数据

小城/(德)曼著;常克强,华宗德译.—上海:
上海译文出版社,2015.6
ISBN 978-7-5327-6833-2

Ⅰ.①小… Ⅱ.①曼… ②常… ③华… Ⅲ.①长篇小
说—德国—现代 Ⅳ.①I516.45

中国版本图书馆CIP数据核字(2014)第264459号

Heinrich Mann
DIE KLEINE STADT
Aufbau-Verlag Berlin

小城
〔德〕亨利希·曼 著 常克强 华宗德 译
策划/裴胜利 责任编辑/裴胜利 装帧设计/胡 枫

上海世纪出版股份有限公司
译文出版社出版
网址:www.yiwen.com.cn
上海世纪出版股份有限公司发行中心发行
200001 上海福建中路193号 www.ewen.co
杭州恒力通印务有限公司印刷

开本 890×1240 1/32 印张 17 插页 5 字数 231,000
2015年6月第1版 2015年6月第1次印刷
印数:0,001—4,000册

ISBN 978-7-5327-6833-2/I·4133
定价:56.00元

译本序

亨利希·曼(1871—1950)，20世纪最重要的批判现实主义作家，出生于德国吕贝克一望族家庭，是德国另一位大文豪、1929年诺贝尔文学奖获得者托马斯·曼的胞兄。亨利希·曼14岁起先后在德累斯顿一家书店和柏林的费希尔出版社工作，后在柏林、慕尼黑的大学学习，其间开始尝试美术和文学创作，发表了许多观感、随笔和小说。1893年至1898年他旅居意大利，这一经历极大地丰富了这位年轻作家笔下的人物形象，创作了一系列以意大利为背景的作品，并于1909年完成了他早期的巅峰之作《小城》。

20世纪初由于战乱和革命的影响，19世纪末兴起的社会批判文学有了进一步发展，形成颇有声势的现实主义文学潮流。亨利希·曼与其胞弟托马斯·曼(1875—1955)的创作正体现这一趋势：反映时代问题的深刻性和文学的强烈个性化，从而繁荣了20世纪的批判现实主义，使德国现代文学对世界做出重大贡献。托马斯·曼1897年在意大利着手创作他的第一部长篇小说《布登勃洛克一家》，1929年获诺贝尔文学奖，这是德国批判现实主义的伟大成就之一，这一巨大成功文学史认为“要归功于亨利希·曼培育了他的文学爱好”。有文学史书籍称：“托氏兄弟俩是20世纪德国文坛一对璀璨的双子星。”

《小城》叙述第一次世界大战前发生在意大利一个小城的故事：一歌剧团应律师贝洛蒂之邀，时隔48年后第一次来访演出，这让全城居民翘首以待，急盼观看。但此事进展却不如人意，就演出问题产生了两种截然不同的意见：代表民主势力的律师一方主张演出，认为它会给小城带来生气和商机；代表守旧势力的唐·塔代奥神父一派则反对演出，认为它会败坏城市的风气和道德。之后也的确发生了一些意想不到的情况：小城的男性公民追求剧团的女歌唱家，剧团里的男高音则对全城最漂亮的姑娘一见钟情，最主要的是小城平时隐藏着的矛盾借此时机都充分暴露了出来……结果支持演出的势力占上风。演出当晚，唐·塔代奥神父指使教堂仆役敲响大钟，以达到破坏演出的目的，贝洛蒂律师则派武装力量前去阻止，于是剧场里两派民众发生了争吵和斗殴，场面十分混乱；事后，剧团住地又突发火灾，情势十分蹊跷。在做礼拜时，唐·塔代奥被女演员伊塔利阿的言行所感动，承认自己出于嫉妒而放了火，认识到两派争斗导致小城混乱是自己的过错，为此表示了忏悔，并决定与对立派和解，呼吁市民保持和平。形势的突变使演出取得了圆满成功，四周后剧团也顺利地离开了小城。

《小城》所描写的实际上不是个别的人，而是民主这一集体，作者本人解释这个作品时说："在这里响彻的乃是高尚的民主之歌。"小说最后双方的和解并不是通过斗争，而是通过爱和谅解。从中我们也可以看出，作者也希望通过爱和谅解来调和人际关系的对立，解决世上的一切矛盾和纷争。其次，小说通过民主的进步势力和保守的反动势力之间的激烈斗争，真实地反映了第一次世界大战前夕意大利的政治格局和社会状态，第一次预见性地指出了法西斯主义在意大利，乃至在欧洲崛起的可能性。小说中描写的人物有近百位之多，均是各阶层的代表，他们形象各异，性格迥然，栩栩如生，也真实地再现了当时意大利整个社会的人文历史和市井面貌。作者在行文风格和艺术特点上，善于运用讽刺的笔调来刻画人与事，进而达到深刻的揭露；同时广泛使用夸张和对比的手法，把主人公的内心世界和外形特征淋漓尽致地展露在读者面前。

亨利希·曼一生经历了德国的君主政体、魏玛共和国、第三帝国和二战结束后初期的重大历史阶段，在这长达半个多世纪的创作生涯中，他创作了19部长篇小说，55篇中、短篇小说，11部剧本和大量的政论、散文。《小城》的出版使他的早期作品达到了巅峰，其胞弟托马斯·曼说："《小城》是长兄早期的最佳作品。"作家本人也认为："《小城》是我旅居意大利最成熟、最精美的成果。"

受现实主义文学传统的影响，亨利希·曼的小说主题大都是披露世俗社会的种种丑恶，抨击德国社会的专制。他还是一位具有强烈社会责任感的作家、无畏的民主斗士和坚定的反法西斯战士。1933年希特勒上台的前几天，他同爱因斯坦等社会名流联合呼吁：反对即将当政的法西斯独裁统治。法西斯分子因此焚烧他的著作，并开除他的国籍，他不得不流亡国外，之后他成为了流亡国外的德国反法西斯作家的领袖。

1949年亨利希·曼被选为德意志民主共和国艺术科学院主席，正当他准备回国上任时，不料突患重病，于1950年3月病逝于美国加利福尼亚。1961年3月25日，按照他本人生前的遗愿，人们将他的遗骸从美国迁回祖国时，成千上万的市民走上街头迎接，并参加他的迁葬仪式，显示了德国民众对他的无限热爱。

现在，我们将《小城》介绍给读者，旨在让中国读者了解20世纪德国现实主义文学和亨利希·曼这位德国文学史上的伟大作家。翻译过程中，译者力求保持原著的特色，不当之处敬请各位大家和读者批评指正。

一

律师贝洛蒂身子扭来扭去地走到“前进”咖啡馆前面的桌子旁，用手帕在其短脖子四周擦着汗，呼吸困难地说道：

“邮车又要来迟了。”

“是的，”药店老板和市政厅秘书应了一声；由于再没有什么实际意义的话好说了，他们便沉默不语了。

一位旅客冷不防地随口说道：

“邮车该不会遇到什么事了吧？”

其他人都不乐意地吸了口气。因为涉及一个外地人，少尉坎蒂内利才宽容地解释说：公路非常安全。他手下的两个人始终骑马跟着邮车，只有一次他们进行了干预。当时有个农民不愿付他坐车的钱，并对马车夫拔出了刀。

“这号人缺乏教养，”少尉最后说。

“你们的本领都那么老一套，”药店老板阿奎斯塔帕切用他那酷酷的嗓门喊道。

“把醉汉从沟里拖出来，将逃掉的牛吓回去。我们在场的话，情况就会两样。是吗，杰瓦特尔·阿基莱？”

咖啡馆老板从里屋喊道：“我在这儿。”

他踏着重重的步子走出来，将其沉甸甸的肚子支撑在椅背上，张着舌头在里面打滚的嘴等着下面的话。

“是吗，我的老伙计？”药店老板敲着他的肚皮说，“几颗榴弹在我们脚前爆炸了。在贝泽卡[①]就是这样，当时加里波第将军[②]本人正好在咱俩附近；可是将军一动也不动，他盯着烟雾，好似在思索。他对我们说‘别害怕，朋友们’，阿基莱，我们就什么也不害怕了。”

“这都是实情，”咖啡馆老板说道；随后又强调了句：“这将军是头雄狮。”

“他是头雄狮，”对方那个老家伙重复道。他用一只手摸着他宽大的八字胡，居高临下地俯视众人。突然他蹲下身子做了个好似抚摸孩子的手势。

“可他又是个天使：真的，对有些事一无所知，像天使一般。所发生的事，有些他闻所未闻，是吗，阿基莱？大家都知道那个尼诺是女扮男装，而只有将军不知道。”

律师贝洛蒂问道：“那个尼诺，他真是个漂亮女

---

① 贝泽卡：意大利特伦托自治省的一个市镇。
② 加里波第（Gari baldi，1807—1882），意大利民族解放领袖。

子吗？”

药店老板轻轻发出嘘声。“这种女子再也没有了！在她恋人阵亡时，她才暴露出她是个女人。不过打那以后她没有离开过我们。她失去了因他们之间的关系而将她带着一起走的恋人，然而她却有了我们大家。对我们大家她也都喜欢！”

他的琥珀般的褐色双眸在回忆中显得炯炯有神。咖啡馆老板坐在椅子上偷着乐，笑得连肚皮都在抖动。他的儿子——那个漂亮的阿尔福这时走了过来，那个刚让理发师烫了发鬈的小萨韦佐在从广场上穿过来——而在这老家伙说完时，所有的人的脸上都显出了忌妒的神情。

紧接着他们想起了一桩一成不变的事，想起了他们大家，甚至连这个旅客也都像熟悉母鸡卢恰一样熟悉的事。她的时刻到了：她的木屐已在咖啡馆旁的那条巷子里发出啪嗒啪嗒的响声。她将家禽轰向泉眼处，让它们从小水洼里饮水。她嘴里的咯咯声比一群母鸡的咯咯声还响，她的鼻子比母鸡的嘴还尖，她的两条长臂像母鸡的翅膀一样扑扇着。当这个身穿由多种颜色碎片拼成的破衣、像只又大又瘦的母鸡没头没脑地四面八方扑扇时，孩子们尖叫着向她围过来，撞她，拽她，并乐得直跳。四周的百叶窗都打开了。在咖啡馆斜前方的角上，三位官员经市政厅连拱廊，挤向一个古旧柱间窗的窗口。肥胖的帕拉迪西大娘从她的房里朝下看；在背后的林荫道上，烟草商的小女仆莉娜甚至把头探了出来；律师贝洛蒂觉得她似乎戴了条新围巾。他内心不安地思考：那么这又会是谁送给她的呢？这当儿这小姑娘关上了她的窗户，帕拉迪西大娘也将她的窗户关了起来；母鸡卢恰以及所有因她而起的噪声一直到第二天才消失在这巷中；广场在明亮的日光照耀下继续沉睡着，上面布有多尖角的阴影。林荫道口处托罗尼豪宅的投影尖尖地伸向那边的大教堂，拱出的教堂正面墙前的一对柱托石狮子在铺石路面上绘上了它们的黑色影像。钟楼的投影像尖尖的锯齿一直前伸到泉眼旁。暗影在钟楼旁往后退，一直退到了人们都知道的商人曼卡费德的房子所在的角落。它的几扇窗户的轮廓几乎都看不清楚了——即使现在也可以断定，那个隐身女人正站在她经常站的那扇窗子后面。这是城市之谜：埃万杰利娜·曼卡费德，她从不出门，但她对城里所发生的一切全都知道，而且比所有的人都知道得早。这个城里的每个人做什么事全在隐身女人的眼皮底下。她似乎能从她阴暗的角落朝前透视广场边上的所有房屋。对她来讲只有一样被钟楼遮住了，那就是托罗尼豪宅。另外还据说，她对那里的事什么也不想知道，而且她父亲和她的女仆——因为通常谁也见不到她——也不得在她面前提起这位男爵的名字。这都是在她曾爱过的男爵与另一女人结婚之后。自那以后她再也不出门！当时她二十四岁，现在是三十三岁。

“一个美女，”律师向这个旅客轻声耳语，“据说她安静地坐着时仪态端庄。”

他很快又将想要模仿这种仪态的双手放下，因为毫无疑问她在看着他。这个旅客问道：

“从我上次到这里起，她还是始终不出门吗？”

“随您怎么想！”

所有人的脸上都露出了不快的神色。

“只要老头愿意的事，她都答应。随后他就给她弄来了好看的衣服，甚至从罗马弄来，因为她终究是这里最富有的姑娘，而且差一点得到十万里拉的嫁妆；她邀请她一些旧日的女友，并预订出游的车子……时间一到，载着这些女友的车子停在房前，埃万杰利娜穿着她好看的衣服走下台阶。可是她走到一半，停下来说‘今天不去了，下一次再说’，然后回到她的房间。”

好几个人从眼角里向那边神秘的房子望过去。在像黑洞一样的楼下有一盏灯在幽幽发光。商人曼卡费德在其店前来回踱步，一直缓慢地来来回回。“前进”咖啡馆的客人们从旁注视着他，在他的走动中感到时间在流逝。

药店老板站起来，因为有一个顾客出现在他身旁：这是旅馆老板马兰德里尼家的小伙子。马兰德里尼家会发生什么事？这无疑关系到昨天才被烟草商看到在与男爵托罗尼进行相当可疑的交谈的那个女人。谁知道她现在需要从药店里取什么药。

“怎么啦——？”所有的目光都被吸引到了挪动着其一条木头假腿往回走的老阿奎斯塔帕切身上。

“岳母胃灼痛。”

大家都垂下了头。

“这里这个地方惊扰不多，”宪兵少尉对这个旅客说，随后向商人曼卡费德来回踱步的地方点点头。这个旅客想客气地为此地辩解，可是律师贝洛蒂却透不过气似的说道：

“要是这辆该死的邮车晚到一小时，那可怎么办！否则说不定这里的一切都会两样。因为终究——我们只说真话！——每天可都会发生些大事。城市正面临着非同寻常的事，这些事——”

“——不会发生的，”市政厅秘书下了结论，同时向后一靠，借以展现其腰身。

“这是谁对您说的？”律师在他能够开腔之前在空中挥舞手臂。“难道我不是委员会主席，我不应该第一个知道是否要发生某些事？我是说，是否会发生某些事吗？”

“在邮车到这儿之前？”

“邮车！我的先生，邮车通常已经到这儿了。例如邮车曾给我，您或许能理解，我的先生，给我这个委员会主席带来过一封奇波拉侯爵夫人阁下的信，劳侯爵夫人同意可以将城堡剧院用来供我们，也就是委员会已打算书面约请到此地来的流动剧团进行演出。这已经就是不可小视的成绩，如果您仔细想想——”

律师转向这位旅客，一边将他的一根疏松的、比他的脸更使他显老的手指，从背后伸向阶巷朝上拐到的城堡处。

“这剧院五十年来，让我们说得准确一些，四十八年零三个季度以来都未使用过，也就是说从可怜的侯爵成婚以来——”

“过去的演出成功吗，律师？”市政厅秘书尖刻地发问。“当时您真的就已经是演出主办人？那您什么时候不忙活呢？当然总不会在吃奶的时候。”

而律师只轻蔑地耸耸肩：

“——侯爵夫人阁下还在为这个可怜的侯爵服丧。因此我甚至可以将我们的申请获准完全归功于我个人和我是侯爵夫人的律师这一点。”

“可是乐队指挥呢？”他的对手问道，“他不应该也有一些功劳吗？阿尔福，告诉我们这位朋友，要不是我们的音乐老师多尔伦吉，你，还有其他一些人，你们大家能在《可怜的托涅塔》剧中演奏你们的乐器！”

“谁否认他能干了？再说市政厅每个月都给他一百里

拉，教会还付给五十里拉。可是诸位似乎没有感觉到，他想给我们弄来的几位艺术家，我们不得不等他们相当长的时间吗？”

“我可以打赌，他们今天就会坐在邮车里！”药店老板叫道。律师对此抱怀疑态度。

“说不定作为委员会主席的我还必须亲自去寻找艺术家。谁知道我要到哪里去找，说不定要一直找到罗马。”

“可是，律师，”市政厅秘书说，“您懂戏剧吗？”

“我？您忘了，卡穆齐先生，我曾在像佩鲁贾[①]这样的城市受过高等教育。在那里我们会遇到足够多的演员剧团，我们大学生都与演员们有交往，我可以告诉诸位，这跟我与你们交往没有什么两样。一些女合唱队员，啊！我只说这么一句，一些女合唱队员……当然一个首席女歌唱演员一定会有她的情人，而且他必定富有，非常富有；我记得市里的一位士绅每月给她三百里拉。这您懂吗？为了一个女人，三百里拉！”

当律师盯着数张真正充满敬意的脸时，他突然变得异常活跃。他敞开他的黑色上衣，尽管里面没有穿背心。两只胳膊在空中晃圈，可拆卸的、粗糙的黄色衬衣袖口都一直露到了珊瑚钮扣以下。从他的轻声细语中不时冲出沙哑

① 佩鲁贾：意大利中部山地省份翁布里亚的首府，也是一座富有文明遗迹的“前罗马时代”都市。

的喊叫：

“可这就是大世面：人们必须熟悉它。艺术家先生们是所有人当中最了不起的人。人们无法理解这些演员和作家所过的生活。每个夜晚都有香槟酒和如花似玉的女人相伴，他们想要多少有多少，第二天从不会在十二点之前起床。”

“我在弗利[1]的时候，”宪兵少尉说，“有人向我介绍过一个能喝两瓶用长颈大肚瓶装的酒的画家。不过他是个德国人。”

“这为什么呢，”律师作出结论，“因为他们轻而易举就挣到了比他们所需要的要多得多的钱，而且没有要操心的事。对我们市民来讲，我们在这个世界上被做了另外的安排。同时还有些人生活轻轻松松，他们可以随心所欲，放浪形骸，且始终有好心情，这也没有什么坏处。要是我们这里一旦有了几个这类的人，那大概会变得很有趣。”

“这没有关系！”药店老板叫道，随后又立刻捂住嘴，一边斜着眼朝上面瞟他的家。大家微笑。他则连忙表示了歉意。

“与神职人员站在一起的人始终待在附近。”

---

① 弗利：意大利北部城市，为同名省省会。

律师声称："即使我们不是为了自己开心把演员们请来，也应该这样做，以便激怒神职人员。"

市政厅秘书耸了耸肩，可是咖啡馆老板却大声说道：

"难道我们仍然始终都处在教皇统治之下？"

有人喊叫："好啊，阿基莱！"——同时在那后面人们看见有一个黑影飞快地从大教堂出来，穿过林荫道钻进了托罗尼豪宅。药店老板直叹气。

"可怜的男爵！连他也被他们利用女人给抓住了。因此以后不遭受痛苦，他就会难以动弹。要相信我，你们年轻人，绝不要娶与神职人员站在一起的女人！"

律师将一只手捂到嘴上。

"然而唐·塔代奥遭到了欺骗；男爵已经将他给剧院的赞助费暗地里，您们懂吗，用假名字送给了我。"

他将一根手指头放到两片嘴唇上，同时目光闪烁地观察此话的效果。他停顿片刻，然后又说道：

"这笔赞助费甚至相当可观，足以使我们可以不把老纳尔迪尼的赞助费摆在心上。"

"一个糟糕的家庭，纳尔迪尼一家子。"——药店老板用拐杖捣了捣铺石路面。

"他们认为他们不值得和与其同城市的人交往，他们根本不愿意参加俱乐部，而且他们将孙女儿塞进了修道院！"

“她现在仍然不在修道院里，”小萨韦佐说道，同时以一种高雅姿态倚在房子的墙上。“当我在俱乐部作我的关于友谊的报告时，她将其女仆派去，然后让女仆向她汇报有关内容。”

“啊，托托想让她留在外边。”

在嘲弄的目光下，这个年轻人的左眼斜睨着他有麻点的鼻子。

咖啡馆老板的儿子——漂亮的阿尔福说道：

“她真美，这个阿尔巴！”

而后他毫不迷惑和自鸣得意地四处张望。

“你们俩都不会成功，”——这时市政厅秘书突然大笑。“肯定连塞韦里诺·萨尔瓦托里也都得不到她，尽管他坐着篮筐式马车到处转悠。如果你们不要求陪嫁，那或许还有可能。因为老头想廉价将她嫁出去。他的吝啬程度比他的虔诚程度还要高。”

“他确实很虔诚，”萨韦佐加以确认，“而且他乐善好施。老布拉布拉全靠纳尔迪尼生活，都快有三十年了。每个星期天做弥撒之后，那边山下的维拉斯库拉都向穷人分发面粉。阿尔巴亲手分发。”

“阿尔巴亲手，”阿尔福重复道。

“可是当我把名册拿给他时，”律师翘起一根指头说，“你们知道纳尔迪尼回了我一句什么话吗？”

大家都知道这句话，可是却乐意让这句话借此机会作第十次传播。

“他回答我说：如果要他为演员们不来付钱的话，那他愿意付。”

药店老板捶着桌子；其他人的沉默预示有暴风雨。这时漂亮的阿尔福说话了，而且最憨痴的笑使其洁白的牙齿露了出来：

“尽管如此，我仍愿意娶阿尔巴。”

没有人认为值得搭他的话。

“另外他把他的瀑布，”杰瓦特尔·阿基莱记起来了，“租给市里的价钱也抬高了一点。”

“责任在我们，”市政厅秘书耸了耸肩；“我过去反对建发电站，现在仍然反对。可是没有人听我的，”他望着将两臂甩向空中的律师说道。

“我们要进步吗？是要还是不要？”律师气喘吁吁地喊道。

“那么取得的进步我们该感谢谁，”小萨韦佐回应道，“不是唯有该感谢律师吗？”

“用煤油灯来照亮几个市民广场，”律师继续发问，“这与像我们这样的一个城市相称吗？而且在我们的戏剧演出旺季已经开始的时刻，我们该以什么面貌展现在即将来访的外地宾客的面前呢？”

“不言而喻，”其他人说道；只有市政厅秘书摇着合在一起的两只手。

“果不出所料。因为我们有一个戏剧演出旺季，所以我们必须装电灯；又因为我们要像威尼斯或都灵一样庆祝立宪节，所以我们必须燃放五千里拉的烟火。这样一来一个妄自尊大的行动又会带来另一个妄自尊大的行动，我预料其结果是破产。啊，诸位，我们的市长——不再离开家的、值得尊敬的奥古斯托·萨尔瓦托里没有责任，责任只在一个人！”

他用一根手指指着在椅子上坐立不安的律师。

“我们要进步吗？是要还是不要？”

少尉将一只手圈在耳旁：

“我好像听到了邮车的嘎吱嘎吱声。”

大家立刻摆出了一副倾听的神态。萨韦佐和阿尔福冲到房角旁，顺巷子朝下看。突然他们将双手围成喇叭状喊叫：

“嗨！马塞蒂！慢一点！”

马鞭猛抽，人们听见邮车丁零当啷从下面的公路上驶过。当邮车拐向城门时，大家在逐次数落马塞蒂几次难以置信的迟到；显然他不急于到他老婆那里去——此刻他拐到了广场上，众人开始吹起口哨。两个宪兵跨下其坐骑，摘下三角帽擦头上的汗水。这驿车嘎吱嘎吱地驶到邮局前：这时显出来了，车装得很满。车内坐着八个人，有一个刚刚从车夫座台上爬下来。这是个有恺撒般侧影的矮壮男子，他差一点被那个做生意的旅客当成了同行。只是他的面颊刮得铁青，动作异常有力和颇具风度。

驾辕的马几乎尚未停稳，两个修女就跨过别人的脚从车里冲了下来，急急忙忙奔向通往修道院的台阶，以致念珠串的十字架都从她们的屁股上扬了起来。接着从车里下来一个英俊的、面色苍白的年轻人，他无动于衷地四下张望。

“内洛！”一个女子的声音在喊，“帮我下来！”

“还是让我来吧，”一个身穿白衣、动作比小伙子还敏捷的瘦高老头说道——接着他伸出了一只皱巴巴的手，这手上的一个大钻戒在闪闪发光。

律师发现了什么，叫道：

“这是他们！这是那些演员。我作为委员会的主席必须去欢迎他们。”

他站起来，身子一扭一扭地穿过广场。其他人保持着间距跟在后面。

一个邋遢的、面带笑容的人被托出了邮车，可是是谁在后面撑着她的胳膊呢——律师不得不在半路停住脚步——这是在红润的脸上蓄着金黄色八字胡的男爵托罗尼！他转过身来；从他的猎物袋里露出了一张张鸟嘴；他再将一个女子放到铺石路面上。那是个穿着一件像个口袋一样的灰暗外套、未梳妆打扮的娇小女子，而且头发上全是灰。随后下车的是带着一张嬉笑、然而却惊慌的脸的烟草商波利。

“嗨！波利！你到底出了什么事呀？”药店老板问道。

烟草商加入到了他们的行列。

“啊，是这样的，千万别问！有个女的差点给了我一个吻：那个高大的黑发姑娘。”

“一个卓越的女子。她将获得选票！”律师说道。

“我告诉你们，她会喊叫！今天在这辆老车里吹了好多事！我倒想知道这两个修女是否早已认识她。她们的祷告声越来越高。——你们只要看看她们怎么在跑！”

“这些笃信上帝的女流之辈总是在途中跑干什么？”律师问道。“所有公路上只看到她们。”

波利轻声说道：

“你们看那个老头，他化了妆！”

一群市民向那几个演员睨视过去。律师感到要与他们建立联系，这将比在他记忆中的大学时代难得多。在车夫座旁的矮壮男子仍让他最感信任。此人正在让马车夫将行李提下来。男爵托罗尼在与其余的人握手。他答应将他的一些鸟给他们送到旅馆去。他向他们行拙笨的骑兵式的鞠躬礼，而后在围在四周的小孩和女仆中拨开一条道穿过去。当他迈着裹着皮绑腿的脚向他家里走去时，一个黑影从里面溜出来，钻进了教堂。

几个生意人跑来查看他们的邮包。商人曼卡费德早就在为他的邮包烦神。尽管夏末的天气很热，他也仍穿着他的棕色厚上装。他那老是沉着的兔子般的脸上一对鼓出的眼睛正小心翼翼、极尽努力地在那边车上的一些筐子中寻找什么。

“煤油呢？”他镇定地问道，一边将他的一根干枯的手指指向马车夫马塞蒂。马塞蒂在车上恼心地跳了起来。他朝下面喊叫：说他费了多大的劲儿也没能找到；说这些外来的人几乎有整整一火车皮的行李；又说后面还要来一辆上面载人和装行李的车，但愿那车上也装有煤油。由于人们这次接待他所流露出的轻蔑味道比以往更浓，所以他头顶蓝天将伸出的双臂狂怒地向众人挥舞。

商人曼卡费德眯着眼审视他，继而转向烟草商。

“波利，你的女仆昨夜不在家！”

烟草商的脸红了。

“这是埃万杰利娜说的？”

“是的，”曼卡费德平静而有把握地宣称。

“后来我女儿还说演员们要来了……这大概就是他们

吧？”——而他好像是头一次向四周环顾。

“我的莉娜知道，著名的男高音杰尔达诺也在里边。”

身穿白色服装的老头突然转过身来。他轻声地、然而却大方地说道：“我就是，我是卡瓦列雷·杰尔达诺。”

停顿片刻，律师向这位老歌唱家的一只手迎过去。

“您，卡瓦列雷！美妙的重逢！您一定还记得我们在佩鲁贾就认识了吧？贝洛蒂，律师贝洛蒂。我俩在‘昔日忠诚’咖啡馆有过交往。我们玩多米诺骨牌，我总是赢您，您为我付全部潘趣酒的酒钱……怎么样，您不再记得了吗？啊，是这样的，这大概已经过去了三十年，打那以后您又有过些什么经历呢？荣誉、女人、重要的旅程！我称这些是生活。这里是个小城市：——此刻，您将与我们相结识；我们也会很高兴，我们也懂得欣赏艺术。我的朋友们将有幸认识您。”

说着，他将他们招过来。

“阿奎斯塔帕切先生，我们的药店老板；波利先生，您已跟他同行了一段路；坎蒂内利先生，我们武装力量英勇的指挥官——”

为了避免介绍他的对立面——市政厅秘书，他从周围站着的人群中抓出了另一个人。

“——基亚拉伦齐，最心灵手巧的裁缝，他将在乐队里吹次中音号。”

“好极了！”理发师诺诺吉不怀好意地发着牢骚。

可是高大强健的裁缝却走上前，从容而心怀敬意地注视着这几位外来人，然后使劲地鞠躬，以致他悬垂着的褐红色八字胡胡尖在那身穿灰暗外套、未梳妆打扮的娇小女子面前直摇晃。当她的几个伙伴在一起低语和哈哈嬉笑时，她很孤单地站在那里；从口袋布上可以看出，她捏着两个拳头；她那分得很开的双眼在冷冷地扫着正在不断增多的人群，就好似一种力量在检验另一种力量。看到在她面前哈腰的裁缝时，她突然露出了孩子般的笑容，并向他伸出了一只发灰的小手。

接着裁缝握了握那个上了年纪的男高音的右手；男高音向另外几个歌唱演员做了个手势，而他连正眼都没有瞧他们一下。他就像立在其扈从面前的侯爵。

“维尔吉尼奥·加迪先生，男中音。”

这个矮壮的、有着恺撒般侧影的男子将一只手插在裤子口袋里挤到了市民之中。

“伊塔利阿·莫莱辛小姐，女高音。”

这个结实的黑发姑娘露出几颗大牙对着大家笑，同时卖俏地猛一颠肩将披巾甩向后方。因为她像很多姑娘一样披披巾而不戴帽子。

“内洛·真纳里，抒情男高音。”

这时妇女们看到这个最年轻的男子的一张毫无血色的脸转向了她们。因为这张脸纯朴且很有气度，所以她们从最远的地方都看清了它。她们伸着脖子大声说道：

“哦！他真漂亮！”

他的双眼在向她们表示感谢，眼里没有惊喜，没有激动，只有带有淡淡忧郁的嘲讽。

可这时卡瓦列雷·杰尔达诺却转向了自顾自站着的那个姑娘，对她微微屈身，并用欢快的声调说道：

“这是我们独一无二的首席女歌唱演员弗洛拉·加林达小姐，前途无量的艺术家，意大利抒情剧舞台的希望。”

然后他满怀期待地注视那些市民。最靠近弗洛拉·加林达小姐站着的律师突然稍稍后退；他原先小看这个首席女歌唱演员，现在却肃然起敬地向她表示敬意。他问她是否已在斯卡拉[①]唱过。她耸耸肩，撇撇嘴，好似看不起斯卡拉。接着他行了一个郑重的屈膝礼。

“像您这样的小姐一定会有好多追求者，要多少有多少。”

她突然笑起来，然后将他晾在了那里。他向左右斜睨，观察这是否被人看见了——还好，这个时刻人群正在

① 斯卡拉（Scala）：米兰著名歌剧院。

移动：有人在将人群分开，他们用两臂迅猛地在群众的肩上划来划去。

“音乐老师！”

他来到了；他口里喘着粗气。他蓄着薄薄的金黄色胡子的光亮的脸涨得通红，他那尴尬的、虚荣的微笑时有时无，继而人们看到他很愤怒。他开腔了：

“这可是……我倒是想到了，我是这里的乐队指挥……这些由我邀请的艺术家到了，而没有人喊我，为什么？律师先生，我必须找您……”

律师拍拍他的后背。

“我亲爱的多尔伦吉，一切顺利，我作为委员会主席已经与这几位先生达成一致。”

“可是我不理解，怎么把我撇开……那么就由您来握乐队指挥棒！”

“您别生气，多尔伦吉！”药店老板说道；烟草商也开了腔：

“这一切真不值得费神。”

“不值得费神！啊！卡瓦列雷：因为我没弄错，您是卡瓦列雷·杰尔达诺；我叫恩里科·多尔伦吉，是乡村乐队的指挥，没有其他的指挥。我待在我的房里，就在那背后的市区角落上，在那里什么也听不见，什么也看不见。我在那里写一首今秋我还要在教堂里演奏的弥撒曲。在此期间这些先生收获了我辛辛苦苦的劳动果实；因为我很自豪，为我们的舞台赢得了您，卡瓦列雷，赢得了您和您的几位同行。不值得费神！如果您能料到，这对一个被排斥的人、遭牺牲的人是多大的成果……”

他跟这位老歌唱家一道绕着邮车转，他的喘息声不时被淹没，因为民众在朝他喊叫。许多人突然叫道：“好啊，音乐老师！”另一些人在喊：“你们看，他疯了！”大多数人不知道这是指谁，他们向不出声地在拽架辕马匹的车夫喊道：“嗨，马塞蒂！”他牵着马停下不动。一些男孩在人们的腿之间向前爬，他们妨碍了他。他用脚蹬……在此期间乐队指挥又能看见了，他仍然一直在挥舞手臂。他突然站到首席女歌唱演员面前。当卡瓦列雷说出她的名字时，他们相互注视。乐队指挥突然沉默，年轻女歌唱演员好似表示还满意。他们本应该伸出去的手此时犹豫了，是伸还是不伸呢？两人稍稍向后退；然后他们才互致问候。他由于狼狈的虚荣心而满脸通红；她倒仍是一副对着民众的用力量对力量的坚定目光。乐队指挥说道：

“要是我不能赢得您来担任主角，那我就不敢去碰《可怜的托涅塔》，弗洛拉小姐。”

她友善地微笑着。

“您的名字，音乐老师，同样开始变得很响。就是最近在索利亚科，经理克雷莫内西还说……”

他有一张饿汉般的脸。他几乎还没有消化她的话，她的话可就又出口了。旅馆老板马兰德里尼表示愿将他的两个房间中的一间提供给她。人们还不知道怎么回事，这个高大肥胖的男人就悄悄地穿过了拥挤的人群。他咧开大嘴圆滑地微笑着，而且他已经知道了每个人的名字。

“我的贵宾室提供给您，卡瓦列雷！我正好要接纳一位经常来的商贾旅客；另外还住有一位什么也不干的外地人：否则我会邀请所有这些女士、先生住在我的旅馆里。可是您，弗洛拉·加林达……”

首席女歌唱演员加以谢绝；她说她太穷，不能住旅馆。

“经理克雷莫内西，”音乐老师忐忑不安地说，“算是很灵敏。”

这时候理发师诺诺吉来了，他踮着一只脚点头哈腰地向演员们自荐。他拿着一个帽架亲切地吆喝：

“哦！多漂亮的假发。戴这种假发的人怎么会失败！”

“我听到了什么？”旅馆老板说，“卡瓦列雷先生已经在市政厅秘书家租了房吗？可是伊塔利阿·莫莱辛小姐呢？我们就达成协议，小姐！您是所有的人中最美的……”

“他的判断作数，”乐队指挥说道，“我觉得今天他作为舞台监督……”

“那么先生们，”矮小的理发师尖声喊叫，“我请求你们只摸一下我的面颊，然后再说是否能想象到那里曾经长过胡子。我能这样修面！”

“啊！这样就对了：还有您，内洛·真纳里先生。伊塔利阿小姐和内洛先生，”旅馆老板喊道，“是‘月亮’旅馆的尊敬客人。马塞蒂，女士先生们的行李！你们这些人，让开路！”

这个结实的黑发姑娘用扇子敲打了一个用手摸她的半醉的男人的脑袋，一边以厚重的喉音发笑。

“哎，你们看，这个欢乐的姑娘！”有人在喊，“她真令人同情！”

“可是你们看看另一个姑娘的那副凶相！怎么会这样凶！她将扮演女妖；”——同时一些女人紧紧逼近这个首席女歌唱演员，充满野兽般的敌意盯着她的眼睛。

“我不会娶你，”阿尔福——咖啡馆老板的儿子面带蠢笨的微笑宣称。她没有嘲笑他，只是将两只手插在外套口袋里打量着他。

“我也不会嫁给你，你这个美男子！”

“他不再是美男子，”一个女人说道，同时拍了拍自己的胸脯。“现在美男子是你们的男高音。”

“或许可以说是一个小天使！”

“他要是我的儿子该多好！我的儿子很丑，他还打我。”

“把你的脸给我们看看！我想吻你。”

“唉，你这个不要脸的女人！”

在人群深处响起一记耳光。

“好啊！”男人们的声音在说，“她们都疯了，这些臭女人。”

“如果是我，说不定也会爱得发狂！”药店老板阿奎斯塔帕切的老实的男低音在叫；同时许多响亮的声音惘然若失、陶陶微醉、似若梦幻地出现在四面八方，且传向远处：

“啊！他的眼睛。他在看我们！”

他独自站着，就像立在舞台上、掌声只冲着他一人一样；他的同伴们都已离他而去。他交叉着双臂、耸着两肩向众人的脸发出轻松的、然而却蒙有阴影的微笑。人们欢呼着：

“真纳里万岁！”

一些小伙子发出刺耳的尖叫：

“祝他身体健康！”——这时不知是从何处爆发出的掌声传播开去，越过广场。

掌声被一阵沉重的钟声打断；此刻，当万福马利亚的祷告声从钟楼升起时，大家都将脸转了过去。急速分开的人群形成宽宽的两翼；两翼之间，在一条挤满人的沉寂的巷子的尽头，一堵教堂素壁出现在这个年轻男歌唱演员面前。壁上只剩下一束阳光。高处是单调的钟声，底下是令人惊讶的平静。这时有一个身着黑衣的女子在那下边的阳光带里独自快速地顺壁而行。她身躯娇小苗条。由于匆忙，她行走时身子微微前倾。在透进黑色面纱内的最后一点阳光中，内洛·真纳里看到了一张苍白的脸，眼皮低垂着。她走到大门口，在两个石狮子之间朝上走。将她容纳进去的阴影使她变得模糊，只有她的大发髻还呈紫铜色，并映着阳光。这时她转过头来，从上面俯视这条挤满人的巷子。在那一头的他不再交叉双臂，他力图使他的迟疑的微笑钻进面纱，直至那由远方雪花石膏制的渐渐模糊的鸭蛋脸……

钟声持续了片刻，随后停止了，人群像傻子一样紧闭着嘴，男高音吃惊地看到已经被他遗忘的所有的脸又回来了。

他的同伴男中音站在他的面前说道：

“我已就地转了一圈，找我们的住处。谁知足，他就少花钱。”

“加迪，那个女子是谁呀？”

“已经有了一个女子？总是女子女子！啊，这个内洛。他总是不失时机。”

“她是谁？”

“我什么也没看到，我可怜的内洛。你想干什么：我是个满心忧虑的一家之主。我家里的人马上就要到这里了，四口人，这意味着要给他们弄到住处。我在寻找那么一个萨韦佐，据说他有房子。”

“什么也没看到！你想必——不，你留下！这很重要：你想必已经紧靠她身旁走过。”

“我从好多女子身旁走过！即使你，内洛，也将会幸运地从这个女子、又再从那个女子身旁经过。祝你顺利。”

具有恺撒般侧影的男子又迈着庄重的步伐离开了。男高音毫无目的地钻进人群。“从她身旁走过，”他在想，“我从没有到过她的身旁。如果我再找到她，我将爱她：永远，永远。”这时一把特大的扇子将一股香水气扇到了他脸上。帕拉迪西大娘堵住了这年轻男子的路，她的两个女儿站在她的两侧。

“就是他！”她们三个都大声耳语；她们以从扁平、柔和、抹了粉的脸上射出的诱惑目光呆视着他，手中的扇子停止了扇动，透明的衬衣隆起并鼓胀着。年轻的男子在弄明白之前笑脸相迎。她们用像羽绒垫一样富有弹性的声音向他保证，她们是为了他的缘故才打算去剧院的。

“我们非常热爱艺术。如果我们鼓掌鼓得相当响，您会再重复唱咏叹调来使我们满意吗？”

他被她们那番话所打动，将一只手按在心头，深情地看着这三对眼睛答应了这件事。

人群中突然起了一阵可怕的骚动，将他与这三个女人冲开了：只见背后有一双蜡一样苍白的手在空中挥舞，同时一个愤怒的嗓音高声哀求道：

“你们马上就要后悔的！快回家去，走！走啊！你们这些无赖，你们跟在这些演员屁股后面跑，就像你们抓住了魔鬼的尾巴好更加有把握地下地狱。”

“唐·塔代奥今天心情不佳，”有个人说道；男高音盯着一张头上有许多人为做成的蓬乱发鬈、鼻子上有麻点和左眼不能保持不动的脸。

“我是萨韦佐；您的同行加迪将住在我们家。再说我也是一个艺术工作者，我们一定能互相理解。”

内洛·真纳里心不在焉地与他握手。“她们要我干什么，这些女人？啊，总是老一套。而我总是陷入她们的圈套。这开始让我恶心……可是她呢？她是谁？”

“请您听着，萨韦佐先生，我刚才看见了……”

可是这时候突然出现了一种微弱的愤怒声，这是那个双手停在空中向后抽搐的人的声音。这声音听起来好似它要在急剧冲击中撞翻一切。

“他们早滚早好！否则罪恶会四处蔓延，你们将被焚化在其中！把这些人招来的人是要倒霉的！把他们收留下来的人也将遭到诅咒！”

好些女人的声音回应道：

“他说得对，我们不愿意遭到诅咒。”

小萨韦佐将肩一耸。

“这人究竟要干什么？为什么像加迪先生这样的老实人应该……”

“萨韦佐先生，我刚才看见一个女子走进了大教堂，她是谁？”

“进了大教堂？进大教堂的人多得很……”

“黑面纱，紫铜色发髻。”

“我们这里没有紫铜色发髻的人。这个神父叫得多凶！总是老样子，人们互不了解。”

“很苗条，皮肤很白，”男高音祈求一样地说道。对方依然不动声色。他突然将脸扭开，从牙缝里挤出一声“哦嗬！”

“你们怎么啦，你们往罪恶上面蹭！你们给我滚开！哦！但愿老天给你们一个危险信号，你们这些瞎子！”

那里的一双伸过人头的手好似在临终的困苦中与天搏斗，就像圣女垂死时一样。

“这样的狂热使人厌恶，”律师贝洛蒂透不过气似的说道。“这些女人对这真不该有怀疑：虽然有这个从法衣室来的可悲的先生，但我们却非常清楚我们对艺术负有什么责任。就我这方面来讲，现在我更加有了向您，弗洛拉·加林达小姐，提供我的房子做住处的自由。”

首席女歌唱演员回答道：

“我谢谢您。可这对我或许不合适。”

这时药店老板阿奎斯塔帕切大胆地走上前来。

“如果小姐真的不愿意住到一个单身汉那里去。我是已婚，我们家非常规矩；而且我们很清楚，艺术与罪恶是两码事……”

“罗莫洛！”他身后一个非常刺耳的声音喊叫道。

“是我的妻子？”——这时这个老战士的声音力图保持豪气。

突然人群中响起一片尖叫；人们在挪动，但没有分散开去；一些男孩号叫着跑掉了。

“神父踢了他们的屁股，”律师说道，“他转入暴力行动。我们能让我们的孩子受到这个卑鄙的家伙的虐待吗？”

这时他慢慢朝理发师诺诺吉的店铺退去。药店老板离去了，靠得最近的许多人悄悄混入了已稀疏的民众之中。在几个歌唱演员的面前形成了一个随意的半圆圈。裁缝基亚拉伦齐独自大步穿过此圈。他向首席女歌唱演员面前走去；可是最后一步还没有踏下去，他就开始说话了。他将这一步半悬着，好像想让她对他的到场感到轻松。他搓着他那两只白净的大手的鱼际部位，步兵式的八字胡在晃来晃去。

“也就是说因为据说小姐是诸位中唯一一个还没有租到房子的人，当然尽管我不配，但我妻子做的饭菜是可口的，因为她会热那亚式的烹调，她有个姑母在热那亚……”

“那我应住在您家里吗？”

“是的，小姐，是的，这是我想说的。”

“这我很乐意。那么，我们走吧！这里是我随身带的全部东西。”

裁缝将一口很轻的箱子往自己肩上一扛，就像是放在一座塔上一样。他领着这个蓬头垢面、行动敏捷的娇小女子穿过民众都已走光的广场。

“当然我吹次中音号，”他说道。“为了不使小姐讨厌，我肯定会登上卫城。”

“你们这里大概每个人都会玩乐器！是音乐老师在训练你们吗？”

“哦！我不需要他训练。因为我自己就是一支小乐队的队长，星期天常在一些村庄演出。人能怎么活就怎么活。只是最好不要有不正当的竞争！因为小姐或许已听到了理发师诺诺吉讲我的话。因为他是我的敌对者，他也有这样一支小乐队……”

“那么音乐老师，他的情况怎么样？”

“音乐老师，这有些不同。他上过音乐学院。”

“哦，他上过大学。”

“他是个非常了不起的音乐家和一个好人。”

“或许他是个非常了不起的音乐家。——可是他是个好人吗？我不喜欢他。他看上去像一个不乐意看到别人长处的人。或许我不太相信他。”

裁缝惊奇地转过身，从其高度俯窥说这些令人不舒服的情况的脸。她很坚定和严肃地对着他的眼睛点头，弄得他感到脖梗发凉。

“小姐是这样认为的，”他顺从地说道，“有些人永远不能被彻底认识。从前，在军队里，我曾有一个朋友……”

他们走进母鸡卢恰住的巷子。几乎没有人在广场上留下来。最后一伙闲聊的人已被女人们“来吃饭啰”的喊声所驱散。四周黑了下来。一个老头向市政厅小跑过去，点燃了两盏油灯，再横穿广场去点托罗尼豪宅旁的第三盏。他还没有到达第四盏，这时内洛·真纳里的突然出现把老头吓了一跳。

“请听着！您认不认识这里所有的人？您必须告诉我那个穿黑衣的女子是谁。当向万福马利亚献词的钟声响起时，她进了大教堂。”

这当儿这个老头只是咧嘴笑。

“您要钱吗？啊，这是白费力气。我感到有些不好理解。她走进去了，她独自一个人，在所有人的面前，竟没有人看到她。晚安，老先生，全世界的人都哑巴了。”

他做了个大幅度的手势匆匆离去。他提起大教堂大门厚厚的门帘轻轻走进去。

“她还在这里吗？说不定她在等我！可是说不定她只是个幻影，或者只有我看到了幻影吗？”

他的目光犹豫不定，向几个阴沉的房间扫视。

“啊，阿尔巴！甜蜜的朝阳，对我升起来！我爱你。如果我找到了你，我愿在你的怀抱里化为灰烬。我永不应该爱吗？我恨那些我曾经拥有过的女人。我二十岁，我愿爱你，啊，阿尔巴，永远，永远。”

他心醉神迷地踉跄而行。而后他走了出来，再迈步到最暗的钟楼旁。那里有某种东西动来动去，始终在缓慢地动来动去。男高音快速来到这里。

“喂，好心人，你倒说说……”

“怎么啦？”商人曼卡费德问道，同时他站定了。

“请您原谅，先生……”

这个年轻男子睡眼迷离地走了过来。一个小时以来他都生活在所有民众参加的、只是针对他的冒险的世界里。

这座城市和市内的一个奇迹已经在等待他。他作为使人着魔的石头之间唯一有感觉的人从一个人飞向另一个人，他打听那个神奇的女子。

“——我只想……”他结结巴巴地说，“我的先生，我在这里人生地不熟。”

“我知道，”商人曼卡费德说，“这位先生是演员中间的一个。”

“我的先生，您也会理解像我这个年龄的人并不总是……像我……我的先生，她进了大教堂。”

“啊，她进了大教堂。”

“您认识她？”

“这我没说。可是为了帮您的忙，我愿向我女儿打听打听。”

“您愿意……噢！”

商人曼卡费德进到家里去了。这个年轻男子没有问知道他内心活动的这个女儿是谁。他要让使人着魔的面纱再升起来的事出现。他用双手抱着太阳穴，前冲两步，浑身颤抖。

“啊，阿尔巴！甜蜜的朝阳！”

商人曼卡费德返回来了。

“我女儿很清楚您说的是谁；可是她却不告诉您。”

“为什么不告诉呢？”

“这我女儿也会知道。”

“可那女子曾看着我！她转过身来，还在大教堂门口，她注视我，只注视我一个。”

“那么她曾看着您。”

这年轻男子直跺脚。

“这一切除了我还涉及谁！您女儿想干什么？您的女儿，可她根本什么也不知道！”

“哦嗬！”

商人曼卡费德不再是酸涩的。

“如果我女儿什么也不知道，那您是在做梦或者什么事也没发生过。发生过什么事我女儿也知道。”

“那么为什么她不说呢？”

“她应该将一个勾引那不幸的女子的人送到她那里去吗？我女儿对这类人没有好感。但是她知道，哦，她知道一切。”

“我的先生，”——这时内洛的声音有些谄媚，“我这里有个漂亮的戒指。您是商人，您确定知道这颗红宝石的价值。您晓得我会按什么价格给您吗？为了这个名字，我的先生，为了这个名字！”

“您倒让我看看！”

曼卡费德拽着这年轻男子的无名指一直走到大教堂前的灯下。他突然抬头看，这时他额上深深的皱纹都扯到了他的夹鼻眼镜的角质边框之上。

“这样一个戒指您究竟是从谁那里弄到的，年轻人？”

内洛的脸红得厉害，他抽出他的手指，嘴里嘟哝着偷偷走开了。

“我不戴它！我手上还戴着珠宝商老婆的这个戒指！”

于是他寻找黑暗处。

可是并不一直都暗。一群男孩手持罩有漏斗形纸袋的蜡烛从林荫道冲出，穿越广场直至城门，齐声喊叫：

“他们来了！来了更多的人！”

四周的百叶窗立即发出碰撞的啪嗒啪嗒声，灯光从上面泻下来。房子又开始空了，跑出来的一些好奇的人还在擦着嘴。所有的人都聚集在广场出口处，将臂膀伸到城门上一同喧嚷。因为那后面的混杂在一块的欢笑、尖叫、敲木头、歌唱等声音越来越响。在丁零当啷、劈劈啪啪和狂呼乱叫声中，在男孩们持风灯的嬉闹中，一辆充满女人呼喊声的极其花花绿绿的马车冲了进来（面对这种花花绿绿没有人能理解）。马车驶到广场中央，在那里停下。一些年轻人昂首挺胸、臂膀张开着围了过来。这些臂膀全都在摇晃。——高高的驿车四面都鼓胀着花花绿绿的女衬衣和裙子，姑娘们朝这些臂膀里跳下，双眼紧闭着往上扑，就好像四周是水一样。接着一些男子爬下车来。

“合唱队员来了！”有人向上对着一些房间喊叫；仍

在那上边的人也下到了广场。咖啡馆变得灯火通明。林荫道上的糕点铺老板不得不再将他的店门打开，因为装冷饮的手推车在叮当叮当地穿过拥挤的人群。律师贝洛蒂从人群中挤了过来，气喘吁吁的。

“我们有住处，我的女士们，我们是委员会。”

“我们是委员会，”男孩们跟着他号叫。

律师越来越起劲地将他的名单在人们头上晃动。裁缝基亚拉伦齐和小萨韦佐向他们的朋友喊叫，让他们去拿乐器。

“上帝呀！再帮这次忙吧！”一个被压得透不过气的老太在喊叫；教堂杂役皮皮斯特雷利的老婆在叫：

“世界要毁灭：唐·塔代奥他说得对。哦，我们这些罪人！”

在“前进”咖啡馆人们脚碰脚地站着。

“杰瓦特尔·阿基莱！来一杯黑色潘趣酒！”站在前面的人在喊；可是这老板却被堵在售酒柜台的后面，连他靠在柜台上的肚皮也移动不开。他递去的斟满了的酒杯由一个传给另一个。他非常激动，高声宣布：

“每三份免费一份！”

他的儿子，漂亮的阿尔福在外面被熙熙攘攘的人群挤得东倒西歪，不可能再返回来。每当他被一个女子遇到时，他都傻笑；可是当小莉娜，烟草商波利的女仆，给他一个飞吻时，他却遭到了来自后方的粗暴训斥。他已踩着了另一个人的脚，此人是男高音内洛·真纳里。内洛已经在母鸡卢恰住的小巷，靠着墙在黑暗中咬自己的嘴唇。漂亮的阿尔福友好地请求原谅。

“这里所有的姑娘都来了，我的先生。如果长得漂亮，那就大有可为。”

男高音注视着他。

“这必然是一种美好的生活，”他突然大笑着说，“如果长得漂亮。”

“不是永久，我的先生。因为所有的女子都想嫁一个男人，我可只娶一个最漂亮的：阿尔巴·纳尔迪尼，漂亮的阿尔巴。”

“她叫什么，这个最漂亮的？”

这时乐声大作，好像所有的号角都要吹炸了。

“她叫阿尔巴吗？您倒是说呀！”

漂亮的阿尔福只是再次点点头，人潮将他冲远了。所有的人都往前面拥。围绕着乐队开始旋转：城市在翩翩起舞。城市在夜里喧闹，五彩缤纷，沸腾不止。内洛·真纳里将头后仰、两手伸直并紧握在一起，非常缓慢地走进母鸡卢恰住的巷子。

“她叫阿尔巴！”

突然他将胸脯和脸贴向潮湿的黑墙，他为这个奇迹而哭泣。

二

五点钟天气尚未热起来之前，律师贝洛蒂已穿着后边尖尖翘起的外衣开始清晨散步。为了到公路上去，通常他要朝下穿过托罗尼豪宅的花园；可是萨韦里奥却出现在走廊的一根柱子后方，这个男仆兼园丁的勤杂工将一只手捂到嘴上。

“律师先生！”

“有什么事，萨韦里奥？”

由于这个仆人悄声地说，所以律师也这样说话。

“男爵先生一夜都在外面。他仍然经常在外面。”

“啊！这个猎手。我的朋友，打猎是种将男人完全吸引住的癖好。如果我要向您谈我自己……”

“可这与打猎无关，律师先生。他是钻进了‘月亮’旅馆，没有再出来过。”

律师张开嘴，抬起食指。

“瞧，瞧，”他说道。——这时他开始笑，先是不出声地笑，继而像是沙哑的嘎嘎欢叫，最后由此变成了咳嗽和吐痰。在他平静下来时，他突然睁大了眼睛：

“我们将有一桩丑闻，萨韦里奥？”

他将香烟盒送给这个仆人。

“男爵夫人在睡觉。我已在老爷卧室将一切扔得到处都是，就好像他一大早就出了门一样。而我是在大门口过的夜。”

“要是您不在有多好，萨韦里奥！那他就不会做得太过分，在所有的人都上公路之前他就会回家。为了不要有人看到我们在一起，我走了。现在必须绝对不吭声，萨韦里奥。”

律师从这个宅子里退出来。他已经将清晨散步给忘在脑后；特殊的场所要求他到场。他背后的林荫道上有一阵匆匆的脚步声，这是唐·塔代奥。律师热情地和他打招呼。

“早晨天气好极了，您说呢，尊敬的神父？”

神父用一双通红的眼睛注视他，同时将裹在他瘦削的身子上的黑色道袍拉得更紧了，好像害怕碰着。继而他——噼啪，噼啪——在角上转弯走了。

律师在后面凝视。

他几乎没有抓帽子。他知道——？他常常偷偷摸摸地与男爵夫人搅在一起。我们将有一桩丑闻。

他异常振奋地扭着身子向仍很寂静的林荫道走去，突然蜷缩在面对大教堂最后一扇窗子、下通旅馆的角落里。此刻这里的情景是：仍然是一种半睡眠状态；有一小块铺满稻草的空地，左侧是几间牲口棚，对面是葡萄架的泉眼，水在缓缓流淌；——三楼的一扇窗子敞开着。“看这儿，”律师自言自语，“他们喜欢新鲜空气。可现在总该是醒来的时候了。”他弯腰捡了一块小石头，剧烈喘息着将它扔进窗内。“他们好像非常疲倦，可也会知道是为什么事。”他捡起第二块小石头时，男爵本人出现在旅馆老板马兰德里尼身边的大门口。他照常穿着棕色方格纹的猎装，肩上扛着猎枪，早已将一大杯葡萄酒灌进喉咙里。

“啊！”律师立刻喊道，“男爵先生，您的活动多么美妙，多么有益健康！我要是不束缚在我的书斋里就好了。在这个极好的早晨上哪儿去？去野外，去追云雀？或许甚至进山打公猪？”

“我来是为了接住在这里的那个年轻人，”对方解释道，“接那个男歌唱演员——”

“——接真纳里先生，”旅馆老板补充道，“我担心他不会让男爵先生等。您就别费心了！”

“他已答应我马上就好。在此期间我先走了。”

他握了握律师柔软的手，很快离去了。

旅馆老板谨慎地清了清嗓子。

“您看到那扇敞开的窗子了吗？”

律师眨眨眼。

“他根本不在家，”旅馆老板说道，“他根本就没回来。”

“啊！那么也就是说不是这个房间。”

马兰德里尼眨眨眼。

“是另外一间，它旁边的一间。小姐现在仍在睡觉。”

“似乎她需要继续睡。啊！这个男爵。”

“一个实实在在的贵族。”旅馆老板补充道。

他们目光微微闪动地相互看看。

“那么另一个人呢？”律师又开始发问。“那个男演员呢？他也在外面？那就说不定有些更严重的事，是吗？我的朋友，我开始预感到我们城里会遭到一些……”

旅馆老板叹了口气。可是继而他搓搓手。

“就此而言，好在我们掌握了一点点动静……请您原谅，我宁可立刻亲自在凉亭下将桌子铺好。我妻子晚一刻才会下来。她还在睡觉，因为她遇到了某种特殊的事。当我睁开眼白费力气在我身边找她时，她走进房来，显得没有睡过觉的样子。她向我解释说，她父亲的阴魂将她喊出去了。这阴魂要她别把我吵醒。这多体贴！”

“这是妇道人家的迷信，”律师愤怒地说道。“我们还要长期把对她们的教育让给一些修女！您可别信这种瞎扯的故事，马兰德里尼，对吗？”

“我怎么办。女人堆里正在发生一些我们不知道的事。我们必须有耐心。”

“可您却是在说这个姑娘！才第一夜！这难道您就相信，马兰德里尼？”

“为什么不？”——这时旅馆老板突然发怒。“‘月亮’旅馆难道是修道院？而且此外，我知道什么。只知道您说的，律师。”

“哦！”

律师将一只手捂到心头。

“这个神父好像已经知道了，”他再次说道；继而他令人纳闷地从那里转过身去。“为什么他不愿演员进到他的小绵羊那里去。我们必须承认，跟他同一类的人很了解人。”

“您想到公路上去？”马兰德里尼在后面喊。“那您可以从花园的门出去！”

“您说得对，”——这时律师掉过头来。“人必须平静地保持他的习惯。二十七年来清晨散步我没有误过六次，我希望将这种散步再继续二十七年。”

他从房后沿着种植葡萄的山丘向下来到下面的公路

上。公路仍被悬铃木的阴影浓密地覆盖着。他将帽子脱下擦头上的汗。“啊，这里可以做深呼吸。这种空气，我们的规规矩矩的演员们，他们在一些大城市是得不到的……看起来男爵是懂得占有这些女人的。有人说他作为军官……听说他在龙多内有一个孩子……可是说到底，这有什么关系呢？一切都经过慎重考虑，可能我也同样——尽管安德烈纳从不认真对待忠实，但她的男孩却一年一年变得更像我……这是就一个农民会长得像我而言。当时我直截了当地将安德烈纳往庄稼里面一抛。他对那个女演员想必也同样如此。”

他停住脚步，忐忑不安地四处张望，好像是在寻找一个合适的位置。他再次擦汗。公路下方的银灰色橄榄树沿土坎向下，并越到了河的对面。其一些深色树根为几个波光粼粼的河湾所缠绕。尾梢最后几个河湾及其之间的白色的农庄似乎遭到了海的冲刷：这个有生命危险的平原已经蓝得如此之深。上方是由若干圆盘形房屋、两排柏树夹着微微开裂的城墙和全黑的拱门所构成的城市。律师目送着他。“这个男高音待在哪儿呢？因为我们只说实话：或许他是在城市某个角落里过的夜。估计他是在我的某个朋友的老婆那里——这个朋友想必睡得非常死。该不会是打鼾的波利吧？去年秋天，甚至在地震时他都照旧打他的鼾！看来大概是他。别人不得不这样来看一个丈夫！哎，哎，过单身汉的生活有它的好处。这个演员在那上边的每个家里都有可能干坏事，只有在我家里他肯定干不了……那么在卡穆齐家呢？卡穆齐家情况如何？”律师想到他的敌对者市政厅秘书时，他那容光焕发的脸阴沉下来。

“不会有第二个人像他一样活该，这个不学无术的东西，这个寡廉鲜耻之徒！啊！再一次摆出你的讥笑吧，朋友——然而这时人们可以从你的额头上看出又萌生了什么主意！”

律师在做愉快的深呼吸。

“这真是一个极美妙的早晨。”

“可是很遗憾，”接着他发觉，卡穆齐的这个小女人似乎很满足。她对愿意让她坐在他的篮筐式马车到处兜风的塞韦里诺·萨尔瓦托里回答说：“别穿过广场，直驶到大教堂门前！可是卡穆齐却又谦逊又自豪，谁也不看，只一个劲地走向教堂。不必多说，他属于唐·塔代奥的近卫军……不，”律师想必看清楚了，“对她只能抱很小的希望。”

律师立刻又打起了精神。

“可是还有另一些人似乎也不能轻视。就我这一方面来讲，我或许根本无法对付，如果医生的太太……啊！这里这个女人很放荡，这一点大家都感觉到了。首先她皮太厚，所以不可能规规矩矩。这在她为这个演员效劳时才会表现出来：因为这个演员是什么，其他的演员难道稍好一点吗？如果我想得对，对她我已老早就打定了主意。她的丈夫应该看到，他想在我身上断定的糖尿病并不能阻碍我去干这些事。糖尿病不管多轻，可总生在像我这样一个男人身上！而我应该采取些措施来对付它！医生将看到我如何行动！啊！啊！”

他搓搓双手，来回转动身体，喘息着朝上面的城市笑。而后他陷入深思：城市看上去完全不同了。还在昨天，好些事人们好似认为是不可能的。当然市里存在的一些事到处也都存在。除了的黎波里路上的那栋房子外，每个人对面包山上的一些洗衣妇也都了解；而律师本人对据说是干装饰帽子的活的一个市关税征收员的寡妻了解得特别清楚。此外存在着有关帕拉迪西大娘与老曼卡费德的一些传言；最近还在轻声扩散有关马兰德里尼太太与托罗尼男爵的一些传言——从今天早上起律师认为这些传言未必真实。现在事情不再是涉及这个或那个女人。此刻是这个演员在兜圈子，几乎没有哪一个女人是他弄不到手的；要是在同一时刻男爵托罗尼跟那个姑娘搅在一起欺骗他的夫人，而男爵夫人跟这个男高音搅在一起对他加以报复就好了！律师变得很富有想象力，他的才智超常发挥，城市变成了他的自由猎区。他自己紧跟着这个演员进入每个卧室。在男爵夫人的卧室前，他不得不克服旧有的羞怯；

可是后来他还是轻弹着手指，跳跃地跨越了这道门槛。

因其幻想而变得年轻的他匆匆而去，而没有觉察到自己的两臂像划桨一样，连自己的假发下也渗出了汗珠。突然，就在公共洗衣房背后通往维拉斯库拉的半路上，他迎面看到了这个演员，看到了他本人。演员打着招呼，他想慢慢从旁边走过去；可律师突然跳了起来，同时张大了嘴巴直喘气。

“这确实……这是您：那么，这真是您。”

“这是我，愿为您效劳。”男高音确认道。

“您这意思是，”——这时律师土黄色的脸上浮现出冷笑，“谁知道您在这里愿为谁效劳。”

“您想说什么？”这个年轻人问道。他突然变得有一副威胁的架势。

“没什么，哦，没什么。我发觉您在散步，真纳里先生。您起得早。您必须知道，我有一点点虚荣心，我每天早上都是第一个到户外。可是您这般年龄的一个男子，在度过精彩的一夜之后五点钟就离床干什么呢？”

“我的一夜，”男高音含有敌意地克制着说，“很不精彩。昨晚我感到有散步的需要，而在散步时我却偏离了公路。后来，如您所知，天空布满了乌云，我再也寻不着归路，这样我就躺在那下边的葡萄地的某个地方睡了。您看我衣服上的泥巴。”

律师将他的身子转过来，打量这一切。

“这令人惊讶。”

接着他摆出一副无所谓的面孔。

“由此可见您休息过。那么我建议您陪我。我把我们附近的地段指给您看，我的先生。您大概已从维拉斯库拉旁边走过了，是吗？”

“我不懂您在说什么，我的先生。我已经对您说过，我在那下边。”

律师以责备的目光看着他，默默地掏出一面小镜子，将它举到对方面前。

“这是什么意思？”男高音问道；可是他朝镜子里看——这时他发现映在镜中的他的双眼比他所希望的还要咄咄逼人，因为眼的四周围有黑圈且脸色非常苍白。热情已从他的粗糙大理石般的苍白的脸上消退。额上拳曲的黑发、两道浓眉、深红的嘴从刺眼的白色中鲜明地凸显出来。

“我没有说熬夜的样子对您有什么不好。你们夜晚的辛劳可使你们焕发青春美。我们老成持重的人真倒霉！可是我想表达的是：静静地睡在松软的葡萄地的地面上，还在稍有凉意的晚风中，您可能不大会做这样的安排。”

在对方可能暴跳之前，他将两个手心向前一摊。

“我的先生，显然您把我看成了您的敌人。我不是您的敌人，我的先生。恰恰相反，我绝对同意年轻人，而且另外还是演员的年轻人自得其乐。再说这跟我有什么关系，我是个单身汉。当然我的已婚朋友他们就不会赞成到这个地步。”——这时律师又大胆地露出了微笑。

“因此我是您的朋友，我的先生。即使您向我泄露了这一夜您是在我们市的哪个家里过的——当然作为有教养的人您不会这样做，我也是您的朋友。您可以信赖律师贝洛蒂。”

男高音脸上的怒气突然消失了，他看上去很温和，甚至于表现出无所谓。

“啊，原来如此，”他说道。“在城里，您认为——为什么不也是这样呢？”

他以一种无忧无虑、洪钟般的声音哈哈大笑起来。律师搓了搓双手。

“您看到了吗？我们开始相互理解了。再说，涉及女人的问题时，像我们这样的两个男人怎么会不能相互理解呢！”

“您说得对！”这时男高音笑得更响亮了。律师用他的食指朝他的胃前方捅了一下。

“啊！风趣的家伙！您喜欢我们的城市吧？它虽小，但这却绝不会阻止我们有时髦的、快活的举动。我们的一些女人就是这样，我们是指我们的一些年轻人，怎么，不是吗？”

“当然！您说吧！”

“请允许我说！我只说一点：您在她那里过了这一夜的这个女人，即使就我这方面来讲我也肯定知道是谁。”

“我对此深信不疑！”男高音叫道，一边近乎绝望地笑。

律师变得非常激动，他将两只手背向空中一拍。

“我要是将关于我的全部实情和关于我们的一些上流家庭的年轻的孩子的全部实情告诉您，那您或许会惊讶。”

他停住脚步，用他急速张大的双眼眨都不眨一下地盯着这个年轻人。

“您值得敬佩，”男高音语气重重地回答道；同时继续往前走。律师喘了口气后说道：“我不要忘记在维拉斯库拉买鸡蛋。”

“您要用您的维拉斯库拉来指什么？”

“哦！您已经又变得如此阴郁，就像这个别墅的名字[①]一样。这个名字您不喜欢吗？为了省去城市关税，我要从那里给我姐姐带两打鸡蛋。这是一种习惯。”

“可是这座维拉斯库拉一点影子也看不见。我们到底

---

① 原文为：Villascura，系德文，按音译为“维拉斯库拉”，如按意大利文词义应译为“阴郁别墅”。

要走多远？”

“您要等到这条公路绕着山转到头！——在此期间，您可以看到这些美丽的玉米地一直远远伸向山谷中的那片含油树林。它们全属于但愿不会使您受伤害的这座别墅，我的先生。纳尔迪尼先生是我们最大的油料生产者，年产量为三万升。尽管他是我的政治上的对手，但是我绝不否认他精通生意，因而充分利用了这个地带。至于其信念，那是令人遗憾的。这个顽固不化的老头，他极力充任本地神父派的支柱。然而他——这有五年了——差一点成了内阁部长！唯一的条件是他得将他的孙女嫁给值得尊敬的下议院大人物马切利的侄子；可是这个计划失败了，原因是老纳尔迪尼醉心于将阿尔巴锁进修道院。您到底为何惊慌？”

“我没惊慌。是一块石头把我弄疼了；这双鞋对此地不合适。”

“可我们的公路都很好！它们全是区域公路——而且时间不到七年，政府为修葺这条公路几乎花了十万里拉。”

律师让他的嘴像大炮一样将这个大数目字发射出来。

“此外，在我的提议下和在否决市政厅秘书的建议的情况下，这些市郊道路一半属于市政厅，一半属于奇波拉侯爵夫人——”

“这里难道有一个女修道院吗？”男高音问道。

“为什么吗？侯爵夫人在这个地带的不动产有幸由我代管，她生活在大地方，在罗马，我的先生，在巴黎……可是当然，我们也有一个女修道院，尽管我们能有某种更好的东西来代替它；我将把这个女修道院指给您看。您或许想在那些虔诚的女子身上检验您的本事吗？啊，他什么也不怕。但是有一点您无论如何都会暴露：昨夜的这个女人大概会受孕，您说呢？”

“谁知道。”

“因为这方面我熟悉：她们全是这号会受孕的女人——再说正像普遍都知道的那样，她们只进行最微弱的抵抗。可是现在我们正站在您似乎感到找不到的别墅的前面。而因为您是在律师贝洛蒂的陪伴下，所以我的先生您就可以推开大门在这些长长的矮树篱之间呼吸玫瑰的芳香。”

律师站定，大口大口地呼吸，声音很响。

“这不像是梦境吧？在这布满玫瑰和柏树的通道的尽头是一座幽静的房屋，其两翼厢房向远处延伸，中间为深藏在背后朦胧的绿荫之中、位于悬崖之下的一组僻静的建筑物！您别持有异议，认为这种朝北的位置对健康不利，这一点我非常清楚——可是这个散发着潮湿味儿、为瀑布所急速穿流的背阴处该多富有诗意啊。在瀑布顶上，您可以看到建在那上面的我们的新发电站，而且它遍地是鲜花。啊！我的先生：鲜花、音乐和女人！”

突然他开始用双手握成喇叭状喘息着喊叫：

“喂，尼科洛！鸡蛋！”

当这个小伙子走近时，律师在自己身后将一个长网线袋绕开来。

“你给我新鲜鸡蛋，尼科洛！两打，你数准了！”

“阿尔泰米西亚太太仍一如既往地想着由你的某个鸡蛋孵化出的、再做熟端上桌的那种仔鸡。”

而后他挽住男高音的一条臂膀。

“您来嘛，我的朋友！为何这样胆怯？在我的陪伴下，您在这里就是在家里。”

内洛·真纳里在极力抑制他的颤抖。他被这些玫瑰的色彩吓住了。当他夜里跪在这里时，这些玫瑰是暗淡的，那里面两翼厢房之间的房屋跟空中一样，漆黑一片，而在那个角落却摇曳着他对之祈祷的、阴冷但柔和、几乎要熄灭的一缕灯光。

律师领着他从房屋旁边朝栏杆柱走去。当内洛轻轻碰到台阶旁的灌木丛时，灌木丛溅下了水珠；同时那上边从未被阳光照到的古柏发出的气味使他感到毛骨悚然，就好像在坟前一样。这些大树像成群的朝圣者一样成对地往山上攀；在为裂隙所阻时，它们分散开来，以更稀罕、更疏落的方式直达圆形山顶，使向外凸出的灰色岩石得以延伸，一座几乎没有窗户的砖石建筑物从岩边垂直向下凝视着别墅：像是在守卫，又像是在威胁。

“修道院，”律师解释道，“这里的人可以从他们的窗口看到它，并向虔诚的女子们问好。她们也这样做，她们都有家——而最终这座房子的每个女人都要进上面那座房子。”

他领着这个年轻人继续往前走，同时低声说道：

“老头的妻子早就死在那上边了。哦，这是没有人再能证实的故事。听说她从他身边逃走了，跟一个军官一道；当她生病后悔而回来时，他将她安排到了那上边。他女儿的丈夫去世后，她也上去了，并很快在上边结束了生命。为什么所有不幸的、站在神职人员一边的人都死在这里呢？问题出在阴暗上；因为花园边缘连中午都几乎接触不到一点阳光——爱说什么就说什么吧，永久生活在阴暗中会引起败血病和使性格恶化。您要举个例子吗？让我们朝斯佩洛走下去，它位于阳光之下。那里所有的男人都具有男高音般的嗓音，所有的女人都丰满艳丽。对面，在北坡上，是拉奇塞。那么好吧，我的先生，拉奇塞的女人都又黄又脏，男人统统是强盗。”

“是的，是的。可是您说这座房子的每个女人都在那上面……”

“每个女人都进修道院，”——这时律师用一只张开的手将所有的希望都推跑了。

“可是，现在——”

内洛不得不强忍住。

“——已经弄清楚了，不是吗？”

当律师只是在使劲地吐气时——

“此外一个年迈的丧偶的男人也不要不顾需要过早与他的女儿分开。”

“需要？由此可见您不懂得这么一个狂热的信徒更需要什么：是女儿的爱，还是教士的祈神赐福？哦！我的先生，这就太肯定了：我们这个地方面临着极大的损失，我们最富有的女继承人中的一个也许会以人世生活，即资产阶级社会的不可饶恕的方式逃避家庭生活和公益事业！”

这个外地人的脸上突然蒙上了某种阴暗的和恶意讥诮的神情。

“一定已经有好些人在等待她吧？在城里，在年轻女子阿尔巴跳舞和背诵诗歌的地方您会组织一圈人？她会给那些穷人熬汤？她也会有追求者？或许是您自己，律师？”

“哎！这在任何时候都清楚？”贝洛蒂直喘气，并将肩和臂向后猛一拽。这个年轻人的身子四面乱转，可是突然笑起来说道：

“即使是修女们也想活；至少她在那上面会是孤单的和独立的！”

啊！他百分之百地希望她已经从那上面消失，他完全希望她知道在卑鄙的人中，在卑鄙的地点，在卑鄙的怀抱里活着就是被埋葬！

当律师在失望地注视他时，他心想：“她将会是纯洁的。”然后更加伤痛和更加震颤地想：“我将永世看不到她了。而且其他人也同样看不到她了。”

这时他朝后一跳用力去抓栏杆。

“出了什么事？”律师吃惊地发问。男高音将一只手压向胸口而未作回答。律师的双眼紧盯着他投向敞开的阳台门的惘然若失的目光。

“嗨！尼科洛！我们在这儿，”他喊道；小伙子拎着已装满的网线袋走上来。

“啊，您太容易受惊吓了，年轻人，”——这时贝洛蒂拍拍内洛的肩，“您神经过敏，像所有的艺术家一样。我也知道与什么有关。”

他眨眨眼和拍拍肩。内洛将肩从他那里抽开。内洛朝栏杆柱弯下身，同时紧闭双眼。这可能就是她！如果他又看到她，那该会发生什么事！在她的地域里，在她所掌控的情况下已经度过的一夜，使得他心醉神迷，精疲力竭。

在未被两个为鸡蛋价钱而争吵的人注意的情况下，他下到花园里。这不是他曾在上面休息过的那条长凳吗？而且他断定她也在上面坐过。黑暗中他曾在这条路上探索她的足迹，在这里他曾把自己的一只手弄得冰凉，并将自己的两片嘴唇压到上面。这足迹现在在哪里？

“我究竟是不是在用足迹欺骗自己？哎呀，我还自感得意，认为晚风给我带来了她房间的芳香，也就是她的芳香；可我闻到的却只是这里的花圃的味道。我是傻瓜，我很可笑。我不是想要死在这泉眼的台阶上——并让她在早上寻找清新的泉水时被她发现吗？今天天气已经热起来，我口渴；我感到仍在她窗下，我离她这么远，我孤单一人。”

他在他饮水的器皿中看到了自己充满痛苦的双眼，他在沿着一行柏树的发绿的方块石路面上听到了自己沉闷的脚步声。他又找到了那个小门。为了不使它嘎吱嘎吱作响。他曾在深夜里将这门的转轴提起。他在公路上迅速走开了，在行走时他将两臂张开；此刻又这样，他同时摇着头。

当律师贝洛蒂追上他时，他迷惘地朝四处打量：他这是在哪儿呢？

“我可怜的年轻朋友，您想必是聋了；我喊了又喊，您越跑越快……”

由于男高音没请求原谅，贝洛蒂才这样说。他说让他等一下；可如果能知道他姐姐对这些鸡蛋看得多仔细那就好了——他用手掂了掂网线袋的分量。

“我不得不付这些不新鲜的鸡蛋的钱。啊，这些妇女！可是请您注意城市洗衣房！它的建立是由我又一次不顾不学无术的卡穆齐的反对而倡议并实施的。能为妇女谋福利，我为此感到满足；她们也因此感激我，她们把我是‘民众之友’的名声广为传播。您好，法尼亚，您好，纳纳！”

理发师诺诺吉向他们迎面走来。他一跷一跷地走着，身子完全向左边偏。他右手拎着他那只已用旧了的皮包；左手臂始终僵直，同时每迈一步那皮包都在摆动。他老远就从头上脱下的帽子都快要拖到地上了。他做了个鬼脸，一边尖声怪气地喊道：

“两位先生，早上好！多么亮丽的日子。在这样美好的日子里人不会死！”

“我们不考虑这事，”律师回答道。“您大概是到纳尔迪尼那里去吧？请代我问候他，说我今天已经去过他那里。”

“您看起来胡子没刮干净，”理发师对内洛·真纳里说道，“这会使女人生厌，我的先生。如果您心甘情愿坐在那块石头上——它在阴凉地里，我可以马上为您服务……您不愿意？您没有道理。那么我们下次见。我是您们的仆役，两位先生！”

律师叫他返回来。他一直等到理发师走得很近了才四下看了看，然后压低嗓音说道：

“诺诺吉，您看到过男爵了吗？……我已经看到了。诺诺吉，他与‘月亮’旅馆里的那个女人之间已发生了某种事，与那个女演员……”

“啊！啊！”

这个矮个子男人将他的不正经的双眼急速张开又闭上。他身子颤抖着；面皮里血红色的微血管在怦怦直跳。

“诺诺吉，”律师继续道，“对这件事我们必须非常谨慎：这涉及一个非常守旧的家庭。这您是知道的，因此我恳求您保持沉默。”

理发师早已将手按在胸口；他蹦蹦跳跳，点头哈腰，将嘴鼓得圆圆的，并将拎着包的手臂向前伸。

“如果甚至连士绅们都不能自律，”他说，“这真令人遗憾。另一方面人们也乐于看到这种事。够了，我们将保持沉默。哦！律师先生了解我就跟我了解他一样。”

“我们通常都有一桩不折不扣的丑闻，诺诺吉——尽管这是一种可以原谅的误入歧途。不过我们必须考虑到一些跟那个神父一样的人。”

“当然我们要考虑这些人，律师先生！否则我们自己会变成什么样子？难道我们这样的人就要永远忍住自己的欲望？尤其是几个理发师，他们娶的全都是丑老婆。这很奇怪，也难以理解，可都是事实。”

他将一只手张开。

“您不要笑，演员先生！我说的纯属实情。当我们娶我们的老婆时，我们觉得她们漂亮，可后来她们都很丑。请您看看本城所有理发师的家：博诺梅蒂的老婆、德鲁索的老婆、马科拉的老婆，或者我自己的老婆。不！您最好别看她们。由于害怕对她们生厌，我自己都根本不愿意再看她们一眼。”

他将嘴一直撇向左耳，摇晃着帽子和皮包继续往前走。

律师在大笑之中发现了城门，他平静下来，用他上衣的一侧罩住装有鸡蛋的网线袋。他显得不太匆忙。

“保持风度毕竟更好一点。可是都认识我，或许不会有人敢……”

城市关税征收员将两个指头放到他缀有羽饰的帽边；律师温和地说道：

“您好，奇戈利亚。”

同时他有点居高临下地对他的陪同者说道：

“您看见了？”

他轻轻地吹着口哨，一边把鸡蛋又从网线袋里拽出来。

在巷子里面有些人在回头看他们，而且律师还多次发现，从连在一起的百叶窗的缝隙中，一些洁白的脸孔上的一双双好奇的眼睛正向下窥视着他低着头的同伴。这时律师挽着这个年轻人的胳膊，向他弯着身子又说又笑，与他显得亲密无间。当他们在广场出口处举步巡视半圆形的市政厅拱廊时，年轻的卡穆齐太太轻柔地哼唱着踏上三楼阳台。她站在一张大皮垫后面，将它展开抖动，使灰尘纷纷抖落到下面。

“哦！请您原谅，律师先生。我没有看到您。”

“您只管抖吧！这让我感到荣幸，”律师喊着回答。同时他来回乱跳，以便躲开飞扬的尘土。卡穆齐太太向此刻搭在栏杆上的皮垫俯下身，她满面通红、目不转睛地盯着律师同伴的眼睛。男高音脱帽致意。她缓慢而十分庄重地表示答谢。律师呼哧呼哧地吹着尘土，一边从中穿过。在他们到达咖啡馆前，他再次站定，用手敲着节拍轻声低语道：

“让我们稍稍思考一下：卡穆齐这号不学无术的人讨了这样一个婆娘而不长期遭她欺骗，难道不会有真正的丑闻吗？可是现在女人都这样：正好这个是她心中最忠实的。”

在这个时刻，干瘦的老男高音杰尔达诺出现在市政厅门口，只见他穿着跟昨天一样的白色衣服，双眼下方的眼袋显得更厚了，为了使钻戒有闪闪发光的时间，他缓缓地将一只手抬到帽边。

“啊！卡瓦列雷。”

律师向他奔过去。他在这老头耳边喘息着说道：

“您真走运，卡瓦列雷，您住在我们一个最标致的女人的家里。我们对像您这样的男人所希望的是，不要不加利用就放过了这种运气！所有的眼睛都在盯着您！”

这老头随便将手一挥，好似不需要说好多话一样——可是律师在退缩时却将头朝后一仰。

“这能行嘛！这是什么，这意味着什么！”

“这您不知道吗？”卡瓦列雷·杰尔达诺问道。“一盏弧光灯。”

“我看这太过分了，”律师声音低沉地说，“一盏弧光灯。我的先生，可是这盏弧光灯竖在这里我不知道。这想必是一夜之间干的，在这个恶作剧中我清楚地看到了卡穆齐的手。他利用了我在为艺术献身的时刻。一个公众人物，我的先生，一个政治家不可能有足够的戒备。”

男中音加迪迈着坚定的步子，一只手插在裤子口袋里，从母鸡卢恰住的巷子里走出来。敦实的他傲慢地站在其他几个人旁边，用他洪亮的声音说道：

"我们大概总是第一批吧？内洛当然是因为有艳遇，我因为我的家弄得我不得安宁，而在卡瓦列雷这个年龄的人就不再能睡老长的时间。"

老杰尔达诺做了一个鬼脸。加迪将他那张从侧面看似恺撒的豪壮的脸朝四周的建筑物仰起，他宣称这个城市很有吸引力。律师贝洛蒂恳请这三位先生跟着他四处走走：他们是不会后悔的，他可是这个城市发展史方面的专家，二十年来写一部鸿篇巨制的素材一直放在他的案头。

他首先向这三位演员朗读刻在市政厅正面墙上古旧大理石上的拉丁语铭文。为了能读到位于高处的铭文，他们得爬到一个被律师喊过来的小伙子的双肩上。贝洛蒂也要求老杰尔达诺这样做；老人拒绝时，他令人惊奇地作了暂短的休息。这个城市有几块比罗马还要古老的发祥地！维纳斯[①]神殿占据它们的位置达数百年之久。

"占据了它们的整个位置！因为我们的神殿是这个女神几处最大的圣迹中的一处，她的崇拜者从整个意大利蜂拥而来。"

三个人侧耳倾听。男中音补充了一句：

"这必然是件很了不起的事。"

"啊！"律师非常高兴地感叹；继而好似共同经历了

① 维纳斯（Venus），罗马爱与美的女神，相当于希腊神话中的阿佛洛狄忒（Aphrodite）。

时代的衰落一样抱怨道："这跟现在有些不一样，现在城市收入很少——"

他将一只手放在嘴边继续说道：

"——只来自的黎波里路的这所房屋。"

三人默默点头。

"哦，可怜的一点点！可是当时：你们想象得到，我的先生们，在把整个山坡都盖住的一些花园里该有多少女教士哟！"

三个人看上去是在想象众多的女教士的情形。内洛·真纳里眼睛张得大大的，嘴里很苦涩。

"他们的寓所一直延伸到了维拉斯库拉。是的，我们有这方面证明，那些女士中最高贵的几个的房舍正好在维拉斯库拉。"

他嗓门沙哑，哧哧地笑，卡瓦列雷·杰尔达诺咯咯地轻声一笑，加迪则以洪钟般的嗓门哈哈大笑。年轻的男高音咬着嘴唇，眼睛朝地下看。

"那么现在你们已经了解了有关情况，"律师又加以补充道，"也就是说了解了我们的女子是由何种极具天赋的母亲所生。"

接着他将他的兴奋的听众领进市政厅庭院，走向圣母像。

"我们的一位伟大的十六世纪艺术家将它赠送给了他

的故乡城市。请您们注意其色调的细腻！”

可是尽管律师点燃了许许多多小蜡烛，但是三个外地人也只看到了金属网后面有些黑乎乎的、已遭风化的画面。在他们情绪低落下来之前，他坚决要求指给他们看一个木桶。该木桶是本城市民三百年前从阿多尔纳的市民手中抢夺来的。因此在两个城市之间爆发了一场大战。两个城市都曾为这个木桶付出了鲜血和财富。据说诸神都分别在两个城市的军中为这个木桶而战。

“而我们在帕拉斯·雅典娜①的帮助下将它保住了，它现在悬挂在我们的钟楼里，”律师结束了他的介绍。“你们将会看到，你们将会看到！”

他急匆匆地领着他们穿过广场。他重重地撞在一根弧光灯柱上，因而十分恼火地朝上面看。

“它立错了地方。我就不会将它立到那里！”

他们来到了上面。这时他迟疑不决地转过半个身体，低语道：

“钟楼角上有座黑房子，你们别向那里看，我恳求你们，我们正受着监视。”

他将他们拉到钟楼一角，逐个向他们耳语：

“那后边有一件最值得我们注意的事，这是城市的一

① 帕拉斯·雅典娜（Pallas Athene），希腊智慧、技艺和战争女神。

个秘密，它有些无法解释：一个奇迹，狂热信徒们会这么说。”

他讲述了九年来不出门，但却能看到和知道城里的一切的埃万杰利娜·曼卡费德的事。

“令人惊讶，”男中音说道。

“够糟糕的，”内洛咬紧牙齿挤出一句。

“还有比这更有过之而无不及的，”律师补充说，“卡瓦列雷，她事先就知道您要来！”

老歌唱家满脸疑虑。这些事可能会带来不幸。

“这是在向我预告，我会在秘密的包围之下死在这座不足十万人的城市。因此我必须谨慎。”

“您看上去根本不会死，”加迪说道。同时朝这老头化了妆的面颊瞥了一眼。

“名声永存，”律师叫道。他推开钟楼大门，他们一个跟着一个登上又湿又滑的楼梯。在一个包有铁皮的门前律师突然停住脚步，向跟上来的三个人的头上伸出一条胳膊，让他们铭记这个庄严的时刻。

“在这个木桶的故事中，你们，我的为名声效劳的先生们，碰到了一个伟大的典范。为了这个木桶许多英勇送了命。生命算什么？木桶一直存在！名声永存！”

“好！好！”三个人齐声说道。老杰尔达诺双眼湿润。

“可是我们还没有钥匙，”律师说道；这时他朝楼上喊道：

“喂！埃尔梅内吉尔达！”

没有回音，律师又朝上登了三级楼梯，每登一级他都要喊一声。终于上面探出来一张板着的老脸。

“你们想干什么？钥匙不在这里。这个木桶再也不准许看了。”

“究竟怎么啦？你疯了，埃尔梅内吉尔达？你不认识我了吗？我是律师贝洛蒂。”

“这我知道。可是唐·塔代奥有钥匙。”

“你说什么？唐·塔代奥有——可这是公开的侵犯！这是明显的掠夺！我的先生们，你们是这桩暴行的见证人。在我向市政当局报告所发生的这件事时，你们要到场。啊！这事我几乎不能理解。”

律师将双手抱在头顶上。他——差一点将这三个演员从楼梯上撞下去——飞快地冲出钟楼，从两尊铁板着面孔的石狮子之间穿过，跨越台阶，奔进大教堂。另外三个人跟在他后面跑。

“律师先生，”男中音叫道，“您可不要太麻烦。我们没有提出……”

律师已经一溜烟进了法衣室，并马上又从法衣室出来了。

“你们认为这个神父会让人看见吗？他害怕，但还在故作镇静。我们倒要看看谁更强大！这事不能就这么拉倒。由此可见那里面——”

他指向法衣室。

“——不仅是谎言和阴谋的策源地，而且还是真正的贼窝。”

“毕竟您也抢过一回这个木桶，”男中音提出异议。老男高音推测：

“这或许是个疏忽。”

“难道有这么多事与此有关？”内洛·真纳里问道。

而当律师抬起双臂时——

“再说或许神父是对的。木桶在他的钟楼里……”

“哦！我曾经听到过这样的诡辩。这个木桶，它是城市的象征！是被我们抢来的！——而一个神父应该允许冒险。可是我会有办法找到他：他在学校里。朋友们走，到学校去！他定会遭到一次永世不忘的失败。”

他们用力将他拉住。一些男孩在他们周围聚集起来。锤击声和歌唱声在广场旁和几条巷子的入口处停息下来，人们出现在门口。药店老板阿奎斯塔帕切露面了。他说唐·塔代奥想要报复，因为——这时他指指这三位歌唱演员——现在艺术在城里正要繁荣。

“这是针对我的，是我把他们喊来的。”律师声称。然而他仍在走动，为的是在斗争开始之前到杰瓦特尔·阿基莱的咖啡馆里喝味美思酒。波利和卡穆齐也出现了。从自己店里走出来陪他们的理发师诺诺吉一看到律师就向后退缩；同一时刻宪兵队少尉正从旁边走过。律师要求宪兵通过暴力途径使城市占有钥匙。市政厅秘书认为这样处理不合法。

“那么您投到神职人员那方去！我很了解卡穆齐，您不喜欢进步。为了嘲笑我，您还连夜让人将一盏弧光灯竖在不该竖的地方，让每个人都在灯柱上挨撞。可我怎么就从未想到您会堕落到如此之深的地步。”

市政厅秘书声明自己完全秉公行事。他说这里有个权限问题，因为尽管木桶属于城市，可它却悬挂在钟楼里，而钟楼的确是教会的财产。

“这我不是说了吗？”内洛·真纳里补充道。这些人的争吵和加在他们身上一些事情的重大意义使他特别愤慨。他似乎觉得为了自身和为了他的同情，他应该要求一种广泛的、十分令人敬畏的宁静。他们可能会互相残杀！

“神父是对的！”他用凶狠的、响亮的声音喊叫，“而且我们必须有宗教。”

律师没理睬他。他突然显得满怀胜利信心。

“你们有逻辑性吗？你们应该有逻辑性。啊！你们应该有逻辑性。”

他将一根指头放在鼻子旁。

“木桶悬挂在钟楼里：那好，可它是悬挂着。它没有触及地面，而且将它与天花板相连的绳索是市里的：这我知道，因为是我本人向制绳工费耶拉贝利买来的，原因是我感到旧绳索已不够牢固了。那么好吧！木桶的上面既不、下面也不、甚至连周围都不碰到教会的领域，那么谁还想断言木桶悬挂着的空中属于教会呢？”

“这仍然不能判定，”卡穆齐说道，同时内洛支持他。

“你们不会使我迷惑。空中是不属于任何人的。在你们的葡萄园上面的空中我有权要打多少鸟就打多少鸟，前提是我不踩坏你们的种植地。”

律师将他的味美思酒举到嘴边，同时打量他的对手已遭受打击的脸，并津津有味地将眼睛一眨一眨。他的胜利已使他得到了宽慰。

“请你们把两只脚蹬在你们椅子的撑条上，诸位！”他和善地说道。“这样你们就可以躲开我们的跳蚤。啊！在这样美好的早上，我们都有清醒的头脑，男人之间聊这聊那，这是一种真正的乐趣。女人们在这方面就不适合。”

在这期间所有的人都在向以她那隆起的胸脯填满了她

一扇窗的帕拉迪西大娘欠身致意。她的两个俊俏的女儿冲到了最靠近她的位置。

“她们已经穿好了衣服，”药店老板说，“这是否针对您的，真纳里先生？我没有想冒犯其他先生：因为这与我本人无关。”

这个男高音将目光移向别处。

“您很娇气，年轻人，”老战士将他的一只大手放到他身上。真纳里突然咆哮起来：

“难道没有禁止女人们在白天将百叶窗打开吗？她们就躺在广场周围，而且似乎最喜欢立即张开双臂。一个不加克制的女人使我感到厌恶：我就是这样一个人。”

“可是，内洛！”男中音说道，“到目前为止你还不够快，还在昨天，就在头半个小时，你就在追逐一个走进大教堂的女子。”

“谁进大教堂啦？你住嘴吧！或许你给我提供一个女的，为此已得到报酬了吗？”

“我又认不得你了，内洛！诸位，这个狂人一向是个小天使，他讨女人的喜欢，讨我们演唱的各城市所有女人的喜欢。他还没有拒绝过哪个女人的事。而现在，他碰到了什么？”

老杰尔达诺在向四面吻手时不能自持。

“我没有时间说话，”他说道，“人太多了。”

“为什么那几座房子的百叶窗仍关着？”这当儿他问道。在人们看到他时，药店老板承认道：

“这里的房子是我的。卡瓦列雷，像您所看见的，连理发师诺诺吉的老婆也将她的百叶窗关着，她是在按想要禁止艺术活动的唐·塔代奥的意志行事！哦！不单单是我的妻子：有整个一派人站在他一边。您会看到的。”

“我们开始战斗！”律师给人以指望。“他要把钥匙交出来：如果我为了城市而提起诉讼，并要脚踏实地地毕生坚持诉讼，那他就将把钥匙交出来。我自己，律师贝洛蒂，将把你们所有的合唱队员都领进钟楼，将木桶指给你们看，就连圣阿加佩图斯①本人也不得阻止我！”

“这事您跟您弟弟谈谈！”卡穆齐叫道。“他有清醒头脑，他到那里了；现在是十点钟。”

土地承租人骑在他的小步奔跑的小毛驴背上的两个大筐之间向市政厅巷冲上来。他在市政厅旁先摘下夹鼻眼镜，再脱下钟形草帽，挥动这两样东西。他在咖啡馆前从毛驴背上下来。

“你们好，聚会的各位先生，”他说道。

“律师声称……”卡穆齐开始讲。

“我没有声称什么，”律师急忙说道。

---

① 圣阿加佩图斯（Saint Agapetus，？—536），圣阿加佩图斯一世，意大利籍教皇（535—536）。

土地承租人同情地打量他。

“啊！律师。他到底又想干什么？乱弹琴。”

他用一种充满敌意的腔调模仿他有声望的哥哥的说话方式。律师傲慢地向后一靠。

“这是像你这样的男人无法判断的事。”

“那么好吧，不要说了，”加利莱奥回应道。“可这里的几个人究竟是谁？”——同时他用一根手指从三个外地人中的这一个指到那一个。他在想象的过程中不厌其烦地将双脚在地上擦得沙沙响，同时客套间夹有抱怨。在又坐到椅子上时，他使劲啐了一口唾沫，这样内心才轻松了些。他将两条短而肥的大腿分得很开，让一对小小的黄褐色拳头垂悬在大腿之间。他用白色眉毛下的眼睛轻蔑地审视所有的人，对他们所说的话只默默地撇撇嘴。他终于好似耐不住了，于是粗声粗气地叫嚷着，提出要他的邻座表演些魔术或说一个笑话，因为此人大概是个卖艺的。老男高音站起来表示抗议。他说他从艺五十年，这种无理要求——他整个的脸，他脸上的每条皱纹都在抖动，他好似要突然号啕大哭；他在挥动他起皱的双手时显而易见把钻戒给完全抛在了脑后。

“他到底想干什么？”加利莱奥问，“简直是个笨蛋！乱弹琴！”

他以曾用来模仿律师的同样的无聊的腔调喊叫。卡瓦列雷·杰尔达诺准备离开。律师怀着深深的敬意一再让他转回来。

“您别对我们这样，卡瓦列雷！您的名声在哪个城市都没有在我们城市大。请您不要误解我的弟弟，他也是敬重您的。加利莱奥，我们的姐姐在找你，有只山羊病了。”

“这你为什么不马上就说呢？可一些律师什么也不懂。”

他用一只手抹了抹嘴，牵着毛驴走进阶巷，这毛驴的头就靠近他的后颈。律师继续恳求。

“卡瓦列雷，像您这样的大人物对这些糟糕的事不必介意。一个农民不会以应有的尊敬来对待您：还有什么呢？因为我弟弟只是一个农民。他七点上床睡觉，夜里一点骑驴下田，天气开始热时十点回家。中间空闲的时间跟与他同类的人玩猜拳游戏。教皇统治时期他去做弥撒，现在当然再不去了。尽管如此，他也还有一点教养，他还能够预报疯婆子母鸡卢恰的收成下降。可是——”

他将这个歌唱家松开。

“——我们别谈这些小事。卡瓦列雷，此刻很严峻。诸位，我看见神父出现在林荫道上了。”

他有气无力地坐了下来，似乎是因为情绪异常激动。老杰尔达诺也坐到了自己的椅子上，已遭到的打击事后突然将他完全压倒了。他垂头丧气地喃喃自语：

“从艺五十年……”

“他身边有托罗尼男爵夫人，”波利说道。

“作他的掩护，”药店老板加以补充。

“这有什么用，”——这时律师跳了起来。“我要直截了当地向男爵夫人宣布，我跟这个神父……”

“他已告辞了，她走进了自己的家。”

老男高音突然大怒。

“我曾被加富尔[①]阁下授予意大利桂冠骑士称号！”

他们没有听他讲。律师做好了奔跑的准备。当神父发现他时，吓了一大跳的神父放弃了他走的路线。律师突然奔去，他抄的是近路。

“逮住了，”药店老板说道。

“我在佛罗伦萨有房屋！”

这时卡瓦列雷·杰尔达诺气愤地将他的杯子放下。

“所有这些毫无意义的事与我有什么关系？我的房屋里放满了我光荣生涯的纪念物，放满了王公和贵妇的礼品……”

“唐·塔代奥，您的仆人，先生，”人们听到律师在

① 加富尔（Cavour，1810—1861），意大利自由贵族和君主立宪派领袖，撒丁王国首相，意大利王国首任首相，是萨伏依王朝统一意大利的主要人物。

说。他举起帽子并甚至将一只脚一蹬。神父同样客气地打招呼，他用红红的双眼火辣辣地注视着他。

“我说一句话，唐·塔代奥，但愿这不使您难堪！您那方面有一个讨厌的错误……”

“这不是错误，我的先生……”可以看出神父几乎无法启口。“钥匙，因为您肯定是想说它……”

“当然。为了相信您奉公守法……”

“这毋庸置疑。可是问题是，我的先生，钥匙锈坏了，几乎再也不能使用了。我将它交给了锁匠凡塔皮耶，在他那里定做了一把新的。”

“啊！”

律师发出的这一声听起来并不沙哑。想必这对他很轻松！波利、阿奎斯塔帕切和少尉都重复了一声：“啊”——这时连男中音加迪也“啊”了一声。内洛·真纳里只在注意卡瓦列雷·杰尔达诺。这个著名的歌唱家在一阵毫不起作用的爆发之后心里完全泄了气，看上去老态龙钟，最终是无可掩饰的衰老，颚骨向下垂，昏花的双眼呆滞地望着某个地方，双手不知怎么放才好。他的这个年轻的伙伴脑子里在想着什么，同时将阴沉的目光投向可怜的老头：

“是的，他在这里干什么呢？一个富裕的、受尊敬的老者——而他不得不在一个肮脏的偏僻的小地方给一些粗野的人逗乐！可是他再也得不到支持了；在一些大城市他们再也不想要他了；由于他似乎从我们的生活中从未学会因缺少掌声而感到失落，所以现在农民们的拳头势必会使他学会这一点——可是在女主人们望都不望他一眼时，他或许还能使一些女仆神魂颠倒……我们这一行就是这样。尽管我已经这样干了很长时间，可是我们现在还在继续这样干：一直都是傻里傻气、毫无意义的自我陶醉，没有停泊的锚，没有靠岸的勇气；而有一天在跳蚤从我们的脚上跳过去的某个地方的咖啡馆前，我们发现了我们到了多远的……可是我：哦！对我来讲永远不会到那个地步。我还年轻，我的生命应该属于阿尔巴。我将让她对我的爱慕深信不疑；我将去做某些事，我将采取行动，我将采取勇敢行动好使我得到她……我要从修道院里将她找到；我要将她从修道院里解救出来！她怎么会不爱我！我们逃跑。然后我们跪倒在祖父脚下……我也许很愚蠢，而且很浪漫，是吗？可是如果我真的永远不能娶她，那就什么力量也阻挡不了我拜倒在她的脚下生活：作为一个她不认识的农民待在她的修女斗室的墙下。这里是不是有男修道院呢？在一些教会的节日里我们可以相互见面。她的漂亮的头上戴着白色披巾，我穿着带头巾的僧衣，我们可以互相盯着眼睛和唱着……”

“年轻人，您正在梦中，”某个人说道；这时卡瓦列雷·杰尔达诺已恢复正常，他面带极其高傲的微笑注视着内洛。

律师和唐·塔代奥现正在相互道别。半圈围观的人一直盯着他们的一举一动。

“那么我可以指望您说话算数，”——这时律师点头哈腰地后退一步。

“可到底怎么啦。愿为您效劳，”神父一手拿着帽子俯身向前回答道。

“相互理解，这总是好的，”律师在迈下一步时说道。而唐·塔代奥则回答说：

“我们不该仇恨任何人。”

“我也这样想，尊敬的神父。您的仆人，先生。”

这时律师最后一次将脚一蹬。

他额头微微冒汗，两眼仍然什么都不看地走了回来。理发师博诺梅蒂在围观的人群中说道：

“他把这事推给了他，律师。”

教堂杂役皮皮斯特雷利的老婆用拐杖直捣铺石路面。

“唐·塔代奥把这事推给了他，推给了他！”

男孩们在神父背后用手指吹口哨。当他转过身来时，他们都天真无邪地在地上玩耍。

“他从那里溜走了，这个胆小鬼，”药店老板声音并不很轻地说道，“他拿锁匠当托词。”

“如果你想把他们抓住——”波利说道。“这你知道。”

“律师，”卡穆齐说，“在这期间您对那个先生很客气。他不会抱怨。”

“客气，我？我全通知他了。当然我要用有教养的方式来谈判……”

“您真不该称他为尊敬的神父，”烟草商说，“他不管怎么说并没有称呼你为阁下。”

“可你们怎么啦？就他那方面而言，他已明显地感到了我的讽刺，这我有把握。在这个时刻，他知道我把他当成了无赖。你们认为他没有在我面前卑躬屈膝，他没有感到内疚？他害怕得冒汗！他一见到我就情愿跑开！”

“这是真的，”男中音说道；其他人也都这样承认。

“胜利在律师方面。”少尉加以确认。

药店老板阿奎斯塔帕切将桌子一敲。

“好啊，律师！在他交出钥匙的那天，我付两瓶白葡萄——汽酒的钱，”他将这句话说完。在说完以前他以极轻的动作将一只手从桌上抽了回来。他的妻子已走出药店，她的头顶和双肩披着黑色头巾；她的目光沉重地落在这个老战士的身上，而老战士在这种目光下变得更瘪了；这时她向唐·塔代奥走去了。神父仍然和理发师诺诺吉的老婆一道站在泉眼旁，她正哀诉着举起两臂。在阿奎斯塔帕切的妻子握着他的两只手时，卡穆齐太太出现在广场上。她从士绅们桌子前面三步的地方走过去，眼皮都没抬就加入了另外那一伙人当中。

“啊，这些女人，”律师在叹气。他被漂亮的卡穆齐太太的不屑一顾弄得很痛苦。她的丈夫说道：

“连托罗尼男爵夫人也会立刻加入神父派。”

律师和他的朋友们面色沮丧地向托罗尼豪宅张望。在那后面的市政厅的角落里出现的不是男爵夫人，而是女演员伊塔利阿·莫莱辛。

“她们怎么都围着他嘎嘎叫，还扑扇着翅膀，这些蠢女人！”烟草商波利因他的妻子不在场才勇气十足地说，“为什么她们不舔他黑色道袍上的油污呢！”

市政厅秘书继续挖伤口。

“您一定不要认为，律师，您跟唐·塔代奥和他的人会轻易了结。他躲开您，这就更糟。他藏在锁匠凡塔皮耶背后。这个凡塔皮耶教堂和修道院的事样样都干，他不会在神父中意之前将钥匙锉好……”

一群小学生突然从林荫道那边钻出来，将伊塔利阿围了起来，再迅速从她那里蹿出去。他们喧闹得什么都听不清了。一些鸽子从铺石路面上逃向空中，向大教堂的外挑楼层飞去。有几只鸽子飞回来落在泉眼的护壁边上。伊塔利阿渐渐走近；头巾从她的双肩上滑下来，她屁股扭来扭去，两眼来回转，嘴里还嚼着东西。当看到这几只鸽子时，她设法靠过来，便深情地尖叫着将放有面包的手心伸向它们，一边抬起头等待掌声。可是不但无人鼓掌，反而阿奎斯塔帕切的妻子说道：

“尊敬的神父，能准许一个堕落的女人来喂教堂的鸽子吗？”

唐·塔代奥直叹气；诺诺吉的老婆补充道：

“我要去把我的扫帚拿来。都想想看，还在头一个夜晚！而且跟一个贵族！”

卡穆齐太太频频垂下眼皮。她突然将她的高级围巾按向脖子，吐了一口唾沫——这举动跟她很相称。人们看到银白色的唾沫从她的黑衣旁落下。伊塔利阿疑惑地挺直身子。在咖啡馆前面的人，谁也没有说一句话。最后律师才试探着说出：

“这些女人好像知道点什么。难道诺诺吉……”

药店老板看都没看他就回应道：

“即使没有诺诺吉，最终一切也都会暴露。”

“这真讨厌，”律师叫道。“我声明与我无关——我可必须补充一句，尽管我是第一个知道这件事的人。”

这期间医生的妻子约莱·卡皮塔尼过来了。可是当她用有气无力的腔调向神父打听，是否可以将这个女演员监禁起来，以免不再有人被勾引时，律师却愤怒了。

“她现在没有！啊！她没有。一个如此皮厚的女人不该再被说其他坏话了！”

伊塔利阿眼里含着泪水来了，她问道：

“这些太太怎么啦？”

其他人的沉默使律师更加狼狈。

“没有什么，”他从嘴里冒了出来，“我们是在一个小城市，您想要什么哩；这里的人不喜欢女子睡懒觉。”

“可是小姐理应要睡觉，”波利老老实实地说道。

“这我相信！乘邮车长途跋涉，在索利亚科每晚演出……”

“而且或许还有爱情吧？”少尉提出来；同时他把身子坐坐正。

“狂热！”律师妒忌地喊叫，“因为女艺人爱得狂热，这使她们精力耗尽。这我知道。”

“多真实啊！”——这时伊塔利阿向他表示感谢，她用双眼撩得他心里痒痒的。律师呼哧呼哧直喘气。

“这里这个妞儿，”男中音加迪宣称，“精力是不容易耗尽的，她吃了太多的通心粉。”

“绝对不应该取笑妇女，”老杰尔达诺甜蜜蜜地回应道，“她们有太重要的事。”

“谢谢，卡瓦列雷，”——这时她也撩拨他。“我喜欢彬彬有礼的男人。”

“我知道，我知道！”——这时烟草商在酒杯之间一拍，同时脸红得像熟螃蟹一样的他在寻找阿奎斯塔帕切。“是男爵！”他们压低着声音耳语，随即爆发出大笑。

“这两位先生怎么啦？”伊塔利阿问道。为了将他们争取过来，她用双眼撩拨他们；同时为了安全起见，她还撩拨少尉。

律师用一个手指头去吓她；她发笑。在此期间从大教堂那边来的卡穆齐太太深垂着眼皮由旁边走过。伊塔利阿非常紧张，并甘拜下风地盯着她看。

“是这位太太吐唾沫的吗？”她低声说道，“她为什么在我面前吐唾沫？”

“连我都受到了侮辱，”老杰尔达诺抑郁地说道，同时他暗自苦思冥想，满脸布满了皱纹。

内洛·真纳里醒过来时吓了一跳，他目瞪口呆地凝视着某一个人。

“这里有人知道一切。一切，你们懂吗？这不可怕吗？”

“我把这事都忘了，”老杰尔达诺恐惧地说道，“看我这记性！可现在我清楚地看到了，在此地不幸来自何处。在钟塔后面的那个角落里——”

他强迫伊塔利阿看着他张得大大的眼睛，并且用大拇指朝后指。律师轻轻地发出“嘘”声。波利悄悄说道：

“别向那里看。”

“始终都有这样一双隐身女人的眼睛，这确实可怕，”内洛·真纳里将目光沉下来重复道。男中音将他的表链拿在手里。

“我不认为这是一件非常愉快的事。”

“有什么事？哦，你们怎么啦？”——这时伊塔利阿将手背靠到嘴上。

“你有角质的表链挂件，加迪？”老男高音问道。“你什么时候都不该把它取下来。”

他没有转身就急速对着曼卡费德的房子伸出两根手指头。

“有什么事，我的上帝？”伊塔利阿恳求道。“我要离开了。”

“到底怎么了，”律师说道，“我们大家就生活在这里，这对我们并没有什么。这是一个九年来没有生病而一直不离开家的姑娘，尽管如此她仍然知道已发生的一切，有时候也知道还没有发生的事……”

“必须承认，”——这时市政厅秘书嘲弄般地微笑着说，“如果对这还不习惯，那可能是会有点叫人害怕。”

“我要离开了。”

伊塔利阿将她的椅子推到后方。律师抓住她，再将她按到座位上。

“您，一位女演员，在人的天性的一个简单的现象面前就想逃避吗？”

“怎么，简单——”市政厅秘书说道。

被律师紧紧抓着的伊塔利阿向四处看，以寻求帮助。

“因之我已经受到了侮辱，”老杰尔达诺又开始说，“我从艺五十年——”

“因此那个太太在我面前吐唾沫吗？”伊塔利阿恍然大悟道。

“可是科学——”律师开口道。

“那么谁还能安全！”内洛·真纳里叫道。他跳起来，两臂交叉着拼命围着桌子转圈。在突然认识到的情况下他心里想：“她知道我在哪里过夜和我爱阿尔巴！我宁可死也不想看到掌握我的秘密的人的本性。可她有这种本性：她昨天就已知道了名字！——而她也会将我透露出来。我现在靠她的恩惠过活，这怎么能忍受！”他又坐下来，用双手抱着额头。

“科学将——”律师说道。老杰尔达诺突然抬起双臂，将空气急速地吸进张开的嘴里。

“这是向我预告！这座城市不足十万人，我被秘密所包围。我会死在这里。”

“是的，必须小心谨慎！”——这时男中音毫不激动地转动着他的小小的角质表链挂件。老头显得畏畏缩缩。

律师突然变得不能控制自己。他的两肩在拼命耸动，俩手背在空中痉挛般地小幅度拍击，他的脉管在膨胀，他的眼睛成了窒息死亡的人的眼睛。

乐队指挥多尔伦吉突然站在桌旁，他呼吸急促地说道：

“要是诸位乐意，现在去排练！”

没有人回答他。伊塔利阿从上下两排牙齿间拽她的手帕，老杰尔达诺恼火地将目光转向他处。在这种情况下律师开始说话。

“您好，多尔伦吉，请坐！”

“我们别浪费时间，诸位先生！这所倒霉的学校已耽误了我够多的时间。因为我是个不起眼的乡村音乐教师，我必须教孩子们唱歌。你们去吧！”

由于毫无动静，他才脸色苍白地结结巴巴说道：

“真的出了什么事吗？我不理解……”

律师拼命挥舞着手。他突然将手臂啪的一声放下来，匆匆说道：

“他们不愿意，多尔伦吉。这几位先生已作了离去的打算。”

“啊，对的，离去！”——这时伊塔利阿连忙点头，她的脸扭得就像她遭蛇缠住了一样。

“我也走，”老杰尔达诺说道。“我不愿死在这里。”

乐队指挥抓一把椅子，又抓旁边的一把椅子。律师拦住他，让他坐下。

“鼓起勇气，多尔伦吉！这种突如其来的事我也感到尴尬；可是您要干什么？艺术家都性情乖戾，这我们是知道的。谁要想成为天才，那他就必然会性情乖戾。”

“无论如何，”男中音在已仔细审视过他的追随者后说，“我们离开或许更妥一些。”

内洛·真纳里将额头从两只手中抬起，带着迷惑的、焦思苦虑的目光——他紧闭双眼，缓慢而有力地摇摇头，再将额头朝后一扬。

“你们在开玩笑，”乐队指挥从嘴里冒出这么一句话；同时像个木偶一样微笑着。“一个滑稽的玩笑。可我们不该去了吗？时间要迟了，到剧院还有长长一段路呢。”

“这是严肃的事，我可怜的多尔伦吉，”——律师一边说着一边拍拍他。“我们的艺术家都害怕那后面的隐身女人。你们别向那里看！而最后，谁知道；这一切都有原因；音乐老师，连我也弄不清楚——因为，我们要说实话！稀奇古怪的事有一点成堆。为什么唐·塔代奥恰巧在今天用钥匙来给我制造麻烦呢？另外我都忘了，昨天夜里旅馆老板马兰德里尼的妻子，对了，埃尔西利亚·马兰德里尼的面前出现了她父亲的阴魂。”

伊塔利阿开始狂笑。所有的人都惊惧地看着她。

“一个阴魂？”她问道。

“当然，一个阴魂，小姐，”律师严肃地加以证实。“因为我不属于否定灵魂的人。我不是宗教的敌人，我只是神职人员的反对派。”

“可这样一个阴魂，哦，这样一个阴魂——”这时伊塔利阿在颤抖。

“一个不信宗教的女子我不喜欢，”药店老板阿奎斯塔帕切用他的老实的声调说道。她突然安静下来，严肃、真诚地看着他的眼睛。

“小姐在笑！你们看见她在笑吗？”乐队指挥还一再重复。他站了起来。从他细嫩的皮肤上可以看到，他的脸一直红到了下巴上的金黄色的须根。他用发自内心深处的颤动的声音说道：

“我已知道了，您是不会抛弃我的。弗洛拉·加林达小姐在什么地方？”

“哦，”加迪说，“音乐老师，您对她可以抱有指望：即使单枪匹马、没有我们，甚至灾难、凶恶的目光和阴魂都阻挡不了她，因为她什么也不信。”

“那么我们就前头走吧！钢琴在上边，”——这时他将手指向阶巷，“我费了好大的劲才将钢琴弄到那上边……”

“什么也不信或许更好吧？”律师在加以推测。

“要是你们不来，对了，那我怎么办，”乐队指挥说道，一边急忙抓了抓额头。

“对某些事不相信是很困难的，”卡瓦列雷·杰尔达诺补充道。“特别是在演戏时。”

“这是我的前途！你们不会愿意一切都是徒劳吧？”

“这种事我经历过，”——这时男中音拍拍他结实的胸脯。“在佩萨罗，我刚才还拿在手里的化妆钵不翼而飞了，而后来在另一个衣帽间里又找到了它。我不得不多次从首席女歌唱演员那里将我的化妆钵又拿回来。”

“听说这是你妻子经历的事。”伊塔利阿说道。

“我难道永远也离不开这里了吗？”——这时乐队指挥使劲敲他的椅子，继而弯着腰看他套在褴褛的太长的袖子里的、暴着青筋和渗着汗的一双手。

某个人愤怒地回答他：

“到这里来就够您高兴的了，我们感到，一百五十……”

卡瓦列雷·杰尔达诺用一个手势使士绅们不再讲话了。

“在帕尔马有一个剧院，甚至于在那里登过台的人中有许多人都不知道该剧院有一个阴魂——可这是事实。我就看到过这个阴魂。”

他一个接一个地盯着每个人的眼睛，并向他们点点头。

“那个阴魂一百年前是宫廷的一位贵妇，据说她爱上了一个男高音，尽管宗教誓约不允许她这样做。每当一个年轻的、还不出名的男高音演唱时，她就从宫里出来经过走廊进入剧院。这个阴魂总坐在她活着时所占有的那一个包厢里，等着看陌生的男高音是否会拖长那个音……”

“拖长那个音？”有人重复道。

乐队指挥已经又跳了起来。他走了几步，怒气冲冲地将一堆正在喊叫的男孩推开，再向泉眼走去。

“还有我的序曲！”他一再地说道。然而声音低沉，然而是脱口而出，然而是咬牙切齿。他将两只手撑在泉眼的护壁上大声呻吟。

“她应当要到剧院演出！加林达应当唱我的咏叹调《悲惨的命运》！她到这里是什么目的，他们所有的人到这里是什么目的！啊！他们不想帮我赢得我理应得到的名气？他们想阻拦我？”

他抓自己的头发，他捏着拳头。

“他们可要当心！我手上有他们的合同，我将因此而撕毁他们的合同，绝不怜悯地撕毁他们的合同！”

他朝泉眼里啐了一口。然后他返回，走起路来两条弯曲的腿有点朝里拐。由于他觉得在走近时不管愿意或不愿意他脸上都要表现出谦虚，所以他强迫他的脸立即这样表现。

“在不可能清楚知道这件事的情况下，”卡瓦列雷·杰尔达诺说，“我的先生们，你们不会理解我的处境有多么困难。”

“真见鬼！”

“请你们设想一下：一个人毫不知情地到达了帕尔马，他兴高采烈地一个劲地唱——结果在前一次幕间休息时他怀着某种好心肠得知：后面第三个包厢里坐着一位阴魂般的贵妇，她在等着看他是否要拖长一百年前她的情人死时的那个音。如果他将这个音拖长，那他也要死掉，这是肯定的。他会被这个音窒息而死。”

“非常有趣！”

“而他不知道这是哪个音！一些传说都不一致。这也许就是C大调的高音‘咪’，我的先生们，也许就是《伽拉忒亚》最后一幕里我的著名的咏叹调《啊，苍白的星星》中的C大调的高音‘咪’。可难道我得放弃我的C大调高音‘咪’吗？用这个音我可以征服每个观众。现在我或许会因为它而死，而痛苦地窒息身亡吗？这关系到在生与名声之间进行选择……我的先生们，我那时年轻，我选择了名声。”

“好啊！好啊！”

律师在此期间气喘吁吁地笑，他并没意识到有失体统。而只是由于激动，因为他在桌子下面碰到了一只脚。如果总体上没有弄错，那是属于伊塔利阿·莫莱辛的一只脚。卡瓦列雷·杰尔达诺用责备的目光看着他；他像是被当场抓住一样迅速把两道眉毛竖了起来。

“不过我同时对自己说：这大概不会是那个江湖骗子窒息死的C大调高音‘咪’；因为这个音没有人能拖两分钟，而只有我能办到。我随它便了。这时我就站在舞台上隐蔽的提词厢前，整个观众都屏住了呼吸，只有我放声高唱，拖得很长、很长、很长：——哦，我说真话，我感到不舒服。也许我有一点冒汗了，也许我的眼前有一点模糊了。甚至有可能我的力量在逐渐减弱了。可是这时上帝在驾驭我的目光，我看到在右面第三个包厢里一个人影站起来，没有响声地鼓着掌。我感到血猛地冲进了心里，我用力停下来，我听到观众的上千只手在挥舞，我感到自己得救了。当这个人影退后并消失的那一刻，我向右面第三个包厢鞠躬致意。就是现在，我都似乎觉得这个人影仍在我眼前：它非常苍白，穿得像个女修道院院长。”

“像一个——！”

内洛·真纳里突然将脖子伸得长长地站在那里，将一只手压在心头。他惘然若失，面如土色。他缓缓地呼吸着。

“——像一个女修道院院长：对了，这就是她。一个修女！——可那个男高音为她而死了。您的故事是真的，卡瓦列雷！我相信这个故事！”

他坐了下来。所有的人仍处在深为震惊之中。

“卡瓦列雷，我必须敦促您，”乐队指挥声音微弱，并上气不接下气地开始说话。律师将他的椅子用力一推，然后伸出两只手急忙转身横穿广场。

“他干什么？”伊塔利阿失望地问道。因为其间她的膝盖还跟律师的膝盖碰在一起。“他和谁呀？”

“这是商人曼卡费德，那边钟楼背后那个女人的父亲：别朝那里看，她在看我们。”

“他好像没有危险。”

“我的先生们，”乐队指挥又开始说道，“你们大概没有细想过，这将会造成什么样的后果……”

两个人相互靠近。律师气喘吁吁地说着，嘴里喷出的气都冲到了对方的耳朵。律师突然将他推到前面，再松开他。商人曼卡费德向人点头哈腰，他将他干瘪的、冰冷的手到处递。他鼓着一只眼的兔子似的侧面脸抽搐起来。

“如果诸位允许……”

在曼卡费德坐下之前，每个人不得不一一点头打招呼。大家都在温和地注视他，看到他穿着看上去像他的一张皮一样的棕色厚夹克衫而使自己变得又胖又矮。

“您有一个女儿，”卡瓦列雷屈尊问道。曼卡费德适度地微微一笑。

“我的女儿说起过您，卡瓦列雷。”

“这似乎没有必要。”

“悉听尊便。在她很孤独的时候，她喜欢在她的心灵里琢磨。因之似乎她比我们其他的人对世界和某些就我们其他人而言——他将一只手按在心头——太大的事更了解。您的名声，卡瓦列雷，使我的埃万杰利娜睡不着觉。否则她会睡到午饭之后；可是昨天，在叹了几口气后，她又起床说道：‘爸爸，他现在正在来这里的路上！’‘谁，女儿？’‘他，卡瓦列雷·杰尔达诺。’而确确实实，如果好好想一想，啊！我的先生们，那么难道不该承认她是对的吗？一位他们在巴黎和伦敦担心等待的大人物，他拒绝了一切而恰巧选择了我们，这不是一个真正的奇迹吗？几乎难以相信，他就坐在这里，就在我们中间，就像我们中的一个人一样！”

“确确实实，”士绅们若有所思地说道。律师声称：

“这可真是在市政厅安放一块纪念牌的好机会。”

市政厅秘书卡穆齐充满怀疑地扭歪了脸，可是他遭到了多数士绅的反对。他们声明：

“这是好主意！这是爱国主义行动！城市对此负有

责任！”

卡瓦列雷·杰尔达诺又惊又喜地向四面鞠躬。而后他很亲密地转向商人曼卡费德：

“然而，不是吗，我的先生，大概是某种偶然因素向您女儿显露了我行将到达？她的这种了解不是出自于她自身，也不是通过神秘的方式，是吗？这一切并不具有任何意义，对吧？”

曼卡费德默默地注意听完卡瓦列雷这些请求。如果他把老男高音弄得与自己相敌对，那么一大捆农民们没有买走、现在他想卖给这些演员的红色法兰绒就会面临着还要有更长的滞销时间的危险。可是做父亲的虚荣心占了上风，于是他耸耸肩。

“究竟会是什么样的偶然因素——对此只有音乐老师知道。请您自己说，音乐老师，您是否对一个活的灵魂进行过暗示！”

“为了在卡瓦列雷不来时不会丢脸。可是这对我有什么用，”——这时乐队指挥的蓝眼睛含着泪水和愤怒——“因为现在他没有唱就要离开！”

商人曼卡费德惊愕地将两手一拍；士绅圈中一片悲伤的嘟哝声。卡瓦列雷用一种微微挺起胸的姿态使他们平静下来。

“你们用不着担心！”他说。稍作停顿，他想象到纪念牌，于是接着说："我将留下来。"

"啊！"

"我想到了，尽管存在着你们知道的那种危险，我还是留在了帕尔马。有可能这座不足十万居民的城市对我是具有灾难性的，可是我下的决心并不比在帕尔马时小，我不选择生，而选择名声，"——这时他将一只弯着的手垂放到桌子上。乐队指挥用他的一双手抓住它拼命地抖动。

"卡瓦列雷，您为我所做的，我对您永远感激不尽！"

他用一种不太有把握的声音结结巴巴地说道：

"那么因此我可以希望其他几位也……"

"他们会留下来的，"商人曼卡费德补充道。"这我们知道，不用问我女儿。"

他使一家之主的加迪想起了剧院的票一卖光，酬金就会提高。男中音在美滋滋地微笑。曼卡费德使伊塔利阿·莫莱辛小姐有指望得到一个有钱有势的男友。她和律师脸红红地相互瞅了一眼。

"可是至于内洛·真纳里先生，"商人曼卡费德说，"我可以肯定，他会圆他所有的梦。"

加迪已经伸出一只手去抓住他的朋友，可是内洛没有突然发作；他强忍着，并出乎大家意料地在讥笑般眨眼示意的商人曼卡费德面前将眼皮沉了下来。

“我们可不要在这些枝节问题上耽误更多的时间！”乐队指挥要求道；同时两只脚来回跺着。“我的先生们，我认为你们对此负有责任，如果我们……”

“毕竟音乐老师说得对，”伊塔利阿说道。因为律师将她踩得太厉害，所以她站了起来。其他人也都做好了去排练的准备。唯独内洛·真纳里仍坐着不动。

“我还是不能唱，”他固执地宣称，“事先我必须单独待一会儿。你们去吧，等我十分钟！我必须单独待一会儿。”

他将头埋在两只手之间不再说话。士绅们感觉兴奋得难以回家。由于乐队指挥绝对不愿意带他们一起去，所以他们决定延长他们在烟草商波利店里的聚会时间。

乐队指挥在急匆匆赶路时绊倒了几个在地上扔小石头的男孩。他将他们拉起来，要他们从广场上走开。他再也克制不住了；一切都在挡他的路：一群狗，一些靠在墙边目瞪口呆地凝视的工匠。时钟敲了十二下，他们才在正午钟声混杂的轰鸣中悄悄离去。

律师陪伴着伊塔利阿·莫莱辛。走在加迪与卡瓦列雷·杰尔达诺之间的乐队指挥在踏上阶巷的头几级时转身叫道：“您大概知道，律师先生，在排练时我们不需要不相干的人。”

“当然，”律师喊着答道，“他们不会来的，我保证他们待在波利那里。”

他弯腰想去把挡着他的女伴的路的一只山羊弄开。可是伊塔利阿却尖叫着从山羊身上蹦了过去。

“我喜欢漂亮的女子对什么都不怕，”律师说道。跨过咯咯叫着逃开的母鸡的鸡屎，他们在从门里飘出烟雾的黑房子之间继续朝上登。

“好在我们留在这里了，”伊塔利阿边说边笑着；“我还真不知道我该如何付这笔旅费，或者只付旅馆老板的钱。”

“怎么了？难道男爵没有……”

他把手捂到嘴上。

“谁？”她问道。

“噢，没有谁！”

伊塔利阿掉头迅速向他斜眼一瞥，笑着抖抖肩，蹦跳得更高。他左右与人打招呼，气喘吁吁地跟在后面。

“您注意到所有的人都站在门口了吗？每个人一定都在指望我的忠告和帮助。人们不管是有理由还是没有理由，都把我看成一个有势力的人……而且同时看成是一个富有的人，我可以这么说。您看到这座宅第了吗？有两根柱子的位于转角处的房屋，它是最大、最漂亮的。由于我姐姐，也就是帕斯泰卡迪的遗孀，在她出嫁时在财产上已给予满足，所以这座宅第属于我弟弟加利莱奥和我，我们每人一半。我在这里面有一套四个华丽居室的住宅——”

律师停住脚步，嘴里吧嗒吧嗒地响。

“——和收藏的某些画：啊！某些画……这些画我没有让人看过；小姐，可是如果您愿意到我家去玩，我可以给您——哦！别害怕，您走进的是一个高尚的人的家，”——这时他将一只手垂直地放在她与他之间。伊塔利阿在笑，可是内心却充满尊敬。遇上这样有骑士风度的男人是很难得的；而且是遇上一个立即将他的整个情况和盘托出的男人，他就像是在认真求婚一样！

“排练后我愿意拜访您，”她说，“并观赏您的漂亮的画……还有您的漂亮的居室，”她一面补充，一面犹豫是否还应该进一步迎合他。她没有进一步迎合，而是稍带引诱地斜一眼。他彬彬有礼地微笑，将其干枯的手放到心头。

“哦，伊塔利阿小姐，我们能够相互理解。”

她试图登上更高的几级台阶，可是他总是停下来。

“我始终是美人的崇拜者；在您的顾盼中……”

“那是他！可鸡蛋呢？”有声音从家里朝下喊来；一个身穿束有红带的天鹅绒紧身背心和短袖衬衣的高大女人立在窗口，她用一根手指急切地指着。

“啊！这个律师，他就是这样。他要让他的家人饿死，可是他总是跟女人在一道。”

“我的好姐姐，”律师朝上面喊，“有些事你是无法判断的。”

“总是老样子，这律师！”——这时姐姐失望地将两手一摊；可是她那披有两绺灰色头发的娃娃脸上却流露出赞赏的微笑。

“多漂亮的年轻男人，不是吗，小姐？啊！你走吧，废物，去享受欢乐！让你家里没有鸡蛋吃！”

“我把鸡蛋带来了，你可以到咖啡馆去取。可是请你记住，我的好姐姐，我现在不是总有时间来办你的事，因为有更重要的事要我大忙特忙。”

“这我看得到，”帕斯泰卡迪的遗孀在退回去时仍在喊叫。律师表示：

“一个人必须要有耐心。在一个小城市里生活就是这样。”

他已经又将一只手按在胸前；而咯咯笑过一阵的伊塔利阿马上又回复到温顺的神情。

“在您的顾盼中，”他继续说，“我比以前更清楚地感觉到，我的心里潜藏着大事。或许连我也一定会成为艺术家？啊！您曾思考过这种命运吗？”

可是她却惊慌地指着贝洛蒂宅第背后一个完全孤零零站立在很宽的阶梯平台上的人影。这是个穿着破烂男装的矮小老头，脸上布满干枯的皱纹和目光呆滞的他好像是在取笑那里不存在的人群，同时他嘴唇在翕动，一只脚一蹬，将他的无檐帽在心房的左侧画了一个圈。

“这没有什么，”律师说道，“这是布拉布拉：人们按照他想说话时发出的声响来称呼他。一个可怜的老头，有点精神失常，可是他很少引起人们的注意。您看看我！一个具有自己的天赋的男人！我或许有理由向命运——可是不能，因为我遇见了您！”

为了登上最后的、非常陡的阶梯，他将一只手臂伸给她。

“那里我们就登上了奇波拉侯爵夫人阁下的宫殿的台地；我能够像指给您看我自己的房子一样指给您看这座宫殿——那右边有一座带有教学事务的女修道院。它由一个名字叫——丁斯达的伦巴德国王所建造，是专为他一个情人的女儿所建的。”

“他如此严厉！”——这时伊塔利阿靠在黑色的颓垣断壁旁崇敬地向上看。

“在我们获得胜利以后，国家将一切都拍卖了，可是修女们将这些买了回去。我们摆脱不掉她们，这些笃信上帝的女流之辈……您不要错过这片景色！您从这里看，有三十二个村庄。多么令人怀春的天蓝一片：简直叫人难以相信，传说这是维纳斯升起的海域，您信吗？从您在这里双目所及的整个范围得到收益的人，他每年的消耗也许不低于三百万。”

“天哪，这么多花费，这可真是罪孽！”

“我或许会为一个女人花这个钱！”律师慷慨激昂地叫道。这时他在她前头攀过侯爵宫半倒塌的拱门。“我姐姐或许说得对？或许我会为一个女人不惜一切。”

他挺直身子在台阶上蹭脚后跟。

“是该把进剧院的通道打扫干净。靠得最近的几条巷子的人多年来就正好选中了这个地点。也就是说他们家里仍然还没厕所……”

这时石灰和鹅卵石飞溅而下，因为乐队指挥在上边踏着重步。同时他在打招呼：

“您在哪儿，莫莱辛？事情弄到这一步，我们将永远不上演《可怜的托涅塔》！我为它送了一年的命！”

“您说得对，”律师说道。他同时做了个抚慰的手势。“我们来了，我们马上就到。”

“我已经对您说过，我不需要您。可是我已派人去请的首席女歌唱演员呢？还有真纳里呢？他说十分钟，可已经过去半个小时了！”

乐队指挥将律师碰倒了，律师不得不坐到瓦砾上。乐队指挥在门拱后抓住了一个男孩。

“你跑到杰瓦特尔·阿基莱店里去！有位先生坐在那

里。告诉他，如果他不马上来，那就要受罚。然后你再跑到裁缝基亚拉伦齐那里去，叫他把他的女房客给我送来。如果你两分钟就跑到下面，你将看到我送给你什么东西。”

男孩已奔跑起来。他在贝洛蒂房屋的上方与老布拉布拉相撞。他摔倒在地，被擦破了皮还继续朝前奔。在杰瓦特尔·阿基莱店里坐着一位先生，可是他只耸耸肩，然后打发这个男孩走，甚至连想要与他讲话的杰瓦特尔·阿基莱也被他打发开了……

时钟敲响一点半时，内洛·真纳里吓了一大跳。他伸展了一下身子，不情愿地朝阶巷迈了几步，然后又拐了个弯。不是通向她那里去的这些路，不知道她或仍然对她的名字抱有猥亵想法的这些人，全都使内洛在感情上受到了伤害。不是属于阿尔巴的一切都在感情上伤害了他。他很轻蔑地向部分被寻常的阳光照射着、部分为老样子的阴影所覆盖的空无一人的广场眯眼望去。现在他们将所有的百叶窗都关上了。傍晚时他们再把百叶窗打开。这是一种什么样的生活！内洛被这样一种生活的魔力所吸引。他所渴望的更高尚的生活不允许他闯入。阿尔巴曾经听说过他了吗？她现在高得和远得可怕。在那背后远处的她的窗下已经是一片黑暗，几乎不可能想象她会再转来……而市政厅楼上有什么东西在动。三楼一扇门的百叶帘拉开了一条缝，缝里露出一双在注视他的眼睛，还有一张白净的脸——这张脸怎么不打招呼呢？他走过去，这张脸慢慢埋了下来。

一个信号！所有女人中最贞洁的女人卡穆齐太太给了他一个信号！内洛交叉着双臂。这时他有了属于他的方式：逗乐和说谎！为什么不这样呢？在他不使自己的名声遭到败坏时，这不是对阿尔巴太过分拘谨的贞洁的一种报复吗？当他将另外一些女人的欺诈的羞怯和虚假的傲慢弃之于地而只留下一个正派女子时，这不是向她宣誓效忠吗？楼上那张脸更加下倾，继而消失了。内洛走进拱门，他将一只脚踏上台阶。一阵声响——他慌忙转身；弗洛拉·加林达正注视着他。她正从咖啡馆附近的那条巷子里走出来，疾步横穿广场。她在没有减慢行进速度的情况下，已经看到了楼房、阳台门上的缝隙和台阶上的年轻男子。内洛·真纳里的脸涨得通红。随后他悻然将一个肩向后一甩走了进去。首席女歌唱演员的鞋跟已经在阶巷里发出呱嗒呱嗒的响声。

她走得飞快，因而使本该领她走的男孩落在了后面。她身着已经褪色的长风衣在来回晃动，因为图省事她在里面只穿了衬裙。为了头发的缘故，她戴着一顶灰白色毡帽。她向上跑去，再从一个角上穿过两道窄梯之间的几块狭窄空地跑开了——每当她将她的目光从房屋之间的空隙朝下投向孩子们在玩耍和一家人坐在凉亭下吃饭的花园时，她都把头仰得更高。在山上她既不向左看，也不向右看。殿堂旁的拱门下有一小堆蜂拥聚集来的民众，从某个难以发现的豁口里传来伊塔利阿·莫莱辛的尖叫声："让我穿过去！"——这时她还朝拱门下的粪便看了一眼。

她使劲打开了一扇门，发觉门后一片漆黑，即使在中午的光线下也伸手不见五指。她的手沿着墙碰到了某个人。

"请您原谅！"那个人说道。

"请您务必给我打开通向舞台的门！我一点也看不见。您是谁？"

"我是律师贝洛蒂。作为我们委员会的主席我来参加排练。"

"在这里的一片黑暗中？您继续走啊！您不认识路吗？"

"我当然认识路！在殿堂里我甚至就像在家里一样！"

这时他被绊了一跤。

"对了，这里是台阶。这我知道，只是没有朝这上面想。"

眼前变得越来越暗，钢琴声和歌唱声听起来更远了。

“我们走错了，”弗洛拉·加林达判断道。“我们要转回去，我愿领路。因为这是剧院，我一定会找到去舞台的路……这条走廊刚才被我们错过了……您怎么没和他们一道待在里面？”

“难道我能呆？难道他们让我呆？”——这时从律师的声音中能判断出他在黑暗中挥舞着双臂。“多尔伦吉发疯了。他宣称，外人在场毫无用处。我是个外人！委员会的主席是个外人！他忘了，他自己在这里是外人，我们可以打发他走。”

“这不必要。您打算从哪里这么快就弄到另一个人呢？可是我会帮助您。”

“啊！您会——弗洛拉·加林达小姐，我立刻就看出了，您一定是个了不起的艺术家。我还对烟草商波利说过——”

“您没有离开，律师，这就很好。”

“我不敢这样做。不是吗，民众在外面。这样做或许就会泄露：我不——这个音乐老师把我——”

“我们到了，”弗洛拉·加林达说道。

舞台就在他们面前。舞台就像是在漫漫的黑暗中；射在钢琴上的铁皮灯箱的光线已消失，四个人影轮廓看上去分得很开。乐队指挥站在照明圈的中央，他将一个拳头向空中一击。

“我不能容忍反抗，即使是您也不行，卡瓦列雷。您就是您。可在这里我是指挥。”

“这总归有点不像话，”男中音加迪骑在椅子上说道。伊塔利阿·莫莱辛走向门口。

“一个多没教养的人！”她说道，“他已经叫我是白痴。”

弗洛拉·加林达跨进亮光之中。她的两眼炯炯发光，她包含有幸灾乐祸成分在内的胜利喜悦使她两片薄薄嘴唇的唇角紧闭。

“音乐老师，”——语调非常温和地——“我为我的朋友律师贝洛蒂，求求您。他想听我们唱。”

乐队指挥勃然大怒。

“仍旧是他？要是我把他赶出去了该多好！”

“像我这样的人是赶不出去的，”——这时律师庄重地走到前面来。

“那么，再来一次，”年轻的音乐老师声音发抖地喊，“这里我说了算。谁不愿服从的话——”

“怎么样？”弗洛拉·加林达冷笑着，气势汹汹地盯住他的眼睛。

“——那可以走，”他用轻得多的声音补充道。她点了点头。

“无疑您另外有一个首席女歌唱演员。”

“富西纳蒂，”他激动地说，“她昨天才给我写了封信。”

“也就是说因为她有孕在身。在这种情况下她很难找到位子。可是您，音乐老师，您没有怀孩子，在委员会诸位先生决定不用您时，您当然也许能立刻找到另一份聘用合同。”

“噢，加林达小姐，请别说这种话，”——这时律师将两只脚来回跺。“难道我们大家不是朋友吗？”

“问题就在这里。我是首席女歌唱演员，必须允许我愿意在谁的面前唱就在谁的面前唱。”

“我绝不会有什么想法——我们误会了——”

她仍然是一副气势汹汹冷笑的样子。他不再吭声，他软了下来并对可怕的事有了思想准备。

“此外，”她又开始说，“我习惯于只跟导演讨论问题。”

“非常正确，”卡瓦列雷·杰尔达诺说道，同时他将一个本子扔到钢琴上。“谁在这里说我的嗓音不够响？这个年轻人指摘我的杰罗尼莫①，然而我是出于帮忙才演这个角色的，因为意大利和国外的每个人都知道我的角色是皮耶罗②！”

---

① 杰罗尼莫（Geronimo），《可怜的托涅塔》剧中主人公托涅塔的父亲。
② 皮耶罗（Piero），《可怜的托涅塔》剧中主人公托涅塔的情人。

“简单一句话，您们要我干什么？”

乐队指挥两手一摊，眼皮都红了。

“我们要一个导演，这是在演戏[1]，”男中音说道。

“导演是我！导演是我！”

“我的先生们，”律师结结巴巴地说，同时用双手恳求他们，“我绝对不想为了我的缘故——”

“音乐老师！”

弗洛拉·加林达将头向一个肩头一歪。

“您还没有登过台。哦！这一点您不必承认，这整个场面就证明了这一点。您对我们装模作样，您为自己谋求职业和沾沾自喜！我们推我们的加迪当导演。不管怎么说，装置、服装、道具都是他弄来的。”

伊塔利阿·莫莱辛和卡瓦列雷·杰尔达诺已经在向男中音表示祝贺。

“而我，”乐队指挥抱怨道，“我把合唱队和你们自己聚到了一起。我提出了演出设想，还为这个设想赢得了市民的支持；我将一切变成了可能，使一切付诸了行动。这什么也不算，这显然什么也不算。”

他将一只手放在额前蹒跚地围着钢琴转。

“谁这么说了？”——这时弗洛拉·加林达跟在他后

① 原文为“巴克斯”（Bacchus），希腊宗教中酒、水果和葡萄之神。对他的崇拜仪式与奥林匹斯诸神很不相同，希腊早期的戏剧即起源于此崇拜仪式。

面。“可正因为您是个有功之臣，您应该将次要的事丢开。”

“但是我要求五十里拉的津贴费，”人们听到男中音在说话。

“他要求五十里拉，”弗洛拉·加林达两边嘴角下垂，重复道。在表示同意的意想不到的目光中，她继续讲：

“这里究竟要考虑谁，音乐老师？……您写了一部歌剧，不是吗？但愿我能演您的女主角，行吗？”

当他吸了口气又屏住气时——

“不管有我或没我，明年在米兰一定都会看到您。我们——”

她深深地行了一个屈膝礼。

“——对您来讲只是后面的梯队。”

“啊！”他兴奋并亲切地说道。“您不是，弗洛拉·加林达，您不是。您会变得比我更加了不起。”

“您这样认为？”她垂下眼皮问道，同时退了回来。

“可是只要由我担任指挥，”他向其他人喊叫，“那或许我就可以要求，我们得重复到我宣布满意为止，行吗？”

他们赶紧向他表示同意这样做。律师持保留态度。

“音乐老师，我从未怀疑您的非凡天才。”

“那么因此，卡瓦列雷，”乐队指挥喊叫，“从头再来一次，请吧：‘让五谷丰登，我的孩子们……’”

老男高音气愤地站着，他开始发出低沉的颤音。

“让五谷丰登，我的孩子们！我的祖先开垦过的耕地，我的子子孙孙也应当开垦。”

“你们难道听见了，他在唱吗？”乐队指挥擦着额头上的汗，他在他的座椅上焦躁不安。“这只是一架钢琴！再加上管弦乐器还会有他的声音？”

老人的脸由于愤慨扭得更歪了，样子像是要哭。他的牙关在动，可是说不出话来。

“我可全都听清楚了，”伊塔利阿·莫莱辛同情地加以担保；她同时看着保持沉默和在注意观察的弗洛拉·加林达。男中音强调指出：

“我作为导演认为卡瓦列雷完全达到了他从前的高度。”

“一位如此知名的艺术家难道不该——”律师加以强调。乐队指挥突然双手抱头。

“如果不能使律师闭嘴，那我概不负责！那我概不负责！”

律师向后退让。乐队指挥又将双手放到琴键上。

“弗洛拉·加林达小姐！”

“我在这儿。”

“看吧，亲爱的，我们四面开满鲜花的家……可是皮耶罗呢？啊，天哪！我不再想这个没有来的家伙。这样肆无忌惮能叫人理解吗？”

“现在就是这样，”加迪说道。“内洛一定要为每个人付味美思酒钱，而且这值得他深思。”

“付味美思酒钱！”——这时乐队指挥喷了一口气。

“但是我们却可以强制他！我们要派宪兵队去！他在哪里？没有人知道他待在哪里吗？弗洛拉·加林达小姐，您是最后来的！”

“我与这些事情有什么关系呢？”——这时她把脸转了过去。

“他待在一个女人那里吗？”加迪低声说道。她一动也不动。乐队指挥怒气冲冲地奏起前奏，同时用喊叫声将他的噪声压了下去。

“我们不要耽误时间！弗洛拉·加林达小姐！”

她开始唱：

“看吧，亲爱的，我们四周开满鲜花的家让我们兴旺发达……”

在她唱了头几小节以后，乐队指挥的双手变得平稳而轻柔，同时他侧着耳朵。他的面部尽量保持严肃，但从脸上流露出的却是孩子般的喜悦。可突然又满脸痛苦。首席女歌唱演员已将歌声中断。

“这不行，”她说道，“要是我缺搭档，那我不成了自己听自己唱。”

“我来扮他的角色。这个叫人难受的家伙！我来一起演他的角色！一切随您的便！”

“哦，您算了吧，音乐老师！我想必是能演的。当我感到他不在我身边，这是不行的。在家里我拿我房东的男孩来代替。请您把律师给我！”

“律师先生！”——这时乐队指挥将一只手伸过去。“我们请您。我希望您别记我的仇，行吗？”

“可是，究竟怎么啦，音乐老师！”

律师摇着一只手。随后加迪将他的位置摆好，将他的一条胳膊放到首席女歌唱演员伸出的一条胳膊的下方，将他的指尖靠到她的肩上，再将他的头竖直。

“老杰罗尼莫到这里来！伊塔利阿拿着扇子在闲逛。律师，您凝视着晚霞！”

律师张大双眼。他无法平静，将双脚踮起凝视。

“你们都准备好了吗？”乐队指挥严厉地问道；随后他向首席女歌唱演员点头示意……当旋律从她的唱转到钢琴弹奏而她不再作声时，律师认为他得为他的搭档助兴。

“啊！现在终于到了这段著名的咏叹调，而我成了此地第一个听到它的人。多年来我们只是在波利的留声机上听到它。”

“您住嘴！”乐队指挥叫道；这时他脸色煞白。

“可是现在留声机坏了，”律师还在说话；同时他吓了一大跳。

弗洛拉·加林达已经又唱了起来。现在她用手指交叉在一起的双手撑住下巴将脸抬起。

“请宽恕我，啊，天哪，幸福是这么多！”

“您跪下！”导演用能够听见的低声向律师下命令；可是他却只是在关注指尖不要脱开首席女歌唱演员的肩，并始终盯住日落。

“您务必跪下！”——这时加迪将他按到地上，以致发出砰的一声响。

“哎哟，哎哟！”律师叫道。首席女歌唱演员正好结束了她美妙的末尾的喊叫，她将额头低下去靠住他的额头。

“我会为你而死！”

“您太善良，”律师非常冷静地嘟哝了一句。加迪转过身来，他将双手向两边一压。卡瓦列雷·杰尔达诺自己往椅子上一倒。在伊塔利阿的扇子后面用力迸出一声尖叫。乐队指挥双臂垂着站在那里，他最终发出的是一声叹息。这时他能够结结巴巴说出的是：

“这到底是什么事？我们是滑稽演员吗？我现在都找不到词儿了。而这是在此刻，在此刻！”

他走到前边来向首席女歌唱演员鞠躬。

“弗洛拉·加林达小姐，我为这些先生请求您原谅。”

“究竟为什么？”她很冷淡地说道。他面红耳赤，抓抓额头。

“我想说的是：我们今天就到这儿。下午我有合唱，晚上有管弦乐队。明天见！”

他离开了，大家互相看看。

“那么现在我们去吃饭！”男中音说道。“您不想站起来，律师？”

当加迪、卡瓦列雷·杰尔达诺在下面的广场上与弗洛拉·加林达告别时，他们发现伊塔利阿和律师已溜掉了。

“已经溜了，”男中音说道。而老男高音却说：

“伊塔利阿是对的。这是职业所造成的。在我们这种职业中值得推荐的是年轻。”

“卡瓦列雷，从您的内心里不是流露出胃里空空的吗？”

两个男人仍在互相追着喊：

“五点在咖啡馆！”

五点他俩坐在那里，广场上仍然只有他们俩人。漂亮的阿尔福带着他自鸣得意的微笑在伺候他们。在屋里，杰瓦特尔·阿基莱两臂悬在柜台上在打着鼾。好长一段时间他们都无所事事，而只是充满希望地看着他们帐篷顶的影子在缓慢变大。从母鸡卢恰住的巷子里冒出一股味道难闻的凉气。卡瓦列雷·杰尔达诺顺手抽出一把小纸扇。

在市政厅巷里，内洛·真纳里能被看清楚了；他垂着头一步一步走来，按照他的习惯两肩微微抬高，双臂僵直。

“你看上去像一个沮丧的丑角，”加迪迎着他喊道。这年轻人慢慢将未设防的抱怨目光抬起。对方迅速站起，抓住他的一条胳膊将他拉到房角上。

“内洛，告诉我，昨天以来你发生了什么事！”

同时他把年轻人的一条胳膊按到自己胸前。

“没有发生什么事，”内洛嘴里说出这句话。

“可是你的脸色就好像你死了母亲，你整天神经过敏，活像一个不幸的赌徒。你为什么耽误了排练？”

内洛突然开始将双肩一抬一放，他目光飘忽，无法控制呼吸。他抓住对方的一只手说道：

“维尔吉尼奥，你是我的朋友，请别问我！”

他紧握着这只手，激动不已地恳求着。

“我是个无可救药的人！你不知道：当我从你的手上感到我自己手上的热度时，我心里觉得恶心。”

“你病了？”

“没有，我是健康的：这对我这样的人更糟糕。我已因轻率而失去了内心的喜悦；现在必须继续活下去。”

他朝着他自己弯下了身子，对方看见有泪珠从他的脸上落下。他抚摩着他的头发。

商人曼卡费德穿过广场走来，看到了他们。他们打起精神，装着很镇定，因为脚步声变得很响。现在正需要敢于挺身而出，盯着他怡然自得的脸。他已经知道一切！他的令人无法容忍的女儿已经知道一切！现在这一切正在城里绕圈，渗到了城门前，渗向了维拉斯库拉。内洛伸出一只手，这手半翻过来就像它得从他身上砍下来一样；他从下往上看的目光也不敢持续看。但是商人曼卡费德却热情地点头哈腰打招呼，好似在明确表示他没有恶意。他说他今天在盘点他的库房，他的女儿在做番茄酱；他们根本不再知道发生了什么事。内洛垂下额头，满脸通红，因为他得到了赦免。

这时药店老板阿奎斯塔帕切出现在他的门口，他竖起大拇指，好像他知道些什么事。内洛再次大吃一惊。可是此刻他却要了咖啡加朗姆酒，很费劲地将他的木头假脚好好地放到桌子下，再意味深长地拍了拍每个人的膝盖，这才从嘴里冒出：

“那律师呢？”

在三位歌唱演员只是耸耸肩时，他拼命地搓着双手。

“这你们不会相信！这个律师！可是我有证据。他叫人从药房里取走了‘生命水[①]’泡樱桃。他在举行纵酒宴乐仪式，这个律师与一个女人，我的先生们，在纵酒宴乐。这个女人你们认识。”

“我们？”加迪问道。

“我知道，”曼卡费德宣布，“我的女儿已将这事告诉了我。”

内洛一下子呆住了。

“您总是重复这句话！”

可商人曼卡费德只是微微一笑；而内洛却垂头丧气地坐在那里。

“我们一无所知，”卡瓦列雷·杰尔达诺说道。

“那你们就猜一猜！”——这时药店老板将一根手指靠到鼻子旁。

“你们有个漂亮的同行：伊塔利阿小姐！”

“她，”男中音断言，“这不可能。她非常正派。”

“就是可能，就是可能——”

老战士的琥珀色的眼睛光芒闪烁；他将一根手指放到前胸。

“我有第一手资料。”

---

① 生命水（Aquavita），一种由马铃薯提炼并用苋蒿籽作香料的斯堪的纳维亚烈酒。该酒澄清透明，常作开胃之用。

因为律师的姐姐阿尔泰米西亚女士本人从他店里取走了樱桃，并且把一切都告诉了他。她匆匆忙忙地在她弟弟房间里发现了一顶挂在长沙发旁的女帽；而且长沙发上还坐着一个女人。

“啊！你们诸位看看，这么个律师！”

烟草商和市政厅秘书来到了。

“这我不能相信，”加迪加以保证；同时他向卡瓦列雷·杰尔达诺眨了眨眼。“像我们的伊塔利阿这样的一个正派人是不会的。”

“你们的伊塔利阿！”波利叫道，一边拍了一下大腿。

“啊！我们说了她一点点事。屠户奇马布埃知道她好多事。”

“他把她屠宰了？”

“他给她送去了好多里脊肉，足以使她吃后三天消化不良——这肉是谁取走的呢？不是别人，正是律师贝洛蒂的姐姐。”

市政厅秘书将两手一摊。

“这我不相信。律师是个牛皮大王，一个只会夸海口的家伙。他永远也不可能拐骗到一个女人：这一切只是凭空臆造的。”

波利和药店老板将手臂举起。

“要是波佐的安德烈纳跟他生了个孩子那就好了！”

“律师的孩子，这是世人永远也不会见到的，”——这时卡穆齐用一根手指将全部希望都抹掉了。“啊，都想想看：律师的孩子。”

“早就？”在向人打招呼的少尉坎蒂内利问道。“到目前为止只能确认，糕点师塞拉菲尼的学徒给他们送去过冷饮。律师亲自从他手上将盘子拿下来；这时学徒能清楚地看出，他的睡衣里面什么也没有穿。可是在靠后面的一个女演员却从旁边溜过去了，她穿得还要少。”

“啊！这个律师。”

“纵酒宴乐：像我对你们所说的那样！”——这时药店老板在杯子之间拍了一下。商人曼卡费德坐在他的椅子上变得越来越烦躁不安。他提高了嗓门说道：

“我比你们所有的人都知道得多。我女儿已对我说了，这两个人如何经常——律师如何经常将她——：你们懂得我说的话。”

市政厅秘书用一只手对此作了否决；可是波利、少尉和药店老板却面面相觑，脸上越来越红——他们突然吧嗒吧嗒地将鼓着的腮帮子里的空气放了出来。波利站起来，一边跺着脚一边捶自己的屁股。少尉叹着气用他的军刀捅铺石路面。药店老板一分钟又一分钟地持续吼叫，使人们聚集到了桌子周围。这时突然出现了刺耳的叫声：

“他们在那里！”

以身着白衣的糕点师的学徒为首的一群小伙子冲向阶巷。在泉眼旁闲聊的一些人跟在后面；理发师诺诺吉和糕点师塞拉菲尼已经跨出他们的门槛；人们排成了两行。这时大家看到律师贝洛蒂带着个女演员出现在台阶上。在离开最后一级台阶前，他挺胸凸肚，越过向他表示敬意的人群，朝全都在那里默不作声的咖啡馆的人发出胜利的微笑；然后他彬彬有礼地将一只曲起的胳膊递给他的女士，领着她从夹道欢迎的行列中走过。小萨韦佐站在那里喝彩。

除卡穆齐外，这些先生都在微笑着摇头，站立着迎接这一对，全将手伸了出去。脸上刚搽过粉的伊塔利阿双肩微缩着将她的一只手伸出。在此期间她向律师眨眼示意。律师喜气洋洋，他在跟每个人握手时都给对方一个小小的鼓励：

“啊，我正直的阿奎斯塔帕切……永远精神焕发，波利！”

他为他的女友要了特浓的咖啡，同时她不得不承认她累了。

“律师家里有好多好看的东西，”她宣称，“他有好多画！你们或许不相信——”

“嘘嘘！”他嘴里发出这种声音。

“还有许多食物！我必须承认律师家里的饭菜烧得很好吃。他只有上等的肉。”

“他总是精于此道！”波利叫喊着，“他总是懂得找又嫩又肥的肉。”

律师认为他最取悦于人一面的成就没得到充分说明。

“还有男爵，”他向烟草商耳语。这话连药店老板也听见了，他掉过头耳语：

“你把她强加给他，律师。啊！如果说有人曾把她强加给他，那就是你。”

“你很了不起，律师！”波利充满真挚的敬意说道。

市政厅秘书尖锐的声音使正在品尝这种敬意的律师受到了干扰。

“果不出所料！”——这时卡穆齐指向大教堂。小伙子们挤在阶梯上，急切地紧盯着糕点师学徒的表演。人们看到他的一双手有时从一圈人中伸出来，并听到他们齐声大笑。

“猜出这帮人在谈论什么不算本事。”

“您到底在说什么，卡穆齐？”律师问道；他毕竟还是十分惊愕。“我毫无所知。”

他向满脸涨得通红的伊塔利阿看了一眼，将一只手按到胸口，说：

“我以我的名誉担保，这小伙子什么也没看到。”

市政厅秘书愤怒地点点头。

“由于他看见了他的作为，现在他受到了良心责备，这个愚蠢的好色之徒。因为对我们来讲，他使孩子堕落。你们诸位先生，青年正处在危险之中！”

“这的确是言过其实，”律师说道；当他从一些人的脸上看到表示赞同时，更果断地站了起来。

“这些野孩子可比我们糟糕多了。糕点师塞拉菲尼家的科莱托曾跟在马兰德里尼店里洗盘子的一个小姑娘一道被当场逮住。我传唤少尉作证……你们诸位先生，再说请你们看这里，请你们看这个神父！”

唐·塔代奥将大教堂门口的厚皮门帘掀起，他一面偷听这些小伙子的谈话一面做好了跳出来的准备。他突然站到他们的上方，一阵痛打将他们驱散。镇静下来的头一批已经从那里跑开；糕点师小学徒的白帽子已经在林荫道上消失；可是唐·塔代奥还在不假思索一个地劲地殴打蜷缩着喊叫的最不灵活和最懦弱的小伙子，打得他的黑色道袍都飘了起来。士绅们都很愤慨。

杰瓦特尔·阿基莱把他的肚子挺到户外抱怨道：

“你们看吧，哎，你们看吧，多下流的畜牲！”

“但愿有一天有人把他——”波利建议道；商人曼卡费德甚至也承认，神父做得太过分。

“卡穆齐先生有这样些同盟军，”律师言明，“他为这些人办事。”

“一些道德准则并不因此失去意义——”市政厅秘书试图提出抗议。

“啊哟，什么！”——这时律师将他的杯子推得远远的。“您就别谈道德准则了吧！我们其他人所尊重的是自由人性——”

他看着伊塔利阿。

“——比你们怏怏不乐的否认更合乎道德，当然也就更为上帝所喜爱！”

“好啊，律师！”卡瓦列雷·杰尔达诺说道。

“他说得好，”加迪确认道。小萨韦佐加以补充，这时他斜睨着他的鼻子：

“启蒙、进步和繁荣：如果不是律师来推动，还会有谁将这些给我们带来！”

律师以严肃的面孔接受士绅们的祝贺。连伊塔利阿都表现得满脸体面，她将要求别人赞赏的目光围着桌子扫了一圈。当一面吼叫一面用一只手捂着身上疼痛部位的最后一个小伙子一瘸一拐地从旁边走过时，律师将他请到桌边，心中憋着气安慰他。伊塔利阿将糖塞到他嘴里。市政厅秘书摸摸他时髦的领带，开始擦他的夹鼻眼镜，再用镜片后的冷眼看人。为了不显出遭到彻底失败，他开始与几个演员说起话来。

“我不会是胆小怕事之徒和蒙昧主义者，可是我不喜欢吹牛皮。因为尽管存在着表面现象，我仍然不相信律师已经征服了一个女人，原因在于我不相信他会取得任何成就和在我们这里已经出现或将会出现某些事。”

小萨韦佐小声抱怨和忌妒地斜着眼说：

“无论如何都会出现一些事，可是不能期待律师。我们不能指望在将所有其余的家庭排除在外的情况下，某些家庭会产生非凡的创造力。”

在市政厅秘书嘲笑的目光下，他失去了自制地说道：

“人们在这里向一些无能之辈阿谀逢迎，连我也不得不向他们阿谀逢迎；而对公众生活异常珍贵的天才却在一些店铺的斗室里，在某一间背街的房子里遭到湮没。”

“比如说在您父亲的背街的房子里？”市政厅秘书问道。

“为什么不会在我父亲的背街的房子里呢？有人知道我脑子里反复思考的一些政治计划吗？老天作证，这是些与建洗衣房和郊区道路不一样的计划。我缺少的无非是更重要的关系、群众运动和自由竞争而已。可是因为我缺少这三样，所以我不得不在一些平庸之辈面前屈服。

他的眉毛又粗又浓，他交叉着的两臂上的肌肉凹凸分明。市政厅秘书将双肩一耸。

“您或许仍会不把任何一个人看成是大人物：尽管只

把您自己本人看成是大人物。”

内洛·真纳里发觉在背后的母鸡卢恰住的巷子里有首席女歌唱演员孤独的身影。他冲向这条巷子。

“这里很凉，”他舒了口气说道，一边向她俯下身，“你是个非常正派的姑娘，所以你不曾出卖我。”

“难道我知道些什么吗？我随你去干你下流的事。”

他咬着嘴唇。

“你很冷酷无情，弗洛拉。可是你或许有权利这样做：用假象对着我。”

当她从鼻孔里喷出一股气时——

“我羡慕你！谁像你，只生活在艺术中！只怀着唯一的目的，只有唯一的抱负！”

她用她冰冷的目光快速打量了他一下。

“这不是你的事业，我的小东西。要保持你本来的样子！”

“可是我现在也有——”这时他突然干巴巴地大声抽泣，“——某种唯一的、某种重大的——”

声音轻轻的，而在这话语中心却变宽了：

“——我愿为它而活着——我愿为它而死去。”

她的脸上变得很不安。

“你要学习歌唱吗？说啊，你是否要学习歌唱？”

“大大超过我天生就会的事，我大概永远也学不会。”

“这对你很适合，”她满意地说道。

咖啡馆里所有的人都站起来给她让座。律师将右手按在胸口，他开始唱。

“看吧，亲爱的，我们四周——”

声音不听使唤，他弄得眼睛直往上翻。

“啊！弗洛拉·加林达小姐，谁听过您唱，那他就不会忘记。”

“因为您唱了，小姐，”波利献殷勤地说，“那我就不用找人修我的留声机了；这毕竟可以省钱。”

“您不能把这教会给我的妻子吗？”卡穆齐问道；正当少尉也想为他的妻子提出请求时，药店老板将一只手圈到了耳旁。人们听到嘎吱嘎吱声，随后又听到鞭打声；小伙子顺市政厅巷往下跑；最终出现了坐在他的车夫座上的马塞蒂。

“车里面不会有人，”商人曼卡费德说道。

“我已发现了，”波利说，“如果前一天人太多，接着就根本没人来。”

“小姐已经在我们当中了，”这时律师向首席女歌唱演员鞠躬。伊塔利阿含有责怪的意思将他撞到一边；为了补救他的过错，他踩了一下她的脚。

两个修女从车上下来，立马消失在阶巷中。药店老板在咒骂。

“无法理解，”律师说，“这些女孩在什么地方浪荡。她们想要什么——”

他的话突然中止；裹着皮绑腿的男爵托罗尼从邮车里摇晃着下来。

“哦，”少尉说，“有人了解一些非常古怪的情况……”

市政厅秘书漠不关心地在微笑。

“啊！律师看见敌人，他在发抖。”

“事实上是，”波利说，“律师并不完全具有男爵的某些权力——”

同时他充满顾虑地向伊塔利阿瞟了一眼。她突然跳起来。

“可是，你们大家怎么啦？我简直感到，你们认为——哦！你们很坏！有一点叫人难过，那我把一切全说了！”

她啜泣。律师站起身来。

“小姐在我的保护下，卡穆齐先生希望我发抖那是枉费心机。我难道在唐·塔代奥面前发过抖吗？不会有人想否认教会是比贵族更危险的敌人。”

“无论如何你们必须知道，”药店老板说，“今天早上一个市郊的农民在我的店里，他的头被男爵打了个洞。因为他也像农民一样参加了斗殴。”

“可是男爵夫人正在等着男爵哩！”波利叫道，“当你与伊塔利阿小姐在一起时，你还想他干什么？”

律师也看到了男爵夫人站在石狮子旁边，这使他的步子迈得更大胆。伊塔利阿追上他，她将一只手放到他的一只肩膀上。

“别干蠢事，律师！”

并且继续说道：

“那么你仍然相信我与男爵——？置我已经对你说的和为你做的一切于不顾，你仍然相信有这种事？哦，我是个不幸的人！”

在这种严重形势下，律师似乎觉得已不是彬彬有礼加以掩饰的时候。

“当然。这是当时我亲眼看到的！”他说道。

可是他的最强有力的证据是伊塔利阿已经顺从于他。他深信：他不大可能得到她，她和男爵不大可能有开头。

“你说谎！”——这时她的脸由于极度愤怒而变得苍白，原因在于已经遭到许多指责的她终于又一次背上了某种莫须有的罪名。“你看到过什么？”

“真见鬼！他一大早从市政厅出来，旅馆老板知道是为什么。”

“不，这他不知道；可是我，我愿告诉你。男爵是从旅馆老板的老婆那里来的！因为在她面前显灵的父亲的阴魂是男爵托罗尼：我太好心肠了，我没有把这讲给大家听。”

律师喃喃低语：

“你至少说轻点！不是只有我们在这个广场上。”——可是他在思索过以后说：

“噢，女人哪！这我得相信你吗？”

他两肩一耸，两个手掌伸出去，再环顾四周，好似所有的人都会向他证实，这仍然可疑。当然，如果她说的是真话，那么跟男爵的冲突就彻底消除了！可是如果他已经受到了欺骗，那骄傲何在呢？另一方面说他是第一个男人，这是在谄媚——他摆出勇敢的姿态，立即打算因此而离开她。

“我只爱你，”伊塔利阿抱着和解的愿望说道。

“哎！”他惊讶地掉过头来。

“你不再爱我了吗？”她问道。他倨傲地说道：

“你是个好女孩。”

当他们又坐到桌边时，药店老板低声对律师说：

“你是个幸运者！她爱你胜过爱男爵。我们都清楚地看到，她曾为你担心。”

"你相信？"——这时律师摸摸自己的八字胡。

"关于这些出行的修女有人了解，"少尉又开始说，"一些非常古怪的情况……"

内洛·真纳里突然四下张望：怎么？邮车到了吗？"我昨天乘它来的：这可能吗，才在昨天？后来我站在那对面，看着阿尔巴走进大教堂……这有可能发生过吗？我不是做了个梦？哦！这永远不会再发生。我永远不会再见到她了！"在回忆起他当着弗洛拉·加林达的面炫耀大事情时，他的脸红了。"我很渺小，很渺小，只是从旁而过，就像被她的脚扬起的一点点沙子随风飘去了。"可是他将爱她的这种信念已在他心中上百次地翻腾，除了这种信念外他不再有其他的想法！而他已经有上百次的失望！"我不明白我自己，我的心灵在激荡，充斥在我脑子里的就像是交替出现的火与死亡。"

"音乐老师在哪里？"卡瓦列雷·杰尔达诺问道。他整个一段时间里眼睛都是呆滞的。"合唱队的排练想必结束了。"

"或许结束了，"加迪说，"可是这些新手也有这么高的热情。今天早上引起了多么大不良的骚动！我想知道：要是一个人尽他的义务养活他的家庭，这还不足够吗？"

老男高音的脸上明显地呈现着不屑一顾的讥讽表情。

男中音对此没有觉察到，因为他看见他的一个儿子正受到另一个男孩的威胁，他立即匆忙跑去帮助他。当老头感到孤单时，忧虑像头巾一样立刻又严实地罩住了他的目光。这时他喃喃自语：

“或许真的结果都一样吗？”

弗洛拉·加林达在打量他，而他并没有发觉。她以一种不雅的姿势靠着房子的墙坐着，一条胳膊放在桌上，一个拳头抵在白色旧毡帽下以致帽子滑了过去。她不饮酒，不抽烟，有时用牙齿从她的小面包上撕下一块，同时眼睛盯着四周的一切，活像一个在张望恶作剧的小猴。

律师伸出一只手。

“您在这里讲诺迪的那个神父的什么事，少尉先生，这种事我们的唐·塔代奥也会碰到。当我看到他爬到修女们那里去时，已有好多次——”

药店老板很诚实地摇摇头。

“我不相信。他是个可恨的狂热信徒，但至少在道德方面却不能对他有所指责。我们甚至有一个患慕男狂的女仆，这个生得漂亮的女人——”

伊塔利阿将他的叙述打断了。

“律师，”她声音颤抖地说，“神父遇到我们时，他那目光！”

“当然，他忌妒！我把这事给忘了，诸位先生：当我们从我家出来时，他顺巷子走下来。大概他在修女们那里碰了钉子，因为律师贝洛蒂我不相信他会恪守道德准则；而且受够了，他用某种眼神注视伊塔利阿小姐……”

她将一双手捂在脸上。

“我想在他那里忏悔。这或许会使他宽容一点，那他就不会这样注视我了。在演出季节开始时忏悔，这毕竟很好。”

律师对她的迷信很吃惊；卡穆齐因伊塔利阿的宗教信仰而称赞她，说这非常适合于女人；而其他一些人则在这两种观点之间动摇不定。

弗洛拉·加林达出乎意料地说道：

“我也要去忏悔。”

人们愣住了。

“你们也很虔诚？”

“为什么不呢，”加迪答道，“即使在戏剧界，我们也是规规矩矩的人。”

“我乐于自己先弄清楚问题所在，”她解释道，同时眼睛亮亮地从这个人看到那个人。“如果我在那边的背阴处跪着将一切都说出来，那我就会更清楚一点知道，我是谁和什么对我具有决定意义。”

律师不再坚持。

“这样一位有教养的女子难道相信一个神父会宽恕她

的罪过？”

“如果他有足够的强大那该有多好啊。”她说，一边从一些人的头顶上望过去。“可是我差不多总是使自己能宽恕自己的罪过。”

“您是个特殊的人。”烟草商说道。

“因为我的罪过像一块肉一样不能抓，”——这时她捏住了伊塔利阿一只白白的胳膊。“您很难办，神职人员都粗暴。在索利亚科有一个教士，我到他的忏悔室说：‘我的神父，我使一个女人倒了霉。这是祖基尼，尽管她又大又肥，她仍敢冒险去追求虚荣。由于她是经理克雷莫内西的情人，所以什么也不会的她却简直还想作为首席女歌唱演员到帕尔马来。我的神父，我使了坏，让她演卢恰，而这个角色她老早就已经胜任不了啦。我不声不响地从背后促使她对此感兴趣，继而我假装生病：这时她可以扮演和演唱这个角色了。失败得好惨，我的神父！她永远完蛋了。而这个可怜虫，她在她失败的那个晚上哭着来找我，求我原谅；她为她抢去我的角色对我所犯的罪过遭到了该遭的惩罚！”

“多有意思的笑话！”药店老板叫道；可是所有的人都在颤抖。弗洛拉·加林达向周围的人微笑着。

“你们看见了吗？连那个什么也不明白的神父也因此而笑。忏悔室的窗帘都被他的鼻息吹得飘起来了。”

"合唱队的排练结束了，音乐老师现在想必会来，"卡瓦列雷·杰尔达诺说道。

花花绿绿的人群从阶巷拥出，她们跳跃，互相躲着——各种颜色的轻薄衬衣、染发和涂脂抹粉的脸在广场上舞动，就像飘来的一群奇异的昆虫落向灰蒙蒙的一堆堆的人中。

律师向内洛·真纳里耳语：

"这些姑娘！您很幸运，总有这么多姑娘可为您效劳！"

"可也不要轻视我们的女士们，"他补充道，"我们并不能经常都像今天一样将她们这么多人聚集在广场上。您来呀，我将她们指给您看！"

他们走过去。律师一只手抓着漂亮的男高音的一只胳膊，将另一只手的大拇指插进他的背心挂肩里。投向女演员的情人的是纯佩服的目光：他感觉到这些目光是射向他的幸运的肚皮和容光焕发的脸。

"小帕拉迪西，"他低声说，"目标是对着你的，我亲爱的。要有勇气！啊！我们两个，我们可以说，我们在被人追求。"

"我相信我已经认识她，"内洛回答道；在他犹豫之后，他又说："在像这样的城市里同样的人不每天都在同样的时刻穿过广场？我不会再看到所有那些我昨天看到过的人吗？”

“当然会，”律师说，“连母鸡卢恰都会马上到。您还不认识她，因为昨天邮车晚到了，而母鸡卢恰却从不迟到。啊！她是我们最大的乐趣。问题是，现在你们这些艺术家在这里，一切都已发生了变化。邮车停在那儿，是它昨天把你们带来的。我的先生，我现在告诉您一种我所做的观察：人们绝不知道，随着从邮车里出来的一些人会从邮车里生出些什么事。”

他在寻求喝彩。

“那里站着的是约莱·卡皮塔尼太太，她是我们的最装模作样的医生的妻子。他几乎总是不落屋，经常甚至夜里也如此，您懂吗？我相信这个女人正处在危机之中。我将介绍您与她认识，条件是您把我介绍给那个高个儿女合唱队员，就是那个正在与波利的儿子说话的黄头发姑娘。这个笨蛋想要她干什么？啊！塞韦里诺·萨尔瓦托里和另外两个女演员坐在他的马车的篮筐式车厢里。他甚至想把高个黄头发姑娘也推进去：这是白费力气，她仍然留在她的奥林多那里。波利的儿子该多幸运！您必须明白，我的先生，塞韦里诺·萨尔瓦托里是我们的最漂亮的年轻人。他在挥霍他父亲的遗产。他总是拥有一些最好的马。我爱说他把父辈的生意扩展了，因为他的单片眼镜比老头的金币大。”

律师向笑着的人一一鞠躬。内洛心想："这是我昨天看到她的地方。人群像今天一样拥挤；在向马利亚献祷词的钟声敲响第一声时，人群就分散了。哦！今天人们也会这样巧妙地散开吗？今天阿尔巴也会在充满人群的巷子的尽头从我面前走过吗？今天她也会在高处孤寂的声响和令人惊愕的宁静中，独自快捷地在由那后方照透了她的阳光带中从我面前走过吗？我看见了她！看见了她的洁白的面影！看见了她紫铜色和沐浴着阳光的发髻！"

"母鸡卢恰！"律师喊道，同时摇了摇内洛，"她在那儿！"

人们看到她站在那里用她的两条长袖上下挥动。发着咯咯叫声的人从四面向她逼近，老太徒劳地将她那长着一只鸟嘴般小嘴的红红的小脸扭歪了，好使她的咯咯叫声比所有人的都响。这时她发出的喊叫穿过了喧闹的人群；她两臂在前由泉眼上方扑向一只母鸡。这只母鸡拍翅飞起，而后掉进了泉眼里。

几个男孩将她朝水里推，她则用双手向四周洒水，他们发出刺耳的叫声，他们逃跑……

当母鸡卢恰又在她住的巷中消失时，律师在笑得透不过气来的情况下嘴里还在一个劲地闪烁其词。

"今天她很好，您看见了吗？这我已看了三十年了，这始终都很滑稽可笑。"

“音乐老师从台阶上下来了。嗨，音乐老师。”他叫道。

“另一个是第一男合唱队员。噢！我认识剧团所有的人。”律师向他周围的人宣称。“全练好了，音乐老师？”他用双手当喇叭喊道。

乐队指挥没有听见。他在向伴送他的几个男子打招呼，然后急速穿过人群走向“前进”咖啡馆。

“排练进行得很顺利，”他说着并与人握手，“我很满意。”

“这些合唱队的姑娘不会让我们出洋相吗？”伊塔利阿问道。

“她们会比您更棒，我亲爱的。民众总是这个地区最优秀的；我站在民众一边。”

他坐到弗洛拉·加林达身旁，没拿正眼看她。他将头靠在墙上，两臂交叉着，面色由于其处心积虑的野心在暗中翻腾而红润，人们都因此惊讶地注视着他。他们只知道他教他们的孩子唱歌和在一些爱国节日里带领弹奏乐器的工匠行进在林荫道上。可是现在他归到了外来的著名艺术家的行列，指挥众多的人，作为城里最忙碌的人到处忙活，在他的肩上担负着重大、空前和神奇的任务：演歌剧！

他摸着自己的心房：它跳得太激烈了。

“还有管弦乐队，而这一天大概不会是徒劳的。”他说着并发出叹息。

“您正处在您生命的黄金时刻，年轻人，”卡瓦列雷·杰尔达诺回应道。男中音则相反，他更推崇这个从午睡中醒来、孩子们在拉他的脚的成熟的老头。士绅们赞同卡瓦列雷的意见。年轻和爱情！富有诗意，真了不起！就这方面的问题进行了活跃的思想交流。其间，乐队指挥猛地稍稍一动，转向弗洛拉·加林达。

“可没有人把‘看吧，亲爱的，我们四面开满鲜花的家’唱得像利维亚·达曼蒂那样好。”他说道，同时深深地吸了口气。

弗洛拉·加林达微笑着。

“您认为？”

“她非常富有感情。”

弗洛拉·加林达把嘴一撇。

“半瓶醋都这么说，音乐老师……那您是什么时候听过利维亚的演唱的呢？”

“去年冬天，”他急忙说，同时脸唰地一下红了，“在帕尔马。”

“她到美国去了一年。”

这时她始终在不动声色地微笑。

“再说，‘看吧，亲爱的’不是她的唱段，因为她是女低音歌手。”

他一直垂下眼皮不作声，突然脸色苍白。她不为人所注意地耸耸肩。当然他很后悔今天排练时他已暴露了自己的弱点，当时他非常狼狈地称赞她。因此才这样瞎编滥造。他现在被抓住了。他不吭声就是在对抗，因而她将目光移向他处。

“我大概是弄错了，”他说，并强忍住心中的不快，“自从听到您唱的以后，那从前听的都不作数了。这是真话。”

“不管是真话还是假话，”——她友好地笑着，“我们已经有了一点了解，不是吗，音乐老师？而且我们很清楚，我们每个人都在预言谁会有最远大的前途。因为您对自己有些想法，是吗，音乐老师？”

“对我？对我？”——他将一只手放在胸口。

“我能想什么？我是个乡村乐队指挥，这种指挥——”

小萨韦佐很文雅地将几个指尖递给他。

“音乐老师，您的大名声贯全城，它一直透进我的书房。”

“可您自己就是一位著名人物，律师，”商人曼卡费德说道。

小萨韦佐由于高兴而斜睨他有麻点的鼻子。突然他吓了一大跳，赶忙寻找真正的律师贝洛蒂。他没有发现他，这才将头朝后一仰，优雅地将一只手一动。

“你们要干吗，啊，我的诸位先生和女士？只要情况允许，我们就要为我们现在居住的城市的精神生活而尽力。这是不是一种功德？我不知道。对我来讲，这是内在的需要。这种需要随时向我袭来。后来我就将来向我求教的乡下人的我的小小事务所的门给关掉了；我在那老后面的、尘世的喧闹透不进去的房子里仰视正在寻找我的诸多灵感。”

他将一只手放在耳旁，将脸朝上。乐队指挥利用他的倾听姿势继续往下讲。

“我是个在写歌剧的乡村农队指挥。那么多人愿意和我一道同时写歌剧！——确确实实，我感到在我心中的是所有民众渴望的音乐，而且有时在狂热的创作中，我觉得是站在远处听这些期待着的民众的低沉响声。”

“那么您呢，萨韦佐先生？”弗洛拉·加林达问道。

“完全如此！”他说道。这时他掠了掠自己的头发，心里想：他做对了，夜里将软枕头搁到了一边，因为他昨天烫的鬈发现在仍然没有弄乱。“完全如此！当我在写我的关于友谊的论文，不，我的散文诗时，我一直都看到我们俱乐部的成员坐在我面前，而且听到了喃喃的赞许。前面坐的是些女士，美丽的阿尔巴·纳尔迪尼正好坐在我的讲台下：后来实际出现的情况是阿尔巴只不过派来了她的女仆。可是我甚至在想象中已经看到了柠檬汁。”

“有志气！”乐队指挥说道。“志气跟强烈欲望一样能够使人喜悦，名声和爱情也同样。您理解我，弗洛拉·加林达！我要漂洋过海，远航世界各地，到一些大城市；指挥我的作品，在人们欢呼雀跃时感受到我在做奉献！由于我发自内心深处的行动，我在任何地方都不会陌生，我一定到处都会出名，我一出现就会有成千的爱慕者向我致敬！”

“成千爱慕者！”——这时萨韦佐发出欢笑声。“我不说不，因为在这方面我有些自信。可是即使是这样也已经有了些苗头：就是说在我作过关于友谊的报告后某位女士，出于尊敬不允许我说出名字，可她是我们最出众的女士中的一位，她问我——”

他斜睨他的鼻子，揉捏他粗大的手指，把手指都捏白了。

“两位先生意见一致，”弗洛拉·加林达说道；她不动声色地微笑着笔直朝前看。乐队指挥张开一只手从座位上跳起，可是他似乎感到他还没有说出来的气愤的话已被这种微笑给压下去了；他又重重地坐回去。萨韦佐说道：

“您要喝一瓶吗，我的先生？我是这种味美思酒在本地的代理商。”

他在继续说着；乐队指挥心里在想：“有可能她把我

与这个人弄混了吗？不过她是对的；我要向谁证明我跟他不同呢？显而易见的是我们俩住在一个小城市，都认为自己比其余的人更优秀。我或许根本就不是这样。我将一事无成。从品味很差的音乐中产生的自我陶醉始终只会给我留下恶心的感觉，就像是喝过假酒以后的飘飘然。我再也不想写了。”

他注视着她的微笑。

“她有意这样！她想贬低我，并想把我推向绝望！她是恶意的，我恨她！——或许真的像她一样没有人会这么乐意相信我！”

苦于无计可施，他说道：

“可是您自己呢，弗洛拉·加林达小姐？”

她双肩一抬。

“我？啊！我比两位先生要糟一点，我不大相信我的天才和他的自信的幻想。我将非常努力地工作，这就是我所知道的一切。或许我将再回索利亚科，或许我还在这样一些地方度过好多年。在我到米兰之前，我必须为此付出五年，也可能七年的时间。可后来——”

人们看见她的一个小拳头在抖动，她将拳头攥得非常紧。

“——他们只要听我唱一次，就再也不会忘记我。我不会去依靠幸运，也不会消沉。我年轻——我的嗓音、我的财富、我的名声，我所获得的一切都将持续到我老，持续到我死。”

她站了起来。

“我想散会儿步。”

“天还太热，您的身体会受到损害的。”士绅们说道。

她笑着走了。

乐队指挥朝自己面前的地上看。“将来属于她；因此她不需要预先忙着去做各种梦。”

卡瓦列雷·杰尔达诺突然转身，像前不久一样说道：

“可您正处在您生命的黄金时刻，年轻人。”

乐队指挥的脸变得煞白……不，这种沾沾自喜的名声并不是足以嘲笑他的智慧。

太阳落下去，天空蒙上紫色。人群很快拥入林荫大道，或退回广场。泉眼四周由年轻姑娘组成的长队在像火轮[①]一样滚动。突然安静下来，一切喊叫都停止了；万福马利亚的祷词从钟楼穿过薄暮的雾罩在空中回荡。

律师贝洛蒂试图用喊叫压过这种声音；他拽着男高音内洛·真纳里的手臂来到咖啡馆。

---

① 火轮，指在夏至和冬至时用草裹着，点着火滚向山谷以示庆祝的轮子。

“卡穆齐比往常走得更早！”他怒气冲冲地叫道。“他突然想起了什么事！”——因为律师发觉他的对手不在而不高兴，他注意别人的习惯就像注意他自己的习惯一样。

“此外，”他说，“母鸡卢恰、唐·塔代奥及其神圣的喧闹：您瞧，我亲爱的，我们在过着有规律的生活。”

“可是进大教堂的一些人，”内洛说，“却不同。这我当然清楚，我已经对他们作过观察。”

小萨韦佐依在墙壁上，他将鼓起的额头低下向外窥探。

“哎呀，对了，”他说，“这位先生昨天就希望结识进大教堂去的某个人。他或许觉察到了不容易与她相识，而前面的是另外一些人。”

“这位先生在说什么？”——这时内洛迅速迈出一步。

“这位先生对我非常理解。”

接着萨韦佐语调轻轻地说道：

“我们让弗洛拉·加林达小姐一个人走了。我们难道不是骑士？我将追上她，向她宣讲我关于友谊的论文为她解闷。”

“他怎么啦？”他离去时人们在问。

“我不理解——”内洛结结巴巴地说道。律师将一根手指动了一下。

“这不是针对您，我亲爱的；这是针对您的朋友我。可是这个讨厌的家伙害怕我，因为他在已摆在我面前的某些给农民的通知中又使用了律师头衔。这个人们能从他身上嗅出味道的奶酪商的儿子在他所谓的小店铺的门口又打出了律师的称号；在他拿掉这块招牌前，我必须用告发来威胁他。他的阿谀奉承不会使我迷惑，我很清楚他对我又忌妒又憎恨。”

“他是个有天赋的了不起的年轻人，”波利提出了异议。律师试图加以否定，可是人们却将萨韦佐在俱乐部里的一些成就摆到了他的面前。对此他回答道：

“最出色的天才也会被某些性格缺陷所玷污。”

“我向全体聚会者表示敬意，”理发师诺诺吉说道；同时他在行屈膝礼时将帽子在地上一拖。

“我特别向律师先生致敬！”

他频频向伊塔利阿点头哈腰，而且做着鬼脸，以致他脸上的微血管里的血到处流窜。

“要是我知道该多好，”理发师将短笛塞在他的腋下保证道，“我就会来为聚会的人吹一首小夜曲。”

“连您也是个艺员，诺诺吉？”男中音加迪问道。

“是的，先生。这里所有的人都从事艺术。大概只有不相配的人不在其中！我当然知道我说的是谁。”

“您说的是基亚拉伦齐，”药店老板说道，“可我们大家都知道，他是个老实人。”

理发师蹦了起来。

“裁缝——是个老实人？啊，对了！在算衣料方面他是老实。如果是指给订衣者试穿裁剪好的衣服，那他是老实。可是吹次中音号，这可不是在喝酒时学得会的。”

“基亚拉伦齐是所有的人中最实事求是的人。”

“他？在斯帕尔迪西村他们再也不要他演奏了，因为他和他的一帮人喝酒喝得太多。”

“果然不出所料，”律师说道，“你们为你们去演出的那些村庄而相互忌妒。你们因此成为仇敌。这样不太好，诺诺吉。”

理发师张开双臂，身子弯向地面。

“这可能不好；可是裁缝和我，我们相互间的关系就跟律师先生与市政厅秘书先生一样。”

律师将头朝后一仰。

“这有些不同，我的朋友。我们是思想上的差异！……他来了，您的仇敌。为了使你们和解，我们将敬你们俩一杯味美思酒。”

“我并不想伤害各位先生的感情，可这味美思酒对我来讲可能太苦了。我向聚会的诸位表示敬意！裱糊匠和我的内兄科科拉在拐角的地方等我。我们一定到山上去，音乐老师！”

“怎么？”乐队指挥惊起问道。

裁缝基亚拉伦齐拿着他的次中音号和一条羽毛围巾来了。为了不使这件柔软的物品受压，他将羽毛围巾放在他张开的大手上，又将这只手伸得远离身体好使它连碰都不会碰到他，并且每迈一步都使它保持平衡。由于太费劲，他被弄得上气不接下气。

“弗洛拉·加林达小姐已经走了吗？”他问道。这时他将次中音号搁到了铺石路面上，以便用手脱帽打招呼。他的眼睛仍没有离开那条围巾。

“请各位先生原谅，可小姐到哪里去了呢？她准是又长时间外出不归；她昨天也是这样，可在晚风中她会着凉的。我想给她拿样东西来，至少可以保护一下脖颈。”

“那么排练呢？”他们问他。他一面在思考，一面注视着围巾。

“是的，排练。”

“她想必已经走了好大一段路，您的弗洛拉，”烟草商说道。乐队指挥突然站起来。他的脸变得红红的，这时他伸出一只手去。

“您把它给我，基亚拉伦齐。我把它带给她。这没有关系。反正我要去呼吸一点新鲜空气。”

“可是——排练呢？您是音乐老师！”

乐队指挥挠挠额头，他又坐了下来。

“我忘了……我在想一些别的事……这只是突然产生的念头。”

杰瓦特尔·阿基莱自告奋勇将围巾保存在他的店里。裁缝惊诧地朝后一跳。

“放在咖啡馆里？您究竟在想什么？”

所有的人不得不劝说他。最终他自己走进屋内，将他的宝贝挂到了衣架上。他在它面前来回跺着两只脚，交替地在他的晃动着的褐红色八字胡的左右两端拽来拽去。

“会有人用手来摸它，这里来的人太多，”终于他下决心将它取了下来，“顶好的办法是将它拿回家。诸位先生，请原谅！”

他将他的次中音号放下不管，而将围巾放在两只手上，一步一步地经他来的那条巷子将它拿了回去。他们在他身后耸耸肩。

“正在热恋，这个可怜的家伙！”

“管弦乐总谱，”乐队指挥说，“还在我的住处，我得赶快去拿。”

卡瓦列雷·杰尔达诺迅速站起来。

“我们同路，音乐老师。您大概会从旅馆旁边经过吧？”

可是还在他们走到林荫道时他就说道：

“我还没有去吃饭。不管是现在还是过一会儿，到时候都是我一个人。伊塔利阿肯定是跟她的律师在一块，加迪有他的家，弗洛拉·加林达可以心满意足地吃裁缝妻子做的晚餐，而内洛，我不知道这个年轻人总是躲在哪里。我可以到我的女房东，娇小的卡穆齐太太那里去；可是，音乐老师，现在到了您还不能理解的在少妇近旁感到满腹辛酸的时期。如果您愿意，我想去看一眼您歌剧的原稿。”

“卡瓦列雷……我不知道——”

音乐指挥挠挠脖子。

“——您或许是头一回被允许看原稿的……”

老男高音温和地微笑。

“我已经被允许看过其他一些原稿，这已过去很久了，甚至被允许看过大音乐家罗西尼[1]亲笔写的乐谱——他把这个乐谱送给了我。”

一阵沉默之后乐队指挥喃喃地说道：

“您是个著名人物……我感到很荣幸。”

烟草商的小女仆莉娜站在地方行政长官公署前，她又惊又喜地对着乐队指挥看。当他从旁走过时，她的一只小手好像自动地一样从围裙上微微抬起并一直停留在空中。对此他还没有觉察到。卡瓦列雷·杰尔达诺夫老早就将头转向了她。她用牙齿咬着嘴唇，凝视着，两眼已湿润。

① 焦阿基诺·安东尼奥·罗西尼（Gioacchino Rossini，1792—1868），意大利作曲家，主要歌剧有《塞维利亚的理发师》和《威廉·退尔》等。

他们在林荫道尽头拐向旁边是“定亲”旅馆和铁匠铺的坡度很大的广场。像庞大的常青藤墩似的古城墙竖立在最后的一些房子之间，褐色的山在古城墙的断垣残壁之上冷眼朝里张望。乐队指挥指着铁匠的屋盖。

“在那上边。”

屋盖顶部加盖有一短而宽的建筑。它有弧形的顶、几面几乎与墙一样宽的窗和用石膏制作的最亮丽的阿拉伯式花饰。当他们爬上这间隐秘的住所时，乐队指挥说道：

“在这里您立刻就可以好好地呼吸，卡瓦列雷。这里空气充足。”

与之相反，老头请求将穿堂风堵住。

“您说得对，风从四面刮进来。冬天我睡在我的床上就有点冷。可是这没有关系。我头脑中的思绪在白天几乎时常使我感到太暖和。我在房里穿来穿去地跑，来回或许上千次；天空随处可见，我好似在天空中穿行——在房间里我从迎着飘过来的钟声中，从铁匠铺的铁锤声中，从一切声音中产生了音乐。可是或许品味很差吧？”

他将原稿抽出来，用双手掂了掂它的分量，脸一直红到了胡须下。他将原稿交出。对方翻阅着，两片嘴唇在翕动。乐队指挥沉不住气了。

“我给您弹奏。我给您弹奏第二幕，至少弹奏二重唱。您务必注意听！”

他坐到钢琴前，接着又跳了起来。

“只有唯一一张椅子！怎么办？噢！卡瓦列雷，您真的愿意——？坐在床上好吗？”

在弹出最后一个和音后他仍然看着琴键，一动也不动。

著名歌唱家轻轻拍着手说道：

“好啊，音乐老师！”

接着乐队指挥又开始呼吸。

“这我很喜欢，我真想试试即兴唱男高音的角色，”——这时卡瓦列雷已经站了起来，他用食指敲响了第一个音。

“请您弹男中音，音乐老师！啊！不要客气。天已黑了，可这上面还有足够的亮度，我们开始吧！”

恰好在结束时，乐队指挥摆出一副在仔细听的表情。最后他脸上红红的，微笑着抬头仰视。

“卡瓦列雷，我感谢您，您今天使我很高兴。”

老头的嗓音不再是瓮声瓮气，它很厚实。“今天早上我的耳朵在什么地方呢？”它从未震颤。乐队指挥仍一直在摇着他的作品的歌唱者的手。

“没有人像您一样唱过我的这部音乐作品！”

他忘了，根本就还没有人唱过他的作品。他越来越陶醉地说道：

"您采用的渐强的唱法带来了最好的效果！"

老男高音机智地微笑着。

"音乐大师威尔第[1]对我说了跟这完全一样的话。这是在我冒昧地将这种渐强的唱法用于《唐·卡洛斯》[2]时，从这以后大家都用这种唱法。"

"您在他本人面前唱过？"

"我在布塞托到过他家里，我站在他身边，他为我演奏他的作品，就像现在您演奏您的作品一样，音乐老师。"

"威尔第！"

乐队指挥跳了起来，穿过房间跑。卡瓦列雷·杰尔达诺走到窗旁。

"这里视野辽阔，"他说道，"顺坡而下有许多房屋，点点灯光在那下边的暮色中向远方散开。您的日子过得很不错，音乐老师，您很年轻。"

"要是天没黑，在那些蓝色雾幛之间您甚至可以清楚地看到海。那些蓝色雾幛其实是山。在我工作时，海始终在我面前。它是我的前途的，也就是一种有广阔前景的命

---

① 朱塞佩·威尔第（Giuseppe Verdi, 1813—1901）意大利著名作曲家，作歌剧30余部，其中《弄臣》、《游吟诗人》和《茶花女》为其三部名作，后期歌剧《阿依达》、《奥泰罗》等在意大利歌剧史上具有革新意义。

② 《唐·卡洛斯》（Don Carlos'）为威尔第所作五幕歌剧，剧情取自于德国作家席勒的同名剧作。

运和无尽的荣誉的象征和保证！”

“当然您一定会漂洋过海，音乐老师，一定会带着许多装满美金的钱袋归来。”

“您到过海外吗，卡瓦列雷？”

著名男高音将一只手一推，好似他认为这种经历根本不值一谈。

“我在俄国度过了我的最佳年华。为了听我在彼得堡的演唱，从莫斯科到克里米亚的人用电报订票。在演《欢乐的歌女》[①]时，皇帝登上舞台来到我身边；我最后一场演出的那个晚上，他派了一个军乐队到我房前和一个军乐队到剧院入口处。可是当我想起我二十岁是个什么情景时，这一切都算不了什么。我跟穆斯塔法和罗萨蒂一道在罗马的瓦利卡拉的圣马利亚教堂演大音乐家萨尔瓦托雷·卡波奇的一部清唱剧《圣欧斯塔基奥》。在我唱完时，信徒们拼命鼓掌，‘直到’大喊大叫。武装人员不得不加以干预，好使他们平静下来。”

“您二十岁时，”乐队指挥重复道。

“是的，”老头说道；这时他好像是孤单一个人一样发出感叹：

“现在很快一晃五十年了。”

---

① 《欢乐的歌女》（意大利文为 La gioconda，英译为 The joyful girl），四幕歌剧，剧情取自于法国作家雨果的剧本《昂热络》。

年轻人的目光向他老早就已知道是大海和极遥远的陆地的那边一瞥。海还在那里吗？他突然觉得没有必要找它。这个老头曾在海上航行；他归来了，又给他留下了什么呢？他唱得瓮声瓮气，且声音打颤；刚才跟先前没有两样。“只是听到唱自己音乐作品的幸福感迷住了我的耳朵——说不定他是想有意迷住我的耳朵？”乐队指挥突然产生了怀疑，他认为卡瓦列雷·杰尔达诺是成心造成的这次两人相聚，以求使他自己的心情平和。“这是真的，我在排练时当着其他人的面使他丢了面子。多可悲啊！我，一名新手——而他的名字全世界都知道。”他为使得这位老人看不清他涨得满脸通红的样子而高兴：这是在为自己、为他、为人的自尊而高兴。

“我必须赶快走，”他喃喃自语，“管弦乐队正在等着我。”

卡瓦列雷·杰尔达诺在台阶上跌跌撞撞地走着。

“您别管时间，卡瓦列雷，请您原谅我。”

老头快速行走，为的是跟他走在一道，为的是还有好些分钟时间不要单独一个人。可是他仍然落在了后面。

当乐队指挥冲过来时，莉娜从“定亲”旅馆拐角的背阴处走出来并喊了几声。他已从旁边走了过去再回头喊：

“下次。我现在忙得焦头烂额。”

他到达了林荫道，在奔跑中脱下了帽子，因为律师贝洛蒂、烟草商波利和药店老板阿奎斯塔帕切拐进了那边的巷子里。他们用手指威胁他，并且互相碰了碰。

“啊！音乐老师。谁知道他从什么样的艳遇中来。”

他们自己在搜寻。他们有时停在一个房下，其中的一个在轻声低语：

“那上面住着一个女艺员。”

“这里我也安排住了一个，”律师进一步补了一句；三个人全都发出了兴奋的咯咯笑声。一排排古老的、黑色的、由奇异的灯光映红的房屋都有着厚重的、经过装饰、并从里向外散发出香料或手工艺品味道的大门，都有着像布道坛一样窄窄的阳台，都有着加格栅的窗户和远远前伸的屋盖，也都有着用来晾干玉米棒和柴枝的屋盖下方的开敞式库房。这些狭窄的石头路及其被弯弯曲曲的阴影笼罩着的、市民的脚一定能再辨认出路面破损的拓宽部分使他们感到变了样。这一切又引起了他们的好奇心，就像他们孩提时一样。他们踮起脚增加高度，以便从红色窗帘向小酒馆里窥探女合唱队员跟她们的男友坐在何处。同时他们还讨论同居的一对对是否真的结了婚。当木匠维托里诺·巴卡拉挽着一个很小的、穿着花哨的人踏进最靠近的一盏路灯旁的房子时，烟草商叹了口气，随后说道：

“他是对的。”

“其他人也都会有点名堂的。”律师宣称，一边敲了敲他的肩。

“可她们全都从哪里冒出来的？”他补充道，因为已经又有两个人从那下面的亮光带中穿过。“我们是知道的，只有十三个，可是现在好似整个城市全是她们。”

“到处都有股香粉味，”药店老板用他字正腔圆的嗓音说道。其他两人在用鼻子嗅。

“她们将香粉撒在空气中，”律师说，“就像昆虫扇去它们翅膀上的尘埃一样，”——这时他向四周环顾，因为他觉得好像有翅膀在他头上拍动。对了，是真的，在菲利贝蒂房子的低矮阳台上有一个女的在拍动着两臂：一个大个儿女的——现在他们也闻到她的香味了。可是她身后的一个男子已消失在黑暗中；这是谁呢？烟草商已经认出了他。

“嗨！奥林多！你给我出来！”——这时他用食指朝铺石路面一戳。

“要我拖住你吗，你这个胆大妄为的东西？”

小波利出现在格栅旁。

“爸爸，”他结结巴巴地说，“这位小姐想要防蚊熏烛，因为店已关门，所以我才将熏烛给她拿来了。”

“你马上给我下来！”

这年轻人的身子来回转动。他们看到了他的红发、灰白色的脸和他脸上张皇失措直眨巴的眼皮。这个女合唱队员笑着碰碰他。

"那你就到你爸爸那里去呀!"

紧接着他离开了阳台。烟草商宣称:

"这可是不行的!如果这些女人开始想勾引我们的儿子,那就让艺术见鬼去吧。"

律师告诫不要把话说过头;他说如果有人将二十岁的人关进儿童房间,那他就会激起他的反抗本能。这时小心翼翼转过脸去的奥林多出现在门的下方,他紧靠着房屋凸起的圆拱蹑手蹑脚地走去。

"啊!他想溜走。"

为了抓住儿子的肩,父亲不得不跳了起来。奥林多出于敬畏自己把腰弯了下来,好让他容易抓到——这时波利将被制服者拖过来了。

"死缠女人的幼稚东西!这种东西真没见过!现在我甚至猜想,为什么十盒雪茄烟不见了。也就是说十盒烟确实是被卖了,而钱一定是用到了这个女人身上。果不出所料,果不出所料!——回家对你母亲说,我让她同样给你一顿。"

波利向从那里离开的儿子踢了一脚,为了踢这一脚他事先就将他摆好了位置。正在擦干流出的汗时,他发觉他四周在哄笑。当药店老板在吼叫,律师在喘息时,从阳台上冲出了尖锐刺耳的喊叫声。烟草商感到害怕。

“请你理智，”他请求道，“别把所有的女人都吵醒。她们已经半裸着身子扒在窗台上。你要让像我们一样的许多人都看这一幕吗？快走开！”

“可这真正是一个最漂亮的女子，”律师说道；这时他已离不开这个地方了。“你儿子真正挑了一个最漂亮的：这个生着黄头发的姑娘。今天下午我已经看到他和她在广场上。你是对的，波利，这对幼稚的孩子一点好处也没有。可是小姐说不定会愿意和我们一道，”他用尖细的声音朝上面轻声说，“在‘月亮’旅馆共进一次简单的美好晚餐。我是戏剧委员会主席，我会对你有用的。”

“我随后立刻到你们那里来，我的先生们，”她回答道。他们看见她在房内的烛光下用粉扑扑粉。她撩起簌簌作响的裙子出现在门口，并立即将手伸向烟草商。

“您儿子是个孩子，”她说道，“可是您，我的先生，却是个真正的男人。”

“我们希望是这样，”他用粗嗓门回答，同时脸上堆着无法抗拒的微笑。于是他想到了快把一只胳膊伸给她。律师不得不跟药店老板一块走在后面。律师呼哧呼哧喘着气说道：

“小姐，我早就听说过您，因为您是最漂亮的，是我设法签了您的聘用合同。”

她将头从她陪伴者的肩上方转向律师。

“啊！这位先生就是著名的律师贝洛蒂。我很幸运，我的先生，能和您认识。”

突然她向他吐了吐舌头——很快又转向她像奥林多做过的那样很尊敬地朝之弯腰的波利。

“多么好的女子！”

律师兴奋地做了一个这空间都容不下的手势：他拼命捶墙。“哎哟，哎哟！我感到我会为她发狂。”

药店老板责备道：

“然而你正被像伊塔利阿这样的一个女人爱着！我不害怕将话挑明，因为伊塔利阿有某些非凡之处，而这里这一个却不具有这些，尽管她有她的黄头发。”

“我可以向你说几句吗？”

律师按着老战士的一条臂膀。

“你把伊塔利阿拿去吧！我把她留给你。我感到我将不可能忠实，即不可能对她，也不可能对另一个。她们都在诱惑我，我不畏人言，什么话都不怕。市民们长期不做改变，这其实一直令我烦恼；我生来就喜欢艺术家的生活方式，现在我才发现了我的禀性。”

因此他让他的朋友照旧拖着他的一只木头假腿踩高跷似的继续朝前走，而他则紧追着姑娘的黄头发和她那要在林阴道消失的扭来扭去的大屁股。

当波利和律师将这个女合唱队队员夹在中间到达旅馆

前面布满谷草的场地上时，两人开始叫喊。波利敲着桌子。

“来个人！这里有人要喝点东西。”

律师将两只手包在嘴边当喇叭。

“啊！马兰德里尼，现在是你露脸的时候了，因为我们需要吃一顿简单的精美晚餐。先上萨拉米香肠和火腿，再上一满碗相应的通心粉，一碗你端上了桌的全乳猪，再上马得拉薄鱼片……”

“你们大概会称心如意的，”旅馆老板一边说道，一边油头滑脑地点头哈腰，“我妻子甚至将为这样的聚会做田园风味的鸡，这是道很难做的，但很出色的菜。”

“我还要油爆肝，”姑娘声称。

“油爆肝，用你最大的煎烤锅，马兰德里尼！”旅馆老板在向屋内跑时律师建议道。另外波利随后喊叫：

“留心蛋黄酱！”

药店老板在外面听见了，也在院子那边喊道：

“我来打鸡蛋和加拌马尔沙拉甜葡萄酒。除了我还没有人能将蛋黄酱的稠度调得正好！”

“他在喊什么？”伊塔利阿·莫莱辛在背后的林荫道上对内洛·真纳里说道。他耸了耸肩。

“他们要喝醉的。”

“律师正围着黄头发的吉纳在摇尾巴！这个男人难道不累吗？”

“我们的到来，”内洛说，“使这个城市的居民苏醒了。他们突然大胆地将他们的邪恶释放出来了。”

“难道这不可恶！那时我认为已得到了六个星期的安宁。我曾决心对他保持忠诚；可是现在，还在同一天——”

伊塔利阿用一种沮丧的声调。

“这些人迫使我们过不道德的生活。”

“你对谁说这个话，”年轻男子咬着牙齿回应道。

“可果真没有人欺骗你？”她问道。他喃喃地说：

“只有我自己欺骗自己。我选择了一个太高不可攀的目标。我把自己估计得太高了。”

“我听不懂你说的话。”

“哎呀，连我也必须满足一个这种女市民的要求。”

“似乎我们是为此而受聘的！”

“对了，我们在这里是给他们逗趣。这是在为狗耍把戏。”

三

“我丈夫当然可以敲钟！怎么啦？你们倒说说！”教堂杂役皮皮斯特雷利的老婆要求道；她将一个斜着的肩抬得更高，她那罩着绿色眼罩的眼睛在向四周张望。“只要你们继续进行该死的演出，他就会一直留在那钟楼上边，并在他们鼻子跟前连续敲修道院教堂的钟。我们将看看他们是不是能够向魔鬼做弥撒。”

“唐·塔代奥是个真正的神父，”锁匠凡塔皮耶一边说，一边在胸前画十字。跟凡塔皮耶一样，想在法衣室工作的锁匠斯卡尔佩塔也急忙跟着画十字。诺诺吉的老婆在翻着白眼。

“然而全城的人很快都会到山上的。他们可能跑得不够快。看那里！在恶魔抽断你的脖子之前，但愿你别被台阶绊倒，折断了腿！”

“我们行为端正的人这么少！”阿奎斯塔帕切太太

说道。

“不应该将这些不幸的家伙制止住吗？”

皮皮斯特雷利的老婆已经在舞动她的拐杖。

“嗨，你们这些男人，留在下面！在山上不会得到任何好处，除了永远下地狱。”

加利莱奥·贝洛蒂和一伙农民一道从咖啡馆出来，他在大钟的喧闹声中吼叫着回答：

“你究竟想干什么？迷信时代已经过去了。再说如果有像你这号的稻草人站在前面，那就不会有人想升天堂了。”

与此同时他们脚步重重地沿阶巷往上登。小小一群虔诚信徒绝望地环顾空荡荡的广场。

“想想看，在教皇时代加利莱奥是做弥撒的！”锁匠说道，“可正像主教大人最后一次到场时所说的那样：教会的希望日渐减小！”

“哎，什么话，我们必须行动！”阿奎斯塔帕切太太宣称。

“请注意看唐·塔代奥，他为勇敢树立了榜样。”

他们看到他在厚皮门帘后面偶尔溜出来，向来到林荫道拐角处的男孩们扑过去。他野蛮地将他们拖走，再在他们和自己背后啪的一声将厚皮门帘合上。他几乎不离开他的隐蔽处，以便驱赶紧跟着来的男孩。这时前面拖来的男孩从门帘下溜跑了。他在拖被抓住的糕点师塞拉菲尼的学徒时，小基亚拉伦齐和理发师德鲁索家的米凯利诺像兔子一样跑过来，一起向皮皮斯特雷利的老婆撞去，使得她一屁股坐到了铺石路面上。

“对我们这一行来说，这是多么大的耻辱！”诺诺吉的老婆在小德鲁索的后面喊。这时锁匠斯卡尔佩塔准备去揍他们，可是他俩跑到什么地方去了呢？

理发师的老婆两臂垂下；因为那不像是她自己的男人正在那边背着她想溜走吗？他刚才还把一张椅子放在店门前，好像是要看报纸；而现在他将单簧管紧夹在腋下，紧贴着墙走去。他还摇晃着一个拳头，简直就像忙着到一个顾客那里去一样。然而在他转到后面来时，脸上一只眼睛是闭着的，他心里有鬼时总是这种表现。

“嗨！诺诺吉，”——在老婆又发出她的声音时，她甚至已经跟在他身后了。她嘴里嘟嘟哝哝的，并试图将脸扭歪，可是闭着的一只眼睛使脸扭歪不了。

“别大惊小怪，我的好老婆，我们必须一起干，否则生意将会成什么样子呢？顾客们会说：啊，诺诺吉，晚会失败了，因为管弦乐队太差，这种局面的出现是因为缺了你的单簧管。”

这时他用乐器敲了一下她的面颊。

“开始人们或许会说女人和神父想要什么，”他向两个跟在后面的锁匠解释道，“可是一个理发师却还有其他一些顾虑。”

“哎哟，”他的老婆在喊叫，因为他友好地敲，使她的脸变得越发紧绷了。他突然将第二只眼睛张大，以显示他又感到了很愉快。他一跳就到了阶巷里。

“我们已经暴露，现在必须防止最糟的事情发生。”——这时诺诺吉的老婆双手扭在一起跟在后面。剩下的人互相默默地在数。

“现在我们只有四个人了，”斯卡尔佩塔明确地讲；阿奎斯塔帕切太太心感不祥，两眼从她的黑头巾里向药房望去。

“我感到这样下去不行。他在店里做药丸，我保证他还在继续做。”

他们强忍着不快相互点点头。

“可是你们倒是看看勇敢的、神圣的唐·塔代奥！”皮皮斯特雷利的老婆说道，“我们不应该给他送点喝的东西？”

因为他吊在那对石狮中的一个石狮的背上，并用一只手撑着额头。在薄暮中于那后面孤单奋战，已弄得筋疲力尽。这时阶巷内的脚步声越来越近；律师贝洛蒂身着燕尾服出现了；他从老远就已经在气喘吁吁地喊叫：

“唐·塔代奥，这种钟声必须停止，我以委员会和市政厅的名义向您宣布：噪声必须停止。”

他在穿越广场的整个路上都始终喊着同样的话，好像在情况变得紧急之前他要将这些话练熟。唐·塔代奥终于发觉了他，这时他打起了精神。

“您要我干什么？”唐·塔代奥仿佛在问。——在将他俩的声音吞没的喧闹声中，人们看到两人在用手臂猛推，将拳头挥来挥去，将脸盲目地四面乱转，就好像在寻找证人一般。几个虔诚的教徒走近时，唐·塔代奥正好在说：

“我向您宣布，这是圣泰奥弗拉斯托斯节[①]的前夜，修道院教堂内有一个小教堂是属于他的。”

“一个小教堂？”律师叫道。“这算有点道理！可是如果你现在将屋顶上的每片瓦都用来献祭不同的圣徒，怎么说，我的先生，那我们每天都得有喧闹声了吗？”

律师绝望地将他低沉的声音提高：

“我的先生，我禁止您取笑宗教！”

这时神父两眼冒火，两臂在空中拼命抖动，因而律师从两臂所及的范围内退回。然后他用右手拍着硬挺的衬衣说道：

“我以委员会的名义，更确切地说以民众的名

① 这里指纪念古希腊哲学家泰奥弗拉斯托斯（Theophrastus，公元前370—287年）的日子。

义——”

“谁是民众？”老凡塔皮耶问道。这时他缓慢地向律师走去。律师又退了几步，一边深深地吸了口气。

“我是民众！”他深信不疑地说道，“你们要提防我还没去敲‘民众之钟’呐！”

“我们同样有报纸。”唐·塔代奥说道。

“我们同样是民众。”阿奎斯塔帕切太太威胁着声称。

“如果您的演员们向魔鬼唱歌，”皮皮斯特雷利的老婆尖声叫道，“那我丈夫一定会用神圣的钟呼唤上帝。”

锁匠斯卡尔佩塔在一根柱子后面表现得很安静；他已经得知了有某些工作将被有报酬地安排在市政厅。唐·塔代奥和律师可能双方都有道理，因为教堂和市政厅都需要锁匠。

此刻律师与神父之间保持着一个适当的距离。律师脱去他的棕色草帽，并将它托到手腕处。

“那么您该听到我最后的话了，我的先生！如果您委托的人不停止对公众活动，比如像戏剧演出的干扰，那我们就决心动用武装力量来对付他。”

这时他继续后退着，匆匆离去了。

几个虔诚教徒挤到神父周围。他们只有一个声音。

“难道能让这种情况出现吗，尊敬的神父？”

他环视了一下他们的人数，然后将一只手平着轻轻一拂。

“现在几乎忍无可忍了，我的朋友们，我们务必得等待。”

阿奎斯塔帕切太太理解他的话。

“可惜我们人太少，尊敬的神父。我们已看到全城的人都上去朝圣了。多么大的耻辱！许多曾经许诺过的人也正在慢慢地去。该怎么来说跟在自己丈夫后面跑的诺诺吉的老婆哩。他们之间是否有一种预谋呢？”

“我可也感到是这样，”其他几个人说道。

“还有约莱·卡皮塔尼，尽管您进行过各种劝告，尊敬的神父，但她也几乎不能指望。律师贝洛蒂已将她接走了，有人在这个医生的太太那里奇怪地发现……”

唐·塔代奥用一个痛苦的手势表明，他好像知道这件事。

“所有的上等家庭中，”教堂杂役的老婆叫道，“只有纳尔迪尼一家顶住了这种祸害……除了阿奎斯塔帕切家之外，”她补充了一句，因为药店老板的太太正严厉地盯着她。

“还有人品好的、虔诚的卡穆齐太太，”锁匠凡塔皮耶说，“她仍然远离邪恶。没有人想说，她已离开了家。”

大家都证实了这一点。唐·塔代奥不吭声，将头垂了下来。因为他看见他的一个忏悔者从洗衣妇格拉塔卢皮的小屋溜进阶巷，撩起外衣向里面轻轻地走，而后就很敏捷地消失了。她想必是从市政厅的庭院爬上这小屋的，尽管这老台阶只是些碎石。她是在偷偷地追求肉欲。那么说不定也包含埃万杰利娜·曼卡费德想要知道的关于卡穆齐太太与最年轻的男演员之间的真实情况？

唐·塔代奥突然发怒；浮现在他眼前的这个画面使他又激动又迷茫。

“我们所有的人都会堕落，”他结结巴巴地说，“那个叫伊塔利阿的女人是所有的祸害中最大的祸害！”

皮皮斯特雷利的老婆和阿奎斯塔帕切太太愤怒地点头。老凡塔皮耶大声叫道：

“她是巴别尔城①的女人。”

“野蛮狂热纵欲②，”锁匠斯卡尔佩塔补充道；像人们所说的那样：在伊塔利阿那里，律师、男爵、波利先生，甚至旅馆老板马兰德里尼的男仆都轮到之后，谁也不

---

① 巴别尔城（Babel），《圣经》故事中挪亚的后裔向东迁徙，至示拿，见一平原，乃住。他们拟协力建一城市和一高塔以达天上。上帝考虑彼等今后将无事不成，乃混乱其语言，致使互不通意，乃四散。该城遂被称之为“巴别尔”，意为“混乱”。

② 原文为“巴克斯”（Bacchus），为罗马教的酒神，在希腊宗教中即狄俄尼索斯（Dionysos）。崇拜仪式为野蛮狂热的纵欲，以男性生殖器为崇拜目标，参加者多为妇女，仪式中进行狂热舞蹈，跳至极度兴奋时活活撕碎儿童或小动物吞吃，以作为与“巴克斯”共进圣餐。另见108页注①。

知道他自己是否会轮到。

当两个女人将脸从他那里转过去时，他偷偷瞟了一眼。大家都默不作声——这时唐·塔代奥看到了她，看到了那个女人。他曾经通过他爬上去的那扇大教堂窗子看到过她，因为窗玻璃已被皮皮斯特雷利用杆子给捅碎了。那时他并不知道从那上面可以直接看到“月亮”旅馆的一扇窗子里面；这是她的窗子，他所见到的是拥抱。由于哆嗦，唐·塔代奥差一点从梯子上下不来。当那幅画面再次浮现时，他仍在这里的黑暗中哆嗦……

“唐·塔代奥，”男爵托罗尼叫道；这时他快步从他家里走来，“您要是有空的话，我太太请您去做客。”

唐·塔代奥畏畏缩缩地抬起额头，打了一下招呼，眼睛看都没看男爵，而后走向托罗尼豪宅。在行走时，可以听到他的黑色道袍碰在腿上的声音。

“我们把男爵夫人给忘了。还有一头给牧人以安慰的温顺绵羊，”皮皮斯特雷利的老婆说道。

“可是男爵到剧院去了，”——这时他们在后面窥视他——“这可以看得出，因为他解下了他的皮绑腿。这个可怜的男爵夫人！她背后要有一场严重的斗争！”

“现在全完了，因为那该死的委员会动用了武力！”

“皮皮斯特雷利的钟声是不是已经减弱了？”他的老婆问道。“我可以肯定，他们在威胁他！”

“我们是男子汉，”凡塔皮耶和斯卡尔佩塔说道；这时阿奎斯塔帕切太太补充道：

“在这种情况下我们也是。在那山上的人应该知道这一点！”

他们齐走行进，四个人一个跟着一个穿过广场。

“唐·塔代奥还拥有几个斗士，”皮皮斯特雷利的老婆一瘸一拐地走着宣称；斯卡尔佩塔为了给自己壮胆在阶巷的暗影中大声朝山上喊叫：

“我们会看到的！”

在他们离去时，律师贝洛蒂从市政厅的黑漆漆的拱门中走出来，身子扭来扭去地向药店走去。他掀起门帘，声音尖细地低语道：

“来！我们已被解救了。”

一声沙哑的欢叫——这时药店老板钻了出来，他踩高跷似的往前走，弄得广场因此发出了回声。

“嘘，嘘！”律师压低了嗓门道，“别把敌视艺术的人吵醒！我巧妙吧？怎么样？一切都顺利了。”

“而我，”药店老板兴高采烈地说，“我已在我的工作大褂里边穿上了黑西装！”

他们互相挽着手，四面乱转，并你一拳我一拳地嬉闹着。

“啊！你这头老驴！”

他们每跨两步台阶就站下来，谛听其他人的脚步声。律师回头看看。

“是否连母鸡卢恰也在山上面呢？好像全城都空无一人。没有人在广场上！还有一个人，那是已成习惯的布拉布拉。”

在钟楼的暗影里消失的灯光突然轻轻扫到了这个小老头。这时他就像被一帮看不见的人围着一样，正在向广场四周广泛致意。

“今天在伊塔利阿那里你可要帮我一点忙。”

阿奎斯塔帕切像个孩子般地恳求。

“不管怎么说，我很快就是最后一个。谁又会像你一样有这么多女人——因为有人说，连那高大的黄头发女子也抵抗不了你多久。”

“哎！别人说得多了，”——这是律师喝醉酒似的哧哧发笑，“别人还没有说约莱·卡皮塔尼什么吗？”

“怎么？难道你——？”

“她丈夫想在我身上找到糖尿病：在像我这样一个男人身上会生糖尿病！现在他看到了，这阻止不了我——”

“你比我想到的还要伟大，律师。”

“哎！……可我们说点严肃的事。你还给神父多少时间呢？”

“不长。你登在《民众之钟》上的文章大概会产生影响的。”

“那么你相信。我告诉你，我——”

律师将一根手指放在燕尾服的衣衫前胸上。

“——唐·塔代奥不会超过八天。我亲爱的，我已经促使共济会分会注意钥匙的事。另外我还向主教书面报告了博尔戈叛乱的情况和将唐·塔代奥参加那次封建迷信的骚乱的事告知了他。”

“可是他——”

这个老加里波第分子惊愕地将一只手张开。

“他正好是与农民相对抗的人：不，你们的圣母马利亚，她眼睛都没有眨一下——而他们却差一点将他砸死了。”

律师耸了耸肩，将嘴向前一努。

“他是敌人，对还是不对？……而我们要看《可怜的托涅塔》，是吗？”

“这我们要看：啊！这我们要看。”

药店老板用他的木头假腿一晃一晃地跨过最后几级台阶。

“嘘，嘘！”律师轻声制止。“照明不亮；我们所想的是必须把我们的全部力量用在剧院内部；可我还是忽略了这个情况。你的太太没在围着伯爵夫人的殿堂和在等待序曲的民众之中；她在封建迷信的骚乱者的人堆里，在那背后的修道院的墙下面。他们大家不都仰着头，就好像从钟楼飘来的不是噪声而是通心粉一样吗？哎！他们没有时间抓住我们了，我们马上就要将你救到我的包厢里去，可怜的朋友……嗨！你们这些人，必须让已付过钱的人进去。”

“我们也要听，”民众回答道。

殿堂旁的拱门下亮着一盏灯。

“这更好了，”——这时律师穿着燕尾服爬上了碎石堆，由于太使劲衣服缝绷得都发出了响声。“灯正好照到了这里，确实可以让人看到了往哪里走。这几乎是无法理解，这些人即使现在也仍在继续利用剧院入口作他们的厕所。这些人真的是缺乏教养……”

“几条通道你们至少要照得亮一些，律师，否则人们一定会害怕摔断自己的最后一条腿；这红色帷幔将正厅中石座遮得多气派！这些金灿灿的缕子！”

“这是曼卡费德借给我们的。他一开始只想卖；我们不得不威胁他，要将他驶向克雷莫西内的公共马车的营业许可证朝后拖。一个老脸皮厚的无赖！”

他们走进围绕着包厢的狭窄通道。

“晚上好，科尔维大爷！”——而当这个守门人将一只手伸过去时，“我们没有入场券，可是您知道这个包厢属于我。”

“不可能，律师先生。包厢属于您；可是为了我能让您进去，您必须付入场费，同时阿奎斯塔帕切也必须付入场费。”

老头的眼睛从他红得厉害的脸上向这两位先生直眨，同时他的肚皮堵住了他们的通道。

“别干蠢事，科尔维，”律师说道。“您很清楚，您在公开招聘中正要谋求一个职位。”

“可能是的，律师先生，就这件事而言我指望您的提携；可是我不能从我的口袋里为了您的入场拿出两个里拉，因为我没有。”

“要是您不是破产过三次，”——律师开始蹦跳，并用手向空中一拍，“那么今晚您就不会为入场券来纠缠大家了。”

“但愿如此。”老头在律师匆匆离去时说道。

“现在您就进去吧，阿奎斯塔帕切先生，我指望您为公开招聘做推荐工作。”

药店老板在包厢里碰到了带着小阿梅利亚的帕斯泰卡迪的遗孀；可是他仅仅默默地握了下手，因为在大厅里他对耀眼的灯光和众多的人群难以适应。这样的一个大厅在城里过去的确没有过！围着楼座有一圈灯，天花板下一盏弧光灯将其非常刺眼的灯光向四方照射，弄得谁都看不清他身后坐着的是什么人。

“啊！一个什么样的笨蛋现在在那上面走进来了！”喊声来自正上方；药店老板弄得面红耳赤，因为他分辨出来了这是女仆费利卡塔的声音。在他的太太按唐·塔代奥的意愿将她解雇之前，他曾偷偷向她使过眼色。然而她却没有察觉到！他这时不得不朝上面喊，因为费利卡塔一直在对着他笑，同时向她的邻座的耳朵俯下了身子。而这个邻座是曼卡费德的家佣蓬波尼亚，她是个令人最讨厌的饶舌妇！

这两个女人在向左侧顶层楼座透露市里的一些丑闻。费利卡塔所知道的当然不会比知道一切的隐身女人的信任的人多；所以当费利卡塔讲一个故事时，蓬波尼亚就讲两个。裁缝基亚拉伦齐的老婆不害臊地坐在一张沙发椅上，然而只是因为她丈夫是住在他们家的那个女演员的爱慕者她才得到了这个座位。男爵托罗尼还好想过才没把他的夫人带来，因为他的包厢正好在舞台旁边，这样他当然就不会错过与他的情妇，就是那另一个女演员暗送秋波的机会。医生卡皮塔尼（此人曾在当了三回鳏夫的托尔基奥街上的木匠身上发现了肝脏病！）的妻子在男爵的斜上方等着他的内洛，那个漂亮的内洛；只要内洛停留在幕后，她就可以向这个年轻的先生卖弄风情，因为她已很自然地安排自己坐到了俱乐部包厢的旁边。帕拉迪西大娘的包厢在曼卡费德旁边，这能够相信吗？他不断地将头埋在她的非常大的、四边都碰着包厢壁的帽子下。尽管这些老家伙叫人讨厌，但是对一些可怜的年轻人来讲，他们的罪孽却是可以原谅的。烟草商家的莉娜在一群小学生跑上跑下时将身子悬在最高的栏杆上，眼睛始终凝视着音乐老师的空在那里的位置。多么愚蠢，偏偏爱这个拿剧团中所有的女人来欺骗她的音乐人！

“莉娜！别掉下去！”大家在喊叫。

“她听不见；这里很嘈杂——！”杰瓦特尔·阿基莱在他的一个服务员后面像公牛一样从他的包厢里喊叫：“嗨！诺诺，是你吗？我想要点喝的。只伺候女士先生，这样做好吗？”不可能把他叫过来了。他们正在调他们的乐器。“这个诺诺吉吹得像山羊咩咩叫；可是裱糊匠阿莱巴尔迪用他的低音大号吹出的轰鸣声能叫死人翻身……啊！赞皮耶里小姐：这么说她真的要弹竖琴。简直叫人难以相信，一个姑娘敢这样干。我应该吹口哨吗？”

“可以的人儿，她多么漂亮！”锁匠凡塔皮耶家的米凯莱说道。面包师已满师学徒卡利诺加以补充：

“好像她和她母亲手头很困难，因为她们没有钱付给我的主人；尼纳的手指会被这竖琴弹奏磨出血来的。”

“啊，尼纳，你好可爱哟！”姑娘们喊道。“穿着洁白衣服的她笑得多温柔！跟她说话的那是谁？那个拿着提琴和一头长长的黑发的人吗？……国民银行的曼多利尼：

他爱上了她，愿他们幸福！……他可真是疯了，这个漂亮的阿尔福，他猛擂定音鼓和铙钹，就好像大家只是来听他的一样。”

“他什么也不懂，这可怜的家伙；他放到那里是顶替木匠维托里诺·巴卡拉的，此人因唐·塔代奥的原因不能来。”

“唐·塔代奥威胁我姑父科科拉，说如果他进剧院，那么痛风就会揪他的心。”

“为了我们其他人不被鬼拖走，他让人敲钟。只要钟声响，他们就不能开始。尼科洛，把你背后的窗子关上吧！”

“窗子全都关着的；钟声听起来这么响，这不可思议。或许唐·塔代奥他是对的。”

“现在刮东风，我要说的就是这些了；我们必须举行反对神父的游行。打倒所有神职人员！”

“那上面安静些！”有人从正厅中后排座向顶层楼座喊道。围着穿白衣的糕点师学徒的一帮小伙子用口哨加以回答。俱乐部的包厢内在鼓掌，接着其他一些包厢内的女人突然哈哈大笑。矮小的老焦孔迪从他的包厢里向后转身，越过萨尔瓦托里的包厢向顶层楼座喊道：

“你在跟着喊吗，克洛蒂尔德？”

他的女仆喊着回答道：

“我们喊了：唐·塔代奥和演员们万岁！”

“好啊，克洛蒂尔德！那么再喊：‘萨尔瓦托里家万岁！’”

所有包厢都被逗笑了。

“啊！焦孔迪真会逗趣！萨尔瓦托里夺走了他的水泥厂，所以他现在报复他了。”

萨尔瓦托里不得不愉快地鞠躬，因为一些人在笑着向他鼓掌。税款包收人瓦莱西的包厢在律师贝洛蒂的包厢上方靠前的位置上。连他也在不断地向所有讲信用的纳税人鞠躬：他首先一直朝前向男爵托罗尼，继而向曼卡费德，然后拐个弯从第三个空着的包厢旁边穿过向旅馆老板马兰德里尼——再突然横过去向很快往他妻子面前一站的医生拉努奇。正厅中后排座旁站立位置上的人在笑，律师的弟弟加利莱奥·贝洛蒂大声对他周围的农民们说道：

“他绝对产生了错觉，这个医生，好像人们有兴趣要抢他的丑老婆。我再也没有病了！我生了个疖子去找拉努奇看，这个女人总坐在候诊室里，因为他觉得有好几个人在场她最安全。他随时将头伸进来——而他只递给她一只手，他在那里把她往后推，在她前面蹦来蹦去，乱弹琴……”

加利莱奥用照他看来除他之外所有人说话都用的那种声音。

“要是有人再稍稍看她一下，可以肯定他会截断这个人的两条腿，而不是一条腿。为了消除他的愚蠢的醋意，我们得采取某些行动。”

肥胖的泽基尼也是这个意见。他曾经拥有一个集贸市场，现在他把他的全部家产都装在他的肚子里在到处乱转。他答应说，他的朋友科尔维要给这个外科医生弄出点事来；而跟他在一道的几个酒肉朋友已经感到很高兴了，因为这时正厅中后排座旁所有站立位置上的人都在向两边让路。

“是啊，到底怎么啦……我觉得我在做梦……这一定是在开玩笑。”

可是他们对自己进场完全充满信心，就像是进的黎波里街的沙龙一样：拉法埃拉、泰奥和劳雷塔由妈妈法里纳吉掩护着。包厢里所有的人突然站了起来，保持了片刻的安静，接着只听见加利莱奥说道：

“晚上好，上流人士！”

这时楼上楼下突然暴发出大笑声。管弦乐队的乐手们站起来想看看这几位女士进场。她们在所有人的眼皮底下穿过，一直走到还空着三个座位的第一排沙发椅处。塞拉菲尼由于惊慌而没有立刻将他的帽子从拉法埃拉的椅上拿掉；她不得不先向他使了一个妩媚的眼色。这种眼色他是有数的，有时候就曾促使他采取过行动。他欠欠身。

“好啊，塞拉菲尼！”喊声来自楼上；同时他的学徒科莱托还用手指吹着口哨。

妈妈法里纳吉从好几个侧面试着让她的身子坐进在第二排的她的沙发椅中。最后市税收官洛雷塔尼、两个佩尔尼希小姐连同少尉坎蒂内利一起让到过道上去，好使她走进去。少尉甚至将一只手放到他钢盔边上。杰瓦特尔·阿基莱的服务员向那里挤去，以便将他的鲜果汁递上。由于所有这几个人都挤在通道上，所以鞋匠马拉戈迪和他的妻子挤不到他们在一号长凳上的座位处。他们和面包师克雷帕利尼在你一言我一语地进行谴责——这时妈妈法里纳吉发出了轻轻的尖叫，因为一个土地承租者从过道那边捏了她一把。

同时从顶层楼座上传来喊声：

“劳雷塔戴了一顶最漂亮的帽子！”

还有：

“拉法埃拉，你跟另一个男人好上了，可是欺骗了我！”

肥胖的劳雷塔看都不朝楼上看一眼，她将什么东西塞到了嘴里；泰奥向伸着两根指头在喝彩的俱乐部的先生们吐了吐舌头；拉法埃拉却像一个外地来的女子，向四周的女士们直打量。每个已盯着她的女士都侧向最靠近的女士，她们的眼睛一直不离开她，并互相说出：“丑闻！”

这声音从这个包厢传到了那个包厢："丑闻！"又跳到楼座上："丑闻！丑闻！"——正厅中后排座旁站立位置上的男人们也在喊叫："丑闻！丑闻！"他们并且用手杖在地上捣着节拍。妈妈法里纳吉完全曲着身子坐在她的沙发椅中，又将一只手按到怀里，并将似乎要竭力申明的目光投向四面八方。尽管如此，两个佩尔尼希小姐出于害怕碰着她还是相互挤坐在一起，并且像陷入困境中的母鸡一样将脖子朝四面乱转。正好在三个姑娘旁边自己的包厢里的卡穆齐太太慢慢将身子转向一侧吐唾沫。接着她将她的椅子完全挪到右边，目不转睛地盯着管弦乐队看。在正厅前排座上拿着单片眼镜到处乱看的塞韦里诺·萨尔瓦托里，这时走来站到她与三个姑娘之间。

"谢谢，我的先生，"卡穆齐太太用柔和的音调说，"谢谢您的关注。我丈夫误了时间，可是谁能推想一个正派的女子在这个剧院里肯定不会受到侮辱呢。因之唐·塔代奥是对的，他禁止我们参加这种娱乐活动和像世界末日一样让钟声响起。"

"这是个真正的丑闻，夫人，而这整个罪责应由将入场券卖给了这些女人的老酒鬼科尔维来承担。"

"啊！——我丈夫还想在公开招聘时聘用他。他将不再会被任用了。"

"您很严格，但很公正，夫人。"

即使在平常，人们也必定会对让观众混杂在一起而有所抱怨的。一个演员的一家人坐在最前面有编号的座位上。那么当然就不能责怪面包师克雷帕利尼要求给他和他的家人一个包厢了。

“我们够费劲的了，”小萨尔瓦托里解释说，“意在防止中产阶级想对我们恶作剧。首先我们是让人们相信那右边有名的三号包厢属于纳尔迪尼家；而当老纳尔迪尼对剧院有反感变得大家众所周知时，我们就用地区行政长官可能会来坐这个包厢加以搪塞。这样一来该包厢此刻仍然空着，它再也不会被人弄去。菲利贝蒂和另外几个有钱的家庭都必须放弃包厢，可至少这个面包师就没有。”托罗尼和曼弋费德先生分别从左侧和右侧转过身来。

“可这钟声！我们互相都听不清了。难道不应该采取点措施使它结束吗？”

“什么办法都纯属徒劳，”卡穆齐太太说道，“我说不定马上就回家。”

“可您来总是为了听演员唱，而不是为了听这种钟声的。”

“我准备两者同时听。我们必须把世俗的义务与宗教的义务协调起来。”

她更猛烈地扇着扇子，因为这个赞皮耶里小姐的举动伤害了她。赞皮耶里小姐在她的竖琴的金黄色琴弦后面简直是在装腔作势，还置她好似完全把握在手的可怜的曼多利尼于不顾，向所有的男人卖弄风情。

“想想看，老曼多利尼在他应成为地区行政长官那一刻去世了——而他自己的儿子却将他的未来献给了一个阴险狡猾的小女子！”

几位先生都同意卡穆齐太太的意见：——可是人们发觉大厅里声音轻了一半，原因是律师贝洛蒂在地区行政长官的包厢里低声激烈地讲着什么。而且那个非常有节制的菲奥利奥也好像很激动。最后他将两手一摊，好似在说他不能长久地去阻止某种事。这时律师从门里冲出来……突然大厅里沸腾了。发生了什么事呢？据说剧院又要关闭了，因为唐·塔代奥得到了政府的支持吗？多么严重的干涉！“我们在意大利真的非常落后！”人们起码得退回自己的钱，不是吗？……所有这些意见立刻就无声无息了，因为现在又看到律师急急忙忙走进了正厅中后排座位处。少尉坎蒂内利已经站了起来，他立刻快捷而严肃地从律师的背后走出。“丰塔纳！卡帕奇！”他压低着嗓音喊道；这时他的两个部下从过道两侧离开各自的座位，跟在他身后。律师贝洛蒂挺起胸带领着头上插有长的羽毛、身上穿的燕尾服的燕尾镶有宽宽红边和身上发出的叮当声渐渐轻下来的军人穿过分开的人群，以至其硬挺的衬衣在咔嚓作响。他非常果敢地直向前方看，没有人敢问他是怎么回事。

“多了不起的人物，这律师！”马车夫马塞蒂说道；这时他被军人挤到了出口处的墙壁上。理发师博诺梅蒂补充道：

“我很清楚，他是个伟大人物。”

这时他和其他人一道朝后面挤。

“到底怎么啦，”加利莱奥·贝洛蒂喊道，同时他抵着这股涌动的人流。“你们到底想干什么？你们不知道律师是个小丑吗？乱弹琴！对律师还缺乏严肃对待！”

可是他自己的一些农民朋友却捅捅他的后背；他不得不让开。非常响的嗒嗒嗒的跑步声从外面的台阶上冲过来。帕拉迪西大娘早就在她的包厢里站了起来，将两个女儿一左一右地拉到了她帽子的宽大帽檐下，等等看是否有人逃跑。通常在激动时就把一只干瘪的手按到心头的商人曼卡费德答应她，在危险的情况下他会以他身子来作掩护。帕斯泰卡尔迪的遗孀恳求她的邻座药店老板，要他向管弦乐队喊话，向她拉大提琴的儿子发出警报。

阿奎斯塔帕切回答道：

“不会有什么事，夫人，律师只是要让唐·塔代奥停止打钟。”

“律师要让唐·塔代奥停止打钟，”小阿梅利亚·帕斯泰卡尔迪像傻子说梦话一样地重复道；这时穿着硬挺的麦尔纱衣服的她抬头朝天上看。

在曼多利尼太太的包厢里，老文学家奥尔滕西将头垂了下来，他两眼是瞎的。

“贝亚特里切，”他一面说一面咯咯地笑，“他想让神父停止打钟。这使人回忆起美好的时代。”

“我们还活着，奥兰多，”老太僵直地站着，用低沉的嗓音说道。在她苍白的长脸上的白色发卷之间只有一对黑眼睛流露着笑意。

“不可能！”旁边的烟草商波利喊叫了一声，然后跳了出去。老奥尔滕西的女管家立刻将她的一只手放肆地悬到包厢的隔墙上；当小奥林多·波利颤抖地去摸这只手时，她将一张急不可耐的淫荡的脸转向他，他面对这张脸冒出了一身汗。尽管剧院乱成一团，但两个焦孔迪小姐仍在注视着正在发生的一切。她俩怀有敌意地相互碰了一下。

“所有的人都跟爸爸一样，”切西拉说着将身子转了过去。她们的母亲在她们背后将暗灰色的头垂了下去，她大概又睡着了。“他们因为这些女人而使家庭不幸，女人看起来会跟妈妈一样，那我们就不要结婚。”

“我对这事都厌倦了，”已解除婚约的罗西纳说道。这时包厢门打开了，老焦孔迪晃着他的叫人好笑的小肚皮走了进来。他两眼发光。

“一切顺利，”他用一只手很豪爽地画了个圆弧。“他们把皮皮斯特雷利从钟楼上抢下来了。你们该吃点冷饮，你们想喝玛撒拿酒[①]吗？啊，吻我，从昨天起你们才又有了你们的爸爸。”

“我知道你会来的：血浓于水，”切西拉摆动着一只胳膊在欢呼。已解除婚约的罗西纳在她陷入自己的丑闻时父亲未加理会，这时她将目光转开在想：“让这个傻丫头去亲昵地抚摩，去喊叫吧！好像她由此就可以得到嫁妆！保险公司发给爸爸的钱供他在业务出差时去寻欢作乐；妈妈和我们不得不跟领养老金者一道艰难度日；如果我最终嫁给了一个小职员，那么等三年后他就会逃掉了，因为爸爸从不为这种安排积蓄点钱……”

“嘿，泽基尼，情况怎样了？”她们的父亲向正厅中后排座喊叫。“那么他还一直在敲钟吗？”

“律师正在最后一次敦促他，这时武装人员就挤进了钟楼！”——这个老酒馆英雄为了再挤出去，在用他的肚皮将所有的人推到旁边。另一些人带着重要消息回来了，他们高声将这些消息传到各个包厢。一些笃信的教徒坚守在钟楼四周，可是律师将他们赶跑了！修女们戴着白色宽

---

① 玛撒拿酒（Marsala），一种产于意大利西西里岛的酒。

檐帽，她们将头从窗子里伸出来看。律师强迫她们退了回去，因为她们的目光会激起骚动！从外面传来胜利的呼喝声，继而是人们悄悄后退的匆匆脚步声，再又是胜利的民众的喧闹。这时一阵“啊！”的声音从正厅中后排座上升到顶层楼座。

“钟声停止了！好啊！打倒所有教士！”

有人在喊：

“律师万岁！”

“到底怎么啦？哪个律师？”——这时加利莱奥·贝洛蒂的两肩和两手在拼命地动。在这同一时刻钟声又响起来了。

“果不出所料！”弟弟叫道。“我可对你们说了，这律师，他是个小丑！皮皮斯特雷利将会把某些东西从钟楼上扔到他头上——”

他的话再也听不见了，因为外面突然爆发了哭号、口哨和吼叫声，弄得包厢里面的女人们都停住了呼吸。卡穆齐太太在画着十字。

“唐·塔代奥过去说得对。但愿再一次顺利进行！”——这时商人曼卡费德脸色苍白地斜睨着他后面自己店里的两个店员，他们由于疲劳正靠在墙壁上。

“这下全完了。绝对不该发动民众。最初他们只是反对各个教士，而后，可就糟了，事情就会涉及我们的包厢雅座和我们的钱财。”

‘我的上帝，现在往哪里跑，”被药店老板阿奎斯塔帕切单独留下的帕斯泰卡尔迪的遗孀在那里叹气，“我们妇女被牺牲在这里了。”

曼多利尼老太太在她旁边深沉而且一动不动地说道：“不要害怕民众，我亲爱的夫人！民众的品格高尚。当我丈夫在切塞纳要遭枪杀时，民众的冲撞将教皇的士兵给驱散了，混乱之中一个名叫夏卡卢加的制革工站到了被处决者的位置上。由于害怕再次受到骚扰，他们立刻将他枪杀了，连看都没有再靠近看一下；可是马里奥却逃脱了。那些民众爱他，因为他曾经深爱他们。”

“他们到底要干什么？”罗西纳·焦孔迪问道，这时她以她明胶般柔软而透明的脸上那光亮的圆溜溜的眼睛扫向人群。大家跳了起来，他们乱喊乱叫！他们鼓掌，发嘘声，用咆哮声将嘘声压下去！什么会轮到他们望之丧胆的教士们的头上呢？他们对之高呼万岁的律师贝洛蒂究竟要干什么呢？“贝洛蒂和唐·塔代奥都不会娶我，而阿马代奥已主动撕毁了婚约。”

人们可以确信钟声停止了，因为喧闹声已逐渐平息。在左前方，律师贝洛蒂站在他包厢的胸墙的后面；他硬挺的衬衣起了皱褶，假发歪戴在头上；他用他棕色草帽招示，表明他要说话。已跳到脖梗的心脏一开始只让他发出了一阵嘶哑声，然后才说出话来。

“我们终于可以说，我们自由了。”

“好啊！”——这时律师向顶层楼座、正厅中后排座和包厢行屈膝礼。接着他扑到了阿奎斯塔帕切怀里并气喘吁吁地说：

“我很高兴，哦，我的朋友，外面闹得很厉害，这可无所谓。你的妻子是最凶的一个。她想向这里闯，幸亏科尔维守护着包厢；我将在公平竞争中使他得到一个岗位。”

“律师要让唐·塔代奥停止敲钟，”两边面颊不一样红的小阿梅利亚轻声说道。

“律师万岁！”顶层楼座叫道。

“可是加里波第曾经说过那句话，”市政厅秘书卡穆齐说道；他头顶上俱乐部包厢里的人以冷嘲热讽的口吻要求奏加里波第颂。接着药店老板阿奎斯塔帕切严肃地提出要听这首颂歌。他在确信自己的妻子没有挤到他身边来时，拼命地叫喊，脸都发紫了；这时在他旁边的曼多利尼老太太在鼓着掌。

有人在正厅中后排座上发出嘘声，这是面包师克雷帕利尼。

“到门口去！”顶层楼座上有人在喊叫。

“怎么啦？”他回答道，同时将他叭儿狗似的脸伸了过去。“我付了六个座位的钱，这比一个包厢的钱还多，那我不该说说我的意见吗？”

“这面包师，他说得对，”锁匠凡塔皮耶和斯卡尔佩塔在上边说道；两人同时用威胁的目光环顾四周。

“你们想挨顿揍吗？”一个穿着马车夫大褂的男子在问他们；这时他将所有的人推到一边，好向他们接近。裁缝基亚拉伦齐在管弦乐队里用他的次中音号敲了一下舞台前沿。

“颂歌！”

“你就瞧着吧！”男爵托罗尼对卡穆齐太太说道。“我们将什么事都不会再为那里那个人干的。”

“顶层楼座将会被跺脚给跺塌下来，”商人曼卡费德悲叹道，“而且会砸到我们头上。律师真是个笨蛋，他叫奏颂歌。”

“这一切都糟糕透了，”——这时卡穆齐太太躲到阴暗处，“唐·塔代奥会怎么说呢？”

连拉法埃拉、泰奥和劳雷塔也将头巾捂到嘴上，她们既害怕又厌恶地注视着楼上和那后面的民众掀起的波涛。

“到底怎么啦！一首什么颂歌？乱弹琴！”加利莱奥·贝洛蒂一再重复说道；与此同时理发师诺诺吉在管弦乐队里模仿公鸡叫。突然他的妻子抓住他的衣领把他晃来晃去。

“连你也要求奏颂歌，你这个异教徒！”

人们哈哈大笑。费利卡塔和蓬波尼亚在顶层楼座上一边拍着大腿，一边发出刺耳的声音。萨尔瓦托里太太和马兰德里尼太太同时将扇子伸向约莱·卡皮塔尼的包厢。大家全朝那里看，甚至连曼多利尼老太太也手持她的长柄单片眼镜在张望。

“律师在约莱那里，”人们都向周围的人说道，“由此可见那是真的……她多么心醉神迷地望着他！她失去了脑袋，这个可怜虫。”

“夫人，”律师说，“我是来将民众对我所致的敬意献给您的。”

她温柔地将脖子一动，眼睛向外瞟了下，内心非常害怕又非常渴望地让别人看见他们。

“对您出血的手指来讲，”她娇滴滴地笑着说，“那我只能是一张膏药。”

律师已经有了他的发言提纲，他走到前面。

“乡亲们！”他叫道，由于使劲地将脚尖踮了起来，“为自由进行的斗争，在我们这里也又一次造成了创伤。像我们所要求的那样，向为自由而战的这位英雄致敬的颂歌现在就将响起了，每当他——”

“到底怎么哪！什么颂歌？”加利莱奥·贝洛蒂恶狠狠地吵道。

“我不需要颂歌！”面包师克雷帕利尼叫道，“我需要包厢，付了六张座位的钱而没有包厢！”

“我已经说过了，我知道我的责任，”律师叫道。

“你什么也不知道，你这个小丑！”

律师吓了一跳：整个大厅好像突然都同意他弟弟的意见。他们哈哈地笑，他们恶意地喝彩。在这种情况下响起了口哨声……律师面色苍白、两片嘴唇不停地翕动，然后急忙微微欠着身向后退。医生的妻子十分恐惧地目送着他，一直到他行完最后一个屈膝礼再将门关上为止。

“究竟出了什么事？”他在门外问道，同时擦着额头上的汗。“他们突然怎么啦？刚才他们不是在向我致敬吗？是谁在幕后策划呢？……而约莱，我认为已经赢得了她！啊，这种幸福是不可靠的！”

她踉踉跄跄地撞到了过道的墙壁上。一扇门被打开了，人们看到他虚弱的样子！他匆匆顺楼梯而下，好像乐于逃到剧院外去——可是在剧院前面等待着这个跌倒者的却是人们恶意的好奇！他踮着脚钻进左边的走廊，偷偷打开他的包厢……只听到他姐姐正好在对药店老板说：

“总是和女人搅在一起，这个律师！要是他是部长，那他就只会始终干他们所要干的一切；这大概就是他的不幸……那是他！”

她又好气又惊叹地朝他微笑。

“果然不出所料，律师！当然他们要发怒，因为你呆在一个漂亮的女人那里。我经常对你讲，女人们将给你带来厄运。”

朋友阿奎斯塔帕切握住他的手，可是律师却呻吟着坐到了长凳没有亮光的那一头。

“律师要使唐·塔代奥停止敲钟，”一句喜不自胜的声音在他耳边响起，这时他的外甥女阿梅利亚怀着景仰的心情凝视着他。他向她点头，就像一个处于困难时刻的人在俯首向温柔的水、向散发幽香的花、向无心的自然界中某种无害的东西点头一样。

“民众的宠爱，”他说，“是变化不定的。每个伟大人物也都经历过这种情况。”

在他的头顶上有轻轻的脚步声：地方行政长官菲奥里奥回到了他的包厢。市民们赞许地朝那里指指点点；他作为公正贤明的领导人已采取行动，办法是使两派避开纷争。顶层楼座的民众认为他胆小怕事；好些人发出了嘘声；可是这时焦孔迪先生用滑稽的腔调喊道：

“那么《可怜的托涅塔》呢？”

“当然，要看《可怜的托涅塔》，”顶层楼座回答道；加利莱奥·贝洛蒂在正厅中后排座旁的站立位上补充说：

“小丑该收场了！”

“音乐老师！音乐老师！”

顶层楼座上的人在跺脚。

“现在九点半，我们等了一个小时。”商人曼卡费德发觉了，说道。波利太太在那边说道：

“这些演员在寻我们开心。”

为了讨她喜欢，她丈夫吹起了口哨。接着各个角落都响起了口哨声。

“我们要看《可怜的托涅塔》！”

“《可怜的托涅塔》让我特别感兴趣。”律师贝洛蒂和已解除婚约的罗西纳·焦孔迪心里都这么想。

“音乐老师！音乐老师！”

他突然出现在舞台下面的小门口。

人们讥笑地鼓掌，人们叫着：“啊！”

他笨拙地将两只手朝前伸，急急忙忙弯腰，脸色显得特别苍白。

“这个可怜的年轻人！”女士们说道。

“乌合之众！”他心里想。“他们不知道，他们给我带来了怎样的一小时。他们胡闹了一小时之久——在此期间我像个动物一样站在黑暗的布景后面忍受着痛苦。后来他们吹口哨让我出来。”

他爬上他可旋转的高脚凳，用指挥棒敲打一下以示开始，并一面拽拽他下巴上的胡尖一面由管弦乐队中的这一个看到那一个。

“诺诺吉，别再讲话，我已在这儿了！……赞皮耶里先生，请您注意它的五度音！”

“通常他都会奏错，”乐队指挥心里想，“要是所有的人都在想些其他的事，那么演出是不可能进行的，我为什么不放下指挥棒走哩。如果看到这种观众——”

他不得不向观众掉过头来。

“——那么这部歌剧是音乐大师维维尼为什么人写的呢？我们人数很少，我们应当在寂寞中生活。听我们演出的民众不存在……”

“阿尔福！”他愤怒地轻声说，“如果你不叫你的定音鼓不出声，那我就不知道怎么办了！”

他非常平和地补充道：

“亲爱的曼多利尼，我开始啦。”

他松开他的胡尖，将手伸开。这只手悬在空中，指挥棒悬在另一侧的空中。乐队指挥屏住呼吸；在极度安静中，他感到他可旋转的高脚凳在向空中上升。

“不会顺利进行的，还会发生某些意外！”

“颂歌！”一种喝醉了酒似的声音从顶层楼座发出。“我们要颂歌！”

“到门口去！到门口去！”

“阿莱巴尔迪，您会知道我的利害的！”——这时乐队指挥从座位上站起来，脸扭得很难看因而那个裱糊匠垂下眼帘抱住他的低音号又坐正了。

……指挥棒终于可以向下挥了。

“究竟怎么啦，前奏曲！”加利莱奥·贝洛蒂在发牢骚。“我们来是看戏的！”

好似在执行他的命令，两小节后大幕就向两边拉开了。

顶层楼座上的人屏住了呼吸。他们低声耳语起来。

“他们要什么？……他们要葡萄酒。屋前的那两个人刚刚结婚，其他的人在伴送他们回家……采摘葡萄时，她们唱的就跟波佐的姑娘们唱的一样。我们需要她们来唱吗？因为她们对这理解得更清楚。她们对这多理解呀！你听，费利卡塔，多美的嗓音！我没想到，这个黄头发大个姑娘除了与男士们鬼混之外还在其他某些方面很出色……这些乐器奏出了什么样的噪声！阿莱巴尔迪最过分。乐器声静下来而只剩下孩子们的声音时，我现在才感到头脑在嗡嗡响。这就像一阵巨大的狂风暴雨突然中止，这时你听到了一只小鸟在唧唧叫……你瞧，我亲爱的，最前面的一个人是卡利诺·基亚拉伦齐。你也可以站在那里向那一对伉俪祝贺。让我们鼓掌吧！”

“好啊！”肥胖的老泽基尼在正厅中后排座旁站立位

上与他的一帮酒肉朋友碰杯。“连那里那个人也在今日有酒今朝醉。站稳啦，杰瓦特尔！……他在把跟现在一样的情况告诉这个老太太：多生子，我的孩子们，给我添孙子！好啊！”

前面的土地承租者在互相解释：

“他想使财产仍留在家里。别人很难理解他，可他似乎是个很理智的男人……当然想必有个女人夹在中间！她想要这个年轻丈夫干什么？啊，是这样的：他很想娶她。那财产呢？当然她是个漂亮姑娘，比其他姑娘都漂亮。”

“这与伊塔利阿很相似，”旅馆老板马兰德里尼在他的包厢里说道。“现在她唆使小伙子们反对新婚夫妻，污蔑托涅塔欺骗了他。然而她自己却欺骗了男爵，跟律师和其他男人私通。”

“住嘴！”将下巴平压在衣领上、脸像一个红的圆锥体一样的马兰德里尼太太说道。“住嘴呀！你不知道自己在说什么。像男爵这种男人根本不会考虑这号女人——”

她咬住嘴唇。

“我究竟想说什么？”她心想。“这部音乐作品使人失去了脑袋和泄露了隐私。”

顶层楼座的人在咯咯地笑。

“瞧吧，瞧这些姑娘！她们在从窗户里看新婚夫妻的卧室。托涅塔做了你们所说的事，这可当然不是真的。你们出于妒忌！那个金黄色头发的小姑娘做得对，她将花扔到了床上。现在其他人也在扔花。为什么这是一件令人难过的事呢？”

连帕拉迪西大娘和她的两个女儿也不由自主地流出了眼泪，同时帕斯泰卡迪的遗孀像孩子般地在啜泣。

“这没有什么。这是音乐作品。”律师解释道。

“可此刻这床看起来好似一口棺材，而他们是这样年轻！”

“这样年轻！”

切西纳·焦孔迪将她的高鼻子歪向她姐姐。

“无疑连托涅塔也针对她的家具说了许多话，就像你针对你的家具一样——可你应该看到，她也被弄得很尴尬。”

的黎波里街的劳雷塔和泰奥被感动得相互直点头；只有肥胖的拉法埃拉在用眼角撩得她左后方的最胖的一个土地承租者心神不定。妈妈法里纳吉眼圈湿润地对着她的颈背轻声说道：

“你难道没心没肝吗？”

卡穆齐太太向走进包厢并询问剧情的她的丈夫掉过头来。

“别作声！你真是没心没肝。”

她将头转回来对着男高音。

只有这一次她没有用眼睛盯着他。他已经站立在被鲜花装饰得五彩缤纷的乡村别墅前方他的托涅塔的身旁；当他用臂膀去搂抱她时，卡穆齐太太合上眼睑，并苦涩地沉下嘴角。他那长短适中、光滑的黑发中有一绺头发在额头以及宽而短的鼻梁上面飘动。他身穿白色衣服，人显得很苍白；他毫无血色的脸和黑洞洞、绝无笑意的眼睛使得他在充满幸福、独自兴高采烈时似乎都蒙上了即将来到的厄运的阴影。

他冲到前面，因为他听到他的朋友们在说他妻子的坏话。他与他们发生争执；他咬着自己的指节骨，挺直身子，离开其他人走到舞台前沿——已经喘不过气来的剧情深深地吸了一口气：他在唱他的咏叹调。“我已受到欺骗，”他唱道，“现在我得去爱出卖我的女人。我要和与我为敌的女人一道心欢。明天我将找她的情人去谈，可幸福就毁于一旦——”

“毁于一旦，”卡穆齐太太心里在想。“他为什么没再来呢？他可说过，我很漂亮，他爱我。我对他说过，如果他午饭后溜进台阶下的狭小暗房，那我就到他那里去。他从未这样做过——据说他不爱我而爱别人了，她们是：男爵夫人，马兰德里尼的妻子。他住在她那里；甚至帕拉迪西大娘。我不需要他的忠诚；可是我不走运。我的丈夫确实会死；我会离开这座没有人理解我的城市。可是我自已将未曾享受就死在这里；——他不愿意帮助我，卡穆齐在阻碍我，他们我都恨！”

“——幸福与谎言同时完蛋。时间在一夜间。这一夜我们要享受，这个宝贵的夜晚，它或许得用生命去换！”

“这个宝贵的夜晚！”合唱队重复唱道。合唱队快活地为皮耶罗的带威胁的、痛苦的声腔伴唱。迎亲的队伍从田野间回到晚钟响起的村庄；钟声停止时，几个长笛手的笛声在队伍的前方变得响亮了。这时他们正在望不到的远方，面向广阔的前景如梦幻、如戏谑地吹奏着热情奔放的旋律。此刻他独自在舞台上将最后一个音符拖长——当裁缝基亚拉伦齐的次中音号在中间重复它的刺耳的响声时，皮耶罗双手抱着太阳穴，往前冲两步，周身发抖……他离去了。大厅里仍然十分安静，静得连焦孔迪太太的鼾声都能听见；在她丈夫将她捏痛之前，所有的手都已在空中拍个不停。他们鼓着掌，就好像他们正在追逐逐渐消失的歌声。他们对管弦乐队想继续往下演奏很恼火。

“再来一次！再来一次！”

“你安静！”卡穆齐太太从肩的上方向她丈夫发出嘘声。

“可他唱得非常好，我亲爱的，”市政厅秘书说道，“这点大家都感到了。”

“我没感到，”这时她咬破了自己的嘴唇。“他很快乐，”她在心里想，“可是我要报复。”

他面带捉摸不透的微笑出现在布景旁边。

“再来一次！再来一次！”

卡穆齐太太亲切地向她的丈夫掉过头来。

“你心肠太好，我亲爱的。你的性格虽然能使女人快活，但是在公共生活中你或许应该更不顾一切。在律师贝洛蒂要把这些坏演员请来时，你为什么要顺从？如果你对此不能加以阻止，那你就必须站在行动的前列。”

“你这样认为吗，我亲爱的？事实上我不相信能成功。我确信律师可能要出丑……你的扇子撕破了吗？我听见它刺啦一声。”

“没有。现在你剩下一件事，我亲爱的。你可以去支持唐·塔代奥所干的事。这是善事——为什么该让律师变得那么了不起呢？你自己说说看！……你已经听到了，面包师克雷帕利尼在反抗，因为他没有得到包厢。在他的社会等级中还有更多的不满。你要与中产阶级相结合，我的吉诺！”

“多妙的想法，”市政厅秘书说道，这时他将两手插进裤子口袋，站在他极受赞赏的妻子旁边，把身子挺得直直的，这使得他窄窄的胸脯凸显了出来。“这样一来人们就会看到，在两派争斗中律师的计划能不能坚持下去。我不相信这个演出旺季会演到底。我已经盘算好了，我们将以资金缺乏为由使电厂不能不停产。”

“那么你将如何着手？”

“如何着手？……我可以找锁匠凡塔皮耶谈话。他是唐·塔代奥的追随者，他将按神父的意愿去劝说他的一些朋友。”

“那么去吧，我亲爱的！”——他几乎还没有走出门，卡穆齐太太就将她已被撕破的扇子丢到了地上，并用脚在上面踩。“这是个男子汉！”她咬着牙关、面露微笑地向朝她这边打招呼的先生们致意。

“再来一次！”这叫声持续不断。

乐队指挥用双臂和身体在指挥，好似在骑马飞奔，好似必须穿过狂乱鼓噪的人群。可是他们紧跟着他，他们使他停住了。他筋疲力尽地放下指挥棒；管弦乐队乐声中止；托涅塔又很快回到屋内。这时皮耶罗露面了。他鞠躬，继而想溜走。可是大家的掌声又重新将他请了出来。乐队指挥将脸抬起，并举起指挥棒。这时男高音用一只手向他示意；人们不明白这是同意还是请求。他站到了他原先的位置上。合唱队回来排好了队。乐队指挥敲板以示开始。正厅中后排座旁站立位上戴着大帽子和五光十色围巾的年轻人安静而快活地在观看，看着他们战胜了时间和将时间倒拨的双手的力量，使这种无比欢乐再一次得以实现。

当皮耶罗唱完时，顶层楼座的喊叫声压过了次中音号的声音。

“好啊！好！”

许多人四下张望，骄傲得就像是他们自己唱的一样。坐在肥胖的劳雷塔背后的正厅前排第二排的市税收官洛雷塔尼由于从未有过的激动又重新开始喊叫：

“再来一次！”

俱乐部包厢内的几个名门子弟立即耻笑地加以模仿：

“再来一次！”

这时变成了一片嘘声。皮耶罗离开了。正厅中后排座上的一些年轻人在鼓动为他复仇。包厢里的人被激怒了。剧院里是舌头和手的激烈交锋。卡穆齐太太将头巾拿在面前，嘴里发出嘘声。每嘘一声她都将身子挺得直直的，她那抑郁的小脸上一对眼睛在炯炯发光。

乐部指挥一直在不停地指挥，同时也很幸灾乐祸地微笑着。

“我们要听托涅塔唱！”喊声来自顶层楼座——这时大多数人才发觉是她在唱。她跪在屋旁的圣母像前，一个肩头朝着大厅。

“这是在祈祷！”老焦孔迪喊道，“务必保持安静。”

此刻人们理解了她，理解她在祈求上天保全她的幸福。这时从树里透出的月光洒在她散开的头发上。她的歌声从喧闹声中穿出，就像灵魂出壳。这歌声在腾起。民众半张着嘴用温柔而发亮的目光追随着歌声飞翔。“啊，天哪！”有些地方冒出女人的叹息声。之后一些人将半身悬在回廊上方，将鼓着掌的双手尽量朝下伸，好使他们与在那下面鞠躬的娇小的人儿的距离更近。她在第一阵掌声中已从跪中爬起。她显得有些懒洋洋，就像由于精神亢奋而被弄得疲惫不堪，可仍对尘世抱无所谓态度一样。

“多好的嗓音！再来一次！”

“现在才看出她长得很美！她头发闪闪发亮，像金黄色的绒毛。再来一次！”

她每走一步都变得更清醒，更敏捷。现在她站在舞台前边，冷淡、灵活地先向顶层楼座、再向正厅、再向包厢致意。她的微笑有些令人捉摸不透，这种微笑是属于大家的，或者不属于任何人。有时她停止微笑，将严肃的目光落到乐队指挥身上。

“再来一次！再来一次！”

他不受外来干扰地打着拍子。这一次他们不可能要他坍台！他们想要起哄！

“即便整个这一幕没有人听到乐曲声，我也要让它演到底。”

他高傲地看着首席女歌唱演员，他没有发觉她在向四周微笑时还在跺脚。她突然向房屋那边奔回去，然后跪了下去，她在奔跑时还转过脸用一只手冲着乐队指挥的位置。

“好啊！果不出所料，她在从头开始！”

没有从头开始，而是皮耶罗上了场。他们相互看到了，继而在月光照射下相互迎面走近。楼上吼叫起来：

“再来一次！再来一次！”

“明天再来一次！”加利莱奥·贝洛蒂叫道；而这一声喊叫把他们彻底激怒了。

这两个人有气无力地举起手臂，面对面站着不动。人们看到他们张着嘴，可什么也听不见。

“从头来！托涅塔！”

首席女歌唱演员用她清澈的目光扫了一下观众，轻蔑地将目光落到乐队指挥身上，在一个劲儿地唱着的同时耸了下肩。男高音也耸了耸肩，而且竭力申明似的将一只放平的手伸向人群。乐队指挥感到身上冰凉。他的眼睛不再离开谱架朝上看。包围着他的孤独感变得要置他于死地。片刻间他好像觉得他的管弦乐队要将他抛弃了而不再有乐声。他在躲避背后的狂乱鼓噪的人群时已到了深渊的边缘。他们是疲劳了还是停下了？……那么好吧！他正要将手顺势放下来。他用左手擦额头上的汗。

“什么也听不见！小丑！我们也是花了钱的！”

“安静！现在真的到了最精彩的地方！”焦孔迪先生在用和蔼的声音喊道。从楼上传来女仆的声音：

“注意尼纳·赞皮耶里的竖琴！”

由于她的缘故变得安静了。赞皮耶里太太在正厅前第一排向前躬身，为的是要从竖琴琴弦缝里窥视那张容光焕发的脸。她的白净得像朵花似的女儿坐在竖琴后面，她使所有的人都不再吱声了。“我们可以不买香粉，可尽管这样她的膀子也非常白净。”所有的人都不出声了，只剩下极轻柔的小提琴声在绕着有如月光慢慢洒过去而又逐渐消散的尼纳的竖琴声飘荡。当然她一弹完，那边舞台上的月光也就消失了；这时托涅塔和皮耶罗默默无言。赞皮耶里太太由于害怕这种乐声会结束，她将套在已经发灰的黑衣里面的双肩直往上抬。

“如果卢恰诺最终得到了代课教师的位置，那我们差不多就有饭吃了……小曼多利尼会当真吗？他总是从他提琴的上方看尼纳！继续弹，小尼纳！”

“你瞧，”旁边的劳雷塔对泰奥说，“我就知道这个托涅塔是个正派姑娘，她不会——好像看起来他现在也相信她的话了，他们在向窗户里指他们摆有鲜花的床。这多么令人激动！”

“可是他们想死。”

“他是这么说的。男人们经常这么说。只要一个人经验还很少，她就会相信他们的这种话。”

帕拉迪西大娘在她两个女儿没注意时向相邻的包厢隔墙俯下身去，并且在唉声叹气。

“托涅塔做得对：即便在不幸时相爱，这也是大好事。”

商人曼卡费德点点头——他希望不要被他的两个店员发觉。

罗西纳·焦孔迪转过脸去。“该有多少假话！要是她得不到这家的嫁妆呢？她一定会让他记住：看吧，亲爱的，我们四面开满鲜花的家！”

一阵轻声细语在传播。

“啊！是这儿。这我已经等了很久……务必安静，埃莱努奇，一些精彩的唱段你将永远听不到了……等一分钟，夫人，这段二重唱是整个歌剧中最著名的唱段……啊！啊！这究竟是什么？这还是人的嗓音？树是不是也在唱？月亮是不是在唱？……这段乐曲脆如绸缎！”

老文字家奥尔滕西对他的朋友曼多利尼老太太说道：

“这段乐曲很优美，因为它使我产生了一些联想。我视力太弱，连舞台都不能辨认；可是在这种乐声中我感到舞台扩展成了令人无比眷恋的国家。整个民族紧抱在一起亲如兄弟。它具有的面貌比人类一向具有的面貌更善良，更充满智慧。噢！现在门敞开了，一个天使走了出来……

我们年轻时，贝亚特里切，不是有这种计划吗？”

“过去我们真的有这种计划！”老太太回答道。“现在我们仍然一直有这种计划，奥兰多！”

“跟我们的留声机不能相比，”烟草商波利对他的妻子说道。“在我们那里是塔马尼奥和贝伦迪在唱；旁边的这些可怜的年轻人都怎么啦？”

他们的儿子奥林多披着浓密的红发在非常冷静地想：

“这么多爱！ 这存在吗？一个人必须怎么做，一个人必须做什么？”

“噢，莉娜！”锁匠凡塔皮耶的已满师学徒在顶层楼座上耳语道，“如果你不爱我，那我就去自杀。”

“现在你在想什么，克洛蒂尔德？”——这时拉努奇医生两手摊开站在他妻子面前。“我看出来了，你在想男高音。哦，我们要是不到这里来就好了！”

她的一对浅色的眼睛移开了；她羞怯地耸耸肩。

“好啊，再来一次！”

正厅前排座上的人都站了起来。佩尔尼希两小姐在哭泣，少尉坎蒂内利激动万分地从她俩头上对的黎波里街上的女主人——妈妈法星纳吉说道：

“这简直是美妙绝伦！”

“怎么？这我们已经听到了！”——这时一些戴着大帽子、围着五光十色围巾的年轻人，站在正厅后面正在跟加利莱奥·贝洛蒂周围的农民握手。加利莱奥骂道：

“到底什么再来一次，明天再来一次！”

可是没有人去注意旁人。律师贝洛蒂气喘吁吁地将身子从朋友阿奎斯塔帕切转向姐姐阿尔泰米西亚。

“我不是对你们说过这是最精彩的吗？我是第一个听到它的人，在排练时我就听过了！……夫人，”——这时他越过隔墙对曼多利尼太太说，“要不然我就向您预报这段二重唱了，因为我不想炫耀自己——”

她没有注意听他说。律师渴望找到他的对手卡穆齐。此刻里面坐着曼多利尼老太太的包厢那可是留给卡穆齐的！究竟出了什么事？为什么他在自己旁边找不到肯定宣布一切都很糟糕的卡穆齐呢？

“这个男演员连同他的爱，完全是欺骗！我了解这种爱！”卡穆齐太太心里想。而赞皮耶里太太在心里想：“这一切都是尼纳，我的小尼纳造成的。”

“出来！再来一次！”

两个人仍然一直相拥着，又从屋里走出来。乐队指挥已经击板叫停。“他们想要怎么样！那么随后我们就要在这里过夜了。完全可以肯定，我不会再试图加以阻拦。”他想，一边用目光询问这两个演员，并立刻让重新开始。这一次大厅里一直没有声响。此后许多人忘了鼓掌，他们摇头晃脑。

"这更精彩。这简直叫人难以相信。"

首席女歌唱演员和男高音各向各的一侧鞠躬，他们时而将牵在中间位置上的手向对方推一推，好似一个人在把整个的掌声引向另一个人，然后相拥着消失在屋内。俱乐部包厢里发出了笑声。

"到门口去！"

舞台上空场，管弦乐队在演奏。

"这是唯一的办法，"地方行政长官用一只向前伸出去的手挡住嘴向税款包收人解释道，"用以暗示此刻里面在干什么事。"

小萨韦佐在俱乐部包厢里思索。

"旋律由竖琴转到了大提琴，它所造成的柏拉图式的效果就会更少些——进而又转到了定音鼓。我理解了。我也要去写一部歌剧。"

"嘘，嘘！"律师贝洛蒂内心不安地从嘴里发出。因为他姐姐抽泣声很响，这声音必然会很快从整个乐曲声中冒出来被人听见。她嘴里吐出了一句：

"如果帕斯泰卡迪少恋点酒，那他现在就还会活着。"

约莱·卡皮塔尼在那一边痴情地寻思：

"可怜的律师！他似乎只爱我一个。"

萨尔瓦托里小姐的目光触到了坐在俱乐部包厢内的小塞拉菲尼的目光，她急忙将眼睛埋向怀里；罗西纳·焦孔迪的目光则遇到了在隔壁的奥林多·波利的眼睛，某种东西似乎突然使她心里猛地一抽，像是一种希望，一种使她又能找到已被生疏的道路的希望——在此期间鞋匠的已满师学徒丹特·马里内利一只手臂搂着将一只手撑在顶层楼座座位上的他的姑娘，对着她的满是灰尘的头发说道：

“我真的熟悉这节乐曲，克莱斯蒂纳，这你不是在我面前唱过吗？”

肥胖的拉法埃拉将她嘲笑的面孔缓慢地向已激动起来的大厅转了一周。

在正厅中后排座旁站立位上，理发师博诺梅蒂和裁缝科科拉头直摇。

“他们到底是怎么搞的？诺诺吉和基亚拉伦齐只稍稍会吹一点，这是每个人都知道的。”

“究竟怎么啦！他们根本什么也不会，”加利莱奥·贝洛蒂断言道。

“然而听起来很好。应该相信：如果我们代替他们我们同样——这是对个人身份的尊重。好，基亚拉伦齐！好，诺诺吉！”

在最前面的座位上，诺诺吉的老婆在对基亚拉伦齐的老婆说道：

“您听到诺诺吉吹的了吗？瞧您丈夫有时候把腮帮子都吹得鼓起来了，好像要吹出什么特别花样来，可即使这样别人还是闹哄哄的；与此相反，人们始终都能听出我丈夫的笛子声，而且他还扮出滑稽面孔，就好像他在给人刮胡子。他是这里的最重要的人物，这您可以相信我。”

裁缝的老婆平静地微笑着说道：

“如果我丈夫要好好地吹一回……”

男中音加迪的妻子坐在第三排，她老早就在从侧面审视鞋匠马拉戈迪的妻子。她将目光移向别处，身子来回乱动，继而又设法与之搭讪，最终大着胆大说道：

“现在主要情节到了：我的丈夫马上出场。他将是一位伯爵，剧中最主要的角色；而且他一出现，故事情节就成了悲剧。他的嗓子没有人能与之相比。”

马拉戈迪的妻子茫然地对她眨眨眼，可是这个演员的妻子还是要把话说完。

“到了，现在曲调变得如此凶险，因为他站在布景后面。这我知道。”

妈妈沄里纳吉掉过头来，她脸上的脂粉上有几道泪痕。

“他真的应该再离开！他还没在这里，而且非常富有诗意的月亮再也看不见了。确实爱得死去活来的两个年轻人由于他的原因还会遇到一些麻烦。这我不喜欢。”

她吓了一跳，因为响起了猛烈挥击马鞭的声音。一个洪亮的声音在呼喊皮耶罗，装有马刺的靴子在地上直跺，红马甲内绷紧的肚子变得能看到了。

“好啊，音乐老师！”在那后面的一些年轻人喊叫道。“管弦乐队再来一次！”

“究竟怎么啦！”有人应答说，“我们要往下看。”

“这里这个人多卑鄙！这是个阔佬吗？这大概是个马车夫。”

“多大的一对拳头！多好的嗓音啊！一个什么样的刀了哟！这个可怜的皮耶罗！他刚离开他的托涅塔的怀抱，现在他就和那个人有了纠葛。真该死，他在敲桌子，他要喝酒。”

“他喝醉了。而后他说他在首都卖掉了他的干酪。一个糟糕的阔佬！”

“你们难道没认出他吗？卡尔托的伯爵福索内里看起来正是这个样子。如果从右侧看过去，男爵托罗尼同样也——”

“可是皮耶罗的声音始终高出他的声音，他可能在随意喊叫。皮耶罗会战胜他。坚持住，皮耶罗！”

“他说他对我们女人享有权利？他还算是阔佬吗？你是一条狗！吹口哨！快吹口哨呀！”

“别相信他，皮耶罗！他完全是个牛皮大王，我们女人立刻就发现了这一点，而且他从未爱过托涅塔。”

“打倒他！”

“情况不妙，你丢了脑袋，皮耶罗。啊！他冲进屋里去了，他会对她干坏事的。男人们该有多笨！”

“那他们为什么鼓掌呢？因为那里那个人唱得好吗？可是这些事人们是不唱的，真见了鬼！”

“在还不算太晚之前，不该把他干掉吗？”

“啊！多么不幸。皮耶罗把托涅塔从屋里拽了出来。他发疯一般！是的，当然你是他的老婆，可他不该这么做！那就在圣母像前跪下去：她也是女人，她会向你证明你无罪。我们大家会……啊！没有用了，他已将她拽下了山丘，人们已聚集在乡村狭窄的道路上，老杰罗尼莫站在他的门口。跑到他那里去，托涅塔，他是你父亲！他不让你进去，这可能吗？男人全都搅在一起，事情就是这样！”

“她拼命乞求他，她拼命反抗！我们年轻时是这样演的，奥兰多。我的心扑通扑通跳。”

“你真的对我一直忠诚，克莱斯蒂纳？”

“噢，丹特，你大概又想折磨我！”

“该多混乱，你们瞧！男人们全反对她，而且愚蠢的姑娘们也跟着他们说托涅塔与伯爵之间有男女私情。做得对，她跳过去卡住了一个姑娘的喉咙。是卡的大个儿黄头发姑娘！做得对，她是活该。啊！这姑娘力气更大；那么现在卡下一个。托涅塔，一点用处也没有，放手。”

“管弦乐队里的人都发疯了？这弄得我自己也要发疯，我不得不喊叫！”

“那上边安静点！到门口去！”

“总算好了！有一个姑娘怜悯她。可怜的托涅塔：对，你说的是真话，她是个可怜的托涅塔。瞧吧，现在她站着在哭。你们现在看到她不坏了吗？”

“我从来都没认为她坏，蓬波尼亚。”

“我也没有，费利卡塔。我没有立刻就相信各种流言蜚语。啊！她哭得多伤心，我不得不一起哭。”

“她离开了，穿过沉默的人群向那边走去了。她将一件裙子披在头上，就像出远门一样，然而她却赤着脚走路，这个可怜的小姑娘。”

“到我们这儿来！在这里大家都希望你心情愉快！”

“怎么？落幕了？可她究竟到哪里去了呢？这我们可一定得知道！”

“这我们会知道的。嗨，科尔维，你的弧光灯像一群蝗虫在嗡嗡叫，真让人不堪忍受。”

“出来！全都出来！好！好啊！音乐老师！”

“马兰德里尼，可你没有看到，皮耶罗有多后悔吗？他用双手捧着脸。”

“如果一旦有怀疑，我亲爱的……”

“有怀疑是不对的。你看有人在为他后悔。”

“哎呀！”烟草商波利对他的儿子奥林多说，“出了这样的情况。不要拿生活开玩笑，这一点你要记住！”

老焦孔迪插话。

“我从罗马那边就知道一件完全相似的情况。一个农民——”

“好！好啊！音乐老师！”

“咖啡、冷饮、汽水！茴香蒸馏水！”

“我们需要在外面抽支烟吗？”

“好啊！”

“作为委员会主席我有义务向演员们表示祝贺，”律师贝洛蒂说道。药店老板迅速将他的木头假腿抽出来。

“我也是委员会成员。我们去吧！他们似乎不再击掌了。”

大幕前的纱幕刚刚第五次在乐部指挥和他的歌唱演员的身后合上，费洛拉·加林达立即将她的一只手从乐队指挥的手上挣脱开来。

“谢谢，”她气呼呼地对着他吐着粗气。

“为什么事？”他问道。此时他脸涨得通红，然而由于不知所措，所以脸上还仍然保持着他展示给观众的微笑。

“您还问吗？”

首席女歌唱演员将双手放到臀部，胸脯猛地向前一挺。在裸露可见的皮肤上能看到青筋直冒，一张脸由于怨恨和盛怒而拉得很长。“我当然明白您什么也没学过。我从了解您的过去的几个好朋友那里得知您根本没有上过音乐学院。不是吗，音乐老师？”

他脸变得苍白，向后退缩。

“可是尽管这样您也会懂得，遇到像我的这种掌声时得让这咏叹调重唱！”

“我们已将二重唱重唱了，”他说道，一边拽自己的手指。

“您不要假装天真！当我得与另一个人不平分掌声时，我从中会得到什么？我一点也不怪内洛。”

“怎么啦？我该做什么？”这个年轻男人问道，这时他的眼睛一直没有离开大幕上的一个洞。

“没有什么……因为您让他的咏叹调重唱而不让我的重唱，他必然对您不会有一点危害。”

“可是我的间奏曲也同样没有演奏第二遍。”

“因为这没有人愿意听。再说一次：谢谢。我算认识您了，这很有价值。现在该您来认识我了。”

她飞快离去。她的更衣室的门吧嗒一声关上了。加迪和卡瓦列雷·杰尔达诺耸着肩从乐队指挥身旁走过。

“毕竟她说得对……一个人是艺术家还是不是艺术家……这您是可以事先预料到的，音乐老师。”

“连我也不会容忍这种事，”伊塔利阿用劲扇着扇子说道。乐队指挥将两臂朝上甩。

“可是诸位中没有人冒必须重唱某一段的危险！”

“如果您对我们持这样的看法，那我们在这里干什么？”

“这种说法是错误的，音乐老师，”伊塔利阿轻蔑地笑着说。老男高音声明：“我还是自我保重的，这是我的权利，不是吗？有谁像我一样在每一幕都演不同的角色——”

“那后面起什么哄？”

男中音匆忙跑过去。

“我看见了什么——律师先生？”

“我已经对先生说过了，”舞台监督喊道，“不要登上舞台。”

“可我是委员会主席，”律师叹着气在地上拾东西。他将从他花束上散落的花捡到一块儿。

“弗洛拉·加林达小姐想必把这个人搞错了，”他说道。

“或者他正好情绪不佳，”加迪说道。药店老板将他朋友的花夺下。

“我刚对你说过，律师，应该将花拿给伊塔利阿小姐。”

“啊，我的先生们，”——这时地方行政长官菲奥里奥先生和税款包收人瓦莱西出现了，“毫无疑问，你们也对艺术表现出了你们的敬意。我们可以看望我们的首席女歌唱演员吗？”

“这对她会是很高的荣誉，”律师行了个屈膝礼回答道。“她刚才还非常亲切地对我本人——”

这时她的门打开了，女歌唱演员伸出了一张带着微笑的容光焕发的脸。

“地方行政长官先生，”——这时她深深地行了一个屈膝礼，“希望阁下能原谅我穿着梳妆的衣服。我为您到这儿看我而感到骄傲。律师先生——”

她将一只手手背朝上递给他，他热情地在上面吻了一下。

“我们之间有误会。您理解一个刚出道的女演员的激动。甚至您不会相信，我不会因为得不到您的赞扬而感到难过……而且也不会因为得不到您的花而感到难过，”她调皮地瞥了他一眼补充说道。

菲奥里奥先生这时正准备向女演员表达他的万分钦佩。

“可是这花有点弄坏了，”律师结结巴巴地说道。

“这没有关系，这花来自朋友，”——这时她从药店老板手上将花夺过去。

“但愿我随时都有机会去帮我得以参加她初次登台的最了不起的演员的忙——”地方行政长官说道。

“您的话是对我的奖赏，我的先生……我设法请诸位先生就座：你们看见了，我正在更衣。”

菲奥里奥先生告辞了。律师立刻想跟在这个人的后面走，可是当踏上舞台时两个工人将他拦住了；台上有喊声和乱跑的脚步声，这些把他弄得糊里糊涂。这时一块已推进去了的布景差一点砸在他的颅骨上。弗洛拉·加林达突然赶到，及时拖开了他。他吓了一大跳。

“您救了我的命！我该怎么感谢您哩！”

“您要为我报仇，亲爱的朋友。因为我可以有把握地认为您是《民众之钟》的撰稿人。那么请您去把音乐老师企图对我进行压制写成是他的胆怯行为。”

“很乐意，”他回答说，“这意味着为了帮您的忙。可是当然音乐老师的功劳也不应该——”

“律师先生——”她朝后退了一步。

“——我不苛求您违背您的信念去写。如果您赞扬他，我明白，那您是跟他一样恨我。在这种情况下，我们再也没有什么好谈的。”

在他惊慌失措地婉拒时——

"或者是我弄错了？然而说到底我是站在一个与众不同的、能为真理而牺牲的男人面前吗？您或许受到了攻击；音乐老师是个阴谋家；像我已经得悉、并能够证明的那样，他冒充跟他本来面貌不一样的人，而且他从来就没有上过音乐学院。您难道真会在有意为一个女人讨回公道的情况下自食恶果吗？"

律师挺住胸，将双手按到胸前。

"我以往的诸多经验不允许我这样认为，"首席女歌唱演员说道，一边将带有羞涩的柔情而使他陶醉的脸缓慢地来回动。她那蓝色的、已变得模糊的眼睛就像一双孩子般的眼睛。

"除我的艺术以外，我一无所有，"她用一种她的自尊在发生动摇时的腔调说道。律师深为感动地抓住她的小手。

"弗洛拉·加林达小姐，没有人比我更清楚，一个仅依靠自身价值为伟大事业而斗争、最终由于难以想象的阴谋和民众的反复无常而遭抛弃、并眼看陷入无能为力之中的男人是什么样的心情。可是真正的伟大却是在失败之中才展现出来！我们的命运使我们成了同盟军。请您相信我，弗洛拉·加林达小姐！"

她深深地鞠躬，在朝后退时还一直将她的几个指尖贴在唇上。当他无法继续牵住她的手时，他放开了她。继而女演员消失在更衣室。在他还没有挺直身子之前，又有什么东西从后面撞了他。他重新得到平衡后，心里想："这些女人！她们使我们想起了将她们的酬劳包含在里面的一些伟大行动！……可是，谁知道——"

他身子扭来扭去地走着。

"——这里这个女子说不定还想给我提供点别的什么？"

"嗨！律师！"波利追着他喊。可是由于捶击声和喧哗声他却没有听到。

"您算了吧，"跟他一道来的小萨韦佐说道。"这里我熟悉。"

小老头焦孔迪愉快地踏着重步向舞台后方走去。

"我们同样知道更衣室。这是游历在外时学到的。"

他兴致高高地吹着口哨敲门，向另外两个人眨眨眼，再将门打开。

"是谁在那里？"弗洛拉·加林达喊道，一边从梳妆台旁跳了起来。"还有什么人？啊！真够受的。现在够烦的了。我不认识您，我想一个人待着，您懂了吗？我在给你们演出，你们还要我干什么呢？"

"噢，什么也不要，只要请您原谅，"当门紧贴着他鼻子关上时，焦孔迪还在一个劲地说废话。波利说道：

“这可真是个恶魔！你们都看到了，她有一张老巫婆一样的脸。我再也不相信，她是二十三岁。她用涂脂抹粉迷惑了我们。”

“这正好是艺术，”小萨韦佐说道，“看来两位先生不是艺术家。”

当这三个人溜走时，裁缝基亚拉伦齐悄悄地走上前来。他敲敲门，然后弯着身子，摇晃着八字胡，带着崇敬的面孔等着。他将他好大的一束花小心翼翼地伸到前面。室内发出呵斥声，首席女歌唱演员匆匆走出跟裁缝撞了个满怀。可是她弹了回去，而他连晃都没有晃一下。

“哎呀，是您，”她说道；这时她脸上的紧张一下子消除了，“还带来了鲜花！那么，拿来！那么进来吧，我会用得着您的，请您把梳子递给我。那个妇女被我打发走了，她什么也不懂，我恨什么都不懂的人。您把您的独奏吹得很棒。您吹的时候，我听得出您是个老实人。”

“到底谁在他那儿呢？”波利问道，“我真的感到——”

“这会是谁哩，”焦孔迪说道，“是个情人。怪不得她这样接待我们。当然，我们打扰了她。”

“不该弄清楚这是谁吗？”萨韦佐怀着阴暗的妒忌心应了一句。

他们在环绕舞台的大幕后方蹑手蹑脚地走着。他们发现律师在那边的布景之间被一群蹦蹦跳跳的小合唱队女队员包围住了。她们将她们带有粉白色和棕色花纹的衣袖在他面前来回舞动，她们突然张着充满蜜意的眼、偏着头当面取笑他。

“律师，您，您是女士的朋友，您说说看，我不得不穿咖啡色的衣服，这合适吗？”

“那么您是今晚把我们从死亡中救过来的人吗？多勇敢的男人！”

“一个受过良好教育的、不会拒绝发给女士们预支款的男人，”——这个小合唱队员将她的富有表情的脸紧靠在他的嘴巴下面。可是当他扑过去时，她跑开了，一边还伸出了舌头。这时舞台监督摆出一副威胁的面孔。所有的小合唱队女队员发出刺耳的叫声，除了一阵小小的粉雾外她们连影子也不见了。

波利悄悄地对律师说：

“加林达身边有个情人，我们听到了她在与一个男人说话。这会是谁呢？”

律师谨慎地阻挡住。

“这谁知道哩。”

他吸了一口气。

“再说我也从那边来。我是横穿舞台走的，所以比您稍早一点到这里。”

波利张大眼睛。他在冷静下来时说道：

“啊！律师！”

“我什么也没有说。”——这时律师的眼睛显得非常亮。

正好药店老板和地方行政长官从旁边走过，阿奎斯塔帕切杵着他的木头假腿极力跟上菲奥里奥的步伐，因为伊塔利阿摇着扇子从后面走来了。地方行政长官首先鞠躬。

“小姐，您准是我得以参加她初次登台的最了不起的演员。”

他轻轻地摸着他修剪得很好的胡须。药店老板将律师夹到边上；他翻着白眼。

“可是——”

“您换装换得比其他所有的人都快，”菲奥里奥说，“这令人惊奇。真是美丽如画的戏装！您扮演罗马尼奥林？”

“我是小客栈老板的妻子，我的先生，蒙塔纳拉广场旁小客栈老板是我丈夫。我是在这期间嫁给他的，尽管他很老。原因只是我要战胜我的女友托涅塔，是她抢去了我的皮耶罗。我曾造谣中伤过她，她现在在蒙塔纳拉广场当妓女。”

“这一切对您都不合适，我不相信您真的会这样做，”地方行政长官说道。几个士绅都赞成地笑着，其中律师笑得最响。

“不会！真的不会！她是个非常好的姑娘，这您可以相信我，我的先生！”

这位政府代表显出不满意的样子。伊塔利阿眼睛交替着撩拨得他和律师心里痒痒的。她还将谈话引到了不涉及私人的话题。

“诸位先生想要什么，在这些新歌剧中一切都只能是不祥和哀伤。我连漂亮的戏装都不允许穿，因为在像罗马这种大城市里一个小客栈的老板娘当然要穿得跟所有其他的人一样。可是难道我得彻底放弃美吗？”

“当然不，”地方行政长官诚挚而热情地说道；在短暂的迟疑后他又说：“甚至很明确，我来就是为了对美表示崇敬。因为您将美和艺术真正结合到了一起。您的生活，小姐，想必很美满。”

“啊，我的先生，并非一切都像它应该是的那样。您能相信音乐老师刚才还删掉了我的一段咏叹调吗？当然第二幕我有两段咏叹调，可是就因为这样我在第一幕就没有了。他说，我们已误了一个半小时；他又说我在第二场演出时就又会有我的咏叹调。这对我有什么用呢？可这是首场演出！为什么我是被他删了咏叹调的人呢？音乐老师让加林达的每个音符都唱到；他会看到她如何为此而感谢他！整部歌剧是由她的一些咏叹调以及她与皮耶罗的一些二重唱组成的。他们刚一重新见到就一块到那边的古典风格的拱门下面睡觉去了，当时我们其他人都溜走了……”

“他们是怎么重新见到的呢？”波利问道。

“当然是在大街上，”焦孔迪加以解释。

“我能怎么帮助您呢？”地方行政长官问道。

伊塔利阿咧咧嘴。

“如果加林达躲在幕后策划，音乐老师又爱上了她，那该怎么办哩。”

“他在寻找她，”焦孔迪继续说，“因为他不能忘记她，这个不幸的男人，而且他讨到了她的喜欢，完全跟任何一个男人一样。这是件可悲的事。”

“究竟是什么事！”律师直喘气。“这不可能！音乐老师爱上了首席女歌唱演员吗？”

“为什么不可能。这的确对他毫无帮助。因为她很冷酷……或者——”

伊塔利阿摆出一副厌恶的面孔。

“——她趋于反常。”

“哦，他们可真不反常。”律师眉头舒展地回答道。

“这为我提供了帮助我得以参加她初次登台的了不起的女演员的机会——”这时地方行政长官向在他面前来回扭着屁股的伊塔利阿鞠躬，“那么为了您的咏叹调，小姐，我要找音乐老师谈谈，就在这个幕间休息时间里。这个年轻人还是有点听我的话的。”

他最后鞠了个躬。伊塔利阿跟在他后面跑。男中音加迪走过来说道：

“在这里您看见了，这个行当如何使精神堕落。甚至伊塔利阿也变得心怀恶意了。”

人们听到她还在说：

“您真的要谈，我的先生？那您就快去谈，因为我们只有一次幕间休息；第二和第三幕之间是用管弦乐曲来衔接的。”

菲奥里奥将一只胳膊伸给她。

“我的小姐，我会为把您的咏叹调给您还回来而骄傲。”

“我该怎么感谢您才对，我的先生！”

“您在问怎么感谢吗？您不妨宁可问在哪里感谢。在地方行政公署，可爱的小姑娘。”

菲奥里奥先生温柔地将伊塔利阿的一只胳膊推回去。几个士绅都惊叹地目送他离去。

“啊！他清楚地知道他可以到什么地步。现在他又出现在大厅里了。他该多在行！”

药店老板阿奎斯塔帕切再也克制不住了，他大声咒骂。当伊塔利阿转回来时，他一边呵斥着一边直挺挺地向她走过去。

“您知道吗，小姐，那个男人骗了您？”

“可是，罗莫洛！”几个朋友说道。

“什么罗莫洛！难道我不该把真话说出来吗？他对首席女歌唱演员不是也像对伊塔利阿小姐一样逐字逐句说着同样的客套话吗？”

“可他真的会为我采取行动吗？”伊塔利阿问道，这时她被他涨得通红的脸和颤动着的下嘴唇给吓唬住了。

“我是加里波第的老战士，”他喊叫着，一边行走了一段以便呼吸，“我不会搞阴谋诡计的！”

当她恳求地跟着他时，他说道：

“可如果我爱某个人，那我就会大大方方地去爱。”

“药店老板先生，”她谄媚地说，“请您相信，有时连我也梦想极为热烈的爱情……”

“他不会有好结果，这个可怜的罗莫洛，”——这时律师不出声、却情绪激动地露齿冷笑。

波利问道：

“要不要把他的太太叫来？”

老焦孔迪说道：

“男高音好似非常激动。我已经看到他整个时间都在大幕前来回跑。现在他又在从洞里看。刚才他甚至还大胆地钻进了大幕前的纱幕内；他们在外面想必已看见了他，因为他们在开始喊叫。”

“嗨！内洛先生！”律师叫道。

“您就随他去吧，”加迪说道，“这是他头一晚上的习惯状态。您最好注意看卡瓦列雷·杰尔达诺，他戴着一副得体的面具。”

卡瓦列雷·杰尔达诺为了问几位先生有意做作地、同时战战兢兢地鞠躬致意，他从尖而全秃的头上取下了满是窟窿的毡帽。他冷飕飕地裹着他已褪色的大衣，踢踢踏踏地走了几小步，而人仍在原地未动。他的大钻戒在他贴在大衣边上的一只手上闪闪发亮。

“怎么？”他十分吃力，上气不接下气地问，“您看清楚了，加迪，这是怎么刻画的吗？这些您是懂的，不是吗？如何？这一次我要击败所有的人！我承认，我的先生们——”

他面带呆板的微笑，将手不自在地微微摆动着，从这个人走近那个人。

“——我在第一幕中没有能充分发挥。”

在他并没有能等到别人提出异议之后，他说道：

“问题在于老杰罗尼莫那个角色。可是这个乞丐，那完全是另外一码事。你们瞧他，不是吗，他是个倒台的国王陛下。”

“怎么？您难道是演一个国王？”

“我想说，他见过大世面，意识到了命运不同寻常。一对情侣在他的拱门下使他一惊而起。啊！我的先生们，这是剧本里的悲剧，还有生活中的悲剧被揭示出来的关键时刻。我可以说，我扮演的是歌剧中最重要的角色。因此我甚至没有拒绝在这之前和之后还扮演了酒馆老板。不扮演酒馆老板就好了，我就会用我的全部演技和我内在的全部力量来演饰这个乞丐。你们会对我赞叹不已！我说的是，你们会哭泣！”

“真了不起！”

“我说这干什么！我宁可演给你们看。”

卡瓦列雷·杰尔达诺躺到拱门下，靠到通向下面台阶的墙脚旁。他隐身叫道：

“加迪，念台词！”

“我们的卧室！你认出来了，亲爱的？”

老头有如从陷阱里猛地跳起：

“我来早了点。”

“那么我们继续寻找。”加迪说道，声音洪亮。

“没有必要，”——这时卡瓦列雷·杰尔达诺缓慢、虚弱地从黑暗中冒上来。他幽灵般地哼道：

“因为我看见了你们是情侣。当我年轻时，也跟你们一样。那时我更柔情似水，我的妻子米凯利纳和我相伴。她已死了，我只剩下了这颗铁石的心。如果你们有幸，铁石的心面对你们也会变软。”

这时老歌唱家从拱门内跳出，他用一只脚斜着跳向一侧——由于他半举着双臂，使大衣的两半边像被折断了的翅膀一样在摇晃。

“哈哈哈！”波利在发笑。律师暗暗地闷住气，矮小的焦孔迪先生则响亮地拍着肥胖的大腿。

“这很滑稽！好，这中间有些地方真引人发笑。这我愿意看。”

卡瓦列雷·杰尔达诺向后退，将一只手放在额头上。

“怎么？您在笑吗？可这是——！”

他将后面的话咽下去了，并且走得更靠近些。

“如果您要笑——我会看到的。由此可见这对您产生了影响，不是吗？”

他低头走来走去。

“这或许也可以这样理解吗？……那么您应该笑！”

“男高音有点什么事，”小萨韦佐皱着眉头说，“这您别劝我们不过问。”

“他难道有什么事吗？”加迪应了一声；可是内洛使得他心神不定。他在沿大幕跑时突然站住，斜着耳朵，好似正从那外边乱哄哄的声音中偷听到了一种独特的声音。在他脸上表现出这声音很远。这时男中音急速走去摇了摇他。

“这是她的声音！”内洛心里在想，“她不在包厢里，然而我却听到她的声音从那里，对，从那里传来。她难道死了吗？难道像帕尔马的那个女修道院院长的灵魂一样，她的灵魂在对我说话吗？我的上帝呀，这是右边第三个包厢：是同一个包厢！……多么荒唐！卡瓦列雷·杰尔达诺的故事不要重演，对我来讲阿尔巴比一百年前死去的女修道院院长还要遥远得多。”

他掉过头非常哀怨地看着朋友的脸。

“漫长的焦虑，”他喃喃地说道，“怎么能指望哩！这很可笑。始终在她近旁颤动，而永远看不到她——可内心深处明白，在即将到来的晚上她会出现在我面前，我要从那儿上去把一切，一切向她——”

“安静，内洛！”

“现在完蛋了吗？她还不能来吗？”

“别作声！有人在听我们说话……这人在打听二楼楼厅右边第三个包厢，”加迪朝对方叫道。“为什么剧院的票售完了它还空着呢？我必须说，连我也——”

“这的确是纳尔迪尼家的包厢，”波利解释道。

“可是——”律师从远处说道。

内洛将十指交叉在一起转向烟草商。

“这是真的？”他问道。

“哎呀！真是野蛮狂热纵欲！”

这时小萨韦佐竖起眉毛两眼直盯着男高音。他那有麻点的鼻子幸灾乐祸地微微向上翘。这时他说道：

“这我不相信。老纳尔迪尼还在拒绝。有人将这个包厢归在了一个与中产阶级对立的他的名下，他要这个包厢——”

“但愿别将它给这个人，”焦孔迪先生补充道。

“我为民众工作，可民众是怎么感谢我的呢？”律师问道；这时内洛抓抓额头。

“完全可以肯定，纳尔迪尼一家没有来，”萨韦佐仍在说着——这时人们看到年轻的歌唱演员在摇晃。加迪伸手去拉，可是内洛已经闭上眼睛躺在地上了。所有的人都向后一跳，而只有加迪向他弯下身去。他们后来挤进来问道：“他怎么啦？”——这时男中音愤怒地跳起来。

“我希望他是神经过敏。我自己是相信迷信的，我不喜欢那唯一一个空着的包厢。”

“对的，”萨韦佐说道，一边叉开双腿嘲笑地低头望着内洛，“这些艺人，他们都天性脆弱。”

“应该找个医生来，”卡瓦列雷·杰尔达诺提出要求。

“可这无济于事，”药店老板声称。

“谁也不知道，”律师说，“我有一次也曾——”

“来个医生！”波利在望呆的工人中将手四处挥动着说道。乐队指挥奔了过来。

“发生了什么事？”——这时他的脸色煞白。

“什么事也没有，”加迪说，同时摇着内洛，“请您拿水来，多尔伦吉！”

乐队指挥将手伸进自己口袋。他突然扑跪在昏厥者的身边。

“他还能唱吗？您只要说这一点！”

他又突然跳起。

“我的上帝，我算完了。”

焦孔迪先生将药店老板推到一旁，又向律师眨眨眼。

“再说了，音乐老师，”他讲道，“连首席女歌唱演员也拒绝继续唱。她似乎非常不满意，是吗，各位先生？”

乐队指挥始终不吱声，这时律师认为有必要张开两臂走到他身后。可是乐队指挥并没有晕倒；他突然哈哈大笑，并以一种听起来不像是他的声音在喊叫。

“这我会不知道吗？这我会不知道吗？”

加迪停止对内洛的太阳穴的揉搓，站起身来。

“您不会不说话吧？您没发觉大家都在笑您？这里这个人也已睁开眼睛了！”

“不管怎么说，”律师说，“谁像我一样经受过非同寻常的内心激动，那他就不会对这样的激动的后果满不在乎。您觉得身体怎么样，我的朋友？”

“来位医生，”烟草商在布景后面喊叫。他跑错了地方，意外地站在了他儿子奥林多的面前。奥林多这时正将高个儿黄头发女合唱队队员搂在腋下，并既忐忑不安又欣喜若狂地压着她。虽然父亲用两臂向前划动，但他仍有片刻时间在原地未动，就好像双脚被绑住了一般。随后他向前一跳。

“怎么？你看到了我都还不把她松开？我倒要看看，我还是不是你父亲！”

他给了奥林多表现出极度失望的脸上左右两耳光。

“我非常爱她，”他迷惘地哀求道，“我愿意娶她。”

“你敢对我说这样的话！真不是东西！”

“可您为什么打他？”姑娘问道，“这有什么不好呢？您最好能给我一支烟！”

“滚！快滚！”——这时波利踮起脚将他儿子的身子扳过去，再朝他屁股上踢了一脚，然后说道：

“我禁止您，我的小姐——”

“你的确只是忌妒，我的老爷子，”她说道，同时一只手向他的下巴抓去，“可我仍然始终只爱你。”

“这是我们所希望的！顺便说一句，你不准再朝店里喊。要是我妻子在里面，那可就遭殃了……三点钟再见！——可是如果你不让我的儿子安宁，那我们就不再是朋友。”

“这好像很恐怖，”她在后面喊，“那么一支烟呢？”

“可怜的东西，你还在这里干什么？”

因为奥林多坐在一个活动布景上哭。

“这个可怜虫不去找医生来救人的命，而是为一个女戏子悲伤！一个不名分文的女人绝不会对你忠实的！”

“哦，对了，她或许会这样！”

“啊！还有律师呢？还有男爵呢？她曾打听过这两个人！”

“这不是真的！”——这时奥林多突然跳了起来，眼里饱含着盲目的牺牲精神。父亲将身子向后靠，并将一根手指头顶到肥硕的胸脯上，还咧嘴微笑着。

“所以她后来问起我！”

紧接着脸一直红到发根的奥林多眼皮塌了下来，膝盖也支持不住了。波利拍拍他的肩。

“你对这里的情况了解得非常清楚，这可向我指明出路在哪里！”

他们穿过舞台下面的小门，来到空荡荡的乐池。只有尼纳·赞皮耶里和小曼多利尼互相陶醉地坐在竖琴旁，年长的小职员多蒂腋下夹着他的黑管在打鼾。烟草商在正厅中后排座处向每个人宣布："我需要个医生，舞台上有个人出了点事。"

可是在由加利莱奥·贝洛蒂引起的哄堂大笑中，没人能听明白他的话。加利莱奥站在一个非常矮小的人的面前。这个矮人靠在焦孔迪家包厢下方入口处的墙上。

"您是个驼背呀，"加利莱奥竖起眉毛说道。

小矮人吓了一跳。

"您要干什么？我不认识您。"

"可我立刻就看出来了，您是个驼背。"——这时加利莱奥毫不留情地用一个手指头指向他。

"要是您不让我安稳，我就把玻璃杯扔到您头上，"这个残疾人发出刺耳的喊叫，同时一只手在晃动着半杯水。

"也许您会把玻璃杯扔到我头上，"加利莱奥回答道，"可这么做您仍然还是个驼背。"

"他在开多大的玩笑！"农民们一边说一边挤了过来。

"我可要把宪兵喊进来了！"驼背喊叫着，声音很刺耳。

"您喊宪兵吧！不过这对您毫无帮助，您仍然还是个驼背！"——这时加利莱奥更坚定地站在他面前寻衅。肥胖的泽基尼及其一帮酒肉朋友在大喊大叫。从外面进来的一些人也一起笑。

“我将控告您！您要坐牢！怎么！我杀了你您！”

侏儒的长脸变青了。他踉踉跄跄地用他的凳子对墙上撞；玻璃杯从他抽搐的手中落到地上，他的嘴唇上翻着白沫。

“您尽管去做您所说的一切，”加利莱奥向他宣称，“那您还是驼背，而且您始终都是驼背。”

当加利莱奥的这个牺牲品在地上打滚时，他仍无动于衷地朝四周看。理发师博诺梅蒂和裁缝科科拉不满意这种结局，他们把这个在自我拼搏的人抱起来抬了出去。

门前站着一大堆一大堆人。在台地边上、冬青栎下温和的夜空里，成串来回转的姑娘在小伙子们的戏谑声中缩着脖子。一些母亲和孩子在殿堂旁的灯光下围在一部冷饮车的四周。男高音的声音不时升起，这是“托涅塔”祈祷的两小节，还有飘荡着的庄重、极乐的二重唱：“看吧，亲爱的，我们四周开满鲜花的家……”这时戴着大帽子和五光十色围巾的年轻人中的一个说道：“多美的乐曲！戏里出现了大悲剧。当一个人听到这种乐曲时，他就会觉得世界上不再有不幸的人。”

“尽管如此，他们还是给那里抬来了一个不幸的人，”另一个小伙子说道；这时大家一起讲：

“没有人认识他？他出了什么事？……这可是斯佩洛公证人的录事。为了我主人的事我曾到过他那里……在他这种情况下，他怎么走三小时的路回去呢？他有住旅馆过夜的钱吗？不管怎么说，杰瓦特尔·费利佩，您必须把他接纳在您的旅馆里。”

这个“定亲”旅馆的老板予以拒绝了。遇到这么多的外来人，又是这么样的一天！每个床位可是值三里拉。

“那么我付一里拉！”这个年轻男子说，“我是个工人，我一天的工钱是两里拉七十五库鲁。”

他拍拍胸脯并向周围看看。

“我付一里拉。”

“还有我。”

他们将这个病人放到肩上，扛着他跑下阶巷。剧院里仍然在冒出笑声。包厢内的女人都想看一看发生了什么事。焦孔迪家的两个小姐发出刺耳的咯咯笑声；她们的父亲对她们说道：

“这个加利莱奥！他的哥哥律师是个人物，可他也有了不起的天才。”

加利莱奥将他的白眉毛竖起，沉醉在他所取得的成果中，得意地将身子转来转去，继而粗声粗气地骂道：

“乱弹琴，大概有人要寻开心！那么你，波利，”他对护着自己两侧的烟草商说，“你要找个医生吗？为了男高音？那么就派拉努奇去，而这期间会有人向他老婆献殷勤，那你们还会听到完全不同的笑声。”

“医生！”他向正厅右侧第一个包厢喊，“舞台上要死人了。快！您必须去。”

“我不能去，”医生喊着回答，同时站到他妻子前面。“请您把这告诉我的同行卡皮塔尼！”

“他不在。要是您不去，那人就要去见鬼了！”

加利莱奥的喊声响得使四周都静了下来。大家都朝医生的包厢里看。这个医生张开双臂在轻轻地跳动。他那粗壮的身躯对他来讲还不够宽大，并不足以遮住所有那些投向他娇小谦恭的妻子的目光。

“您应该去，”在他旁边的帕拉迪西大娘说，“情况好像很严重。”

他看见在那边的萨尔瓦托里太太与曼多利尼老太太交换了一个不满的眼色。曼多利尼老太太用扇子狠狠地敲她包厢的胸墙；这时从顶层楼座传出叫声：

“随他去！他不是活人的医生，他是死人的医生。”

迫于公众意见的压力，拉努奇突然抓着他的帽子匆匆出去。加利莱奥·贝洛蒂立刻行动了起来。

“把漂亮的阿尔福给我叫来！”他要求道。“我需要他，因为我本人不够漂亮。”

当他找到他时，他说：“我将向你推荐一位你会中意的女子。”

人们看见他们一道出现在这包厢里。拉努奇太太完全蜷缩在她扇子后面；这时加利莱奥在重重的叹息声中微微用短腿行了个屈膝礼，漂亮的阿尔福在自命不凡地向大厅里微笑。人们对着他举起双手，她似要鼓掌；人们互相碰碰，压低的鼓励声向那里飞去。矮小的焦孔迪老头坐在正对过的他的包厢里，他吵吵嚷嚷地脱口而出：

“啊，上帝，我再也忍不住了。这该多滑稽！这是我的主意：是的，当然，是我将这个主意灌输给加利莱奥的。”

甚至已解除婚约的罗西纳都在打颤，可是切西拉却夹住父亲的一只手臂。

“你是个真正了不起的爸爸！”

她的喝彩声惊醒了她母亲，母亲抬起了暗灰色的头。

“那租金呢，奥托内？”她声音细弱无力地问道，“我该怎么付这笔钱呢？”

“谁在考虑租金？这里多好笑。”

可是两个女儿突然一声不吭。

“多好的办法，”父亲高兴地喊叫，“这个男高音想必是会病的！驼背病了，男高音病了，全都病了，只有我没病。”

两个女儿牙齿咬住嘴唇，彼此用眼角瞟了瞟。父亲心神不定地向她们斜了一眼。

“或者说不定我也曾经病过？”

在她们继续沉默时，他说道：

“因为我曾经在台阶上折断过腿，这可不能叫病。”

他把脸挂着，用纠缠不休的腔调继续讲：

“我最近不是才在阿多尔纳跟一个流动推销员打赌，我能吃三十只鸟，结果我赢了吗？”

突然他又拍了下膝盖。

“那个加利莱奥已经在摸她的脸！啊！这更是跟演员们的滑稽戏完全不一样的滑稽戏。要是我过去，你们认为怎么样？”

“你还是待在这里吧，”焦孔迪太太说道，“要是医生回来，谁知道他会做出什么事……他已经在那里了。”

人们屏着气，他们听到医生在说：

“您在干什么？”

他抓抓头。

“您打发我去看一位半小时前就又恢复了健康的病人，而在此期间——”

突然间他满脸涨得通红，两脚威胁地跺着。脸上的傻笑已消失的漂亮的阿尔福一直退缩到了胸墙旁。当医生伸出一只手时，他已经到了那一边，随之跳进了大厅。

“好啊，阿尔福！”人们喊叫着。喊叫声激怒了医生，他一脸阴沉地走到他妻子与加利莱奥·贝洛蒂之间。加利莱奥将眼眉挑得高高的，仍在放肆地大声呵斥：

“乱弹琴，管他生病还是没生病，可我们已经结识了您老婆。我向您道贺，医生，您有一位漂亮老婆……”

他清了清喉咙，因为医生已经给了他嘴上一拳，另一拳打在他下巴颏上。加利莱奥发出低沉的吼叫声——这是医生在以牙还牙。掌声响起，而后由此变成了暴风雨般的掌声；拉努奇不得不鞠躬致意。加利莱奥已溜之大吉。

“你瞧，奥托内，否则你的状况会如何？”焦孔迪太太说道。她丈夫将一只手捂在面颊上，就好像这是对他自身的侵犯一样。他在寻找两个女儿的眼睛。罗西纳将她的眼睛一直盯在怀里，切西拉眯着的眼皮之间流露出淡淡的揶揄。父亲用一只脚将矮凳踢开，并责骂道：

“怎么，这难道还不是生病！”

阵阵笑声穿过大厅，上面结束了，下面又开始。在又坐满人的顶层楼座上有人在喊叫：

“医生，他真有本事！”

父亲们将他们的孩子举到肩上，好让孩子们看到医生。律师贝洛蒂将头转向俱乐部包厢内的诸邻座嘲笑道：

“似乎医生拉努奇取得了晚会最大成果。”

他弟弟又出现在正厅中后排座处。他拒绝所有的怜悯，并且说道：

“我的确是闹着玩的。可是牙齿不再灵了。”

“笑得身上多热啊！”帕拉迪西大娘说道。在曼卡费德将目光移向别处时，她拿着她的小瓶香水将两边腋下润湿了一下。

波利太太用她的扇子扇起很大的风。

“真热！他们难道永远不再开始了吗？”

“奥尔滕西的女管家，”烟草商悄悄地说，“身上带着某种香水——！我清楚地知道他是瞎子，可难道他嗅觉也失灵了？舞台上那些姑娘没有人散发这么强烈的气味。你知道，我作为委员会成员不可避免地要到那里查看。可是简直叫人难以相信，你的奥林多也在那里，行为放荡。啊，淘气鬼，你一步也不要离开你的角落！”

“戏院挤得太满了，”卡穆齐太太对她包厢下面的半圈年轻人说道，“顶层楼座上的气味一直散到了我们这里。不得允许在这个时候吃大蒜。可是这必须向把某些女人安排在我前面，而且正好在我面前的委员会提出。”

她用头向正厅前排座一指，眼睛并没有向那里看。高大的拉法埃拉已确信那个农民在她的斜后方，所以她对他不再担心。她将目光向前投向乐池，裱糊匠阿莱巴尔迪在那里使劲吹着低音大号向她表示敬意。可是机械工布兰迪尼却用他那黑管以自由吹奏的旋律将他比了下去。

“诺诺吉是冲你来的，”劳雷塔对泰奥说道，“他在对你做鬼脸。”

“我不需要。我是为音乐才到这里来的，那个男高音使人没有心情去听别人的了。啊！对他可能不会说不。圣母马利亚不会让他发生不幸。”

“我对这个可爱的年轻人多么同情！”妈妈法里纳吉内心非常甜蜜且极度虔诚地在啜泣；可是的黎波里街的两个佩尼希小姐还是惊得突然往后退，即朝着少尉坎蒂内利往后退。

“再说这是我们神圣的宗教所规定的，”的黎波里街这家的女主人补了一句，然后将胸脯转向所有围着她坐的人，一边在胸前画着十字。

顶层楼座突然响起窃窃私语声。

“在这种情况下首席女歌唱演员对他的死负有责任，费利卡塔；因为他是个可怜人，由于对她的爱，他才感到不舒服。”

“这你是从你女主人那里听来的吗？”

商人曼卡费德的女仆耸耸肩，用一个手指堵住嘴。

“由此可见他爱首席女歌唱演员，”在她们楼下的萨尔瓦托里太太对马兰德里尼太太说道。“这事埃万杰利娜知道。再说从他富于表情的表演中可以看到，他像是神经错乱一样。可她却卖弄风情，而且待他很差。”

税款包收人的太太转向地方行政长官的妹妹。

“首席女歌唱演员有个孩子，我听说是个男高音。演艺界没有好德行。”

“正相反，我亲爱的。这两个人结过婚，可他们不说出来，因为否则会阻碍幻想。”

卡穆齐太太说道：

“这个男高音：他还叫什么名字——”

她查看节目单。

“他的长处比我预料的还不如。首先他完全没有情感。”

“可我觉得，”市政厅秘书提出异议，“他恰巧是因为情感太丰富才昏厥。”

“啊！那我们就来略微说说他昏厥的事。诸位先生怎么认为：是委员会向这个演员约定好要昏厥，还是演员自己感到增进一点他的艺术效果或许会更好一些呢？”

“夫人该多有智慧啊！”小萨尔瓦托里说道。小萨韦佐交叉着双臂，下垂的目光注视着夫人眼中闪现的敌意。

曼多利尼老太太用扇子轻轻地碰了一下她失明的朋友。

“奥兰多，我现在总是想到在佛罗伦萨市帕利亚诺的那场‘切利内纳’的演出：这不是1845年吗？这个小加林达是唯一使我想起布兰齐拉的人，想起布兰齐拉年轻时的样子。”

“你说什么，贝亚特里切！的确我也是这种感觉。当那个年轻姑娘演唱时，我听到一种久远的、叫人非常喜欢的声音又回来了，就像是在我醒来时已经忘却的梦境中。”

“真纳里没有学到好多本领，可他却令人有好感。因为似乎他现在什么也不学了。而可怜的卡瓦列雷·杰尔达诺，他好似唱得更不中听。”

“因为他的声音在不断地朝我们耳朵里灌，我们自己现在都多大岁数了。”

“只有这个小加林达好像还知道伟大时代。”

“可是她不漂亮，”盲人的女管家说道。他喊了起来：

“不漂亮？她非常漂亮！”

“您又看不见她。”

“可是她一定很漂亮！”

“快出来！”鞋匠的已满师学徒丹特·马里内利在楼上喊叫。

“音乐老师！”

突然整个顶层楼座又是跺脚，又是喊叫。

“拿我们开心吗？真是岂有此理！”

糕点师塞拉菲尼的学徒用手指吹出了刺耳的哨声。律师贝洛蒂走到俱乐部包厢边，向他以及民众脱帽鞠躬。

“我的先生们，你们要有耐心……！”

大家静下来了，这时人们听到面包师克雷帕利尼在正厅前排座最后一排说：

“律师，他甚至还在俱乐部包厢里！他到底有多少个包厢呢？可我是六个座位——”

“住嘴！”——这时楼上众拳挥动。“你让我们挨饿。他是唯一的面包师，因为他给了士绅们钱；因此他可以用他昂贵的面包来让我们挨饿。说吧，律师！”

“因为对这些事情我们还没有经验，”律师气喘吁吁地说，“这可是四十八年又三个季度以来的第一次演出。后来那个极有天才的年轻演员发生了不幸，但愿诸位能原谅……”

“这个可怜的人！是的，我们会有耐心的，”女士们喊道。

“可是我们将去办好一切可能办好的事，五分钟后，啊，诸位，你们将会满意。”

“好啊，律师！”——这时掌声一片。理发师博诺梅蒂叫道：

“律师，他是个了不起的人物！”

“那是布拉布拉，好啊，布拉布拉！”——这时大家突然笑了起来。戴着大帽子和五光十色围巾的年轻人说道：

"在我们将驼背抬走时，他非常孤单地站在广场上向月亮表示他的敬意。在这种情况下我们将他带来了。你应该听音乐，布拉布拉！"

律师一定看到了，这个矮小的老老头好像是在滑稽地模仿他向民众致意。他将已经不再有帽檐的帽子向楼座绕了一圈，将一只手捂在心头，再将一只脚一蹬——这时在顶层楼座的欢呼声中，他将在一些最空荡荡的巷子里所追寻的面部表情表现了出来，群众都在向他致敬。

"可是中产阶级变得危险了！"卡穆齐太太对男爵托罗尼说道。

因为面包师克雷帕利尼在继续煽动。人们看见他鼓着眼睛和龇牙咧嘴地在正厅中后排座上吃力地讲着，将人们召集到他周围，并向空中愤怒地挥舞着拳头，以便在他们中激起骚动。

"您为什么站在这下面让人碰撞，杰瓦特尔·费利佩？这您不清楚。那么您就去问一下马兰德里尼。您是'定亲'旅馆的老板；可是这里只为他安排了包厢。当然，因为他的老婆跟波利太太是姊妹，这个烟草商是医生卡皮塔尼的舅舅，卡皮塔尼的老婆又是市长的外甥女！"

"这些士绅抱成一团，"与锁匠斯卡尔佩塔一道从顶层楼座下来的锁匠凡塔皮耶说道。"能帮助民众的唯独只有唐·塔代奥。"

鞋匠马拉戈迪面孔涨得通红。

“我可以说，我们要死在裙带关系之中。为什么我没有成为市议员呢？因为我的女徒弟埃莱娜拒绝干塞韦里诺·萨尔瓦托里要求她干的事。士绅们要求……”

“士绅们！”面包师气呼呼地说道，同时他那像核桃钳子的大头在他的窄肩膀上直晃。“难道还有这样的士绅！可你们只要看看那个现在把他第二老婆毁了、还在作为保险公司代理东奔西跑的焦孔迪，就明白谁更是士绅，是他还是城里第五大纳税人的我？可是因为他的第二个老婆姓帕斯泰卡尔迪，是律师贝洛蒂姐姐的姑子，所以焦孔迪有包厢，而我没有。并且在剩下一个包厢时，他们宁可空着也不给像我这样的人。”

“这种要求对我也适用，”——这时老酒馆英雄泽基尼挺着他的肚皮挤进了这一堆。“因为如果由于破产而得到一个包厢，那我也必须得到一个。”

“究竟什么事？哪个包厢？”加利莱奥·贝洛蒂粗声粗气地叫嚷。“你们难道不知道那个空包厢属于律师的吗？不然的话，他就只有我们姐姐的包厢、约莱·卡皮塔尼的包厢和俱乐部的包厢。你们一定都懂得，他这样举足轻重的人物还必须有第四个包厢。”

小萨韦佐好像是无意地陷入了这一堆。

“我们有律师贝洛蒂就像罗马曾有恺撒一样，”他宣称，“这不足够吗？出于对我们的大人物的钦佩，我很快就把我母亲和我姊妹必须待在家里的事给忍住了，因为这里没有她们的包厢。”

“我们必须是像您一样的羔羊，萨韦佐先生，”老制绳工人费耶拉贝利说，“这样就可以看不到世界上无公道了。”

理发师德鲁索对此加以确认；理发师博诺梅蒂提出了异议：

“律师为民众办了许多事。像萨韦佐先生说的那样：他是一个了不起的人物。”

“什么，了不起的人物！”——这时加利莱奥跳了起来。“要说有人了解律师，那就是我；而且我告诉你，他甚至连了不起的人物的粪便都不如！”

马拉戈迪的妻子插嘴说：

“我必须摘下来的我的帽子，论价钱不会比帕拉迪西大娘戴在头上的大帽子便宜。可是她却坐在一个包厢里。”

“曼卡费德的店员不是也跟他一块坐在包厢里吗？”她的丈夫在喊叫。“因此他就把他们的津贴省下来了，这个老吝啬鬼！”

“除了唐·塔代奥外，没有人能帮我们对付这些士绅，”锁匠凡塔皮耶顽固地加以重复。面包师说道：

“我还知道一个能帮我的人，那就是我。”

他把他的老婆及他的四个孩子从座位上拖起来，再向面前的一大堆人推过去。

“到哪儿去，克雷帕利尼？”

“我要去检查一下空包厢属于谁。一起去吧，马拉戈迪！”

鞋匠也将他家的人聚到了一块。

“如果坏了事，有我们大家在！”肥胖的泽基尼叫道，一边用他的肚皮在人群中突破了一个口子。整个正厅中后排座处掀起了轩然大波。

“难道你们在那下面发疯吗？”顶层楼座上的人在喊叫。

“安静！你大概想挨揍，让民众挨饿的家伙？我们听不见乐声了，再响点，音乐老师！用喇叭叫他们住嘴！”

大多数人现在才发现乐队指挥已站到位置上在指挥了。他没有回头去看喧闹的人群，而是低头让双手非常轻柔地挥动，就好像他单独和他的管弦乐队在一起。差不多已经到了出口处的面包师克雷帕利尼突然后退，因为一个啃咬过的苹果猛地飞向他的耳朵。鞋匠感到有种湿漉漉的东西啪嗒一下打在他的秃顶上，而且楼上有年轻人的欢呼声：

“到中间去！”

整个的喧闹突然停止：剧院一片黑暗，灯全都不亮了。人们都在恐惧地相互试图看到对方的脸。大厅里是此起彼伏的被压制住的、不熟悉的叹息声和用脚蹭地的声音。某种威胁滚滚而来！“有什么事？”包厢里的人突然跳了起来。一个女人在喊：

“天哪！有人杀我！”

顶层楼座冒出了声音：

“失火了！快出去！我们大家全完了。”

“肯定不是！”一个尖细的声音在叫。这时人们仔细一听听出来了，这是律师贝洛蒂的声音。“什么事也没有，你们就让我处理吧！”

焦孔迪先生突然爆发出一阵狂笑，他的两个女儿不得不将他按在椅子上——而紧接着顶层楼座上的人也明白了：

“这是律师干的！这是律师的一个恶作剧！爱开玩笑的家伙，快去吧！……够了！我们要灯光。埃莱努奇到哪里去了呢？……好啊，律师！”

“现在你们看到他是个了不起的人了吗？”理发师博诺梅蒂在喊叫——这时律师在黑暗中鞠躬。

当灯光重新亮起来时有人在喊：

“啊！我们还要弧光灯。”

“安静！又在演了！”

“这是皮耶罗，这是他！好啊！你很漂亮。”

“圣母马利亚万岁，因为他的状况很好！”

“安静，讨厌的女人！……罗马的一个广场，你说呢？可这是我们的泉眼！只有那个拱门我们没有，可是城里应该造个拱门。”

“啊！皮耶罗，那么因此现在要取决于你的托涅塔。你为什么把她赶走，你为什么不听我们的话，因为她是无辜的，否则我愿意变成瞎子！”

“再来一次！再来一次！”

“他脸色多苍白，丹特！”

“时候到了，因为天渐渐黑下来了。已经告诉他托涅塔变成了什么样的人的朋友都走了。他一个人站着，将脸埋在外套里，并且在哭……他在唱。哦，克莱斯蒂纳，你听这，你听！我现在又明白了，当我认为你欺骗我时，事情会怎样！”

“在角落里？这是她！这是托涅塔！”

“别说话！会发生什么事呢？”

“……快把你的手按在我胸口；我气都喘不过来了：她已经认出了他！”

“鲁菲尼，你在说什么？我进城是来卖一头小牛的，而不是来为这些编造的事流泪的。我也不为她流泪，而为三年前我被烧光的房屋和屋内丧命的我的幼小的儿子流泪。这乐曲是这两件事创造的吗？我似乎感到我又在废墟里乱爬。我真的不愿离去，因为这是别人给我的第一个真正的安慰。”

“他会相信她吗？他会吗？……他相信了她！”

“这晚了一点。我说不定就不会再要她了。”

“你毫无诗意，马兰德里尼。你听吧，他们相互在唱什么。他们好似觉得，他们就像在新婚之夜时一样，正站在他们家前月光穿透的橄榄树下。人在爱时就有这样的幻觉。”

“你从哪里知道的呢？”

“喏，波利，又唱起了：‘看吧，亲爱的，我们四面开满鲜花的家’。”

“可这很明显不能与我们的留声机相比。再说这也不错：‘让我们寻找我们的床。’我没有看见床：全是石头，而且天上看起来要下雨。啊！他们说，他们想躺在那个拱门下。赞成；可是他们是否会演得我们还能让奥林多留在这里……什么事啊，焦孔迪？”

“乞丐，这是他。噢！卡瓦列雷真滑稽。你们看他，姑娘们！我已经了解他了。他把这演给我们看过，我还给他提过些建议……好啊，卡瓦列雷！”

“好啊！再来一次！人们笑得多开心！我再也忍不住了。”

“现在他们单独在一起，在背阴处的他们几乎没被认出来；你听这歌声一再回响：‘看吧，亲爱的，我们四面开满鲜花的家让我们兴旺发达……”

“啊，尼纳，你的竖琴！”

“我真不敢相信，我还在人世间。”

“为了以后像这两个人一样幸福，现在的不幸或许也值得。”

“由于……他们怎么啦？为什么不鼓掌：大幕关起来了。”

“可是管弦乐队还在继续演奏。有人说他们会一直演奏到演员们在舞台上休息并再唱时为止。”

“乱弹琴，我现在出去抽支烟。真的什么事也没发生。”

一些戴着大帽子和五光十色围巾的年轻人，他们两臂交叉，相互注视着频频点头。

“现在发生了这么多事！这可能吗？这样的生活！如果有朝一日民众有了公道，那么因此就会这样。”

“可是这，”——此时老文学家奥尔滕西颤巍巍地摊开双手，“啊，这超越生过一个天使的那个民族的幸福的爱。噢，贝亚特里切，因为这是一个离开用自己的战斗而夺取的国家的英雄的逊位的悲壮行动。这是一个临死者的爱！这不是最终我们现在所拥有的吗？”

老太太不作声，她抚摩他的一只手。

“多遗憾，”药店老板阿奎斯塔帕切对帕斯泰卡尔迪的遗孀说，“加里波第不熟悉这个乐曲！如果他要唤起我们将自由这个目标紧紧盯住，那或许他就一定会让奏这个乐曲。我真的感到，现在我在注意听时就好像我又看见了这位英雄本人的脸。”

小萨韦佐在俱乐部包厢里斜睨自己的鼻子。

“别人的事与我有何相干，管他们在幕前或幕后，是活还是死。这只适合于我，因为只有我掌握了命运、能战胜压制我的人并变得强大，变得有名……这种乐曲我或许能够写出来；同样有人会从我手上将它抱去。”

律师贝洛蒂在他秘密探访的约莱·卡皮塔尼太太包厢的后面踮动着两个脚后跟，两眼不安地在地板上来回搜寻，心里想着打倒唐·塔代奥、建一个报社、活跃城市以及使城市幸福。“我从来没有感到过，我是多么离不开她！”他已变得模糊的双眼迷离恍惚地从脚下经过仿佛是城里广场一样的医生太太的屁股，一直扫到她胖胖的脖颈的裸露部分。她转过头来；他说道：

“写这个乐曲的人他知道什么是一个了不起的人物。”

在他们的楼下，一个女人突然拼命放声抽泣。他们注意倾听；气氛又保持安静了。

“是卡穆齐太太吗？不可能。她太有教养了。那么她到底有什么理由抽泣呢？”

“哦！每个女人都有抽泣的理由，”约莱·卡皮塔尼回答道；律师满意地看出来，她的不自信的目光毫不掩饰地流露出一种恳求。

“好啊，音乐老师！”

乐队指挥在他的椅子上转了一圈，并坐在那儿连连鞠了几躬，几缕头发粘在额头上；每次他都草草地、不在意地向他的管弦乐队的合作者们挥动指挥棒，就好像有一种不合理的法则在强迫他这样做一样。

“最后听起来仍然又是悲剧，”罗西纳·焦孔迪暗自断定。“幕拉开时，这就显示出来了……当然，人们看到的第一个站在客栈前的人是坦克雷迪伯爵，据说当时是他勾引了托涅塔。那个曾经想得到皮耶罗、现在好像是老板娘的女人给在她对面此刻必须补鞋的皮耶罗拿来了吃的东西。她将她的一只脚伸给他，她在勾引他。那边的托涅塔大概对此有所觉察，所以她也从她的破梯子上下来向坦克雷迪卖弄风情。我的可爱的一对，幸福已经又毁灭了。这我知道。人太容易抱希望——可是连奥林多·波利都落了空，否则在长长的幕间休息时他是会来看望妈妈的。”

“务必注意，皮耶罗！”顶层楼座上有人在喊，“他把她从你那里夺走了！”

“安静！”这他已看到。坦克雷迪已离去，所有的客人已离去：现在她是自作自受。

“什么，丹特！你怎能对可怜的托涅塔这么凶。我，你的克莱斯蒂纳，对她太理解了。”

“尽管他同情过她，可是现在她欺骗他，这你懂吗？”

“我懂得她说的话：‘你从前曾经对我不公正，我是无辜的。’”

“可是他说的也对：‘从那以后你是每况愈下了！’因为她是妓女，不是吗？”

“他曾抱有另外的想法吗？”

“好！他把她关在里面，他走了。她活该。”

“别走开，皮耶罗！另一个男人要来了！”克莱斯蒂纳大声喊叫，喊得内洛·真纳里停住脚步，并回转头来。包厢里一些人在笑。他用其角色中阴郁的目光向大厅张望了一秒钟，然后将两个拳头向背后一推，走进布景内。他在布景边上站着。弗洛拉·加林达在那前面依在窗台上唱她的咏叹调：“不再知道爱真是如释重负。”这是她最好听的咏叹调，她像天使一样在唱这段咏叹调：完全可以肯定这段她必然会重唱……没有重唱？掌声寥寥，并且他们都被带到了沉默的境地。

“人们都很好奇。他们感到紧要关头到了；有可能他们的心在怦怦地跳。大厅里不再有说话声，不再有其他杂音。是的，眼睛都紧紧盯着！加迪上场了。他手持他的鞭子，晃着他绷得紧紧的肚皮，同时将裤子高高提起。这个可怕的家伙！他在帮我的托涅塔从窗户里钻出去，把她领到街上，想把她拖走。她仍在反抗；但是可以确信，她会跟他一起走：我很不幸。”

“我亲爱的，”已经擦去脸上油彩的卡瓦列雷·杰尔达诺在他背后说，“您对我的乞丐评价如何？多么成功！您只要说一句！”

这个年轻人在他的沉思中陷得太深了。

“加迪很了不起。‘我不像他那样嫉妒；我喜欢这些妓女’。这是他最精彩的唱段……他们不作声，手也不动。这可怜的朋友！他已将左手贴在胸前准备鞠躬。可是你忘了，我们在这里就是要使他们激动。他们愿意因为我们而心跳得飞快；而没有人替我们想想。第三个包厢依然空着……那后面的一对眼睛饱含着热烈的情感！我似乎感到他呼出的热气已飘到这里来了。你立刻就会满意，我的先生们。告密的人伊塔利阿马上就会喊我；我将冲上前，我将把他们俩——啊，阿尔巴！”

他将肩膀耸起，闭上眼睛使劲摇头，再将脸猛地支在双手上。

“这可能吗？对我心灵呼唤的一切得不到回响吗？面

对空包厢表演？此后呢？什么此后？”

“我在这儿！”——这时他走了出去。仇恨和充满仇恨的痛苦使他颤抖。他感到这颤抖由他传到了不认识的人群中，传到了在那后面陷入黑暗的世人中。他们的喘息就是他的喘息，他的歌声为他们的痛苦而发。当他与这个勾引者——老爷搏斗时，他感到了轻微的恐怖呼唤声。此刻他杀死了他——这时爆发了欢呼声，而且有鲜花落在他身旁。

“是你？说真话！说真话！”

“要宽恕！”一个女人从楼上喊；可是他一刀刺了过去。

“我只爱过你，皮耶罗，”濒死的托涅塔从嘴里微弱地吐出来；顶层楼座上的丹特·马里内利的恋人说道：“这你听到了，丹特？”

“好啊！全出来！音乐老师！”

乐队指挥已经跑开。几位演员将他从布景里拖了出来。当他去抓的那只手握住他的手时，他才发现那手是弗洛拉·加杯达的。她在向观众表示感谢，这时她将身子半转向观众，脸上带着温柔的、屈尊的微笑鞠着躬。男中音圆而黑的嘴明显地表现出他的激动；伊塔利阿向一直挤到台下的所有鼓着掌的人抛着媚眼；内洛·真纳里除了缩下去又被卡瓦列雷·杰尔达诺拽上来之外，毫无其他表示。

已擦去油彩的杰尔达诺却仍穿着乞丐服在不断地痛苦屈膝。他在用他一只空手向大厅招手示意。

“好啊，卡瓦列雷！”卡穆齐太太的喊声特别响；地方行政长官菲奥里奥又一次回到包厢，以便使向这位著名歌唱家表示尊敬的掌声更热烈。

当卡穆齐太太想跟在她丈夫后面时，小萨韦佐站到她包厢门口将她堵住了。

“夫人，”——他盯着她的眼睛，“男高音昏厥是真的。他当时感到很难受，因为那个包厢一直空着。”

在卡穆齐太太脸色变得苍白时，他好像是出自谨慎而斜睨着自己的鼻子。卡穆齐在向后退。

“您为什么对我说这事呢？”她压低嗓音问道。她将一只手按在胸前。

“仅仅是为了告诉您点新闻。我希望我是头一个。”

她的目光在大厅里无目的地乱扫，然后落在仍在鼓着掌的人群中的小塞韦里诺·萨尔瓦托里身上。“他想娶纳尔迪尼小姐，”她心里在想，“而且他会去持剑格斗。啊，背信弃义的家伙！我要叫人杀死你……”

她由于这种想法而眩晕；她坐了下来。

“可是小萨尔瓦托里自命不凡，而且会去自吹自擂。再说决斗是不可能的。老纳尔迪尼会知道是谁将他的孙女儿卷进了丑闻。他很有影响力，那么我丈夫就会失去他的位置。啊，真不幸，跟这样一个丈夫的利益绑到了一块！”

她鼓掌，她喊叫：

“好！好啊，真纳里！”

“我需要一个比他更加自命不凡的人，”她心里想，“为了使这个人守口如瓶，他得像我一样怀有仇恨。在纳尔迪尼家的金钱面前，他一定要比花花公子小萨尔瓦托里有更大的欲望；他一定要贫穷和好虚荣，这样他才没有疑虑。”

这时她对身旁的男子吊起眉毛投向年轻男高音的一瞥感到吃惊。萨韦佐出于忌妒而撇着的嘴、有麻点的面皮上的苍白似乎在向她预示着成功，他交叉着的两臂上的肌肉使她恢复了精神。她在他的漆皮皮鞋上看见一些涂成黑色的皮纹：这时她下定了决心。

“我丈夫将在外面找我。您现在一定要陪着我，萨韦佐先生。”

“律师万岁！”有人在他们身后喊叫；在卡穆齐太太四下看时，律师贝洛蒂作为受到祝贺的一串人中的一分子正在行他的屈膝礼。她的丈夫正好来了，卡穆齐太太朝着他快活地微笑。

“他们忘了喊：‘市政厅秘书万岁！’”

“好啊，律师！”——这时顶层楼座上的人全挤成一堆高悬在他的头上。他容光焕发地朝上看。

“啊，民众？”他喃喃自语。

“别再哭了，克莱斯蒂纳，”丹特·马里内利在楼上说道。“他们没能活得更长；皮耶罗作了了结，这更好些。”

“可难道她有错吗？”

“或者他有错吗？这是她的命。”

“那我们的命怎样呢，丹特？”

他搂着她的双肩。一股离席的人流将他们卷了进去。他们挤在一起消失在人群中。

“剧院已经走空了，”曼多利尼老太太说道，“我们可以走了，奥兰多，不用怕他们撞着你。拉着我的手：我们在走廊里，这里是楼梯。”

“结尾真是激动人心，”女管家说道，一边从肩的上方回顾了波利和焦孔迪先生一眼。

“结尾远不只是激动人心，”瞎老头说道，“这些事情，贝亚特里切，比发生在我们村，也就是在我们窗子底下的爱情悲剧更深深地打动我们。为什么呢？是什么赋予了这些事以重大意义？”

“民众对这些事的同感，奥兰多：我们所爱的民众！因为这仍然是我们曾为之付出了我们青春的民众。你听到他们是如何鼓励那个不幸者问那个老爷，就是那黄胡须的老爷执行他们的判决的吗？”

“由此可见这是个信号！”文学家叫道，“这是我们所投身的事业的一个信号！可是即使我们所投身的事业也只是一个信号，因为人类总是必须重新推翻统治者，精神一定会与权力较量。”

“我们会到场。”

“可是这个皮耶罗还是把他的托涅塔杀了。这意味着：我们的斗争大概会毫无结果；而且自由这个目标跟死是连在一起的。这对吗？”

“不管怎么说，”他的女友回答道，“我们都必须斗争。”

他们走到了露天里。

“我跟你一起走，奥兰多，因为我的孙子将把尼纳·赞皮耶里带回家。这很好；但愿他能娶她，能娶这可爱的小姑娘，这样她可怜的妈妈就不要再花销了。”

“现在开始下台阶了吗，贝亚特里切？”

“对的；阶巷的照明是这样差，我看得见的几乎并不比你多。你跟我靠得更牢一点，朋友。”

“他抓住我的手臂，太太，这会更好一些。”——这时女管家将她的一只手臂塞到两个老人之间。“请您抓住，奥尔滕西先生！”

她悄悄地说道：

“你别再跟她说话！整个晚上你只关心她。”

老太太富有同情心地微笑着。

“只管朝前，奥兰多！我始终在你后面。”

他们慢慢地走进黑暗中。

烟草商突然喊叫：

“奥林多在哪儿？”

他停了下来；波利家人和焦孔迪家人在阶巷内拥到了一块。

“你难道从不注意你的儿子，克洛蒂尔德？”

老焦孔迪将头后仰发出一声：“哎！”——这时他的两个女儿将嘴往下一撇，互相看看：或许她们都知道此刻不在的这个年轻人会干出什么事。

“他回家时有他好看的！”波利作了结论。

奥林多在贝洛蒂房屋突出处的后方听到了这句话，他吓得直哆嗦。然而在他家人几乎还没拐弯时，他就大步跨跃着又到了山上，继而挤进了剧院。理发师诺诺吉在暗淡的舞台前台靠后的地方跳来跳去，脸也扭歪了，并突然将身子折成两部分。

“真像卡瓦列雷！好啊，诺诺吉！”朋友们朝台上喊。声音来自半明半暗的大厅前方的一个角落和城市留下的烟雾中。

“人们也应当向我们鼓掌！我倒要问问，没有我们怎么会有《可怜的托涅塔》。上去，阿莱巴尔迪！布兰迪尼，上去！”

奥林多·波利在他们背后穿过了舞台的门。

“当时你们的乐谱上给你们呈现了什么样的情景？”朋友们问道。“啊！阿莱巴尔迪把低音大号吹得他的裱糊壁纸都要飞出来，母鸡卢恰的母鸡都要死掉。啊！炮兵布兰迪尼将黑管架在炮架上，诺诺吉对着他的刮胡子用的圆镜子吹他的长笛。他做出多滑稽的鬼脸！你们都是了不起的艺术家！”

乐队指挥走来寻找他的帽子。他把头伸到一只只椅子下；在他走出来时，他们看他站在那里微笑。

“如何，音乐老师？我们向他们表现出来了我们会什么！”裱糊匠说道。

“是的，是的，你们都是规规矩矩的人，”——这时乐队指挥只是轻轻碰碰手，而不用眼睛看任何人。

“我从你们身上得到了可能有的一切。”

这时他从提词人隐蔽的包厢旁边拿到他的帽子走出去了。

“怎么啦？”裱糊匠说道，然后看着裁缝将一个拳头落在谱架上。

“他大概疯了，”布兰迪尼说道，“我感到他整个晚上都很异常。”

“他不是还——？”诺诺吉说道，好似有什么东西从一只空手里倒进了嘴里。

裁缝找到了要说的话。

“他是个坏东西！”他语气很重地说道。“我错把他当成了好人。可还是有人及时告诫了我。”

“你们听裁缝说的话！”诺诺吉叫道。“他懂的比音乐老师和我们都多。他将教我吹短笛。”

“这个坏东西，”基亚拉伦齐重复道，“他认为我的低音大号独奏得不好；他甚至冒犯弗洛拉·加林达小姐，他没有将她的咏叹调重来一次。”

“甚至小姐！”理发师挖苦道，“这小姐可笑。也就是说，她曾在小酒馆里唱过。在您和您的一帮人给农民演出时，倒是可以带上她！”

脸涨得通红和一时语塞的裁缝正准备出拳，可诺诺吉已经溜了。诺诺吉在外面的冬青栎下找到了乐队指挥；他摊开双臂向他蹦蹦跳跳地走过去。

“该多不幸，音乐老师，跟裁缝和平共处是不可能的！他没有一天不诽谤您。他说您喝醉了酒，说您不乐于看到别人取得某种成就。这您听见了吗，音乐老师？裁缝把自己看成是比您更了不起的艺术家！”

乐队指挥的帽子戴在后脑勺上；他倚着一棵树。

“好，我亲爱的，”他说道；可他笑得很奇特，“一切都顺利；我很满意。”

“可是裁缝——”

乐队指挥做了一个打发对方走开的手势。当他离开树干直起身子时，身体明显地在摇晃。

“由此可见他是真的喝醉了，”理发师说道，“这我根本没有想到。”

他惊异地看到乐队指挥顺着台阶往下跳。他突然一步跨了三级宽台阶，继而毫不困难地越过了路缘石。

在贝洛蒂住宅旁的一块倾斜的小空地上，他挺直身子，将脸朝向空中深深吸了口气。“也就是说我看到了民众！这民众就是音乐大师维维尼为之创作他的歌剧的民众。我知道，显然我不孤立；民众在听我们的歌剧！我们唤醒了他们的心灵，我们……他们将心灵交给了我们！现在我明白了：在我谱曲时，随海风掠过我房间的是什么声音。这些民众，他们在为我们创造，他们的感受和他们发出的声响就在我们心中。在《可怜的托涅塔》的乐曲中他们又辨出了他们自己的声调、他们的姿态和他们的节拍。极其真实的音乐和思想内涵或许胜过了他们以往经历的生活。他们从未从他们的卫城上看到过土地非常辽阔的国家，从未看到它是如此充满光明，也如此充满恐怖。被美化的尘世情感使他们的境界在爱情的强烈欲望中得以拓宽；斗争、欢乐和痛苦与他们的尘世生活在音调上达到了和谐。这些歌剧人物比他们，的确比他们更强大、更纯洁。在这种情况下，做人是他们的幸运。他们相互爱恋。而我们——而我们——"

"一个醉鬼吗？"卡穆齐太太在靠得最近的阶梯平台上对小萨韦佐说道。他耸耸肩。

"音乐老师：一个什么也不考虑的人。"

"可是请您注意，什么也别让我丈夫和律师听见；他们刚好在我们前面，在那个角落后边。这必须始终保密，我们上层家庭中的一个家庭的利益要求这样做。这唯独关系到阿尔巴：我是她最要好的朋友——就可能是已成半个修女的这个可怜的小姑娘的朋友的人而言。这个男演员就对她也不放过……因为——但愿我们不会弄错——他已经勾引过她。此刻在您已经澄清的情况下，萨韦佐先生，我非常明白他一大清早从城门口回到城里来这意味着什么，因为这个时候公路上还没有人，而至少有个可疑的演员。"

在她听到她的随行者咬牙切齿的声音时，她解释道：

"他每次都脸色苍白，而且精神极度紊乱；您观察他一夜，一夜，足够，一夜。"

"这跟我有什么关系，"他从牙缝里挤出了一句。

"怎么？难道您没有心肝吗？您不懂必须救阿尔巴，

而且您必须救她。”

“我不是她应该下嫁的耶稣基督。”

“噢，我的先生，您亵渎……可是我们可以负责向她祖父说明：这对这位可怜的老人可能很危险；而且警告阿尔巴也无济于事，因为她在确定行动的时刻和行动方式方面想必并没有神经错乱。这不行吗？现在除了将这个男演员除掉别无他法。”

她感到她身旁的这个男人的头像拨浪鼓似的在动，因而他快速轻声说道：

“噢！用灵巧的手法，不要危害他的生命。”

接着他们停止说话并放慢步伐，因为律师在他们下面站住了。他将胸脯和一个手心转向他的对手。

“我再也听不懂您的话，卡穆齐，尽管我对您说一些难以置信的事已经习以为常。不就是我们的演出质量很差，是小地方的水平吗？算说得对。管弦乐队和合唱队纪律松懈，部分演员太年轻，部分演员太老吗？就算也说得对。难道音乐大师维维尼的《可怜的托涅塔》，这部使世界都为我们种族的天才所征服的杰作也不大有价值，而只是在定期集市上表演的乐曲和小歌剧吗？即使这也算实话。可是现在您只对我说一点：如果我们不举行活动，那么我们城市的交往、思想上的清醒、进步何在呢？”

律师仰着头，张着嘴在等待回答。对方在不出声地狞笑。

“您宁可问：个别人的虚荣心在何处得到满足呢？”

律师张着嘴在大口喘气。

“个别人的虚荣心是在谋求公共福利，我的先生。您见到过一个国务活动家变伟大了，他的国家不同时变伟大吗？”

他的喊叫声甚至连乐队指挥都听见了。可是乐队指挥用一只手将它往外一推，而他拼命地反复说道：

“可以从民众的宝藏中汲取营养的我们必须热爱民众！他们会把我的作品当成他们的加以赞赏吗？从那山下模糊不清的城市里升起了歌声：‘看吧，亲爱的，我们四面开满鲜花的家’——我的歌剧将来也会在所有巷子里，也会挂在所有人的嘴上吗？他们会称我伟大吗？——因为我曾热爱他们。……天哪，我感到头晕。请您原谅，我的先生。啊，夫人，请您原谅我！”

“究竟怎么啦，音乐老师。我们让您走过去……他好像不是被酒、而是被他的音乐灌醉了，这个可怜人。可是您，萨韦佐先生所具有的勇气比我想象的要少得多。为了一个好的目的去把一些葡萄藤折断，把在维拉斯库拉游荡的那个演员是个罪犯的看法告诉那个农民，这您不愿去干吗？对于一个具有如此之多聪明才智的男人来讲，去驾驭这样一个粗人的手该多容易，多令人感激呀！事后他自己也不知道是您在操纵——可是在此期间这个勾引者已经遭到警告：噢，不会有什么严重的事，我们的农民太机灵了，可是这真的就足以使他此刻不再有危险和使他以后不要再打我们一些上层家庭女儿的主意。大老爷纳尔迪尼将会酬谢您，您可以从他那里得到一个女仆。”

他冷冷一笑。

“为了这个大老爷，我可不敢以我的自由当赌注；我不向他要酬谢，而是向您要酬谢，夫人。”

卡穆齐太太叹了口气。

“这是我预料到的，因为我很清楚您具有非常坚毅的性格。如果阿尔巴不属于神的话，那么她就是您的，这总比那个流浪者将她拖向痛苦要好得多。我答应您，我将为您采取行动，就像您为我采取行动一样。我得向阿尔巴说些话，使得她仇恨她的情人，并将她推到置这个情人于死地的男人的怀抱。请您相信我！……我们别落在后面太远了！音乐老师这个笨蛋与我丈夫和律师发生了冲突。”

“没有什么关系，”律师在喊叫，“您可以仔细听，音乐老师。我们没有秘密。这只是我与朋友卡穆齐之间的一次小小的清算。卡穆齐先生，因为我们只要认真看一下，那么我们就会发现：在这个城市里没有哪一件革新、进步和为民众服务的事不是遭到你的反对，并不是由我促成的。是谁反对重修郊区道路，又是谁使郊区道路得以重修的呢？是谁想不给可怜的妇女们建她们应当有的洗衣房，又是谁使她们得到了洗衣房呢？我不需要使您记起为电灯和戏剧演出所进行的还没有结束的一些斗争。一些事物的出现，您从来就是不赞成的。卡穆齐先生，我可以说您甚至是否定之神，而我，律师贝洛蒂才是行动的守护神！”

“可是我丈夫，”卡穆齐太太在上边说，“穿着做工精良的燕尾服。您不认为这个律师有些粗俗吗？”

萨韦佐回答道：

“那么，我指望您了，夫人。如果我指望错了，”——他交叉着两臂；她看到他的肌肉鼓了起来——“那当然我或许会让这个演员将他所知道的关于城里女人的一切全说出来。”

她一边从下面微微瞥了一下他那威胁的目光，一边玩弄着手里的扇子。

“还有关于男人的呢？”她温和地问道。然后她坦诚地微笑着抬起头。

“我们相互了解，萨韦佐先生；如果我们永远不互相误解，那我们会非常强大。如果我们能够在另外的地方，比如在一个大城市生活，谁知道我们——一个具有非凡天才的男人和一个并不很普通的女人会变成什么样——”

他插嘴道：

“——比如在没有偏见的人群里，在兴趣和爱好的狂放游戏之中。这您是在对谁说呢？您以巨大的力量扫除了从我生存的基础上产生的一切怨恨。在那里，我或许会是一位使世界动起来的政治家，或许会是一位道出民族良知的伟大诗人。首先我感到我能胜任。在这里，我不属于有支配地位的家庭，所以我被轻蔑地搁置一旁，并出于忌妒遭到每个高人一等的人的咒骂。”

“在这里，我有一个现在是，将来也一直是市政厅秘书的男人。在这里，我必须伪装：为了他的欢乐而伪装，为了他的痛苦而伪装。”

“或许是一年到头的虚伪使我们今晚如此开诚布公地谈话的吗？”

“或者，”卡穆齐太太喃喃自语，“并不是只有音乐老师被那音乐弄得异常激动？”这时她面色非常苍白，两眼闭紧，以免眼泪流出来。

他们默默无语地下最后一段台阶；律师在下面直挥手臂。

“要是没有您，那我还真成不了大家都公认的人物，不是吗，卡穆齐？或许正是您的对立才激发了我强烈的首创欲望，因而才使洗衣房和戏剧演出、郊区道路和电灯成为现实。有时我想：有朝一日我们热衷政治的选民的年迈代表总是要退休的。您把脸扭歪了，卡穆齐，尽管这样，可卡瓦列雷。兰泽罗蒂还是要即将退休；而且有可能民众出于对我个人的尊敬，将我作为他们的代表派到首都去——我现在只是作这样的设想，如果我在议院里又重新找到了您，卡穆齐，那就好了；因为您或许会使我更伟大……我显然是在说大话，您说呢？朋友，您不懂什么叫欢欣鼓舞，否则您今晚就会欢欣鼓舞了！”

他向两个走过来的人伸出双手。

“怎么啦，夫人？运动和行动，这就是一切，这也是音乐大师维维亚尼的音乐作品教导我们的！”

“一个女人无法行动，”她说道，“而且我到过男演员们那里，明天我一定要向唐·塔代奥忏悔。这个期间良心上的谴责让我难以成眠。”

“我亲爱的，我知道事情会是这样的结果，”卡穆齐说道。

“音乐老师呢？”律师朝巷子上面喊。“我们把他给丢了。”

音乐指挥在离开这段难走的坡道前，他再次向下面模糊不清的院落和房舍招手示意。他似乎感到那些地方充满着静听的人的呼吸声。

“对的，我将使你们感到愉快！你们将由于我而变得更幸福和互有爱心。一个姑娘，她在朝窗外唱我的咏叹调！一个小伙子，他拎着满满一篮石膏像在灰尘中穿行，而我的旋律使他感到街道也不太热了！我不是变成为像国王一样的人了吗？他的像铸在所有人手中的各种硬币上——他的像可是整个民族的象征！”

他跑到了台阶的尽头。

“我们大家是会聚集在这里的，”律师说道，“尽管我们的剧院现在的位置不在正中心——您极力反对您的，卡穆齐，但在这个中心点上建一座新的城市剧院将是我们的下一个任务：这样就可以使我们轻易取得一次胜利，但愿这能受到各方人士的欢迎。”

“每个人都以他自己的方式来获取这种轻易得到的胜利。”卡穆齐太太回应道。

她坚持要回家。在她门前大家分手。当律师、萨韦佐和乐队指挥打算去参加“前进”咖啡馆激动的聚会时，律师看到弗洛拉·加林达从阶巷里拐出来。他立刻向一起走的两个人打了声招呼，继而匆匆穿过喜庆的拥挤人群，向她迎上去。她抢在他致意之前说道：

“啊！律师，您是我可以依赖的人，请您向我念一下您的评论文章……如何？这篇文章您还没写吗？时间都被您瞎扯掉了，就像这里所有的人一样！”

当他结结巴巴时——

“啊，律师先生，在我的想象中我把您摆到了很高的位置，说不定您要费很大的劲才能坚持在那里……我们到市政厅拱门下面去吧：那里面背光，我恨这些盛装的女人娇滴滴地跟男人说笑，她们毫无益处地到处游逛……那么请您告诉我会写些什么！”

尽管他竭力申明，他必须悠闲地在他的斗室里为这篇文章作准备——

“您有理由用大部分篇幅来谈卡瓦列雷。他是有名望的人；他的艺术水准无疑最高，他的嗓音最出色。这您不要忘记，律师先生！赞许加迪时，说他十年来一直处在他技艺的高峰一点也不过分。”

“这种赞许在什么地方都不会引起好奇心，”他心里想；她用一种微妙的、敏锐的目光瞥了律师一眼。律师轻轻喘息着，嘴唇翕动了一下，就好像他已背下了她的话。

“至于伊塔利阿，为了给她争面子您会强调说明：由于她的形象耀眼，观众连删掉了她的两段咏叹调都没发觉。还有可怜的内洛，他给您提供了打动有血性的读者的机会：他真的是难以承受紧张的歌唱而陷入严重昏厥的。音乐老师——”

“我根本不提他，”——这时律师由于激动将一只手张开。他心想：“她不会平白无故地把我引到这里来的，这一点我明白——”他在她前头走进市政厅非常暗的院子里。

首席女歌唱演员说道：

“这不行。尽管他缺乏正规的基础教育，也就是说他是个业余爱好者，但他还是很杰出的。因而观众不只是出自于地方观念而对几位主要演员的友好姿态表示赞同，也就是说，同意他们在接受掌声时也愿意将音乐老师拉到他们最中间。”

“这当然几乎可以说是公正的！”律师叫道。“我越来越钦佩您了。而关于您自己——”

“嗅！那是微不足道的。您就别提我了！”

“我会说，弗洛拉·加林达暂时还仅是在我们小城上空闪耀的一颗星。不过很快它就会在首都的上空升起，甚至在巴黎、伦敦和纽约的上空升起！”

“您是个天才，律师。”

“我补充一下，为了不太快地失去您，我宁可保持沉默。可是实情迫切要求澄清。”

他将手捂在心头，往前迈了一步。她向后退了一步。

“因为您当真这样说，律师先生，所以我不必感谢您。像您这样的一些男人，如果只在他们合意的地方表现出善意，那他们就会在感情上受到伤害。”

“我们应该互相多多理解！”——这时他非常急促地喘息着，并再次向前迈了几步。他将身子弯过去，直到她的后背触到了墙上。她的左右两侧是他滚圆的臂膀。她的双手插在她风衣口袋里，双肩一直高耸着，好像很冷；可是她却冷静而热情地对他说道：

“所以我什么时候也都没有怀疑过，您会跟其他一些有权势的人一样。这些人为一个女演员做了事，他们就会为此而向她要回报。您自己肯定了解伟大抱负和了解天才赋予我们的巨大责任。我知道您，律师：如果侮辱一个跟您同样的女子，那您自己也会感到受辱。”

“该多正确！”他透不过气似的说，“这是我考虑问题的方式；您教我对它有了更正确的认识。”

“我并不能经常这样对一个人说话。请您拿开这只手，我的朋友！”

律师将按在她眼角上的手拿掉了。

“我感谢您说这些话，弗洛拉·加林达小姐；我可以宣称，我理应听到这些话。”

她将在他两手间的她的一只手抬起，马上又断然放下。

“您使我伤心，律师先生。”

“哦，请原谅！”——这时他低低地弯下身子吻她的指尖。接着他大大方方地走向一边。她歪着头，面带浅浅的、暧昧的微笑侧身从旁边走了过去。

“一个非常了不起的女演员，”他打着寒战喃喃自语，可他用自己的骑士风度将寒战给掩盖住了。

“您，律师先生，您真配得上一个更好的女子，”弗洛拉·加林达说道，一边飞快地往前跨了一步出了门槛。

“那是他们，”内洛·真纳里说，“我要赢得他们。”

他匆忙离开桌子，假装要在围着好几堆人的拐弯的地方与首席女歌唱演员和她的陪同者相遇；可是他没赶上他们，继而就突然自己溜进了市政厅院内。

“你们是会相信的，”——这时药店老板阿奎斯塔帕切出于钦佩眼睛直愣愣地向周围的人微笑，“那里来了一位非常了不起的女演员，不是吗？”

焦孔迪不显眼地将嘴一撇：

“事实上她将头发别得高高的，看上去毫无特色。”

“她的手很漂亮，”小萨韦佐说道，一边将自己的一只手伸给周围的人看，而他这只手的指甲全都破了。

伊塔利阿很快表示：

“如果总是将中间的四根手指分开，那每只手都是漂亮的。”

这时她已经因为有人来到而面带微笑。卡穆齐从另一侧来了。他身着窄腰身的风衣，因而显得细长、高雅。萨韦佐神情阴郁地打量着他，并向这个市政厅秘书预报，说他会冒汗和伤风的。律师反而赞扬卡穆齐，因为他为本地的手工业做了贡献。波利着重指出：

“事实上我们大家——简而言之，我们都有了变化。或者是我搞错了，或者甚至你弟弟，律师——”这时他向邻桌点头打招呼，那一桌的加利莱奥·贝洛蒂、男爵托罗尼正在与土地承租者们七嘴八舌地闲聊。“真的是的，连他穿的都不是工作裤。”

“至于女人们，”少尉坎蒂内利开始说。

律师打断了他的话。

“为什么我们有了变化呢，我的先生们？因为我们通过我们的戏剧演出终于使城市稍稍动了起来。这样一来，卡穆齐先生，您自己才用您的新风衣为我的观点而斗争；这样一来，才有了我们公众生活新盛况！”

他将两臂合成个圈，就好像他要用这个圈把照得雪亮的、遍地是闲聊的人的广场一起抱住一样。

“我从未见过这么多戴帽子的妇女！”药店老板叫道。

“不过两位佩尔尼希小姐说，”少尉又开始说道，“有些帽子不是由她们购进的，所以不好看。”

每个人都不听别人讲，而是自己在列举他认为穿戴最好看的女子。弗洛拉·加林达在这些市民的背后，在墙边上，向乐队指挥发问：

“您呢，音乐老师？您在想‘民众之钟’将传播开来的您的声誉？因为您已经有意识地做好了安排，就是说除您之外，今晚其他的人对我们来说都微不足道。”

他微笑着温和地说道：

“如果违反我的本意使您感情上受到了伤害，我求您原谅。我不知道别人怎么想，别人是什么感觉：对我来讲，今天只有一个人既美又伟大。弗洛拉·加林达，虚伪的羞愧挡不住我们说真话。”

他的一对蓝眼睛在他布有红云的脸上闪着泪光。她冷冷地打量着他。

“这是个了不起的夜晚，”他结结巴巴地说道，“或许那时我们大家都只是为了使您更加伟大。而连我今天晚上都充满活力，我为此而感谢所有的人——”

他用了一个颤抖的手势：

“所有的人。”

她将嘴角往下一沉，阴郁地将目光转开。

“偏偏还感谢，”她喃喃自语，“我恨他们，因为我不能随便轻视他们。我恨他们，同时我——爱他们。或许我喜欢他们向我欢呼，并因此而透不过气来。感谢？亏您想得到，发生了事您光感谢就完了吗？您没感到一切都很糟和很危险吗？”

她耸耸肩并把背转向他。

“啊！只有艾达·帕拉迪西，”——同时律师使劲向左边的一桌鞠躬，“才戴了顶最漂亮的帽子。”

两个女儿从悬浮在母亲头上的云雾般的黑花边大帽檐下向外窥视，而且商人曼卡费德的头也出现在帽檐下。他举起一杯潘趣酒建议将桌子都并拢。桌子并拢了；女士们都在打听男高音内洛·真纳里。大家在白费力气地寻找她。

“然而可以相信，”律师说，“有一个修女在那后面徘徊，不是吗？这个虔诚的女子午夜之后还在路上跑！难道不应该向教会当局提示一下吗？”

“他身体这样弱，这个可怜的年轻人，”——帕拉迪西大娘将身子作了全方位的旋转，好使自己的声音具有最微妙的意味。“他还会感到他刚才的那种身体不适；而且或许他连这夜晚的空气都经受不住。”

从拱廊的阴影中闪出，后又消失在阴影中的小萨韦佐吊起眉毛，密切注视着一顶白色修女宽檐帽的帽尖。

当漂亮的阿尔福端着咖啡饮具从旁边跑过时，萨韦佐拦住了他。

“阿尔福，”他低声说，“有人把你的阿尔巴夺走了。”

这个咖啡馆老板的儿子愉快地微笑着。

“美丽的阿尔巴，我将娶她。”

“你很有把握她爱你吗？”

"她通常为什么每天都去做弥撒呢？只是因为要从这旁边走过好看看我！"

"可是一个星期以来她再也没来过。"

"她再也没来过，"——年轻人的眼睛由于沾沾自喜而炯炯发光——"那是因为她跟我闹别扭；最近一次是我把去看她的事给耽误了，原因是我要把屠户奇马布埃不慎泼出来的酒擦干净。可五月份我二十岁，我娶她，她会平静的。"

"阿尔福，有人在勾引你的阿尔巴。就是那个最年轻的男演员，那个男高音，他在勾引她。"

阿尔福格格地笑着摇头。

"你不相信我？"萨韦佐说道。"这我已经看到了。这个演员今天昏厥，就是因为他所有的夜晚都是在那外面度过的。"

漂亮的阿尔福从微笑变成了沉思，突然他咬牙切齿。

"这个演员在哪里？"——这时他气呼呼地将手插进裤子口袋。萨韦佐将他的一只手拽出来。

"要是他在这里，那就不会对你说了，因为我不愿意发生不幸。我也可能搞错了。或许他还没有勾引她，还没有勾引你的阿尔巴。必要时我会提醒你，甚至我会将这两个人指给你看。可是你必须答应要理智才行。"

漂亮的阿尔福又很愉快地面露微笑。

“她多么爱我哟，阿尔巴！”

这时响起一阵欢呼声。众人的头上出现了一个由杰瓦特尔·阿基莱双手举着的上面放有三瓶意大利白葡萄汽酒的托盘。这酒是药店老板悄悄订的。焦孔迪先生让他给自己斟酒，并且说明：

“由于你老婆不会用意大利白葡萄汽酒来迎接你，那好吧，我们现在就来喝这种酒。”

“我们过着多美妙的生活！”律师叫道。“谁在八天前就已预报了这一切！在照亮得有如白昼一般的广场上我们碰到了许多如花似玉、打扮得雍容华贵的女人；一些著名城市都会引以自豪的这种聚会正在向我们围过来。我们的几个老纪念碑看来因围绕它的汹涌流动的来往人流而变得年轻了；血液在我们城市的血管里剧烈搏动；要倒霉的是——”

他将一只手用劲向大教堂一挥。

“——企图冒险去阻止进步的人。”

在这个隆重的时刻，其他一些人也深信唐·塔代奥大概会交出桶来。只有卡穆齐表示怀疑。他说中产阶级不知足，他威胁着要支持神父的反对派队伍。这个市政厅秘书还补充说，整个光洁面上有一个黑斑在扩展。谁也不听他讲；药店老板在首席女歌唱演员面前晃动他的酒杯。

“《可怜的托涅塔》万岁！我总以为这样一天我再也

不会见到了；因为这是跟加里波第时代一样的一天。律师说得对：我们生活在这个小城市里，可是我们正在经历一些了不起的大事！”

他们互相祝酒；他们向旁边的土地承租者们祝酒。加利莱奥·贝洛蒂和男爵托罗尼端着他们的酒杯走来请求女士们，也向她们和她们的聚会表示与会者的敬意。伊塔利阿正好在向药店老板发誓说，她不会迈进地方行政长官公署。加利莱奥行了个屈膝礼，再拉住她一条臂膀。她跟着走；可是每一步她都在用眼睛撩拨满脸通红的药店老板。

乐队指挥突然发觉，卡瓦列雷·杰尔达诺在他左侧噘着嘴、窝着前胸冷漠地朝外呆视。他不得不碰一下老头，好让他仔细听。

“您演得很出色，卡瓦列雷，”他热情说道，“您演得很打动人：我感谢您。”

老歌唱家面带厌倦的、讥讽的微笑将一只手一挥。

“难道我不该演好吗？”他说道。

“可您是个大艺术家！”乐队指挥非常厉害地说道。“如果有些晚会您感到没有完全达到您通常的高度——”

著名男高音将一只手放到他膀子上。

“您是位好青年，多尔伦吉；您对我有同情心。可是您不相信我每时每刻都不知道我的状况如何！不用怀疑明天我将再也记不得这些话就又登台了。我能做什么哩。”

乐队指挥看着他的膝盖；他不敢呼吸。卡瓦列雷·杰尔达诺多次耸肩，然后抓住他的酒杯。当酒杯喝空了时，他站起来使劲地笑。

“我说了些蠢话：这您会听出来的，音乐老师，但愿您将这些话忘掉。像您自己所知道的那样，我有一些糟糕的晚会，而且早在三十年前我就已经有过。这能证明什么呢？即使有一阵子我感到演唱的状态不佳，难道因此我就不是个男人了？某些女士的目光使我明白，我今天也仍然会对一个比较年轻的男人构成威胁。您瞪大眼睛，音乐老师：对此您是有道理的。”

“好大的胆子！”药店老板在酒杯间猛一敲叫道。“这个粗野的农民竟敢吻伊塔利阿小姐的脖子！”

“到底怎么啦，粗野的农民！”加利莱奥·贝洛蒂大喊大叫，并且摇摇摆摆地向他走过来。“当然，我们既不是花花公子，也不是牛皮大王，可是我们有拳头，我们！”

他的农村朋友们证实了这一点。

“我们倒要看看！”药店老板叫道，同时杵着他的木头假腿，迈着重重的步子迎向敌方武斗的队伍……

卡瓦列雷·杰尔达诺在咯咯地笑。

“您应当提防，音乐老师。您的小莉娜，这几天我经常碰到她，而且是靠不住的——她向我承认，您冷落她；当然我在这方面做了工作，对她进行了安慰。这个孩子很腼腆；然而似乎她对我的爱正在发展中；如果现在您，多尔伦吉——”

一阵噼里啪啦：倒了好些椅子，而且加利莱奥·贝洛蒂被药店老板击倒在地上的灰尘中打滚。众农民在向这位老战士进行攻击。他在向自己周围冲撞时由于愤怒而大声吼叫，因为他们中间的一个农民在那后面将伊塔利阿弄上了他的车子！喝酒喝得满脸火红色的男爵托罗尼走到当间。他说他们属于他，他是东家。

“什么东家不东家，”加利莱奥·贝洛蒂在武斗者脚的中间向外面大喊大叫。

“你们没看到吗？这是伯爵坦克雷迪对‘可怜的托涅塔’的作法！”律师冲着喧闹的人气喘吁吁地叫道。所有市民都将手臂伸在空中为药店老板鼓气。帕拉迪西大娘在与她两个女儿尖声尖气地低语；市政厅秘书将他的新外套放到了保险的地方；在周围大范围内，夜晚散步的人都转来了；武斗的农民们利用这个机会不付账就溜之大吉了——这时男中音加迪迈着坚定的步伐，将一只手插在裤子口袋里向伊塔利阿的两个追逐者冲过去，他撞向这个贵族和这个农夫的前胸，使他们仰天翻倒到车内；继而他将马猛揍了一顿。随后他没环顾周围就领着扑向他胸前哭的伊塔利阿经母鸡卢恰所住的小巷离去了。

“您就别去管那些人！”——这时卡瓦列雷·杰尔达诺碰了一下乐队指挥。“我们的事情更重要。小姑娘无疑会爱我，如果您，多尔伦吉——”

老头在这期间喃喃自语了几句，与此同时他的双颊上透出些许红晕，就像是新化的妆，抹得非常圆，并呈樱桃色。

“——要是您愿对她说：她——是自由的；可怜的小姑娘，她不用害怕，她可以献出她对我的爱。”

他惶惶不安地朝下斜睨这个紧闭双眼，并默默强忍不快的年轻人。乐队指挥突然站起来，连看都不看他一眼，握握歌唱家的手便迅速离去了。

“多么可恨的突发事件，”律师贝洛蒂说道，“我们要留神别向《民众之钟》报道有关情况。这些无聊的事，我们只说真话！——在每个城市都会发生。到处都有一些教养还很差的人；更糟糕的是，一个人在他自己家里——”

“非常好笑，”弗洛拉·加林达说道，“这是那么有趣。”

“怎么啦？有人违反了对您性别的尊重！”

她将嘴唇向上一翻。

“看到这种事时，我感到高兴。因为我是个成年女子，而我恨这些讨厌的婆娘。”

“可是这很危险！那些农民带着刀！”

“他们怎么没有把刀抽出来？不然这该多有趣！所有这些人有什么用！他们能干什么？要是他们相互刺杀，那可就是他们干得最精彩的事了。”

律师、烟草商和焦孔迪先生的脸上表现出极端反对神情。三个人同时匆匆将衣冠整了整，伸手抓住酒杯，再将酒杯在桌子上一碰。

“为健康干杯！”他们气力十足地说道。

在他们饮酒时，弧光灯熄灭了——这时一个矮小的老老头像从黑暗中降临一般，突然出现在空荡荡的广场上，广场上那泉眼发出异常刺耳的潺潺流水声，他从老远就脱下他的无檐帽颤巍巍地向卡瓦列雷·杰尔达诺鞠躬——而后又一再向弗洛拉·加林达颤巍巍地鞠躬。他晃晃悠悠地走过来，那极小的脸上所有的皱纹里都透出微笑，他那黯淡的眼睛试图要跟人开无味的玩笑——在他来到桌旁时，他将一只手按在胸口，张着宽宽的、黑洞洞的、似乎要吞食什么的嘴而缄口不语。律师发现首席女歌唱演员吓得直往后退缩，并将身子转了过去。

“啊！这是布拉布拉。别害怕：他是个心地善良的疯子，三十年来都由纳尔迪尼先生将他供养在维拉斯库拉。我从未听说过他到我们这里来。把你的名字告诉各位先生女士，布拉布拉！因为你们必定知道，这可是他所能发出的唯一的声音。”

他那伸直的脖子上冒出的几根长长的松弛的筋在晃动，那里发出的声音仿佛不是布拉布拉的，而是一种纯粹的假嗓音，就像是在纵情玩耍而想唱歌的儿童所发出的声音。

“他怎么啦，”律师说道，“他还从来没这样过。他想说什么？”

“我也——”他以微弱的声音说道，矮小的老老头用他那满是皱纹的黑皮手指头不停地抚摩自己的胸脯和颈子。“我也——”

波利猜想：

“他到过剧院，这好像伤害了他。”

“啊！”律师叫了一声；他回想起这个疯子曾滑稽可笑地模仿民众的敬重之情的行为，于是便想将他引开，严厉地呵斥他道：

“你在剧院里干什么，布拉布拉？”

“剧院！”——这时老老头身上在发抖。他将手指头按在脖子上：“我也……剧院……”

卡瓦列雷·杰尔达诺看出来了：

“这个可怜虫，他想说他从前曾经演过戏。你当时叫什么名字，我的朋友？”他怀着好意和极大优势问道。老老头合上眼睑，摸索着抬起一只手；嘴巴消失在他所有皱纹构成的波纹袋中，他那张完全皱缩的脸显得非常沉静。突然这张脸舒展开来了，双眼闪烁着微弱的光，嘴角向上，说出：

“蒙泰雷亚利。”

卡瓦利雷·杰尔达诺朝后一靠。

“蒙泰雷亚利——好长时间我就再也没听到过他的名字了。蒙泰雷亚利，”他向律师解释道，“在我开始登台时就不再红了，可是人们说他曾有过辉煌的时代。三十多年前他就死了。”

“蒙泰雷亚利，”老老头重复道，一边颤巍巍地指指自己的前胸。

“这些疯子突然想起了什么事！”律师表示。焦孔迪先生说道：

“他情绪很好。好啊，布拉布拉。”

他没有牙的嘴黑洞洞地张着。卡瓦列雷·杰尔达诺将一只手靠到耳侧。

“他在唱什么：是在唱，唱一种我——或许——知道的曲调。这到底是哪部歌剧呢？哪部——歌剧——”

突然人们听到弗洛拉·加林达哈哈大笑。所有的人都急速转身。她两臂趴在桌上发出刺耳的喊叫。她苗条的身子在摇晃，她淡蓝色的脸上暴着青筋。人们试图将她的手指头从桌边上扒开，可却只是徒劳。她眼里充满从未见过的可怕孤寂，这种目光使帮忙的人望而生畏，而且她在笑……在律师擦额头上的汗时，裁缝基亚拉伦奇出现在母鸡卢恰所住的巷内。

“小姐没有回家，”他说道，“弗洛拉·加林达小姐到底在哪儿——”

这时他停下脚步，脸上失去了血色，两只大手直哆嗦。

“我听不出她的声音了，”他说道，“这怎么可能呢？”

他几乎还没有碰到她的一双手，这双手就松开了。她让他扶起来；他领着并撑着她，同时重复道：

“小姐请原谅我剥夺了您的自由。”

波利、焦孔迪和律师相互看看。

“我从来就没见过，这些艺人真见鬼。他们看上去情绪挺好，而随之又突然干出这些事……不谈这些或许会更好一些吧？要是有人在场，谁知道他们会做什么样的猜测……我们只希望不要有人将他们吵醒……这是可以肯定的：隐身女人有了一台好晚会……朋友阿奎斯塔帕切早就在他老婆那里了，他大概要忍受艰难的时刻……晚安，卡瓦列雷。那么您就一直坐在这里？现在一点钟了。啊！谁能跟这些艺术家一样早上睡觉哩。”

律师再一次转回来，他站到此刻又一个人在广场中心练习向人致意和微笑的矮个儿老老头面前，温和却不含糊地对他说道：

“布拉布拉，下一次你要挑一种对大家的神经少一点刺激的疯法。布拉布拉，而且发疯要能加以控制和安排。你今晚给美好的市民庆祝活动添了一段可恨的插曲。可事实上你是个疯子，这你要好好考虑考虑，布拉布拉，这还没有赋予你做坏市民的权利。”

当老老头好像什么也没发生一样继续点头哈腰时，律师丧失了耐性。他抓住他的衣领，又将他送进了母鸡卢恰所住的巷子里。

杰瓦特尔·阿基莱从他的门口走出来。他是来向坐在一张孤单的桌旁的卡瓦列雷·杰尔达诺道晚安，并向他说，请他原谅的，因为他现在得打烊了。广场一片漆黑，空无一人。商人曼卡费德家一个半开着的百叶窗在最黑的地方微微抖动，并开始朝下滑落。可是从市政厅庭院的黑暗中传来了脚步声：——这时曼卡费德家的百叶窗停住不动了。

内洛·真纳里垂下头停在门拱下，这时某个仍在继续翩然行走的白色身影在低声说道：

“您应立即回剧院去——”

他再也听不见了。一个小修女朝他转过身来，再次从靠他非常近的地方跑过去。

“——去唱。有人会听您唱的。”

“女修道院院长吗？”他问道，同时伸手去抓这个人影。可是她已经顺阶巷飞上去了。他举起双臂在后面跑。他的两只脚就像陷进了土里一样，然而此刻确是跟随上天！他没有发觉自己倒向了几头躺着休息的母山羊。他的牙齿咬得咯咯直响，心里在乱想：“阿尔巴来了，她在等我。如果我唱《宝贵的夜晚》，那我就一定得死吗？它或许会要人的命，这宝贵的夜晚。女修道院院长此刻在判决。你就照常判决吧！阿尔巴，我是你的！”

跳过最后一些台阶感觉就像是在飞一样。他发现自己在殿堂前宽大的台地上；这个修女已离去了。“我在做梦吗？阿尔巴怎么会在这个时候来哩；她知道我什么？有人在讥笑我。”这时他紧闭双眼冲了进去。

通道不是完全看不见。布景旁灯笼内的两支蜡烛向大厅和舞台重叠的阴影间射出了一条微红的光线，这光线顺着舞台前沿微微闪烁。内洛·真纳里双手抱着太阳穴，两步冲上舞台。这时他浑身颤抖，而嗓音出不来，呼吸异常急促。为了唱出声，他控制住了呼吸。

“这一夜我们要享受，这个宝贵的夜晚，它或许得用生命去换！”他一直到舞台前沿靠前的光线中才停步，像一个准备去死的人一样将两个手心转过去，并抬起目光。楼上黑得目光不可能穿透。那边那个包厢，也就是右边第三个包厢夹在它的两根细长的小柱子之间，对他来讲比所有的包厢都更暗。黑暗的顶层楼座充满着谜一般的恐怖和惊惧。

他仰着头重复唱《宝贵的夜晚》；在他拖长最后一个音符时，他感到有一只手卡在他咽喉上。这只手一松一紧要将他卡死。“女修道院院长吗？”他心里在想，同时闭上了眼睛。“这是她，我要死了……难道不能见见你，阿尔巳？”可是当他将眼皮分开时，楼上两只鼓着掌而没有声响的白净的小手从幽暗中飘走了。“这是幸福：现在我知道了，这是我命中注定！”——这时内洛跪了下来。

他跪着唱：“看吧，亲爱的，我们四周开满鲜花的家让我们兴旺发达！”——这时他感到歌声就像永无穷尽的幸福洪流一样从他的胸中溢出。他侧耳等待他的女搭档接唱。“是她的声音，是她的声音！”这时鲜花落到了他的手上。紧接着一扇门在动。他跳起来冲了出去，并及早地到达了楼梯口以便将她堵住。她以轻快的步子在最上面向下跑了几级，又返回，再匆匆跑开。他跟随在后面。裙褶在角落上飘动。他在一个房间的门口看清了这个在逃跑的模糊的人影。在那后面一条长回廊正好融合在阴影中的地方，一只若隐若现的手恳求般地向后张开。一丝怯生生的星光从追逐它的两片云彩间经大厅高窗投射到已塌陷的宝座以及破损的画像和一个白色人影上。这个正在向那儿滑动的人影正急速张着大嘴在无声地喊叫。眼泪从追踪者的眼里涌出；由于眼泪他没有看见她在他面前大口呼吸，脚被绊了一下。他用力打开了一扇窗户。他站住不动，慢慢将两只互握着的手举起。他抹掉了泪水的眼睛看到了她眉下的脸部暗影。他们面对面沉默无语，并一动也不动。她将两臂伸开放在敞开着的落地窗的窗格栅上。她那头颅的轮廓融合在夜空中。水从她身后的岩石上哗哗泄入深渊。

那丝星光又从一片追逐的云彩中露出来，这时阿尔巴说道：

“你哭过了。”

“因为我一定让你担忧了，”内洛说道，“如果我现在不到你这里来，那就完了。你明白这意味着什么吗？”

“我全明白。”

“阿尔巴！”

他又将一只脚急速朝后移，因为她的脖子远远伸在窗外，她喊道：

“别碰我！”

一种令人寒战的寂静——先是无从察觉，而后她朝前扑到他的怀里。

四

时钟敲了四下。

“我们必须走了，”阿尔巴说道，“还有两个小时，否则我们穿过广场时再也不可能不被人看到了。

“还有两个小时，”内洛说道，“别离开嘛，别离开！这个时刻你让我等了这么长时间。”

在时钟接下去一次敲响时，她吓了一大跳：

“五点！啊，内洛，我完了。”

“你让我跳进这深渊，那你就得救了！”

他已将身子靠向外面，她牢牢抓住他。

“啊，内洛，你不爱我啦！”

她闭上眼睛。她眼睛睁开时说道：

“我准备好了。我们就从广场上穿过去，让别人看看我们。”

“阿尔巴！请原谅我。为什么不在这里一直待到夜里？这样做我们该有多幸福！夜里我自己背你走，这我答应你。”

“这样不行，有人会发现我不知去向。现在我们必须穿过修道院，顺着山下到维拉斯库拉。来吧，你的手，我的宝贝！”

在修道院大门旁：

“五点半有一个修女会把门打开：会是阿米卡吗？阿米卡是我们园丁的女儿，她在家里是我的女仆，现在她应该在这里。”

阿尔巴看看修道院大门，又垂下了眼睛。

“午夜时分所有的人都在教堂里祷告，这时阿米卡曾溜出去对你说我在等你。今天看门人会是阿米卡吗？”

那是她。当他们偷偷握住手跟在她后面时：

“我们不是太幸福了吗？厄运曾经是那么强大，它要毁灭我们的幸福。”

“快穿过这花园！”阿尔巴低声说道。“但愿别看到这里有个男人——跟我一道走！……谢天谢地，一行树掩护了我们……现在往下走。噢，别担心我！这看上去陡得像一堵墙，可是我知道台阶，或许也只有我知道。这是一条被人遗忘了的路。这些台阶已坍陷：注意！这里有一条沟壑将台阶切断了，可我能再找到台阶。你的手，我的宝贝！”

“阿尔巴，你手上有血。在微明的曙色中我几乎看不见这血，可我的嘴唇尝出了它的味道……我们正在一个大石洞里。你不想歇一会儿？你的嘴，我的心肝！”

“我们必须继续走。我会找到那个敞开着的房子吗？你会逃脱吗？……我们正好踏上了平台。平台上的一扇门还开着。那么现在该怎么办呢？”

“那么现在该怎么办呢？在我再也看不到你之前，再让我看看你的眼睛，阿尔巴！”

“不，我不能。我们别继续向下走。那片矮树覆盖着向前突出的岩石，那边有条长凳。”

她依偎在他怀里：

“我小时候，啊，内洛，常常躲在这里让其他孩子，也就是想要逮住我的一些玩伴来找。我感到我跟她们不同。在后来她们谈婚论嫁时，我心里想：那么我的丈夫会比你们所有人的都要更了不起……现在我属于你；我似乎觉得这比我属于耶稣基督更难得、更不简单和更甜蜜。”

“你使我不安，阿尔巴。因为我跟大家一样。我们这号人在维罗纳多得很，我们学习歌唱，在全国流动。我很穷。我要是一年能有四个月唱歌，挣很少的钱，那我就很幸运了。其余的时间我就看看天打发日子。可是自从我爱上了你以后，我真不知道该怎么办！”

她从他怀里挣脱，站起身来，眼睛一直朝前看。他从犹如磨尖的匕首散发出寒光般阴森的目光，看着她那苍白面孔的侧影：细巧、高挺的鼻子和尖尖的下巴。

“你会永远爱我吗？”她问道，一边注视着他。他合上眼睑，用手指触摸着心，好似心在疼痛一般，同时拼命地点头。

“永远。”

“告诉我，在我以前你爱过些什么样的女人！”

“没有！没有！我向你发誓。我现在不理会别的女人，我将来也不会去理会别的女人。阿尔巴，我该多爱你呀！”

“内洛，我该多苦哟！”

“你也苦？”

“我们又该多幸福呀！”

他们转过身来坐着，膝盖交叉在一起，各人都将手分开抱在对方的背上，轻轻喘着气互相从紧张得要命的脸上将吐出的气息送进半张开的嘴里。

“愿主饶恕！”一声耳语，继而声音越来越响：

“愿主饶恕！”

他们叹息着分手。理发师诺诺吉在下面的阶梯上蹦蹦跳跳地行走，他扮着眩晕的怪相用两根手指压压心头、压压嘴唇、再压压心头。

“因为我刚给纳尔迪尼修过面，所以我想告诫二位，原因是危险就在眼前。我的意图是最真诚的，而且谁也不会像我一样不吭声。可律师贝洛蒂很快就会到这里了，你们大概是知道的，他是城里最凶的一个搬弄是非的人……别到那边去！你们就沿着这房子朝瀑布走。我的建议会使你们满意的——此外，但愿我还能为你们服务：我这里有假发、辫子、扇子……”

他们向上爬，并轻声互相鼓气。他们往上爬一段的目的是要找到通向瀑布从旁下落的那幢房屋最暗厢房的路。他们向下跑：山体突然向内弯，一些石头哗哗地滚下山凹；他们脚下土地在晃动。他们再也不敢动弹。急速下冲的瀑布的水雾飞溅到他们身上。这时从平地上传来窃窃私语声：

“注意！这里不光只有我们。”

律师贝洛蒂在下面行了一个屈膝礼；他用双手围着嘴：

“你们很清楚，你们可以相信我；可是倒霉的是理发师诺诺吉就在附近，他是所有人中最凶的烂舌头。你们快逃吧！”

当他们一动也不动地朝下看时——

“怎么啦？你们该不会怀疑我吧？跟平常一样，我是因为买鸡蛋才上这里来的，为了证明这一点我可以告诉你们，今天鸡蛋要贵两索尔多[①]。”

同时他开始将背后的一个长网线袋绕开来。

突然地面咔嚓一声，从他们那里崩下去一块。他们面前的一棵矮树被沙石土带了下去。

“你们抓住那棵五针松！”律师喊道。可是他们没有只为自己去抓，而是都去抓住对方。他们一方的手拖住另一方的肩，一起跌倒了。

内洛张大眼睛，用手去摸阿尔巴。她从他身上滑下来；随之他也站了起来。她向四周看。在瀑布顶上的发电厂旁边站着几个工人，他们都笑得跪下来了。律师贝洛蒂两腿叉开朝后靠，他会心地微微一笑。理发师诺诺吉将一只手捂在嘴上跑开了。阿尔巴和内洛顺路而下，他们每走一步都认真地互相看看。

“纳尔迪尼先生来了，”律师嘴里嘀咕道——他们正沿着房屋逃跑，穿过平台，进到花园深处，再进入一行柏树的阴影里。他们在一条发绿的长凳上相拥而坐。

“时钟不是老早以前就敲过了吗？敲了几下？”阿尔巴问道。“我也许听见了，可是我似乎感到那不是真的，那不起作用。现在我们一定得走了。”

---

① 索尔多（Soldo），意大利旧时铜币，20索尔多等于1里拉。

“……哦，天哪！吃饭时间错过了，祖父会找我的，怎么办？……我的宝贝，你到悬岩边泉眼处的一个大壁龛那里去。泉眼边上有一个男孩和一个女孩，他们一个劲儿地在往对方脸上吐水。如果你站在壁龛内高大的植物背后，那他们就不会把你衣服弄湿了。”

“我知道这个壁龛。每当有脚步声从公园传来时，我经常就站在里面。哦，阿尔巴，可从来就不是你的脚步声！”

“我站在阳台门后看着你。我看到了你在吻我的脚印，你是那么漂亮。”

她停下来用双手将他的脸托起来。

“阿尔巴，你的头发！我第一次看到它时，它中间像铜一样泛红。现在它全黑。”

“它从来就不像铜。你喜欢它更漂亮些吗？”

“你是个魔女，我怕你。”

当她发现他们站得靠房子非常近时，她挣脱开来；他逃进了阴暗处。

他几乎还没有跑到躲藏的位置，她就返回来了。他向她迎面冲去；她面带深情的微笑等着他；为了截住他，她将膝部微曲，再又将它弹起，就像一个大浪跌落再冲高一样。

“祖父饭后马上就走了；我们没有人来管，我们是自由的。这你懂吗？这你懂吗？”

“啊！那么我们可以在那些花儿边上的长凳上坐会儿了。”

“风信子发出的味道甜得真叫人愿意去死，”阿尔巴说道。

“我再也不需要藏在你们后面了，”他向泉池上的两个儿童的身影喊。“你们可以走了！”

他将一块石子扔进男孩嘴里。一汩汩的水中断了。传来一声喊叫。

“他在寻找我们！她在叫喊！哦，内洛，你干什么，我们要倒霉了。”

“你，阿尔巴，你在喊：你，”——这时他将她充满忧虑的双眼蒙在他的怀里。她的一只洁白的手伸向他的头部；他将嘴压在她肩上；她半癫狂的细润身体散发出呛人和令人深度麻醉的体味使他心惊肉跳，因为他可能已经在赌博了。

她开始说话。

“通常每当我傍晚从教堂出来，看到我的黑房子里有个窗户亮着，我心里就想：我祖父还要让他的灯亮多久，于是我就把我那山上的灯打开，就是那圆形山顶上房间里我的灯。这样我感到很亲切，我是在向他打招呼。现在——你往上看，这我不能看——这不是一个可怕形象吗？它要置我于死地吗？”

这修道院鼓着肚子，它灰不溜秋地紧紧抓在岩石边上，加上曲喙般的屋顶和墙上一对闪着凶光的窗户，活像一头蹲在高处伺机捕捉猎物的猛禽。

“它只想置我于死地。生活中我仅仅只有你。要是你离开我，那我会是个什么样子呢？我还从来不知道什么叫孤独，现在我预感到了孤独。”

他将因恐惧而发抖的她更紧紧地抱住。

“我决不，决不离开你！”

她将脸朝上，缓慢而用力地将脸来摆动，大滴泪水停留在她的双颊上。

“你像我爱你一样爱我，这是不可能的。”

她挣脱开来，两手捂住眼睛，摇晃着脚步走进了背阴处。

“我们应该死，”她说道，“现在就死。”

“这里有鲜花，”他说，“有柔软的地毯。要是我们今晚在上面长眠该有多好啊？”

“你愿意？那么你爱我？”

“托涅塔和她的皮耶罗没有办到的我们或许能办到，”他补充道，并骄傲地微笑着。

“他们是什么人？”

“一对著名爱侣。我们将来也会著名吗？”

“我想听你唱，我想再听你唱！”她抖动着吊在他肩上。“内洛！我整个的生命都是为了你的歌声。我的声音很微弱，在恋爱中我唱不出来。你能唱！”

“排练没排好！”内洛喊叫。“音乐老师对我不满意，可是今晚我定会在你面前唱！因为你会来。你说呀，你会来！”

“因为你想我来……我将翻山过去。有一条路从修道院通往殿堂，阿米卡将陪我去。我将大胆地一直到老科尔维已偷偷把钥匙卖给了我的那个包厢的门前，我将看到大厅里的灯光、人群、盛典和从你四周发出的灵光，我的宝贝，是吗？”

“我感到我会头一次唱好。跟我走，现在就走！只要我拥有你，我就意识到了身上有某种力量，好像我就是个英雄。”

“我一起去！公路上没有人，天气很热，或许会有人来；他们知道什么？他们会反对我们吗？

“他们能反对我们什么！”

一株花楸树在蓝天中闪亮。阿尔巴跑了过去——这时她高声喊叫起来，因为一条大蛇黑乎乎地横在公路的灰土上。内洛捡起一块石头；阿尔巴这时忙制止他：

“噢，别砸！我可能会出事，因为我被你爱。”

他已做好了砸的准备，并急速向蛇冲了过去。他的手猛一抽：这时他看到蛇的颈部有血。蛇是死的！就在这同一时刻石头飞了出去。阿尔巴跑了过来。

“你吓死我了，坏东西。你该多勇敢！一位英雄，我的宝贝是位英雄！”

她吻他的手。他将手从她那里抽掉，嘴里发出呻吟声。

“这种动物死了比活着还要令人作呕。别从那上面跨过去，阿尔巴。你转回去，我看见了人。你来剧院吗？噢，你要来呀！我今晚一定能唱，或许我只能干这种事吗？”

他将头缩在两个高耸的肩膀之间，继续一个人往前走。

“我欺骗了阿尔巴！……可在我砸过去时，却认为这蛇是活的。那么我欺骗了阿尔巴吗？我不是胆小鬼。她多么爱我呀！我们多么相亲相爱呀！死或许也算不了什么……”

广场仍然一片宁静。加迪在咖啡馆前看报。

“即使你来了也白费！”他迎面对他喊道。“排练取消了。音乐老师宁可排练他的弥撒曲。当然：音乐大师维维尼不及音乐老师多尔伦吉重要。”

“哦，维尔吉尼奥！”——这时内洛压着这个朋友的一只手，好似他要将它压碎，“我们多么相亲相爱呀！”

“已经谈成了？我祝贺你。由于这是位富家千金。所以现在你不反对娶她了。反正我这里刚好在看瓦莱·博尼萨尔迪戏剧公司破产的消息，我几乎是不会被它聘用了。”

内洛在笑，笑声像金子般清脆。

“你当然不知道：我在她面前唱，只在她一个人面前。啊！你不知道：我砸死一条正要去咬她的蛇。”

他将头发朝后一掠，胸脯挺起，一种十分自信的微笑闪现在他脸上。

“我不否认你看上去像座尊神。可是人总不会天天都砸死蛇；而且歌唱也毕竟不是终身职业。”

这个幸福者的微笑突然消失；他让一张苍白的、松下来的脸埋到了怀里。

“一种什么样的终身，”他喃喃自语，“如果我转身走回去，现在马上，现在马上，难道我就肯定再找不到她，再找不到我刚才才离开的心上人吗？这一切不都是一场酣梦吗？”

加迪声音洪亮地笑——

“我疯了，是吗？告诉我，我简直发疯了！”——这时加迪表示同意。帕拉迪西大娘在她家窗内喘息：“看吧，亲爱的，我们四面开满鲜花的家。”

她的一个女儿用破锣般的声音大声朝广场念托涅塔的祷告辞；另一个女儿以低沉的声音号叫："我对你们享有权利，我是主。"

"连我老婆也这样！"理发师诺诺吉跑过来说道。"她一醒来就唱：'不再知道爱真是如释重负'。然而我可记得太清楚了，这个晚上她还不懂这一点。"

为洛浑身打颤。波利和焦孔迪先生来了，他们迫不及待地敲敲桌子。

"来杯味美思，杰瓦特尔·阿基莱，天热起来了。你看，竞争激烈到什么程度了吗？"

"前进"咖啡馆的老板将他滚圆壮实的肩膀一耸。

"你们称这是竞争吗？你们可是已经在这个城市里生活了五十年，你们不是早就知道了在曼卡费德房屋凸出部后方还有一个咖啡馆吗？我今天才打发我的阿尔福过去看它叫什么名儿，它叫'圣阿加佩图斯'咖啡馆。"

他吐了口唾沫。尽管他看不起那家咖啡馆，但他还是气得比平常呼吸急促，所以他需要用椅背来撑住他的肚皮。

"'圣阿加佩图斯'咖啡馆！"内洛叫得很响。"那里能喝到圣水吗？"

"这位先生该多聪明！"杰瓦特尔·阿基莱说道，然后咔咯地笑了起来。诺诺吉从怀里抽出了一根辫子。

“您是个幸福的人，内洛·真纳里先生。您所想要的我这里全有。另外这里还有扇子。”

内洛不听，光是笑。

“他们现在已经成堆地坐在那边了，因而教友焦瓦科内才开始将桌子摆到广场上，这是阻止不住的。”波利解释道，“整个中产阶级在骚动。难道不应当认为都是由于那个空包厢！”

“而且好像他们与唐·塔代奥联合起来了，”焦孔迪先生补充道。

“因为您！”诺诺吉在尖叫。“一切都是因为内洛先生！如果您光临我的店——”

他拖住这个年轻人的一只胳膊。

“——您就会找到适合您这种情况的男人用的非常精制的装日用品的小袋。”

内洛拒绝。他两眼炯炯有神地环顾四周。这一切可真逗！

“啊！这个唐·塔代奥！”——这时波利交叉着双臂。“好像他想进行决战。”

“蛊惑人心的家伙，”焦孔迪叫道，“他今天清早布道时煽动民众反对士绅！您不在教堂里，加迪先生？我再也不进那破地方了。向民众布道时说应该摧毁剧院，难道这能允许吗？”

理发师晕了，将自己的半边脸扯了一下。

“我听到了什么，内洛先生？您什么也不想买？您难道不知道，这意味着什么吗？这意味着您要使我破产。因为所有这些精品我不都是为了您和按照您明确表示的愿望而进货的吗？”

“摧毁剧院！”内洛叫道，一边将辫子抛向空中。

“我们要首先摧毁‘圣阿加佩图斯’咖啡馆，”杰瓦特尔·阿基莱说道，“它早就年久失修了。”

“我破产了！”诺诺吉发出刺耳的叫声，并跟在一个拿着辫子逃走的男孩后面追。

波利严肃地点点头。

“有一点神父并不是没有道理的：良好的道德风尚在我们这里正明显地逐渐丧失。我不知道，他多次咒骂极不成体统的巴别尔城的女人是指谁……”

“他大概是指那个高大的黄头发女合唱队队员，”焦孔迪提示道，一边向波利的肚子上捅了一下。

“我不得不承认，”杰瓦特尔·阿基莱宣布，“我今天早上打开店门时，发现沙发上有一对情侣，他们是在我这里过的夜。”

“我也有一件事很吃惊，”烟草商说，“我回家时在我的台阶上碰到的。”

焦孔迪抬起两个手心对着他。

“这你就别谈！在我的巷子里：——我向你们保证，有人到那里去了。我就不用说非常黑的市政厅的院子了。”

他们突然发出一阵大笑，笑得不得不撑住膝盖。

这个时刻矮小的老老头从旁边走过，他自顾自地微笑，嘴里轻轻哼着曲调。

“布拉布拉！”焦孔迪叫道，“昨天夜里他也在外面跑，我向你们保证，他也看到了一些事。他对这些越来越感兴趣了。”

理发师在内洛面前跳跳蹦蹦，并将嘴歪成哭的模样。

“我们会明白的，我的先生：我得养家糊口；如果先生坚持要我破产，那我就只有将我所知道的事告诉所有的人……”

然而他又停住了话头，从下方窥视这个年轻人的眼睛。女人们从窗子里往外看。内洛将双手贴在臀部上站在那里；他在笑，笑声听上去像是在唱歌。其他人也跟着一同笑。

“而这个律师！”波利说了出来，“你们大概知道他为什么在这个重要的日子还没到广场上来。他全部时间都在他书房里忙。他穿着裤衩坐在他写字台边，接待一些请求预支的合唱队的小女队员……”

“唉，你们这些下流东西，你们在这里唱什么？”杰瓦特尔·阿基莱怒喝道。

“这个宝贵的夜晚，它或许得用生命去换取，”一帮小伙子在唱；可是他们把词给改了。他们疾步从旁边走过。内洛·真纳里笑着跟在他们后面绕广场而行。在商人曼卡费德房前他突然向后一退，因为二楼有一扇窗在动。内洛站定，他最后的笑声还在喉咙里。他胆怯地眨眨眼，拉长的脸显得很疲倦。

“隐身女人！我已经把她忘了，可她始终在盯着我。她熟悉我的脚步，她还知道我最后的脚步会迈向何处。迈向何处呢？迈向何处呢？”——这时他将情绪激昂的目光对准百叶窗窗板之间的阴暗处。紧接着他将脖子扭过去，将一只手张开：

“不！什么也不唱！如果一定得不明不白地死，我宁可死……可是死？”

他将两臂交叉，将脸埋到两臂上，身上抖得厉害。

“不久前还感到阿尔巴的双手抱着我的头，还又吸进了她细润皮肤散发的香气；现在感到她的微笑不见了，像炽热之火永不再燃烧……我应该昨天死就好了，昨天这还是能忍受的……多可怕，有多危险啊！我可以笑吗？诺诺吉威胁我；这我弄不懂。我似乎感到他好似在那非常低下的某个地上寻开心。现在我在他血红的眼睛里看见了凶残的诡计。我必须到他那里去，把他想卖的一切全买下！”

可是当他突然转身时，商人曼卡费德却站在店门口意味深长地微笑。他全都知道——因为他女儿全都知道！消除厄运！用贿赂来换得宽限！

“您或许不会，我的先生——”内洛结结巴巴地说道，“您或许不会——”

曼卡费德搓着双手。

“我有一批非常适合于演艺人的红色法兰绒。我另外还有做秋装的料子。可是您选得不必过于匆忙。尽管我的店星期天休息，可是为了您这样的顾客我可以把店门打开。”

“这套西装我喜欢；可是对我来讲它太贵了。”

商人曼卡费德插话：

“我把这套西装给您送去——当然我会注意，不要因为付账而逼像您这样重要的顾客。我知道得太清楚了，我在您身上根本不会落空。可或许连这套西装也不会落空，对吧？这套西装对您极其合适，或者说这套西装一定会惹得每个女人都爱。”

“随您的便吧，”内洛喃喃自语。

“那么两样都要。好的，我的先生，您将受到伺候。因此您可以以优惠价买到这红色的法兰绒，”——这时商人曼卡费德发灰的面颊上现出了他的红色的法兰绒反光。

“那么多少钱？”内洛恭顺地问道。曼卡费德没有回答；他在门口点头哈腰。接着他表示了歉意。他的兔子般的老脸上带着温和而狡黠的微笑。

“一位女顾客从旁边过去了，我的先生：除了一位女顾客没有别人。”

在内洛向大方格呢绒弯下腰时，大教堂门上的厚门帘在阿尔巴身后合上了。

教堂里空荡荡的。阿尔巴将面纱从眼睛上掠开，轻轻喘着气，像在寻找跟踪者一样向四处张望，然后在最靠近的一条长凳上跪下来。她用双手捧着额头。当冷空气使她的热颈子极舒服地打战时，她将上面的头巾拽下来。她双肩耸动，额头好似变得越来越重，两只手疼痛地撑在硬木头上。她猛地一下站了起来，注视着两只手，注视着她留在长凳上的一大摊眼泪，微微摇了摇头……前厅发出一阵响声。阿尔巴逃进了阴暗的忏悔室。

她蹑手蹑脚地朝前走去，一直走到一个跪在圣阿加佩图斯祈祷室前面的修女身后，悄悄地摸着她衣服的贴边：她摸了摸又停住了。一只手突然向后一动，紧张得脖子都发硬了，只想抽泣，两眼炽热地注视着在平静祈祷的修女。阿尔巴从这里悄悄后退到黑暗的地方。

修女已离去。四周一片寂静：——可是那后面最后一扇窗的黄布长窗帘在飘动；某个黑色的东西窸窸窣窣从窗上下来；唐·塔代奥出现在朝主祭坛一侧的门洞内。他将粘有石灰的两肩弯下，就像折断了腿似的走着；他灼热的目光在教堂里扫来扫去。阿尔巴出其不意地走出来时，他吓了一大跳，以至于他的黑色道袍晃动了一下。她做了一个请求到忏悔室去的手势，他原本想赶紧避开的，于是皱了皱眉头，好像身体不舒服一样。她将两个手指尖并拢，放到嘴唇上。她从旁边走过去，张大眼睛一直看着前方。她脚跨在门槛上，犹豫不决地向他转过身来：他们的目光相遇，他们难以察觉地用眼神相互打了一下招呼。神父合上眼睛，左手摸着她的头，右手不为人注意地朝空中一推。他左右摇摆地大步走到了法衣室。

阿尔巴脚跨在门槛上，上气不接下气地站着……最后她用力将两肩一埋，让面纱罩住眼睛，再把已将广场上的喧闹声隔绝在外的厚门帘从门上掀开。

一位头发上披着上等头巾的陌生女子在门外刚刚伸出一只手。阿尔巴将厚门帘递给她——这时伊塔利阿侧过身，瞪着一对好奇的大眼注视着蒙住脸逃走的女子的身后。

“这里穿不过去，小姐，”女仆费利卡塔说道：因为沿着大教堂有一堆女人横在空地上，她们高举着小孩乱喊乱叫。

“尽管我不再在大户人家家里干活，而是在与大户人家干仗的面包师克雷帕利尼家里干活，但我给您出个主意，小姐，因为您同情穷苦人。那么您就从林荫道顺巷子往下走，在市政厅旁再上来。这样您不会有麻烦了，因为广场上全是想打架的男人。您看见我的主人面包师坐在教友焦瓦科内的咖啡馆前面了吗？他的人多得很；他的脸红到了一定的程度，这我是知道的。律师贝洛蒂该要倒霉了！他在杰瓦特尔·阿基莱那里讲这方面的话再也讲不了多久了。”

诺诺吉的老婆和鞋匠马拉戈迪的老婆同声喊叫：

“看这些造孽的家伙，他们是唐·塔代奥的敌人，他们要抢他的桶。”

面包师尖声狂吠。

“啊！这些士绅不愿意把包厢的钥匙卖给我们，这样他们也就永远再也看不到挂木桶的房间的钥匙。”

他立刻从头开始：

“啊！这些士绅不愿意我们——”

律师贝洛蒂在他那方面气喘吁吁地说着没有人听得懂的、总是相同的话；可是人们看到对面的士绅们在讥笑。

“真是乱弹琴，”他弟弟加利莱奥在面包师桌旁说道。

药店老板阿奎斯塔帕切太太从她的窗内向外尖叫，而且还摇着拳头：

“啊！骗子，啊！叛徒，他说唐·塔代奥把木桶卖了，他说他把木桶卖给了一个美国人。”

“圣阿加佩图斯”咖啡馆前所有的人都站了起来；所有的拳头都伸向空中。大教堂前的妇女们在大声地又骂又叫。

“律师也许是对的，”理发师博诺梅蒂在市政厅前使出全身的力气喊；他在一群男人中碰碰年老的小职员多蒂。

“一起喊！律师对这个木桶的事也许是对的。他揭露了法衣室的阴谋诡计。他是个了不起的人物，这个律师！”

公务员们在喊叫：

“律师万岁！”

胖老头科尔维补充道：

“他是个了不起的人物，这个律师，因为他将在公开招聘中给我一个职位。”

“他不是给我们建了洗衣房吗？”女仆法尼亚和纳纳对鞋匠的妻子发问。“律师万岁！”

一些女合唱队小队员在拥挤的人群中朝女人们喊叫：

“他按照我们所要求的数字付给预支金！祝他健康！”

律师挥动帽子向他的拥护者们打招呼；他对他周围的士绅们说道：

“这些规规矩矩的人！谁始终保持正确，从民众的这种态度中可以看得一清二楚，也就是说是谁在联合反动势力进行对抗，又是谁在维护与自由相统一的纪律。”

“总是吹牛皮，”市政厅秘书喃喃自语。“谁知道自由在这里的哪一方。自由与放纵并非一回事。”

“您打算影射个人，卡穆齐先生？”律师问道。“此外您了解，我无愧于脱去了伪装的生活。我懂得与光荣传统相结合。显然您不知道我们是由什么样的母亲所生。维纳斯的圣地就位于我们城里，我的先生。”

“那么，它已经拆除了，”——市政厅秘书耸耸肩插话道。

“您和您的唐·塔代奥，这个披着神父外衣的蛊惑民心者对此感到高兴。他今天早上布道时不是劝告民众说，如果一些有权力的人沉湎于肉欲，就应该将他们打倒吗？我很明白，他指的是哪些有权力的人——”

律师指指自己的前胸。

“——您的唐·塔代奥遇到了这种机会才会发觉权力叫什么！”

他挥动着报纸。烟草商挠挠头。

“好极了。可是这当口儿我们的人很少——而中产阶级把整个队伍都开过来了。我们也得把我们的朋友找来。我也去找我的奥林多。尽管一般来说他并没有什么用，但是他总有一对拳头。”

城市关税征收员声称他同样想招募人。他走进了药店。老阿奎斯塔帕切噔噔地走出来，他拿着研磨用的研杵向四周捅。

“罗莫洛！”一声刺耳的叫喊从上边传来。

“这里没有罗莫洛！”他吼道，“这里只有一个眼看自由的事业正处在危险中的加里波第的战士。”

而且越说越来劲：

“害怕自己老婆躲在自己店里的一些胆小鬼在哪里？曼卡费德在哪里？”

他挥动着他的研杵走到广场上，向敌对的人群迎过去，并从他们中间穿过；“圣阿加佩图斯”咖啡馆旁的人尽管拼命挥动双臂，但没有人敢碰一下这位老战士——当曼卡费德正好放下卷帘门时，他被抓住了。他浑身发抖地跟着一起走。

“高利盘剥的家伙！”裱糊匠阿莱巴尔迪用跟他的低音大号一样的声音紧靠在商人曼卡费德的耳根下喊叫；曼卡费德脸色煞白地突然后退。民众重复喊叫：

“高利盘剥的家伙！”

“窃贼！”——这时年老的酒馆英雄泽基尼突然愤怒

得脸色铁青，“窃贼，他把所有的酒全都收购了，弄得谁都买不到酒，我们一定会渴死的！”

“我们不愿意渴死！”他的那些酒肉弟兄怪声怪气地喊叫。

“我们不想饿死在这里，”高大的马车夫从市政厅那边喊过来，“打倒面包师！”

“打倒面包师！”民众重复喊叫；克雷帕利尼很快消失在他的自家人之中。

“还有塞拉菲尼的糕点！”糕点师的学徒科莱托在马车夫背后尖叫。“你们想知道他不掺肉桂掺什么吗？掺捣碎的臭虫！臭虫糕点师！臭虫糕点师！”

一阵憎恨的喊叫——一个女人的哭诉声压过了一切声音：

“伊西多罗！我的伊西多罗！”

帕拉迪西大娘置一切于不顾，将身子伸出了她的窗外。

“快逃，我的伊西多罗，他们会弄伤你的，快跑，快跑！”

曼卡费德向她投去绝望的目光；他的一个暗探已经将他送到了“前进”咖啡馆。

焦孔迪先生将男爵托罗尼领过来。两位萨尔瓦托里先生，也就是伯父和侄儿，同样跟在他身后。

“您把我的工厂没收了，”他对老萨尔瓦托里说道，同时拍了下自己的腹部，“可这里涉及自由的问题，是另外一码事。”

药店老板在理发师诺诺吉的后面追过来。诺诺吉扮着黄鼠狼一样的凶恶的鬼脸正在围着广场跑。他在教友焦瓦科内的咖啡馆旁尖叫，一边划着十字：

“唐·塔代奥是令人敬仰的！”

而当他走近杰瓦特尔·阿基莱的咖啡馆的桌子时叫道：

“律师万岁！”

因为药店老板没能逮住他，所以他将旅馆老板马兰德里尼和教师赞皮耶里领来了。这两个只是来看看热闹的。乐队指挥多尔伦吉是自己来的；他将两臂一甩。

“我的弥撒曲怎么办！总不能一个人去大教堂排练！”

教师说道：

“有些时候，我的先生，连我们一些有头脑的男人也必须放弃我们的学习，为了伟大的思想而下到广场上去。”

“可是那边的那些人在增加，”机械工布兰迪尼在对面喊叫。“到了我们也要集合的时候了。”

理发师马科拉和德鲁索向林荫道跑，锁匠凡塔皮耶向阶巷跑；他们向上边的一些房子喊叫：

“全都到广场上来！”

从“月亮”旅馆和“定亲”旅馆来了一群农民。

“到这儿来！”站在泉眼旁的中心位置上的加利莱奥·贝洛蒂大声喊叫。“来反对这些小丑！”

可是在人们还没有弄清楚是怎么回事的情况下，漂亮的阿尔福就龇牙咧嘴地突然向他扑了过去。这时加利莱奥靠他的一双短腿飞快滚回到了跟他友好的阵营之中。漂亮的阿尔福沾沾自喜地微笑着将这个土地承租人的蓝色夹鼻眼镜当成战利品拿回来了。

然而农民们却站到了圣阿加佩图斯咖啡馆的人的一边。

当锁匠斯卡尔佩塔从大门口出来想加入中产阶级的一派时，律师贝洛蒂挡住他的路，并答应他将一向都归凡塔皮耶的那部分在市政厅干的工作交给他；凭这一点斯卡尔佩塔留了下来。对从母鸡卢恰所住的巷子里来的裁缝基亚拉伦齐，律师也同样用分配任务的办法来加以引诱。裁缝回答道：

“但愿律师先生能原谅我，因为我对律师先生怀有深深的敬意，可是律师先生不是一个和他的阶级站在一起的规规矩矩的人。”

他走到对面去了。

波利回来了。他将他的儿子推在前面，除了他儿子外他一个人也没带来。两个人都满脸通红，好似都弄得精疲力竭。烟草商气喘吁吁地说：

“我儿子来了，他应该为自由而战斗。大概你们以为是他自己来的吗？啊！我儿子是个很少把自由摆在心上的人。他不为自由而战斗，而是在他父亲为公共事业尽力时自己躲在家里，躲在自己家里，把那个荡妇，就是那个大个子黄头发女合唱队队员弄到身边，并且跟她干了你们能够想象出来的事。”

奥林多的肋骨被撞了一下。

“他母亲一碰见就晕过去了。至于我：我们的孩子这样道德败坏，简直使我打心里承认那个神父的观点是正确的。”

甚至连老萨尔瓦托里先生也表示了对他侄子的担心。为了不让在思想上出现进一步的混乱，律师很严肃地将烟草商拉到一边。

“我们是朋友，不是吗，波利？”

“友谊要多深有多深，可是——”

“这里不存在可是。因为我只说实话：我们大家都会屈服于人性的弱点。波利，你的良心会告诉你，你是不是仅仅作为父亲或者还作为敌手在反对你的儿子。在任何情况下，波利，你都要意识到你的市民义务！”

波利仍在轻声地发着牢骚，而律师却在骄傲和充满信心地打量着他的人数已增多的队伍。杰瓦特尔·阿基莱拿着味美思酒瓶四处走动，因为人们需要鼓气。

“噢噢噢！”大家同时喊叫。从“圣阿加佩图斯”咖啡馆传来回应声：

“堉啃啃！”

大教堂前和市政厅旁的民众一起喊叫、鼓掌和吹口哨。女人们在各个窗子里叫喊。这时老阿奎斯塔帕切大吼：

“这不可能！萨韦佐在那对面那些人那里！”

“他大概搞错了，”焦孔迪先生说道。杰瓦特尔·阿基莱通过他双手在嘴边围成的喇叭猛喊：

“圣水好喝吗？萨韦佐先生？”

当小萨韦佐看到自己已被人发觉时，他双臂交叉着向广场走去。他皱着眉头，带着压抑的寻欢作乐的情绪向四周看了一会儿。

“你要干什么？”民众叫道。接着他突然转动眼珠，摆出装模作样的很气派的姿态说道：

“在我们城里任人唯亲，一个阶级专政完蛋了，也应该完蛋！”

“完蛋了！”民众喊叫。

“啊！民众——”这时萨韦佐将两臂张开，像靠在十字架上一样，“你们今后会承受天才人物的牺牲，尽管他不是来自某些家庭。一些意味着腐败和剥削民众的名字将从市政厅选举的下一个名单上消失。因为它们的代表人物——”

“面包师！”博诺梅蒂和马车夫喊道。民众重复道：

“他指的是面包师！”

“糕点师！”科莱托尖叫，“臭虫糕点！”

“——会害怕你们的严重报复，”——这时萨韦佐显得疲惫不堪。

“你要喝杯水吗？”一个女人喊道。

“他需要喝水。他在作他的关于友谊的报告，”律师贝洛蒂轻蔑地微笑着说道。

“——你们的报复，”萨韦佐继续讲；同时他将自己的侧影展示给民众，“这种报复将会彻底摧毁邪恶、不道德行为和专制的基础：戏剧演出！”

“唷唷唷！”声音从“前进”咖啡馆旁发出。

“他在说什么话？”女仆费利卡塔向她耸了耸肩的邻座发问。

“烦死了！我们要《可怜的托涅塔》，”马车夫叫道。并且开始唱：

“看吧，亲爱的——”

众人大笑。萨韦佐再次抓头发，再次将一只张开的手向民众甩去，将手捏成拳头朝“前进”咖啡馆猛一伸，再将它抽回来。男爵在他背后吐了口唾沫。

“多胆小的伪君子！他已经显露了自己的身份。”

“他从来就没有能把我迷惑住，”律师声称，“我从他的谦卑和抑郁中，始终都感觉到魔鬼的妒忌。”

“是这个女演员！别让她溜掉！”教堂杂役皮皮斯特雷利的老婆在大教堂阶梯前号叫——伊塔利阿在一些妇女的追击下踩着遭到阻挡的小步子，像只孔雀一样吱吱叫着穿过广场。药店老板阿奎斯塔帕切脚步蹬蹬地向她迎去；尽管从上边传来喊“罗莫洛”的吓人的叫声，但他仍截住了她。妇女们不肯退让，她们封锁住了“前进”咖啡馆。小塞维里诺·萨尔瓦托里风度高雅地对着他们走过去，嘴里低低地说着尖刻的话。

“他来了！”鞋匠马拉戈迪的妻子叫道。“这里这个人要求我们的埃莱娜干某些不好的事，而她将他拒绝在大门外。”

“啊！一个多漂亮的年轻人，”——这时一个妇女抢走了他的单片眼镜。接着她们全都离开了，这时她们发出刺耳的笑声，还做了些并非都合乎礼仪的动作。

“难道我应该被她们打死吗？”伊塔利阿坐在咖啡馆里面的皮长凳上悲叹；在这里的焦孔迪先生在向旁观的人们调皮地斜了一眼时向她敞开了前胸。另外商人曼卡费德也已躲避到了厅内；他将干瘪的双手紧紧扭在一起。

“内战很恶劣。它对做买卖有危害。要是上帝愿意，那么有人甚至得挨揍。”

“您这样认为？”卡瓦列雷·杰尔达诺在一个最暗的角落上结结巴巴地说道。

焦孔迪先生声称在伊塔利阿脖颈上发现了一处伤，他叫人拿醋来。杰瓦特尔·阿基莱将醋拿过来说道：

“你们想想，单单一个神父就造成了这么多的不幸。”

“有些好神父，”——这时卡瓦列雷·杰尔达诺发誓似的伸出一只手。“有些好神父，也有些坏神父。”

伊塔利阿在啜泣。

“唐·塔代奥不是坏神父。他不喜欢有人有不道德行为：在这一点上他做得对。啊，关于我嘛！”

“别哭，”药店老板喃喃自语。他双手贴在身上站在她旁边，自己也在哭。

“我第一次在他那里忏悔时，”伊塔利阿眼睛湿润地说，“他非常严肃；他想知道一切，一切，一切。”

“当然，”杰瓦特尔·阿基莱说道，“这是他们的一种消遣。”

“他提出了一些非常可怕的问题，几乎好像他全都已经知道了。他难道是个神吗？”

“不是；可他大概是藏在床底下的，”男爵托罗尼叫道；而且他哈哈大笑。

“此后他命令我去拜洛雷托[①]的圣母像，否则我就会遭到灾祸……可是当我今天再去时——”

“可怜的姑娘，连她也在神职人员的控制之中！”药店老板叹息道。

“——他不愿意把我的话听完。”

焦孔迪估计道：

“他害怕您愚弄他。”

“他在法衣室祈祷，他的眼睛红得像燃烧的炭。”

“这个狡诈的东西！”旅馆老板马兰德里尼叫道。“他叫中产阶级来对付我们；可是他却装着他只跟天堂里的圣徒打交道。”

“要想在广场上找到他只是白费工夫，这个伪君子！”走过来的律师说道。

“我再一次去打扰他；这时——”伊塔利阿浑身发抖，“他像只猫一样从祈祷椅上跳起。多可怕呀！我跑，他在我后面追。他喊叫着说，我应该来做祈祷。在我说第一句话时，他就讲：‘够了’，而且他赦免了我的一切。我以为他弄错了，就又开始说。可是他以某种方式呻吟，

---

① 洛雷托（Loreto），意大利东部一城镇，是著名朝圣地。

以致我预感到不会是什么好事，我就很快逃开了。”

她看到所有的人都被震动了。律师解释道：

“他将仍旧蜷伏在他的祈祷椅中，而且可能蜷伏在长凳下。啊！他指挥‘圣阿加佩图斯’咖啡馆，这不会有什么危险。”

市政厅秘书已跟在律师身后。

“对唐·塔代奥，愿意怎么想就怎么想，”他摇晃着脑袋说，“他可是个勇敢的人。这您想怎么否认？他不怕我们，甚至不怕您，律师先生，而且是单枪匹马，因为他的副手正在收集植物。”

“但愿他也去干同样的事，我的先生。”

“他不是建法衣室，而是代表教会的利益。”

“他把教会作为外衣披在阶级仇恨上。”

“我们给阶级仇恨披上了自由的外衣，不是吗？”

“啊！”——这时律师坐立不安，“这个时刻我没有时间跟您探讨哲学，卡穆齐先生；城市在等着我去行动！”

他将大家赶出咖啡馆。

“站住！到哪儿去？”——这时他抓住了想从人群的一个空隙中溜走的内洛·真纳里；而他在这之前已经发现阿尔巴在市政厅对面的一条小巷的边上。

“有件重要的事，”他急切地说道；同时他在律师的两臂间转过身来。

阿尔巴往下不知该怎么办；一个目光从市政厅三楼阳台落到了她的身上。这目光夺去了她抬脚的勇气，夺去了她呼吸的勇气。“我从未见过这样的眼睛！内洛！”她呼喊心上人，她聚集了她整个的爱：这是白费力气；那楼上的恨大大超过了她的爱；恐惧迫使她在恨的氛围中疲惫和沉没；她逃回到巷内。

“没有什么重要的事，”律师说，“只有为自由而战斗，我的年轻朋友，”他会心地微笑着，“谁还会比我们俩对在维纳斯保护下的自由更感兴趣哩。”

男中音加迪迈着沉重的脚步走过来。

“你必须留下，内洛！我们也有我们的名誉，有人当面喊演员偷了换洗衣服是不会不受惩罚的。”

他将一只手插在裤子口袋里，将恺撒似的侧影抬起雄赳赳地走到广场上。面包师脸像葡萄一样红，全副牙齿似核桃钳子，眼如弹丸，他大胆上前向喧闹的人群责骂。突然间他悬在了空中，两条小臂膀在乱动。加迪将他扔到他的人堆里，又不慌不忙地将他拖回来。站在其他人前面的锁匠凡塔皮耶想对加迪突然袭击，可是阿奎斯塔帕切和男爵托罗尼却从对面走来迎接他们的这个朋友。杰瓦特尔·阿基莱挥动着一张椅子尾随在他们后面。当他来到敌方面前时，已上气不接下气。他放下椅子，以便将他的肚皮撑在椅背上。他叫道：

“啊！教友焦瓦科内，你是猪猡，生意大概很好，因为你的圣水花的本钱很少！”

学徒科莱托蹲着在他身后来回乱跳，他突然将他的祈祷书扔到了他的主人糕点师塞拉菲尼的头上。商人曼卡费德被焦孔迪和波利两位先生推到他们前面，他因遭到一个瓶塞击中而突然尖叫一声摔倒在地。

“噢噢噢！”

“唷唷唷！”

“打倒《可怜的托涅塔》！”

“打倒神职人员！”

“你们的唐·塔代奥究竟想干什么？”旅馆老板马兰德里尼叫道。“在他今天清早痛打我的男孩时，他自己嘴里还在吹《可怜的托涅塔》哩。”

“住口！”裱糊匠阿莱巴尔迪吼叫道。“那么就让你的肚皮跟你的煎牛排一样去腐臭！”

锁匠凡塔皮耶认真地盯着锁匠斯卡尔佩塔，并通过两只手围成的喇叭喊道：

“拍马屁的下流东西！”

“吃钥匙的家伙！”——这时斯卡尔佩塔向远处吐唾沫。“他把木桶的钥匙吃掉了，现在他向圣阿加佩图斯祷告，为的是不要肚子疼。”

焦孔迪先生听到了：

“骗子！破产者！”

他跳了起来。

“啊！这些剥削民众的家伙，这些小偷。我在这里，基亚拉伦齐，你把我的大衣料偷去了一半！”

“噢噢噢！”

“唷唷唷！”

商人曼卡费德在最后面，在最密集的拥挤的人群之中挥动着直尺。他脸上的一些灰色皱纹已经变得通红。

“谁愿意冒这个险！”他号叫道，“谁愿意冒这个险！”

乐队指挥多尔伦吉在狭长的行列中心不在焉地往四处看；这时对面传来喊声：

“《可怜的托涅塔》不是音乐剧！音乐老师不懂什么是音乐剧！”

“这是布兰迪尼吗？”乐队指挥问道，然后他冲到了最前面。站在加迪和托罗尼之间的药店老板正在这里向敌对者亮出他的研杵。

“法衣室里的跳蚤，”阿奎斯塔帕切怒吼，“你们不尊重加里波第的事业！”

“加里波第是个卑鄙的东西！他杀害了教皇，”诺诺吉的老婆从大教堂那边大声责骂；可是女仆法尼亚和纳纳挥动拳头禁止她这样做。

“抓紧，奇马布埃！”皮皮斯特雷利的老婆在号叫，尽管她们卡住了她的喉咙。因为屠户在与教师赞皮耶里扭在一起转圈。“快上，阿莱巴尔迪！快上，我们的男人们！”

科莱托在基亚拉伦齐大儿子的身下打滚，而基亚拉伦齐的大儿子却被小加迪从后面紧紧挟住。小诺诺吉叫道：“唐·塔代奥万岁！”叫完后他跑掉了。一大堆男孩立即朝他倒过去，连“定亲”旅馆肥胖的老板娘也被拖到了里面。

漂亮的阿尔福摇着加利莱奥·贝洛蒂的夹鼻眼镜；鞋匠马拉戈迪则摇着从他妻子手中夺下的小萨尔瓦托里的单片眼镜。教师赞皮耶里仍在喊叫：

“谁去碰这伟大的思想，他就要死亡！”

这时被屠户奇马布埃紧紧抱着的他不得不被摔了个嘴啃泥。两个酒友泽基尼和科尔维相互挥起重拳，可是在他们接触到一起时却变成了在肚皮上友好地敲了一下。

“就随它去吧，”他们说道。

因为农民们对谁也不了解，所以他们对所有的人都开打。被扭斗的人撞来撞去的加利莱奥·贝洛蒂不断地呵斥：

“律师在哪里？这个小丑在哪里？”

律师在市政厅前来来回回煽动性地挥舞手臂。

“嗨，多蒂！嗨，奇戈利亚！到时候了，美好的事业需要你们……我了解你，”——这时他将马车夫胸前的短上衣一拉，“你曾给我拉来了木材，在我厨房里喝过一次酒。我们是朋友。”

“是朋友！”马车夫吼叫道，与此同时他一拳就将老制绳工菲耶拉贝利打倒在地了。老制绳工因为要解手正好走到了市政厅门拱下方。理发师博诺梅蒂拍着胸脯说：

“您是个了不起的人物，律师先生。即使屠户奇马布埃比他现在还强大十倍，律师也仍然是个了不起的人物！……愿为律师贝洛蒂献身！”他叫着，戴着便帽一阵风似的冲破了好几排人。他被屠户死死拖住，屠户一只手将他从地上举了起来。博诺梅蒂的便帽和领带丢掉了……律师扭过头去，脸色发灰。他对波利沙哑地说道：

“名声要求一个人别左顾右盼。可是我认为有时一个人宁可与其他所有的人严格按顺序排队。”

波利挠挠头。

“这个期间好像我们挨了打。挨打对我的奥林多会有帮助，可是至于我——”

他后撤到咖啡馆内。

在那前方的老阿奎斯塔帕切被十个敌对者给缠住了，

他们在抓他的研杵。他在他们面前一步步退让。前面的人后退时踩着了后面的人的脚；人们在各自的队伍里对骂——这时自由斗士的角锥形队伍在女人们的欢呼声和愤怒声中被一群“圣阿加佩图斯”咖啡馆的人挤了进来。杰瓦特尔·阿基莱拼命舞动他的椅子艰难地掩护人们后撤。

“律师，”焦孔迪先生愤怒地说，“现在他们把我所有的钮扣都拽掉了，一直拽到了这一颗：你不觉得现在是我们倒霉的时候吗？”

律师两眼飞快地朝四处看。他发现他姐姐阿尔泰米西亚、萨尔瓦托里夫人和焦孔迪夫人在阶巷内——在她们的后面，约莱·卡皮塔尼将两只绞在一起的手朝前伸。律师发出呻吟声；他脑子里在为独自向获胜的敌方反扑过去进行谋划——这时在众人的喧闹中，有一阵轻轻的音乐声传进了他的耳朵：这阵微弱的快节奏音乐声先只是像小鸟一样在很远的地方唧唧叫，现在已在近旁和谐而强劲地铿锵作响。

“我们得救了，”律师轻声喊叫，继而高声叫喊：

“胜利是我们的！鼓起勇气，朋友们！”

药店老板已经又在挥动着他的研杵进攻；最靠近他的一些人在向前移动。敌方面临着这突如其来的危险在犹犹豫豫地朝后退——这时从市政厅巷里急速整队走出一队年轻人，他们是抱着四弦琴和吉他的十个电厂工人。市政厅旁的民众为他们让开了位置。律师贝洛蒂从“前进”咖啡馆前向他们迎上去。他脱下帽子。

“我的先生们！”

他们停止了弹奏站定在那里。四周突然安静了下来。

“我的先生们，我们在这里为你们的利益而战斗。因为你们是民众，是真正的民众；因为除了自由你们就不可能有什么更高的利益。”

“小丑！”他弟弟在对面大喊大叫，“你们没有看到他在愚弄你们吗？”

女人们开始吼叫；“定亲”旅馆老板在喊：“可是在市政厅里他不要社会主义者。”

“你们别听这些人造谣中伤！”律师用尖细的声音喊叫，他向上伸的两臂在发抖。“律师贝洛蒂，我是民众的朋友，是我促成了电站的建造和你们非常喜欢的《可怜的托涅塔》的演出；因为我了解你们就像你们了解我一样，我们是朋友。你们两位——”

他将他的两只手伸过去。

“——我在一个高尚的行动中，在一个崇高的行动中就注意到了你们。你们知道那个可怜的驼背他遭到了一些卑鄙的家伙的虐待——：啊，朋友们，我们以人的名义互相理解。”

律师的两眼饱含着泪水。两个戴大帽子和五光十色围巾的年轻人冲到他怀里。他握握他们的手。

“请告诉你们的伙伴，我将在所有的地方都保卫他们，而且你们的敌人也就是我的敌人。你们瞧那里的那些人：他们企图把你们寻找自己最高尚享受的剧院关闭。你们瞧那里的那些人：他们一旦掌权就会剥夺你们的工作，并将这个城市交给神职人员。这样一来民众不就要为自由而流血吗？打倒神职人员！”

士绅们在他身后重复道：

“打倒神职人员！”

工人们猛地向后一退，他们互相看看。

“自由万岁！”好几个人突然喊叫。

“圣阿加佩图斯”咖啡馆响起一片长时间的喃喃低语声。扑向前并乱喊乱叫的女人们在空中转动着手臂。民众和士绅都猛烈鼓掌。两个女合唱队小队员穿着红色衬衣、头发蓬乱、神经质地大胆走上前来，她们声音响亮地喊叫：

“瞧瞧我们，小伙子们！鼓起勇气！和律师一道走！”

诺诺吉的老婆和皮皮斯特雷利的老婆出其不意地扑向她们，将她们拽了回来。律师眼里闪现着傲慢的神情；他向周围十个工人做了个表示胜利的大幅度的手势。他们还仍然在犹豫不定。

“把你们的乐器放下！你们排好队！我在你们的前头。我们今天的行动是在为历史而行动。”

“您不是在欺骗我们？”一个工人问道。“在以后选举时事情可能不会变化。”

律师将交叉着的两只手压向心头，他踮起脚将身子提高。

“我看上去像个资产阶级吗？我是个把索尔多堆起来的人吗？我知道比最高的钱堆还要高的东西：这就是民众的幸福；同时我也愿意向与之对立的东西冲过去！”

他挥动着双手。工人们将他们的四弦琴靠在“前进”咖啡馆的墙上。市政厅秘书对在相互交换意见的士绅们说道：

“由此可见有产者的敌人是律师。为了满足野心。他想与颠覆力量相结合。从权势欲中正在产生无政府状态。”

律师突然转身。

“卡穆齐先生，您已充分暴露。您的疑心病、您对人的积极行动的批判、您的寂静主义，所有这些糟糕的东西最终都会引向教会的怀抱。您可真的滑到那边去了！您可真的和那个忌妒者萨韦佐共同扛起了圣阿加佩图斯的大旗。可是我们——”

他将右手指向空中，领着工人队伍开始迈步。

“——要像从前一样战斗，就是像我们从阿多尔纳的市民手中夺得桶时那样战斗，玛尔斯[①]、维纳斯和雅典娜正盘旋在我们头上。”

药店老板、加迪和男爵托罗尼加入进来了。焦孔迪和波利先生狂暴地环顾四周；呼呼战风令人眩晕地从人们额头周围掠过；突然爆发出强有力的“唷唷唷”的喊叫声。

“你们看见那些人害怕了吗？”律师朝他身后的工人们问道。“他们动都不动。他们以为今晚他们会坐在包厢里吗？你们将坐在里面，你们。包厢属于民众！”他叫道；继而在双方碰击中他将鞋匠马拉戈迪撞倒在地。十个工人在他们前进的路上遇到了铁栅栏一样的屠户奇马布埃的两条光膀子。杰瓦特尔·阿基莱的肚皮在教友焦瓦科内的身上滚动；他大喊大叫：

“二十年来我就等这一天。我想看一看你血管里是否有圣水！”

马车夫正要向加利莱奥·贝洛蒂发起攻击，可是加利莱奥一面令人非常害怕地叫着“乱弹琴”和“小丑”，一面用牙齿猛咬，因而马车夫被弄得惊惶失措地蹒跚后退。

律师对着萨韦佐看。他们俩在拥在一起的战斗的人群

① 玛尔斯（Mars），罗马神话中的战神。

中都将手臂交叉在胸前。

“现在您或许会希望，”萨韦佐说，“及早认识到我的能耐。”

律师缓慢地打量他。萨韦佐问道：

“我们仍然是个不合格的律师吗？”

“比以前更加是，”律师说道，一边把头扭开了。萨韦佐从背后举起拳头；内洛·真纳里阻止了他。

“啊，是您！”萨韦佐气喘吁吁，“您竟敢再一次去维拉斯库拉，我真担心您会永远在那里回不来！”

“我不会等那么久！”内洛叫道。他比对方下手更快。

“顶住，奇马布埃，你是头狮子！”诺诺吉的老婆和马拉戈迪的妻子发出刺耳的尖叫。屠户将向他进攻的十个人一个又一个地摆脱开来。只有两个戴大帽子和五光十色围巾的年轻人仍在坚持，因而他拼命将用臂和腿缠住他肢体的这两个人四面旋转。皮皮斯特雷利的老婆向躺在地上的乐队指挥挥动她的拐杖，可是小里纳出于愤怒，也出于爱而夺下了她的武器，并将这个老太赶走了。中产阶级以巨大的优势制服了叛徒斯卡尔佩塔。科莱托和几个男孩在下面杂乱的腿脚中间爬行，他们还用手去扳支撑自由事业的朋友和敌人的身子的脚。

屠户已经挣脱，他两腿通红，口吐白沫。所有喊叫着在四周转动的人都已分开退让。屠户将仍在继续扭斗的内洛·真纳里和萨韦佐冲倒，接着他在深沉的吼叫声中挥着两个有血污的大拳头撞向律师贝洛蒂。裁缝基亚拉伦齐在这期间扑了过来。紧接着两个年轻人已将屠户追上，并把他撞倒在进攻的人群中。

“是谁将我从这头猪那里解救出来的？”——这时杰瓦特尔·阿基莱又重新用他的肚皮向他的竞争对手进行冲击。所有的人又在转圈。商人曼卡费德发出号叫声，他的这种声音人们还从未听到过：

“我遭杀害了！”

他脖颈里有一只母鸡！理发师马科拉和德鲁索用他们荡剃刀的皮条在四周盲目乱抽，可是一些母鸡却更不要命地在拥挤的人群中乱飞。科莱托和几个男孩一次又一次地把这些母鸡轰进来。人们喊叫着，捂住脸纷纷跑开。加利莱奥·贝洛蒂拧断了一只母鸡的脖子；可是这时母鸡卢恰发出比母鸡还响的咯咯声，伸着她的尖嘴和划着她的两条像扑打的鸡翅一样的长臂向他猛攻过来。他和其他人一道躲进了“圣阿加佩图斯”咖啡馆。她抓住的不是他而是律师，她用两个利爪去抓律师的脸。他闭上双眼喊叫：

“快来帮我！快来帮我！”

谁也没来；人们逃向四面八方；律师为惊恐所袭倒在地上。

母鸡卢恰最终放开了他；他听到她将家禽赶回了她住的巷子。——这时像有人亲热地抚摩他一样，有一条湿毛巾在轻轻擦着他一只在流血的耳朵，他发现约莱·卡皮塔尼太太一张胖胖的脉脉含情的脸向他倾斜下来。

"您伤得总算还不重，是吗，律师？"她说道。

"漂亮的太太，您的目光治愈了一切，"他一边回答一边站起身来。他很快就察看清楚了，广场中部空无一人，而四处充满着混乱的人群。他们没有被人监视。

他抚摩着她的膀子说道：

"您在这个严重时刻想给我一个我向您渴求的信号吗？"

她只是将眼睑合了下来。

"有人会看见我们，"她在这种情况下表示，同时往后退着。

律师目送着他；都忘了掸去自己身上的灰尘了。

"啊！这些女人，要是没有她们，那谁还会想去干大事。"

他转身去"前进"咖啡馆。所有的人都在相互拥抱和喊着上饮料。杰瓦特尔·阿基莱同时将他的黄、红、绿的酒杯到处送。

"我们已把他们打跑了！"他郑重宣布道，"'圣阿加佩图斯’咖啡馆将来要一直空着，教友焦瓦科内马上就不会再卖他的圣水了。”

有人从托罗尼豪宅花园里拿来了鲜花；花店老板用抖动的双手急忙理好一束，将它送给了出现在门口的伊塔利阿。

“向您致敬，小姐，”他结结巴巴地说，“我们战胜了神父。”

然后他两眼溢出泪水，扑到律师胸前。

“噢，朋友！多好的一天！”

“要是曼卡费德不在该多好，”——这时焦孔迪先生敲了敲商人曼卡费德的肚皮，“谁知道，这是怎么搞的。可他是头一个用其母鸡使他们陷入恐怖的人。”

“每个人都尽了自己的义务，”有人在说，“可是卡瓦列雷躲在何处呢？”

卡瓦列雷·杰尔达诺愤慨地从咖啡馆里走出来。他向周围展示他的白西装的肩和衣袖。

“这些母鸡……我不得不把西装送去洗。”

“卡瓦列雷同样是位英雄，”波利判定道，因而伊塔利阿将花环推给了卡瓦列雷和律师。

理发师诺诺吉来了。

“由此可见我们胜利了！……不是吗？各位先生没有看到我吗？可我真的是阻止屠户杀害律师的人。”

许多人想起了这事。律师自己讲不出在那个时刻看到过什么。诺诺吉受到了款待。

市政厅秘书将夹鼻眼镜扶扶正。

“可诸位从什么地方得出我们是胜利者的结论呢？我似乎感到我看见了您倒在地上，律师，不是吗？”

在律师认为不值得回答他时——

“我们的对手在任何情况下都没有认为自己被打败了。他们已经退回到‘圣阿加佩图斯’咖啡馆内，不应该使我们对胜利有十足的把握。或许过一会他们就会离开那个咖啡馆，用庆祝误认为胜利的办法比我们更加起劲地来攻占‘前进’咖啡馆。”

商人曼卡费德、波利、卡瓦列雷、杰尔达诺默默无声地放下他们的酒杯。这时有一队人从林荫道走到广场上来。为首的是糕点师的学徒科莱托，他通过两只手吹出刺耳的声音。他后面的小伙子们一同用口哨声吹着四弦琴和吉他的进行曲。屠户奇马布埃在由两个戴着大帽子和五光十色围巾的年轻人带领着的工人们中间脚步沉重地走着。

“我认为这是不可能的事，”城市关税征收员表示，“他为什么不把他们打倒？”

他们迈着坚定的步伐和吹着轻快的乐曲从旁边走过。两个年轻人将手紧扣在屠户的腰带上。

“腰带是解开的！只要他一动，他们就会把他的裤子扒下来！”

律师起身并将头上的帽子脱下。士绅们在鼓掌。泉眼后一直还在推来搡去、并不断发出喝彩声的一小堆人突然散开了。人们看到萨韦佐躺在这堆人里面的地上；内洛·真纳里将头发轻轻向后一掠站了起来。当他将两肩微微耸起，迟疑地穿过广场时，好些已返回的妇女喊叫道：

“漂亮的演员万岁！他也好勇敢！”

咖啡馆旁的士绅们已经端着酒杯向他迎上去。律师从人们的肩上望去，在寻找市政厅秘书。可是此人从其他地方溜掉了。商人曼卡费德提议：

“必须把这个萨韦佐赶出俱乐部。我们有责任为自由事业而无所顾忌地利用我们的胜利。”

男爵托罗尼同样是这个意见。律师提出反对。

“我们必须通过宽容使我们的对手感到惊讶和同意和解。这就要求凌驾在两派之上的真正的政治家的智慧。”

杰瓦特尔·阿基莱支持他的意见。

“谁会从市民的争斗中捞到好处呢？除了教友焦瓦科内这头猪没有别人。屠户奇马布埃一直都是我的最佳顾客；这些从不吃喝的工人无权这样对待他。”

“如果我们向唐·塔代奥派一个代表团去，”教师赞皮耶里说道，他脸色苍白地在他的座位上动来动去，“——诸位对此有什么想法呢？”

烟草商拍了拍他的肩膀。

‘别害怕，我亲爱的。只要我们一掌权，神父就阻挡不了我们固定聘用您。”

“不管怎么说，”律师说道，“这可都是高级外交活动。我们会使神父丢脸和缴械的，因为我们会向他证明：我们天生就崇拜上帝，我们是比他更虔诚的基督教徒。”

意见发生了分歧。伊塔利阿在为唐·塔代奥说情。

“他不是个坏神父。你们不应该太过于伤害他。”

焦孔迪先生闭上一只眼睛，他对着伊塔利阿的耳朵低声说道：

“你自己今天就无疑用药店老板伤害了他。”

“啊！”波利叫道，“起码我们现在明白了，他说巴贝尔城的女人是指谁。这是指母鸡卢恰——因为她把一些虔诚信徒打跑了。”

弗洛拉·加林达来了。

“我希望看到横尸遍野的战场，”她说道。“在我熟记的《金发女郎》一剧中有好多人被打死，这一定有人曾经看到过。现在不是这样，而是所有的人都没受伤，”——这时她轻蔑地微笑。“神父建议，对他们别姑息。”

“我喜欢他。他是个非常狂热的信徒，他比你们所有的人都强大。我们两个能够相互理解——如果他愿意的话。一些考验会对他有帮助。啊！你们看吧，他走得多费劲。”

人们现在才清楚地看到：在钟楼和曼卡费德房子之间最暗的角落里，他驼着背；在黑暗中他翻过墙去，突然跳起来，轻飘飘地迈了两步，又向后倒退。律师从另一些人的头顶上向他点头打招呼；他呆板地喃喃自语：

“这里可以看到什么叫被击败。”

阿奎斯塔帕切和杰瓦特尔·阿基莱自告奋勇地到他那儿去。

“我们将向他介绍，内战只对教友焦瓦科内有利。”咖啡馆老板说道。

“而且介绍，总之一句话，我们不是宗教的敌人，”药店老板说道。律师握了握他俩的手。

“没有教会的支持中产阶级只会是各谋其利的一盘散沙。去，我的朋友们，去吧！”

他们动身去了。

乐队指挥痛苦地陷入沉思。他突然嘴唇发抖地转向弗洛拉·加林达。

“您很喜欢他？”他问道。

“谁？”

“唐·塔代奥。”

她耸耸肩。

“我是个呆子，”他几乎大声说道。

神父的声音出人意料地迸发出来：这声音高而亮，但是显得嗓子很疲劳，就好像已经喊了好多个钟头一样：

“你们认为你们是胜利者吗？你们不知道上帝有时让他想毁灭的人胜利吗？他们堕落下去时无疑会更加拼命坚持。你在用你的折磨帮你笃信上帝的妻子升入天堂，而你自己在下地狱！你的上帝是你的肚皮，你每天都会被你的肚皮引向死亡！……”

“他多么疲惫！”咖啡馆旁的人互相低声说道。

“他像个恶魔。可以说阿基莱和罗莫洛是在为公众的幸福而牺牲。”

“讲和？”——这时神父声音变得很尖。“我不懂得与敌视上帝及其神圣的教会的人讲和。不是吗？有人说我已把木桶卖给了美国人！有人说我跟修女们淫乱，说我用眼睛活动的圣母像来蒙骗农民！你们这样写，你们到处说，你们向主教阁下报告，企图假他的手将我毁掉——而现在你们来讲和？要是我接受讲和，那么上帝会痛打我。可是现在他会痛打你们，痛打你们。上帝啊，如果有必要出现一个奇迹的话——”

唐·塔代奥将两臂朝前远远一捅，并将胸脯一挺。两个特使向后退缩。

“——那就开始吧！”神父朝天发出刺耳的叫声。

这时市政厅巷子里出现了噔噔噔的脚步声和喊叫声。

屠户奇马布埃在十个工人的前面飞速穿过广场，然而他却提着裤子。“前进”咖啡馆旁的士绅们从他们椅子边上向后退。屠户从旁边经过；他跳进“圣阿加佩图斯”咖啡馆，撞得玻璃门上的玻璃哐啷一声碎了一地。紧接着所有的人都从里面拥了出来，挥动手臂，敲着铁桌，朝这边喊一些威胁的话。神父的声音被淹没在众人的狂喊乱叫之中，在这背后人们看见他的一双为了表示感谢而有力交叉在一起的没有血色的手从阴暗处突然伸了出来。

两个特使急忙返回来。

“没有一百万我再也不去跟他谈话，”杰瓦特尔·阿基莱说道，一边擦额头上的汗。

“你们胆小！”弗洛拉·加林达说道。她把下巴撑在一个拳头上，两眼放光。“你们为什么不狠揍神父呢？说不定那边的那些人就会将你们打死。那就太好了。”

工人们也已经退回来了。

“到这儿来，朋友们！”律师叫道；他让人给他们拿酒来。

“我们就回家去，同志们。让那些人单方面继续喊叫！大家都不会不看到我们已将他们逐出广场。这个时候，另一些任务在呼唤我们，”——此时极乐的思绪使他的脸变阔了。

“事实上人们对这种事开始厌烦了，”男爵托罗尼说道。

“汤就要凉了，”波利补充道。“马兰德里尼和您，音乐老师，我们是同路。”

律师将乐队指挥拦住；他向他靠得很近，轻声说道：

“鼓起勇气，年轻人！您的事比您所认为的要好。比您在这样一些事情方面更有经验的人立刻就能看出，这个姑娘是想用神父来使您产生妒忌。”

“您相信？”

“他会像一个处女一样脸红的！所以您可得抓紧。真糟糕，因为她现在在等待着。眼下正是享有的时候！”

约莱·卡皮塔尼现在在等待！律师祝愿大家各自都会走桃花运，并相信他们都能成功。

乐队指挥的心跳到了嗓子眼儿。他默默地拒绝了想跟他一同走的波利。烟草商、马兰德里尼、男爵托罗尼和伊塔利阿一道从林荫道方向离去了。伊塔利阿喊叫内洛，内洛没有跟他们走。卡穆齐、教师赞皮耶里和老、少萨尔瓦托里先生朝另一侧走向市政厅巷。卡瓦列雷·杰尔达诺想跟在后面。弗洛拉·加林达落后两步尾随着他。

“卡瓦列雷，我知道一个爱您的女人，”她压低声音说道；当他眼睛一亮盯着她时她赶紧又补充道：“噢，不是我自己；是裁缝基亚拉伦齐的妻子。她再也睡不着觉，她因为您而病了。她还说，她想向您学唱歌……可是那几个人跟您不辞而别了，您快走！”

老歌唱家跑开了。这时某种硬东西砸了他的腿，而且有个缩着两臂的人从对面向他直冲过来。

“天哪，请等等我！”老头尖声大叫；他手脚生硬地乱动，可人却还在原地。裱糊匠阿莱巴尔迪又向他扔了个窗帘环，于是他将两臂撑在大腿上弯下腰。对面一些人在号叫；这时律师和焦孔迪先生也笑起来了。弗洛拉·加林达两眼又放着光，严肃地说道：

“这具尸体我也不应该看。”

“到了我把你带回家的时候了，”加迪说道；他抓住了她的一只手臂。乐队指挥没有等到杰瓦特尔·阿基莱给他回话，就跟在他们后面冲进了母鸡卢恰所住的巷子。

“我什么时候能和您谈谈，弗洛拉？我可以告诉您一些什么重要的情况。”

“两个规规矩矩的年轻人，”律师说，“他们将会幸福的。我们也走吧，焦孔迪！”——这时他用草帽换下了他的胜利花环。

十个工人拿起他们的乐器。他们把律师及其同行者夹在中间，领着他俩走向阶巷。“圣阿加佩图斯”咖啡馆前的所有人都站了起来，挥舞着双拳；可是谁也不敢上前。律师说道：

“我们在民众的保护下行进，焦孔迪，这多么了不起！”

“特别是就你而言，律师，你肯定会在民众的保护下走向一个女合唱队员的怀抱。”

律师会心地微笑。

“我到卡皮塔尼医生那里去——他断言我得了糖尿病。”

“该死，这不是令人高兴的事。”

“然而我去是为了令我高兴的事。”

他的一根指头动来动去，目光耐人寻味：

“他给我的我不要；医生们总是只想抢夺权力。”

焦孔迪先生搓搓手。

“这你不要，而是只要他不肯自愿献出的某种东西。我们听懂了。啊！律师……”

丁零当啷的声音、唧唧喳喳的声音和兴奋的笑声在阶巷中消失了。商人曼卡费德对阿奎斯塔帕切和杰瓦特尔·阿基莱说道：

“现在他们走了，十个人全走了。对这个律师你们爱怎么想就怎么想，他可是个卑鄙的自私自利的家伙，他把他们十个人全都带走了。不管怎么说他都应该留下五个，好让我回家时也有个保护。”

商人曼卡费德咬牙切齿，脸都气歪了，他有气无力地敲了敲桌子。

“现在我该怎么走过去呢？那些凶手正好在我门前等着我。”

他将上身完全缩在他的棕色羊毛夹克衫里。

“他们对我会比对卡瓦列雷还要恶劣，因为他们恨我。”

“你不该用酒搞投机，”杰瓦特尔·阿基莱叫道。“宁可用任何其他的东西，可是不要用酒。”

他们两人精神不佳地教给他办法，教他如何沿大教堂溜走而或许不被人看见。他只是喃喃自语：

“你们说得倒好，你们家就在这里。”

这时萨韦佐在对面站起身走了过来。当这三位先生默默无言地对待他时，他阴沉地微笑着。

“你们也许在这里生气，因为民众敢于要求自身的权利，因为民众找到了能对他们的要求作出承诺的领袖，是吗？”他问道。杰瓦特尔·阿基莱回答说：

“你大概觉得教友焦瓦科内的圣水再也不好喝了吗，萨韦佐先生？”

“因为您手上正好拿着酒瓶，请您给我一杯味美思！”——这时萨韦佐随便坐了下来。

“所有这些玩笑，我的先生们，都不是针对你们的：我促使开这些玩笑是为了让律师看到，除了他之外还有其他的人。”

“律师算个人物，”药店老板说道；“可是您，萨韦佐先生，算个无赖，算个叛徒。”

萨韦佐同情地垂下头。

“您，我的先生，作为老战士，不需要知道一个人如何取得政治成就。我是什么人，我身后的势力会告诉您。”

他指向对面。商人曼卡费德身子猛一抽；另外两人将他们所持的异议吞了下去。

“尽管如此，我并不认为我们必须敌对。”萨韦佐继续说，“为了向你们证明这一点，我将去参加俱乐部的下一场晚会。”

“您将被开除，”药店老板叫道。商人曼卡费德哆哆嗦嗦地用手去摸他的臂膀。

“天哪，当心！”——这时曼卡费德将一只手放在胸口转向萨韦佐：

“我的先生，我是个最爱好和平的人：我痛恨市民的纷争，我一直希望和解；如果不是有人强迫我，在如此令人遗憾的事件面前我是绝对不会下到广场上去的。您是俱乐部的成员，我将为您的权利而辩护，甚至去反对律师。”

商人曼卡费德握着双拳。

“他是个自私自利的家伙，我的先生，他把人全带走了。十个工人他一个也不给我留下，以便我能顺利到家。”

“萨韦佐先生为什么非得要在对面喝他的味美思哩，那里的酒是劣质的，”杰瓦特尔·阿基莱说道。“您不是还可以劝告屠户奇马布埃——？”

“由此可见我们是朋友。”

萨韦佐站起身来。

“曼卡费德先生，我陪您走过去，请您相信我。”

商人曼卡费德紧握他的双手，两眼噙着泪水。

“有人想把您开除出俱乐部，萨韦佐先生；可这不是我。谁告诉您这是我，那他是在说谎。”

“啊，我的先生们，有件重要的事我们不应该忘记，”——这时萨韦佐开始斜睨他的鼻子。“俱乐部的下一场晚会上演员们一定会奏乐，那时我想必会受到邀请用铅笔吹奏。不是吗？一个全城都知道的艺术家难道该站在那些糟糕的乱喊乱叫的人的后面？我的声望要我在那场晚会上表演我的拿手戏，用铅笔吹奏。”

“您用铅笔吹得精彩极了！”商人曼卡费德叫道。

杰瓦特尔·阿基莱说道：

“我必须承认——”

萨韦佐的眼睛斜得更厉害了。

在他跟曼卡费德一道离去时，药店老板埋着头朝他的门口走。他在台阶上转过身来。

“一切都完了，”他悲伤地说，“连对自由的爱也完了。现在有人跟反对自由的人签订协定。大家都变得软弱了，甚至你都这样，阿基莱。而我自己：好似谁在对我讲，我得与神父谈判！可是情况就是这样，加里波第的时代不会再来了。”

他跨过门槛，很费劲地将他的一条木头假腿拖进去。

“前进”咖啡馆空着；“圣阿加佩图斯”咖啡馆的客人都一个一个地被他们的老婆喊回家吃饭去了。在最后几个离去时，少尉坎蒂内利和他的两个部下冒了出来。他们戴着饰有羽毛的三角帽，佩着军刀，穿着镶有红边的燕尾服在广场周围巡逻，拾捡武斗遗留在地上的东西。少尉让给他们端上了点饮料的杰瓦特尔·阿基莱向他报告事情经过。

“我们先前不想插手，”他解释道，“市民的纷争总归不是好事。武装力量的介入或许会使纷争闹得更凶，而我们不希望闹得更凶……丰塔纳、卡帕奇，在泉眼旁我看到了一个衣领和一条领带。”

杰瓦特尔·阿基莱的看法是，这两样东西是博诺梅蒂的。

“他遭到了凶狠的拳打脚踢。药店老板不得不给他上了药。”

“一件多么恶劣的事！”少尉说道，“丰塔纳，你把他的东西还给他。”

接着他们在猜测《可怜的托涅塔》的第二场演出今晚是不是会举行。杰瓦特尔·阿基莱表示怀疑，可是少尉却安慰他。他说中产阶级对这些演出的兴趣比士绅们还要大。这些手艺人在管弦乐队中参演，他们中谁也不愿意失去他们的两里拉收入，还有他们在合唱队中参加合唱的男孩和女孩的半里拉的收入。

“钟敲响八点之前我们会看见他们来的。”

当钟敲响八点时，各条巷子里便传来了阵阵脚步声。一群一群外来的人从城门旁的几个小旅馆和从“月亮”旅馆及“定亲”旅馆拥过广场。市民与农民混杂在一起，他们耸耸肩表示取得了相互理解。

“哎！我们真的必须奏乐。”

工人们赶紧登上阶巷；女仆们留下了她们刺耳的笑声以及菜蔬和煤烟的气味；小伙子们冲到了所有人的前面。八点半时士绅们来了。药店老板阿奎斯塔帕切不再需要谨慎，他穿着他最好的外套，扬起头从他妻子身旁噔噔地走过。

所有人都已走开，这时穿着颜色暗淡风衣的弗洛拉·

加林达跑过广场。商人曼卡费德又迅速将头伸出他的房门，偷听了好长一段时间后才敢步子轻快又轻快地跟在后面。

他十一点就回来了，比所有的人都早。

在所有乱七八糟唱着歌、吹着口哨的人过去后，弗洛拉·加林达向母鸡卢恰所住的小巷子里跑。乐队指挥跟着她跑进去，落在她身后半步的距离。

“这一次您难道对我也不满意？我把您想要重复的所有唱段都重复了。”

“是观众想要重复的唱段。因此我现在很疲倦，晚安，音乐老师！”

“您必须注意听我讲，弗洛拉，”——这时他将他一只颤抖的手放到她的肩膀上。她继续在跑。

“您认为我是您的敌人，不然您就不会对我这样恼火。可我不是您的敌人，弗洛拉，因为我爱您。自从我第一次听到您的歌声，啊，天哪，我就立刻爱上了您。”

“这我不相信，”她说道，“再说我不需要您的爱。”

“每个人都需要爱。您没有人的七情六欲？啊，我或许会变成著名人士！您或许会看到我为什么会变成著名人士，原因仅仅是我使您成了著名人士，弗洛拉。”

她突然停住脚步，愤怒地盯着他的眼睛。

“您别在这里厚颜无耻了吧！我通过您成了著名人士？这太可笑了，我都不愿意生气。”

说着耸起肩膀接着往前跑去了。他朝她的颈背结结巴巴地说道：

“爱使我失去了理智，这我明白。请您原谅！难道一个人在爱的时候他就不能把事情办好吗？然而我因此明白了：您比我名气大；如果您肯屈尊唱我的音乐作品，那么或许它就会变得很出名。”

他气喘吁吁。她浑身发抖。

“说句中听话，弗洛拉，请您说句中听的话！”

这时他们站在她的门前。弗洛拉·加林达转过身来。

“也就是说您想利用我而变得出名。我得生活在您的名声的影子中。这可能就是爱，我可预料到除了这种爱别的什么都没有了。可是我告诉您，您的爱是对我的侮辱。”

她走进屋。他随后冲了进来。

“啊！我终于认识了您。我永远都不会忘记您有多么凶恶！”

他说得急促，而且嗓音变得很尖：

“这我明白，这我明白。您一直都只想羞辱我，都只想把我推向绝望，就这样来对待您确实能感到的我的全部的爱，就这样来回报我的全部的爱。您很凶恶，我恨您！”

她屏住气停在第一道走廊里。每说一句，他的指节骨处红得厉害的双拳就向空中一挥；他板着脸，眼睛形如利剑。她急忙四下张望，并退向墙壁。他突然跪下。

“我使您受惊了！只要我爱您，我就永远不原谅自己。”

他难以抑制地发出呻吟声：

“当然现在我必须走开。”

她看见他再站起来，将两只手放在眼睛前面，将额头朝墙壁低下去。她已经到了上面，用力将她房间的门一关，拴上门并放声大笑。她在镜中看到自己扭歪了的脸，将头巾捂在嘴上。这时她听到了充满怒气的低语声。“这您别感到惊奇，音乐老师，因为她爱着另一个人。”

弗洛拉·加林达通过百叶窗向外窥望。理发师诺诺吉在下面将乐队指挥拉到另一边，并用一只手遮着嘴。

“她爱她的房东裁缝；而他则因她而骗了他的老婆，那个可怜的倒霉的女人。您再也不知道裁缝是怎么诽谤您的吗？他自以为是艺术家，比您要了不起；可他星期天在城外小酒馆里演奏他粗俗的、农民们都不愿听的乐曲，因为他们知道我的乐曲……”

乐队指挥挣脱开来。

“啊！这个背叛的女人，”——这时他扑向这幢房舍的大门。弗洛拉·加林达从窗边往回一跳，拿来钥匙把几个门都锁上，然后屏着气站着不动。

“嗯！不，他不敢。”

她将嘴角向下一撇，从背后看着理发师带着啜泣的他，经过像月光一样洁白的那半边巷子从那里走了。

她没有睡意，解开头发打算洗头。她注视着两肩上方，看到镜中金灿灿的头发包着她细细的颈脖，倾泻的头发使她的面影显得很柔和。她继而将脸与镜子靠得非常近，再打量她宽宽的嘴巴里排列整齐的小而白的牙齿。“我多靓丽哟！”——这时她微笑着自我解嘲。“我的靓丽经久不衰，它对我是最重要的，因而它还会在三十年、四十年里魔术般地对我带来大量好运……到那时候现在向我表白的一些人会在哪里呢？他们的声音再也不可能长久地传到我耳里。说不定日后有一天我真的从大世界又来到这里，他或许仍然在一个圣徒的节日指挥由裁缝们和理发师们组成的小乐队。”

有人敲门；基亚拉伦齐的妻子站在门外。

“我们不想打扰，”她说道，张着她那张缺牙的嘴巴。

“你们还没睡，那么我到你们那里去；”——这时首席女歌唱演员穿着衬裙走进裁缝的厨房。裁缝坐着看铺在桌上的报纸，突然又久久地立在那里，两只手贴在裤缝上。没等裁缝冲过来将一把椅子擦干净，弗洛拉·加林达就坐到了火苗急速闪动的砖灶旁。女主人抓住开水壶的链条将它拽低；她递给小姐一杯咖啡。

“可这头发哟！你看这头发，翁贝托！这样的头发你绝对再也看不到了。”

女主人将手指伸进首席女歌唱演员的头发里。

“你不摸摸它，它是这样柔软。你也摸一下吧！”

“或许小姐不愿意。”

他一动不动。弗洛拉·加林达自己将丝一样的鬈发放到他的一只手上；当那只骨骼强健的大手的抚摩使飘浮的头发一上一下时，她愉快地微笑着。这里这个男人不敢碰她。“他爱我爱得好似我已离开了，并在各国的首都都出了名。”她心想。

裁缝说道：

“好在并非每个女子都有这样的头发。”

女主人碰了他一下。

“要是烟草商的女仆莉娜也能有这样的头发，那他就不会抛弃她了。”

“谁？”由于裁缝说得不明不白，所以弗洛拉·加林达问道。

“音乐老师，”——这时女主人立刻走到她脚边坐到灶台上。

“她多么不幸啊，这个可怜的小姑娘！不知道他是怎么回事；他说他没有爱别的姑娘，然而他不再需要她了。

可是她：他可以打她，而她还会去吻他的手。这方面人们大概都看到了，因为她把真的是个阔佬的卡瓦列雷·杰尔达诺打发走了。”

“把卡瓦列雷·杰尔达诺？”

“对，是他——这个可怜的老头，尽管他答应为她的音乐老师做她想要求做的一切。可是问题是，她会提出什么要求呢？”

裁缝将身子转过来转过去。

“小姐不想听这些事，”他说。

“正好相反，这些事使我感兴趣——”

弗洛拉·加林达突然笑起来。

“——那我愿意告诉您，她会为她的音乐老师提什么要求。”

女主人将两只手合在一起。

“您愿意宽容吗？莉娜不敢向您本人提出请求。”

“她一定会要求卡瓦列雷，请他设法使音乐老师受聘于秋天去威尼斯，冬天到博洛尼亚的蒙迪—贝伦迪公司。这是极好的岗位——”

她两眼开始闪亮。

“——这对音乐老师多尔伦吉来讲或许太好了一点。可当听到他会得到这个岗位时，他会感谢莉娜的。这样一来她就会感到满足了，这个可怜的小姑娘；至于以后他是否真能得到这个岗位，这跟我们有什么关系，不是吗，我的朋友？”

“确实是，”女主人惊异地脱口而出。

“因为他不该得到别人对他的帮助，这您丈夫知道。”

“他不是好东西，”裁缝说道。“这我现在知道了——尽管有人看着他的时候他好像不错。可是他不乐于看到别人的某些长处。”

“他曾说过您丈夫吹得比所有的人都差。”

“多么无耻的谎言！要是我丈夫认真吹他的次中音号，他比整个管弦乐队都强。”

“您看音乐老师该有多坏呀？为了使非常喜欢女人的卡瓦列雷感到愉快，我只给您提出我的一个建议。请听着：您不是想让他教您唱歌吗？——因为好像您真的很喜欢唱《可怜的托涅塔》。他会向您献殷勤的，可您丈夫不要吃醋哦。”

裁缝憨笑着。

“您在卡瓦列雷指导下唱《可怜的托涅塔》，很快就会唱得比我好。”

女主人吃惊地将一只手张开；随之他傻笑。弗洛拉·加林达站起来，为的是别被看出她是在恶意讥诮。

“那好吧，我让卡瓦列雷到您这里来。”

她在她的房门旁将身子转过去时，裁缝仍站在对面眯缝着眼，好像他的眼睛由于长时间凝视她的金灿灿的头发而疲劳了一样。

她又将头发对着镜子。

“这样好的头发！因此总会有另外的人看到它，总会有另外的人赞赏这种风韵。我将使几代人着迷，连现在还没有出生的后代也会觉得我很伟大。可是我自己会感受到什么呢？我会幸福吗？”

未知的、孤寂的岁月突然在她镜像背后的黑影中不息地流逝。她感到毛骨悚然。

“为什么我必须孤独。为什么我要忍受我身边无人。难道真的所有的人都是我的敌人吗？啊，我心怀恶意！”

她越想越厌恶地盯着自己的眼睛。

她静心思索。“这一切都完了，我已作了抉择。”她向一个小的铁质三脚架俯下身，将小香水瓶往头发里倒。可是在这种情况下她感到动作笨拙。

“一旦我不唱歌，我就很贫穷。这头发对我来讲太漂亮了，它只是向唱歌的那个人借来的。我恨这头发，因为它不属于我，因为我必须为空间上最远的、时间上最晚的目光而保养它，而决不允许接受最亲近的人的吻。”

她垂下两臂，让头发上的香水滴落。

“他的目光多么忧虑！由于渴望使我感到愉快，他的脸色多么苍白！……我爱他吗？……请允许我爱！”

她在乞求哪个神灵？她在乞求她自身？

“请允许我爱他！这种命该会多好，该会多轻松愉快！”

这时她两臂颤抖地扑到床上。她的脸埋在散开的潮湿的头发下抽搐；她心里好像在作垂死挣扎——而从由她喉咙管里冲出的声音异常响的呜咽中她感到自己平生最大的幸福突然爆发出来了。她明白：“轻松愉快的生活是别人的，不是我的。我的生活是艰辛的，可我为它的艰辛而骄傲。”尽管如此，她却在滑稽可笑地哭泣。

卡瓦列雷·杰尔达诺在她窗下自言自语：

“由此可见裁缝的妻子真的爱着我。她还独自亮着灯，而且她在哭。”

他将头侧向一边。在持续发出呜咽声时，他猥亵地微笑着站在那里。灯熄灭了；老头蹑手蹑脚地回到广场。他坐到“前进”咖啡馆前一张洒满月光的桌子旁。时钟敲响了一点。

“所有的人都睡了。因为我没有睡，难道我不该去安慰裁缝的妻子吗？不过裁缝身强力壮，所以我怀疑我今天还能不能像当年在罗马一样从窗户里跳出来。那位伯爵夫人廖蒂啊！在我扮演《利哥莱托》[①]剧中的公爵时，她爱上了

---

① 《利哥莱托》（Rigolett），又译《弄臣》，三幕歌剧，由威尔第作曲。

我。她是罗马头号美女，而她称我是她所见过的最漂亮的男子。许多年以后布布科夫太太对我说了同样的话。这是在我扮演上一个角色卡诺时的事。布布科夫太太不会是真爱我的最后一个女人吧？最后的角色，最后的女人……”

他一只手撑着太阳穴坐在那里一动也不动。

“安静：那里有人，”内洛对着阿尔巴的耳朵低声说。她悄悄耳语道：

“把我放到地上，那我们就轻巧多了。”

他们相互支撑着缓缓地、缓缓地将脚从阶巷的最后一级迈进市政厅底下的黑暗之中。

“那是谁？”

“卡瓦列雷·杰尔达诺。可是他正在睡觉。”

“我们该冒这个险吗？”——这时他们穿过一个最近的拱门，月光正好泻在那里。

“啊，天哪！他在动。”

“为什么两者都是最后呢？”老头心想。“还有一些女人属于我。许多民众向我发出欢呼……难道他们是冲着我的名声而为之欢呼的吗？因为我是知名人士……”

在感到惊奇时，他向四周的黑暗处望去。阿尔巴和内洛屏住呼吸。

“所有的人都在那后面睡觉，一些不认识的人。成千上万认识我的人现在已经死了。一些还年轻的女子梦到了我，一些小伙子喜欢上了我。”

“为什么这个老头不到床上去睡？我们怎么从旁边走过去呢？那山上的修道院门已经关了，而且明天清早不是阿米卡看门。”

“即使在这个场合，啊，阿尔巴，我们相互只有爱。”

老头将一只耳朵转向泉眼那边微弱的淙淙水流处。

“对了，这是最重要的事：在我师傅的花园里，我在劳动时把一双手弄黑了，同时我在唱歌。谁也不注意我——可是朱列塔将她洗的衣服放下倾听我唱。水从洗衣泉里向外流：对了，水是这样流，这是我的歌声……”

“让我们冒这个险。非常小心翼翼地穿过月光带，我的心肝。角落里很黑，这样我们就安全了。”

“啊，我要把你从他们那里救出来，那就更危险了，我的宝贝！”

“当时朱列塔十五岁，我十七岁。在她的一双光脚上她真有这种玫瑰色的指甲吗？现在我两只手上的指甲都干枯了！不管是裁缝的妻子还是女仆莉娜都不会要我，如果她们看到了我的指甲。”

“那老头此刻大概还在继续睡。你吻我，他哪里会知道。吻我吧，阿尔巴！”

五

市政厅秘书走到“前进”咖啡馆前的桌旁。

“先生们还不知道这条新闻吧？……我来将它透露给你们。我们有理由尽可能长久地对公众隐瞒，因为我们必须担心发生骚乱。”

“曼卡费德已经脸色煞白，”焦孔迪先生说道，“您要给我们一个什么样的打击呢？”

卡穆齐动作迟缓地坐下，他准备往下说，同时面带疑惑地微笑着。——这时小萨韦佐步伐坚定地从咖啡馆内走出来，交叉着双臂大大咧咧地坐到桌前，说道：“律师对唐·塔代奥的诉讼败诉了。”

“不是律师，是城市的诉讼败诉了，”市政厅秘书说道。

“都一样，”——这时萨韦佐露出了他的黑牙，“城市，这就等于律师。城市败诉，是因为城市听他的。”

“这我不否认，”市政厅秘书说道。波利和焦孔迪互相看看。

“这就是律师今天没让人看见的原因吗？”

“萨韦佐先生——”

商人曼卡费德急切地将他的一只干枯的手放到这个年轻人的臂上。

“——唐·塔代奥有些什么打算？他将让民众来反对我们吗？”

“有人已严重伤害了他，”——这时萨韦佐幸灾乐祸地耸耸肩。商人曼卡费德突然呻吟着将身子一挺。

“只有律师已严重伤害了他。律师是罪有应得。是吗，诸位先生？我们要宣布与他脱离关系，我们要把他交出去，因为城市的利益要求我们这样做。”

药店老板阿奎斯塔帕切敲着桌子。

“我们大家提起了诉讼，而如果法院现在判我们无理，这就是说，法院已卖身投靠了教士们。”

“事实上，”波利说，“世人都知道这个木桶是属于将它夺来的城市的。”

“还加上诸神的帮助，”焦孔迪补充道。

市政厅秘书用讥讽的目光打量他们。

“可以看出先生们不懂法。初级法院已作了权衡，对这个木桶已管理了好几百年的教会通过对这个光荣的纪念物如此之久所肩负的责任，已经赢得了正确的某种权利……”

药店老板插话：

“这一切只能证明，教士们今天又高高在上。”

“可是我们可以上诉，”烟草商说道。

卡穆齐加以反驳：

“我不知道市政厅是否会对此作出决定。律师会要求这样做的，可我们会追随他吗？他提出在市政厅为卡瓦列雷·杰尔达诺立个纪念碑的议案昨天已遭否决，这不是对此作了很好的说明嘛。”

“有许多人，”波利声明，“已对这些演员厌烦了。看来他们明天就走，再见，你们好好走吧。”

焦孔迪也在作告别的示意。

“我们现在领教了他们的《可怜的托涅塔》。我们当然也领教了他们本人！在我漱口的时候，听起来就好像是‘看吧，亲爱的，我们四面开满鲜花的家’。没有人再愿意为此掏钱；当然，为了还有人去，他们在一、二幕之间还插了协奏曲，同时加林达还穿上舞会服，真纳里还穿上燕尾服出来唱音乐老师多尔伦吉创作的歌。多尔伦吉是个好青年。”

“他们应该唱多尔伦吉的歌，”波利说道，“可是他们在我们中间的这四个星期里不幸的事却一个接一个。最好别谈帕拉迪西大娘的两个姑娘。维托里诺·巴卡拉就他那方面而言，他始终都是个老老实实的小伙子，然而由于一个小女子压在他背上他竟偷起他师傅的东西来了。或许至少在这一点上一些上等家庭是可以不受害的……”

烟草商愁眉苦脸地将两眼对着自己的膝盖之间。萨韦佐蛮横地将一只脚朝前一移。

“那您将您的奥林多的不幸归功于谁呢？因为有人知道为了把钱给他的黄头发女合唱队员，连他都将手伸进了他父亲的钱箱。是谁把这么一帮冒险女郎放到城里来的呢？”

“他们是演员！”药店老板叫道。“他们给我们留下了对理想的回忆。”

“还留下了罪孽，”市政厅秘书说，“——顺便讲一下这我预先就说过。可是谁警告不要挥霍浪费，那他就成了反对进步；谁不希望道德败坏，那他就是神职人员。”

“男高音是个贼！”在桌子周围徘徊的漂亮的阿尔福突然冒出话来。“如果少尉不愿把他监禁起来，那我就杀死他，”——他把裸露在外的牙齿咬得紧紧的。萨韦佐以深沉的目光盯着他；漂亮的阿尔福在这种情况下退进咖啡馆，萨韦佐跟在他身后。他一面走一面说道：

“真纳里从不付早餐钱——因为他真的把所有的钱都给了香水商和裁缝。”

“什么样的生活方式！”曼卡费德说道。“可是现在大家都疯了。在塞韦里诺·萨尔瓦托里为演员们举办的庆祝活动中，马兰德里尼起码赚了二百五十里拉。这个萨尔瓦托里正在走向堕落。”

“而他的恶魔是律师，”卡穆齐说道。“人们会相信的，这个家伙所考虑的除了个人怎么尽情纵欲并同时将城市毁灭之外就没有别的了。”

“律师？”阿奎斯塔帕切叫道。“他有胆略，他有一些宏伟的构想。如果将来我们有新剧院、公共屠宰场、制冰厂和夏季驻防的武装力量，那么我们要在按他的计划而成为好看的四方形和周边配有连拱的广场上，竖一座我们城市最伟大市民费鲁乔·贝洛蒂的立式雕像！”

波利搔搔脑袋。

“要是没有这么多事，所有这些好事还会更好些。”

“为了把这些外面的人弄来，”焦孔迪补充道，“律师让市政厅支付了四百里拉。我不得不说，住在马兰德里尼旅馆里的唯一一个英国人花我们的钱也太多了点。”

市政厅秘书将一只手洒脱地一甩。

“你们的失望，我的先生们，会由许多人来分担。律师的创造欲正在演变成毁灭欲，他没有发觉他是如何在毁损他余下的威望。这些演员请求我，他不感到难过。他们的到来使许多双眼睛睁开了，使好些摇摆不定的观点不再动摇了。我们突然面对的是无政府状态和破产，我们想到了要节制，要严厉，没有这两点就不存在共同体。”

“事实上，”烟草商补充道，“今天早上就有非常多的人做弥撒，这么多人是二十多年来都未曾有过的。”

“地方行政长官据说到了场，”焦孔迪说道。“那么或许我们又必须到那里去吗？”

药店老板气得呼哧呼哧的。

“不只是在我们这里是这样。反动势力到处都很活跃。而民主产生的政府却害怕民主，支持反动势力。国王在罗马为德国皇帝所举办的庆典中教皇贵族不是占据了整个二楼楼座吗？自由资产阶级完全足以建立君主政体；我们没有得到君主政体的光荣，而是得到了它的一些宿敌。有时候我真的好后悔。因为，我们只说实话，和加里波第一道这是不可能的事；或许这位英雄太伟大了，他竟逊位离开我们。”

“您说得对，”——卡穆齐在狞笑——“在加里波第领导下和在共和国时代也许不会有争端，既不会为了木桶、也不会为了其他什么东西。”

这老头将双臂张开。

“您认为我会对此有怀疑吗？那么我必须告诉您我相信什么。这，我的一条腿，我是为效劳于共和国而失去的。——啊，共和政体仍像我当时那样年轻，如果它又回来了，那我就让我的这条腿再长出来！”

卡穆齐狂妄地站了起来。

“您是个诗人，阿奎斯塔帕切先生。”

他对陪伴他的焦孔迪说道：

“我该回答这些极端主义分子什么话呢？他们以为自己掌握了真理。可是首先要有真理，不是吗？其次这种真理似乎也走得太远了。”

“到哪里去，阿尔福？”波利叫道。可是杰瓦特尔·阿基莱的这个儿子连周围看都不看一下就攥紧双拳缓慢地走进了市政厅巷。

“漂亮的阿尔福怎么哪？”他所经过的地方的女人们在发问。“他没有向我们笑，而是把帽子拽到鼻子上，好像是在想不愉快的事。”

在城门外好大一段路的地方，已经到了洗衣房的那一边，萨韦佐从灌木丛中走出来。漂亮的阿尔福开始发抖。

“你在想什么我全知道，”——萨韦佐以抑郁的目光盯着他。“你曾跟我谈过，如果你一旦暴露，那就要倒霉。你不知道我能干什么；你说不定会死于你自己说的话。”

“可是如果这是真的，”阿尔福惊怯地低下头说，“要是他已诱骗了她，那我就把他杀掉。”

萨韦佐把他拉到田间小道上。

“像你这样的人别在公路上走，”他阴沉地笑着说道；在两条长长的灌木丛交叉处，在小教堂前面他又开口说：

“昨天我在这里偷听到了他们的谈话。她对他说：‘你不要去注视圣母像，我忌妒它。’随后他发誓要忠诚于她；她答应他她愿意逃到他那里去，就在明天演员们刚刚要走的时候……你把刀放进口袋去！”——这时萨韦佐交叉着双臂向前迈了一步。

“那是他们，”萨韦佐在维拉斯库拉前低声说道。“他们连躲也不再躲了。从旁走过的所有的农民都看到了他们在拥抱，你这个笨蛋还要怀疑吗？”

漂亮的阿尔福直挺挺地扑倒在地；他将他的啜泣遏止在尘土里。

“如果你杀掉了他，那你就要到橹舰上做苦役，”——萨韦佐悄悄退回来，这时本躺在地上的漂亮的阿尔福爬着越过公路，穿过栏栅的缝隙。他倒向旁边的柏树之间的软土上，从一侧转到另一侧；在此期间他咬牙切齿地窥探着。

内洛让一面银质镜子在阳光中闪闪发光。

“你赠送给我一件多么精致的礼品啊！哦，我有一位多漂亮的女子做爱人，一位非常知书达理的女子。”

“我？”她面颊微红地从他的肩上抬起头来说道。

“哎呀，我是个贫乏的人！你可是认识很多大都市的女子。”

“你的一双手该有多香啊！”

“你不是送给了我伯爵夫人们使用的香水吗？我的内洛，你知道好多我不知道的事。”

“一个可怜的歌唱艺人！你怎么会爱我的呢？”

她突然将他松开。她两眼深沉而炽热地盯着他的双目，她重重地摇着头。他跟着她走到背阴处。

“你怎么啦？……这里很凉，我直吸气。”

“你有这种感觉吗？我的爱恋使我发热，使我窒息；它就像月亮一样难以捉摸；它就像这矮树丛，它的荆棘扎入了我的心田。”

“阿尔巴，你在干什么？你的可怜的一双手！”

“你看到了吗？除了只有对你的爱之外，其他痛苦我再也感觉不到了。”

“那么我呢？我发生的什么事不是因为你？我什么人都不看，我对什么都不关心；可是如果我单独在田野之间走，我会突然停住，并热切盼望地眨着眼睛，因为在热气中出现了你迷人的面孔，啊，阿尔巴，这时凉气就送进了我的嘴巴里。”

她孤独地苦苦思索着，注视着他。

“我不相信你。”

“你不相信我吗？”

“埃尔西利亚·帕拉迪西和米纳·帕拉迪西在公开场合互相打耳光，有人说是因为你。”

他突然跳了起来。

“可我不认识她们！即使她们在我面前置对方于死地，那我也不会理睬她们而直接到你这里来！”

“这是真的？”——这时她纵情地将脸和双臂伸向他。她在他的亲吻中开始颤抖。

“但愿这不是最后的吻吧？内洛！是最后的吻吗？”

“这么说你不愿舍弃我，你这个坏东西！那个土地承租者不是已为我们弄到了一辆车，这辆车我们不是也已看到过吗？你明天早上就坐这辆车跟在我后面，我将登上车到你身旁，明天早上！”

“当我昨天从我的包厢的门与门轴间私下偷听你怎么唱时，由于害怕我的心跳突然变得微弱了，这难道是我能听到的你的最后的声音。我的心悬在每个音上，当下一个音出来时我吓得半死；我被你的歌声吸引住了，我渴望你的歌声。”

“我的阿尔巴！”

“你不再出声；我万念俱灭；我膝盖发软。几个戴着白色假发套的服务员从布景里出来，送给你放在敞开的首饰盒的丝绒垫上的礼品。这些礼品是些什么女人赠送的呢？”

“你是知道的，委员会给每个演员都送了礼品，这些礼品分文不值。”

“可能是的。但是在那遥远的大世界还有很多女人拿着她们的礼品在等你吗？你将会因此而为多少女人歌唱吗？啊，内洛！也许你绝不会登上那辆车来到我身边，我将孤单地、并遭遗忘地坐在车里返回来。”

“阿尔巴！什么想法侵袭了你？”

他摇摇她的双臂。她从他的头顶上看出去。他看着她那闪烁着忧郁神色的眼睛以及她那好像是在对他进行威胁的极为严肃的面孔。他战栗地弯下身来。她仰面朝天说道：

“可是我不会把你留给那些女人。你听着！你听着始终能传进你耳朵里去的最严肃的话语。那些女人找他也是白费，他爱阿尔巴，他不应该再爱别人。你大概说不出话来。我要把你最后的声音的回响锁进会越变越坚定的心中。”

他突然感到头晕。他捶击胸脯，跪了下来。

“如果我将来会欺骗你，那我就不再活了，你就把我杀掉吧！”

她向他俯下身，她温柔地抱住他的头。他们在哭泣。

阿尔巴满脸泪水地微笑着直起身。

“你这坏东西什么也不看。我穿了双从巴黎买来的鞋。现在你在吻我的脚吗？你吻吧！啊！这意味着很好看……你这个美男，你以为我会不知道你已经又穿了一套新西装吗？让别人去感到惊异！”

他沿着平台迈着愉快的步伐走在她前面。这时突然从他旁边的地里蹿出一个黑乎乎的龇牙咧嘴的人，一把刀在寒光闪闪；他一边奔跑一边喊叫：

“救命，有人杀人！”

“到平台上去！”阿尔巴在喊叫。“进屋去！”

追击者早已封堵了通向房门的路，内洛急忙上山，他身后是一头野兽的鼾声。在没有路的情况下他被绊了一跤。他呼吸困难，感到恶心。他全身乏力，停住不动，只能向杀人者转过身举起双手。当他闭上眼睛时，突然发现面前躺着一块石头。在他和阿尔巴曾经为逃避诺诺吉和律师而向下滑倒时，他们当时就是以这块石头为支撑的；他看清了他们曾抓住过的一株五针松。已过去的情景，整个已过去的情景突然又浮现在他眼前。他差一点送命，还好刀尖没有扎进胸膛。内洛长啸一声，他向上一跃，心里感到踏上了石阶。他站在山的高处环顾四周：漂亮的阿尔福在他们曾栽进去的坑底翻滚；阿尔巴在那里夺下了他的刀。内洛扑到最后几株柏树后面的沟壑中。在几块大石头围成的洞内他倒在地上，心脏似乎停止了跳动。他朝四处张望。他在呼吸着。

“我在这里吻过她手指上的血！我们的初吻有她的血的味道，难道为了这最后的吻我会很快把我的所有的血都流光？”

他突然颤抖起来；又怕又恨使得他的脸变得很难看。

“她始终只想使我变坏。她爱过我，可是她的爱是要置人于非命的。她跟我有什么关系？我不愿意死。”

他很惊慌，他在思索——这时他用拳头捶地。

“我是个笨蛋！四个星期以来为了她的原因，我想很快成为修道士，很快跳进深渊，我砸死蛇，我把自己置于城市的所有的尖刀之下。可是现在我想想，我并不像她所希望的那样伟大。因之我要离开这里。没有我她自己可能会酿成悲剧：那我就只适合于遭暗箭，而且这时还会有人歌唱！”

他大胆地走出来。山下面他没看到有人；他头上的垂直方向是修道院。他在寻找台阶。

“现在我感到眩晕。第一次来这儿时我可没有眩晕的感觉！”

他用双手爬过最后几级台阶。修道院的花园里没有人；庭院的柱子之间有白色的阳光孤寂地洒在铺石地面上；大门敞开着。内洛在外面惊奇地四处张望；他有了跑和笑的想法。在阶巷，他朝着每个女人都微笑。有时他站住，他深信天空广阔而蔚蓝。

广场上没有多大动静，只有少尉坎蒂内利坐在咖啡馆前。漂亮的阿尔福在整理椅子。内洛漫不经心地微笑着向他走去，可漂亮的阿尔福很快就溜掉了。

卡穆齐太太从市政厅的阳台上目不转睛地朝下看。内洛急忙将头偏过去；随后他慢慢转过头来回看了她一眼。最终他们俩微微一笑。

“您好，夫人，”内洛说道。

“晚上好，我的先生，”卡穆齐太太说；在相视微笑一分钟后她又说道：

“那么今晚我们将听您唱最后一次吗？”

“我可不再唱了。”

“为什么？您把我们俱乐部的庆祝活动给忘了吗？”

她笑得更加厉害。

“究竟是什么事使您打消了各种念头，使得您不露面了呢？”

“这是真的，我应该唱！”

“赞皮耶里太太，”她向那边出现在窗口的寡妇说，“或许您的尼纳也不再想她的竖琴演奏了吗？您瞧这里这个演员，他一点也不知道大家都在等着他。”

“可您只需要使我记起在我的听众中——”

卡穆齐太太从她在旁边扇动的扇子下方，用深情的目光迅速向他打了个招呼——而在他没把话说完之前就走开了。内洛打了个榧子，用两个脚后跟转动身体。

“看吧！”他心想；而且还想：“为什么不看……或者是另一个！或者是好多个！”

他朝上面的一些空窗子打招呼；在隐身女人关闭着的窗前，他以嘲弄的心情微微欠身。

“再见，啊，命运女神。我再也不会遭厄运了；一切又将是游戏和冒险——明天就要到大世界中去。”

他步履轻盈地穿过林荫道。神父唐·塔代奥笨拙地从另一侧摇摇摆摆地走来。在朝下走向“月亮”旅馆时，他们互相打量了一下，继而神父将激动的目光移开了。“他灰头土脑，大汗淋淋，一副可怜巴巴的样子！”内洛心想。“拯救灵魂是件很困难的工作吗？那么他是个笨蛋，他在拯救灵魂。”

唐·塔代奥冲进他的家门。他在黑暗的过道尽头谛听。这时仍然一片寂静，他抓着楼梯栏杆的柱头将额头轻轻贴在壁上。

上面的门刚一开他就发起火来。在不被人看见的情况下进到自己的房间，然后在房内乱跑。木板地面使得他的脚步在四面素壁之间发出响亮的啪嗒啪嗒声。他突然发觉自己是带着厌恶和贪婪的面部表情在越过祈祷书向各个角落窥望。他的女管家打开房门，她将两个拳头放在臀部上。

“怎么，尊敬的神父？您在这儿，这个期间您要我把饭菜烧焦吗？您现在到底在忙些什么事？”

面对这张有牢骚的、不信任的脸必须把话藏起来！

“我没什么，埃尔梅内吉尔达，那你就把饭菜端来。”

他咕咕哝哝地站在桌前，看他是否还能吃。他忍受着饭菜的味道吃着；当觉得一道菜的佐料味太重时，他吃惊地停下来。“刺激得不好受！”

“这不对您胃口？”老太问道。“您感到不舒服？”

他闭着双眼频频点着头逃进卧室。他拜倒在圣阿洛伊索斯的像前。过了一会儿，他倾听着把头抬起；他面带被解脱的微笑将合拢的双手朝上伸。他突然将双手抽回僵住不动了。“啊，我的上帝！我相信你让你的天使的歌声出现在我可怜的脑海里是为了拯救我；可这是‘托涅塔的祈祷’。在圣洁的守护神面前我当然在作最后努力——而我看到的是亵渎神灵！我完了！”

“您在敲吗？”老太问道。“圣母马利亚！您干什么，您把盥洗台掀翻了。”

她在擦地板时说道：

“您成什么样子了，尊敬的神父！一段时间以来您冷落了自己。您突然想起来穿您最好的衣服，又把它弄脏了。现在我们怎么办？”——这时她突然严厉地盯着他。他一直后退到墙边，将头垂向胸口。

“我再也不知道怎么办，”他说道，听到自己的声音金属般地在紧张颤抖，就像丧钟的剧烈振荡。

“这里是灯，”老太说道。“让灯光把您的一些想法驱散。”

在她向他道了晚安后，他垂着头横穿房间。随后下面的一些声音变响了——这时他匆匆关了灯。他在仔细听。他闭上眼睛仔细听着，渐渐向窗子靠近。这时从一些路过的说话人中冒出了一个女人的刺耳的笑声。“是她！啊，是她！”——这时唐·塔代奥瘫软了下来。

他神情恢复过来时天色已漆黑；他又突然想到，他完了。

“她是否在笑的时候把已完蛋的神父的窗子指给他们看了呢？因为她知道这扇窗子。她知道在忏悔时我追求过她。你想坚持说‘我触及她的衣服只是偶然的事’吗？承认！我承认……在我后来非常恐惧地将头转过来时，我突然感到她也触及了我。我们互相触及，我们互相分享快感；而我是个神父，我是个玷污了自己教务的神父——哦！对此除了上帝明白之外没有人知道，可尽管如此我现在也要被逐出教会。”

他触摸自己——继而又将双臂伸向空中。

“这是不可能的，因为我是在做梦。究竟发生了什么事，我怎么会从活跃的核心人物的圈子里被逐出和遭诅咒呢？啊，对我！”

他中止了他惊惧的喊叫，他在仔细听，并向外窥探。

“没有人……我的所作所为是我的事。难道有谁知道是怎么回事？这不是撞到我头上的特殊的命运吗？教皇已轻率地严加谴责。这应该不起作用！我要再变成我本来的样子。不是所有的人都了解我吗？我在他们中间不是一个圣灵的捍卫者吗？他们称我是圣人……”

他突然将两手向眼前一拍，随后悲叹着发出笑声。

“一个圣人，一个把手抠进教堂窗子的石灰里窥视一个女演员淫乱的圣人！一个在光石头上睡觉也无济于事、并对她心存欲念而倍受煎熬的圣人！他在每个女人的眼睛里都能觉察出她可恶的诱惑；因为连可怜的托罗尼男爵夫人的手在我的手里都会变热，她注视着我而不知道我脑子里冒出了什么想法。我说什么呢？圣母马利亚！我再也不可以看圣母马利亚的脸！”

他悄悄地抽噎着弯下身来。

“向何处去呢，我的上帝？我散发着臭气，我的气息在杀死生灵。我的罪恶侵袭了城市，使人们在和演员们一道毁灭，脱离上帝，跑向与我为敌的律师一边。城市的堕落是对我的惩罚和我自己堕落的反映。因为难以形容的事发生了，而且我这个精神的护卫者仅被肉体所猎获。我所充满的神圣的精神竟会屈服于有形的肉身！我能对教皇和各种惩罚说什么呢？也许既没有教皇也没有上帝；也许人们别指望有永恒，然而精神却永远存在——啊！这是一种什么样的认识，这是多大的失败。精神永远神圣。我献身于精神，尽管如此，而我已将我的思想与未被授圣职的人的下流的情趣混到一起，我现在比有朝一日要下地狱的人更害怕遭诅咒。”

他将两臂向上伸着。

“毁灭吧！上帝！请给我净身和将我毁灭！使得我堕落的她和我自己——以及所有这里违犯教规的人，我们都必须遭受焚烧。城市必须被火烧。这你明白，主啊！”

他僵直地站着；像箭一样直指天空的两只苍白的手的手指尖在颤动。热气从天上向指尖流淌下来。唐·塔代奥感到在遭受煎熬，并得到净化。他闭上双眼，仿佛圣火在周身熊熊燃烧，火焰把他抬了起来；城市在他身下，城市在燃烧，还有她，也在燃烧。唐·塔代奥在死前还强大得用他的思想将她置入火中。现在他死了，解脱了……他一面叹息一面睁开眼睛。他仍然活着，对面“月亮”旅馆的灯在发着微光，什么事也没发生。唐·塔代奥踉踉跄跄地上了他的床。

“我已筋疲力尽。我疯了。将会发生什么事呢？”

他惊愕地谛听着。是她的声音！声音近了，声音增强了，她像恶魔一样在笑。唐·塔代奥将两耳捂住，可他还是在听。他将眼皮紧紧合在一起，然而他看见这女人和一个男人走进他们的房间，看见他们脱衣，看见亮亮的肉。在这些情景下，他蜷缩着。欢愉的叫喊声强烈得使他跳了起来，并向四面张望。他眼前是红红的火，耳朵里是一片喧嚣。

“她必须被火烧！”

他气喘吁吁地到处乱找，他迷乱飘忽地横穿房间，经楼梯来到户外——这里什么人也没有呀？——他一闪而跑到暗的一侧，顺着通往旅馆的巷子朝下走，只有一扇有亮的窗子。唐·塔代奥一面退后一面向上凝视。这时百叶窗打开了，一条闪亮的光膀子吸引了他。唐·塔代奥扑到地上，他的牙齿格格作响；他用两只手将铺石路面上的禾草归到一块……

安静！什么声音！是住在旅馆里的男高音！他来了？

“这我知道吗？”内洛·真纳里说道。

“啊，不，”弗洛拉·加林达说道——这时她继续在行走。

“人们击掌并非总是没有理由的。我想向你承认，内洛，我最近害怕过你。在你的招待特邀宾客的晚会上，你简直是令人惊讶。”

“那么你因此变得不舒服了？你使我感到遗憾，弗洛拉。”

“没有道理，我可怜的内洛。因为我再也不怕你。今晚以来我又像往常一样具有平常心了。”

她嘴唇紧闭，斜眼打量着他由于失望而显幼稚的脸。他激动地冒出：

“可是他们今晚也在鼓掌。”

“当然有些女人在鼓掌，因为你真的很漂亮，”——这时弗洛拉·加林达耸了耸肩。他挥舞手臂。

“要是你知道……一个人某一次或许有理由没唱好，因为他——啊，弗洛拉，我是所有人中最幸运的一个，可是今天我差一点被人杀害。”

他突然一惊，匆忙向四处看，可俱乐部的最后一批客人正从那后面的广场的另一边走进阶巷。弗洛拉·加林达拐到母鸡卢恰所住的巷内。

“差一点被人杀害，啊，一桩不得了的风流韵事。”

她带有讽刺意味的微笑突然消失了，她的声音显出厌烦的意味。

“事情就是这样，经历太多的人绝对不明白，他晚上会去唱……再见。”

她从她房子的门口用轻松的语调追着他喊叫：

“去做你的重大经历的梦吧，小东西！”

他垂下头走向林荫道。他突然将身子来回乱转，再停下来对着黑夜用劲呼吸。他两手缓慢而发抖地举起——这时他把脸埋下来；他头发在后颈飘动，头发上模模糊糊地有月光闪现。内洛发出呻吟：

“阿尔巴！”

他忍住了呻吟，泉眼在月夜的寂静中汩汩流淌。钟楼背后的那扇百叶窗在微微颤动。

……内洛猛地挺直身子，他打着榧子向市政厅巷冲去。在“前进”咖啡馆关闭着的门后出现了嘈杂声，内洛吓得拼命后退。紧接着他朝门伸了伸舌头，接着又往前跑……他从旁边跑过去了。他将两肩耸起，响亮地哈哈大笑。市政厅三楼有一个窗帘拉开了。已经接近城门时，内洛回头寻找这盏灯。他笑着摇摇头；他将手捂到嘴上，嘴里突然冒出来：

“阿尔巴！”

城门前街灯突然都熄灭了；内洛四下张望。

“我想会像往常一样不认识这条公路，可是在这些矮树丛中却有好多我不曾发觉的隐匿处！”

他突然感到恐怖；他停下来，两臂僵直靠在身旁……不，一个暗影。可是今天早晨那个疯子持刀跟在他身后，那可不是闹着玩的。“一个疯子，是的，或许他现在正把扫把柄当阿尔巴抱着在睡觉，他因她而妒忌我——因此他还是动了刀。然而我已为了阿尔巴目睹了死亡。我应该再目睹死亡吗？啊，上帝！绝不！……尽管如此我也是了不起的，即使是我！在他们鼓掌时，他们已感受到了这一点；同时我自己也感受到了。阿尔巴是使我变成了不起的人，因为我爱她。我爱她。我属于她！”他现在对脚下的路很有把握。他昂首穿行在迎面仿佛突如其来的墙的暗影之间，在好似箭光一样的月光闪现的暗暗的矮树篱之间行走。微风吹拂着他；内洛将鼻翼张开。“她的香味！香味来自她的花园、她的头发和狂热地期待着我去吻的她的身躯！”可这种香味比往常更剧烈地渗进了他的心；香味不仅仅是带来了爱。“我要去死！”他合上双眼，将头转过去。他将脸伸向黑夜的起伏山峦，张开双臂喊叫：“阿尔巴！”

“我在这里，内洛！”——这时那双令人怜爱的手从暗影中伸了出来。

“你已在等我。这我知道，我的阿尔巴！”

“你来了。这我知道，我的内洛！”

“可要是我不再到你这里来呢？因为我忘了带武器。”

她让刀刃闪闪发光。

“这是想戳你的刀。有我在这里，我心上人的敌人是要倒霉的！”

她将双手合拢放到他肩上，温柔地说：

“你在蛇的面前救了我，那现在就让我来保卫你。我一定会比你干得更好，因为你的生命对我比对你更宝贵。”

她领着他快速从别墅前一块月光清澈的空地上走过去。在她将他们身后的栅栏关上后说道：

“这里只有我们。谁能像我们这样单独躺在地上？”

他们胸贴胸躺着，互相触摸面庞。

“夜莺在轻声低吟，我们现在只应该听它歌唱。玫瑰今天散发着淡淡幽香，好像它正在梦乡。四周静悄悄，我们的心脏因幸福而平稳地跳动。你听到了，我的心肝，大海在我们周围摇荡吗？它轻轻地冲刷着我们的岛屿，冲刷着我们神秘的小岛。让我们向外面看吧！”

他们在冬青栎凉亭闪着银光的檐下行走。谜一般的月光在他们前面无边无际地向远方铺展开去。

“明天我们的岛屿就要脱离开，从这里被推出去，啊，多么幸福！我们站在这里，我把除你以外的一切全都忘了，你把除我以外的一切全都忘了，啊，多么幸福！”

“把你的指尖伸向亮光处，你看那上面连着的月亮花的花朵，你不想用这些花朵给我做个花环？”

“因为我把除你以外的全都忘了，宝贝。我不是在把两只手伸去采它们的花粉吗？首先我要这样做，这样做是因为我们需要路费，所以这不是罪过。因为教会想要我们首先履行我们的义务，然后再为上帝效劳。可我的义务是对你，因为我爱你。”

“我也爱你，啊，阿尔巴！”

“我从未如此准确地知道你爱我，啊，我的宝贝，我们会始终幸福。”

“啊，多么幸福！”

“为什么我们亲吻时夜莺没有声了？”

“我没有听到夜莺不出声，我的宝贝，我们的吻太热烈了；可是现在我感到它在抽噎，越来越媚人、越来越令人难受，另外还在喊叫……它躺在这里。”

“它死了！”

“我们用树叶把它盖起来。我们应该羡慕它，因为它是为爱而死。”

“我也要为爱而死，阿尔巴！”

“难道这会对你有益处？你是说我要让你死吗？……我们或许已经离开了我们居住的土地，因为你看，一轮红日在对面的月光带上方的中央升起来了。”

“天空染上了多重的颜色！一个有着几座迷人的殿堂的不出名的城市的黑暗轮廓被压在燃烧着的红色火焰之下。你不热切盼望到那里去，我的心肝？”

“可如果是火灾呢？”

“火灾？什么火灾？在哪里？”

“在城内。你听，他们已经在敲钟，那里，冒黑烟！……黑烟升起在大教堂旁左侧，在林荫道旁边……或许在林荫道下方吗？”

“阿尔巴，那是旅馆！”

“我不愿意说出它来。”

“我住的旅馆在燃烧！现在他们发觉我不见了。我们完了，怎么办？”

“你必须去，让他们见到你。”

“我们逃走，阿尔巴，立刻逃！”

“我们或许会被弄回来。谁知道别人会怎么想。”

“究竟怎么啦！是的，究竟怎么啦！”

她不吭声了。

“不，我要赶快去。再见！我沿着河跑，再跳过花园的门。”

“他们会在河旁取水，因而看到你走去。你宁可穿过林荫道。林荫道会有很多激动的人，或许他们不会注意你……去吧，亲爱的，我们重逢时，那将一直到永远。”

“一直到永远，”内洛回头喊道。

在市政厅旁他已经闻到了烟味。民众拥在对面林荫道中，并一直在朝广场上挤。大教堂前的台阶上站着一群人。内洛充满忧虑，试图辨认那一张张脸，结果只是徒劳，因为广场上没有灯。所有人的脖子都伸向房顶上的红色火柱，火柱闪着光衬出了人们的黑色轮廓。内洛·真纳里用劲向那些房子挤去。他在完全被堵死的林阴道入口处突然一跃，两个男子用力拉住他的肩膀，并喊道：

“让路，给律师贝洛蒂让路！”

“究竟怎么啦！小丑！”加利莱奥·贝洛蒂从大教堂台阶上朝下面恶狠狠地喊叫。“难道我们穿得过去？律师比我们更重要吗？”

“律师已经在市政厅旁，”拥挤的人群中某个人说道。

“这我知道！”内洛·真纳里在拼命地喊。“我有律师委托的任务，我必须回到他那里去。”

“律师没有权再下达任务，”锁匠凡塔皮耶恼火地说道。“要是他不请你们这些演员而是去购置蒸汽灭火机那多好！现在我们突然烧起来了。”

“快帮忙！我们的羽毛披肩！我们的帽子！全都压坏了！”

两个佩尔尼希小姐在尖声哀求。她们将她们商店里的所有货物都抱在两只手上。

“律师完蛋了！”屠户奇马布埃在吼叫。“他已经败诉，桶仍保留在唐·塔代奥那里。过来，演员，我要把你扔到你的律师的头上去。”

内洛一直后退到大教堂台阶下方，他听到一个极温和的声音。

“您真的不相信这个演员有律师委托的任务吗？他只是在火烧起来时跑开的，不，不，很奇怪，是在事前一会儿；因为我看到他跑走的。”

内洛惊慌地突然转过身来。卡穆齐太太贪婪地从楼上盯着他的眼睛。他由于这仇恨的火焰而停住了呼吸。“我完了！”他心想；他完全僵在这里。

“您难道真的认为，”卡瓦列雷·杰尔达诺在上边问，“整个城市会烧光吗？”

“我们别谈这个吧！”商人曼卡费德恳求道，一边搓了搓自己的腿。因为他没有找到穿衬裤的时间。“我的仓库没有投保！——可我的房子会首先被烧。”

“您想叫这火穿到钟楼后面去吗？”卡穆齐太太肩一耸说道；这时帕拉迪西大娘心潮起伏地扑到商人曼卡费德的肩上。

“我的伊西多罗，要是我们的房子被烧得精光，那我们就一起到外面去开始新的生活。”

“那您的两个女儿呢？”卡穆齐太太问道。帕拉迪西大娘却毫不拘束地用手把她的话一挡：

“上帝同样会帮助她们。哎哟！哎哟！我的伊西多罗，我担心这火是对我俩的惩罚，因为我们在一道很幸福，但却不关心宗教。”

卡瓦列雷·杰尔达诺自己绞着双手。

“如果市政厅遭毁灭了，对我来说那该多不幸！在市政厅里应该会有我的纪念碑的！”

“您的纪念碑！”

面包师克雷帕利尼的核桃钳子般红色的脸朝着楼上呵斥。

“由此可见您还不知道，我的先生，此事今天已被市政委员会否决了吗？啊！律师的时代已成过去，他已败诉。我们再也不会一合他的意就去为流浪汉竖纪念碑了。”

“流浪汉？我？我在佛罗伦萨有家业，家里装满了王侯们赠送的礼品，而且我——”

理发师诺诺吉很不恭敬地将这老头推到一旁，然后走向在不远处袖着两手靠在大教堂旁的萨韦佐低声说道：

“马塞蒂已发现这火是人为，火种是被放在通往阳台的木梯上。他把这告诉了阿莱巴尔迪，因为阿莱巴尔迪跟他一道在使用灭火机；而阿莱巴尔迪——”

诺诺吉张着大口喘气，急得又蹦又跳。

“怎么啦？”

“——又非常隐秘地派我来找您，为的是问您该怎么办，是不是该说出来；因为唐·塔代奥不见人影，萨韦佐先生，自律师倒霉以后您就是本城最大的人物了！”

诺诺吉低低地弯下腰，用一只弯曲的手向铺石路面摸去。萨韦佐将聚在一起的农民们拨开，张着嘴呈现出一种按捺不住的阴险的笑，甚至连鼻子都扭歪了。

“我将会记住您的，诺诺吉，”他幅度很大地做了一个手势说道；继而声音更轻地说：“向民众道出真情的更有利时刻将会到来。我们必须作为意识到自身责任的政治家来行动。去吧，诺诺吉，要保持沉默！保持沉默！”

“您的女儿呢，曼卡费德先生？”卡穆齐太太问道，“要是您的房子着火，她会出来吗？”

“您在想什么？”他伤心地回答道。“九年了，她都没出门……不幸，不幸啊！”——这时他又非常垂头丧气地把两个耳朵捂着。一束火花从那后面的黑暗处冲出，并发出噼噼啪啪的声响；民众喊叫起来。鞋匠马拉戈迪的几个小孩在上面他们的窗口鼓掌；连大街上的响亮欢呼声也都冲破了这种恐怖场面。

“那么你说说，蓬波尼亚，”女仆费利卡塔喊道，“这是不是比立宪庆祝活动时的烟火还要好看！”——这时面包师拧得她直叫。

“她主人家产烧光了，她还在谈笑。如果市政厅让我的家产烧光了，那它得把我的租金退还我。律师！他要对我负责，他曾反对购置灭火机！”

“打倒律师！”人们在喊，“他丧失了木桶！这木桶归唐·塔代奥！”

只有理发师博诺梅蒂一个人与之对立。

“律师万岁！别相信这个造谣中伤的家伙！律师，他是个伟大人物！”

可是他一喊出口就不得不从他的原位上朝后退，因为每个人都冲上前去捅他，可他却孤单地拼命重复：

“律师万岁！”

“打倒律师！”人们彼此朝后喊。喊声越来越向林荫道内深入，一直传到火场前；皮皮斯特雷利的老婆跟诺诺吉的老婆和阿奎斯塔帕切太太一道有节奏地叫喊：

“打倒律师！”

“唐·塔代奥预言到了。这是上帝的惩罚，因为你们弄来了这些演员！”——这时皮皮斯特雷利的老婆在人们的头顶上方挥动她的拐杖。

声音变成了喃喃自语：

“唐·塔代奥预言到了。”

可是某人喊了一声：

“这是他们中的一个！”

教堂杂役的老婆声音刺耳地号叫着，向几乎已经钻到了旅馆处的男高音真纳里发起突然袭击。她用她的拐杖钩住了他上衣的下摆，可她仅被他拖着在走。

“抓住他！这是上帝的惩罚！抓住他！”

两只手已经被抓住。

“放开我！”内洛叫道。“我住在这旅馆里！”

“那么让我们把你扔进去，让你暖和暖和，你这个漂亮的小东西！”——这时走了形的脸上映照着红红的火光的妇女们将他抬了起来。突然她们大喊大叫地飞快四散了；男中音加迪来了，他横冲直撞。他迅速稳当地将他的这个朋友拉到了外边。

“灭火机那里我们还需要一个人，”他对正在跟他的部下丰塔纳和卡帕奇一道将人与火场隔开的少尉坎蒂内利说道。皮皮斯特雷利的老婆、诺诺吉的老婆和阿奎斯塔帕切太太企图冲过武装人员，可她们发现根本冲不进去。她们从远处向双手抱住头在其着火的房屋的院子里瞎跑的旅馆老板喊叫：

“喂！马兰德里尼！果不出所料。您为什么给敌视上帝的人留宿。现在让演员们把您的房钱付给您！当然是他们把房子点燃的。起码您的一些旅客得救了吧？”

“家畜已从圈里拖出来了，”他回应道。

“可是旅客呢？”

“那英国人和那女演员已跑到底下去了。”

“哎哟，说不定是他让她点的火。可当然他只需动一动，她是醒着的。这两个人之间大概不会有好多空地方。”

“有人看见过他们，”诺诺吉的老婆说道。“费利卡塔和蓬皮尼亚看见过他们。现在他们会在另外的地方继续睡觉。”

旅馆老板将两手伸得很开，好像在让路。

“我妻子！”他叫道，“请再帮我找找我妻子！”

“怎么？您把您的妻子丢了？”

“我已把房子找了个遍，她不见了。我醒来时，着火了，她不见了。”

几个女人急切地注视着。阿奎斯塔帕切太太说道：

“她大概是救几个孩子，匆忙中把您忘了。这我理解。”

“孩子们在这里，”旅馆老板在悲叹，“可是她——”

“哎哟，哎哟！哦，我们头上！快逃命！”这时几个女人抱着后脑袋朝回跑——在民众长长的惊叫声中木结构的阳台哗啦一声塌了下来，从地上升起一股很高的火焰。

“库房！”药店老板阿奎斯塔帕切一边高声吼叫一边挥动着拳头，“喂，马塞蒂，阿莱巴尔迪！把你们的灭火机对着库房！”

“你们演员，”药店老板命令道，“还有您，基亚拉伦齐，把你们的水龙带对着房顶，放在它下面的这些该死的干玉米棒已经着火了……你们其他人快给我抢救库房！否则波利的房子就会烧着，那么城市就要见鬼了……全力以赴！打开它！快使劲打开它！”

可见他自己去拽也是白费劲。

“马兰德里尼，钥匙！”

“把我妻子还给我！”

“这可不再是闹着玩的！”——烟草商为自己开路。“怎么？难道我不能得到允许？可那些人大概得到了允许点火烧我的房子！”

少尉坎蒂内利让他通过，他的喊声非常响。

焦孔迪一起钻了进去。

“我给您上了保险！马兰德里尼，我给您上没上过保险？这还不到四个星期——现在这就是你的感谢，你要把我的家产烧光！”

“只要不涉及我的房子，而仅涉及你的房子，马兰德里尼，”波利在喊叫，“那我没有什么说的。我一直睡到了我妻子把我唤醒为止。我不是甚至地震时都在睡觉吗？没有人像我一样会睡……！”

“大概也只有你交了唯一一笔保险金！对公司来讲这是笔糟糕的买卖！公司将把我解雇。”

焦孔迪先生又把旅馆老板推向烟草商。

“似乎我来得正好还算及时！”波利叫道。“等会儿，我的雪茄烟开始自己冒烟了。给库房注水！把门砸开！斧子！”

排成一长串从河里取水的萨尔瓦托里先生的水泥厂的工人和发电厂的年轻人将水桶悬在空中，因为这两个小老头在大声喧嚷。

“保持冷静，诸位先生，”律师走过去说道。“老友阿奎斯塔帕切已经注意到了库房不要着火。你们没看到阳台的残骸已经熄火了吗？好啊，阿奎斯塔帕切！”——这时律师轻轻鼓掌。焦孔迪和波利把拳头放在臀部上注视着他，他们的脸越来越阴沉，可却一声不吭。

“情况很顺利，我可以为此担保，”律师将一只手捂到胸前说道。这时他们嘴里突然冒出：

“他担保！律师担保！瞧瞧他吧！”

他们恶意地咯咯笑着将肩一碰。

“在哪方面担保，律师？如果我的家产被烧光了，那你给我在杰瓦特尔·阿基莱店里付紫色潘趣酒的钱吗？”

“那么因此，”焦孔迪先生插话，“律师要拒绝蒸汽灭火机，因为他想为各种火灾损失作个人担保。他非常爱城市！他是多么好的市民！”

两人突然转过身去。他们挺着肚皮，高举手臂，嘴里大声责骂着，摇摇晃晃地围着院子行走。

“律师！一个危险的笨蛋，这你们现在看见了。”

“律师已遭到强烈谴责，木桶归唐·塔代奥！”背后林荫道上有人在大喊大叫。律师吓了一跳，用手去抓从头上一直套到半个耳朵处的红色刺绣便帽；他似乎想打招呼。他及时放弃了这个打算；他向灭火机靠近。可是阿莱巴尔迪向他高声喊叫：“注意，律师！”这时律师的双脚被他溅上了水。律师好像感到冰冷一样紧束外套，很孤独地返回院子中心。从旁边经过的地方行政长官菲奥利奥急忙拉住他的陪同者税款包收人的胳膊拐了个弯。律师拦住了他的路。

“情况很顺利，地方行政长官先生。应该说早有预感，因为还在八天以前我就促使我的朋友阿奎斯塔帕切进行了灭火演习。因此他的一些勇敢的队员也干得很出色。可以说火势已被控制。屋顶还有可能塌下来，这屋顶让我们担心，不是吗，地方行政长官先生？”

由于他让律师一个人说，所以律师的手势越来越大。

“要是马兰德里尼这头驴不正好在屋顶下方敞开式贮藏室放进他的要晾干的玉米棒，那么这屋顶绝对不会着火。现在当然还差一点点，可火正在从这个贮藏室向房内蹿。多严重的灾难，地方行政长官！”

他用手去摸他的红色便帽。地方行政长官心里不踏实地环顾四周。木板条从屋顶上嘎巴嘎巴往下掉。民众作出了反应：

“打倒律师！”——同时牲畜在那后面拼命吼叫。

当时这个官员下定了决心；他的面部表情显而易见变得冷冰冰的，说道：

“在这个季节夜晚就已经很凉，您不这样认为吗，律师先生？但愿晨风不会再使空气更凉。”

在想到这风时，律师的脸色惨白。城市在燃烧！天空一片火海，在火海中他的价值和名声永远化成了焦炭！他双脚并拢，跳到一块熊熊燃烧着的木板上。

“您的狩猎靴对此非常适合，”地方行政长官说道。律师现在才发现匆忙中他都穿成了什么样：只披了件没有装领子的外套！他开始唠叨：

“想必我是随手抓了这双三年以来我都没穿过的靴子。或者可以说，公共福利使我不再有时间去打猎已经很久了。”

地方行政长官惬意地从上面向下打量他无可指摘的衣服。他捋了捋胡子，朝税款包收人看了一眼回答道：

“或许您今天夜里在梦中已预感到了，公共福利现在很快又让您有了穿这双靴子的时间。”

律师立即振作起来，用坚定的声音说道：

“然而，菲奥利奥先生，我将会为对公共福利作这种最后效劳而骄傲。我们大家，地方行政长官先生，都只是民众的代表。如果民众打发我们走——”

“打倒律师！”

他将眼睛闭了一秒钟；随后说道：

“——在我们向民众表示感谢和我们离开时，我们最好要效劳于我们的尊严。”

律师转过身离开了这个官员。同一时刻屋顶从烟囱周围塌了下来。多股浓烟从顶楼的几扇窗子里滚滚冲出。大家都屏住了呼吸——突然有个刺耳的尖叫声从一堆东西里传出，紧接着是乱七八糟的喊叫声：“有人在那堆东西里！看窗户旁！看窗户旁！有人在被活活地焚烧！”

现在所有的人都辨认出来了，在发亮的烟雾中有某个白色的东西。

“我妻子，那是她！”——这时马兰德里尼双手举起向前扑，好像他要飞上去一样。工人们将他拦住了。

“楼梯烧着了。灭火机必须首先朝上喷。”

“埃尔西利亚！下来，埃尔西利亚！”他一面哭一面招着手喊叫。

“这不是埃尔西利亚！”背后有个声音回应道，“这是那个女演员！”

呆视了一分钟。所有的人都仰头惊讶地望着那张显得痴愚无知、悬在众人头顶上的脸。接着这脸突然抽搐起来，一阵撕心裂肺的喊叫；在人们还听到喊叫声时，黑色浓烟又将她吞没了。

“伊塔利阿小姐！”药店老板叫道，“快帮我救她！”——这时他到处乱冲。从林荫道那边像箭一般飞来的刺耳的尖叫声：

“罗莫洛！”

这老头抓抓自己的脑袋，他完全不知所措了。基亚拉伦齐和演员们着手从楼梯上拉水龙带；工人们急忙提着水桶冲进去——这时某个黑色的东西突然从他们身旁蹿起来，它或奔或爬，人们弄不清楚，因为它已经蹿到了那上面并消失在烟雾中了。大家只见马车夫马塞蒂坐在一个桶里，他声明，是唐·塔代奥把他推进水桶里去的。

“唐·塔代奥！啊！唐·塔代奥！”一片喊叫声。民众都把头伸向烟雾中他将这女演员拖走的那扇窗户。他把她驮起，从那里冲出来，火焰急速射向他。人们非常安静，长时间地面面相觑。

“野蛮，狂热，纵欲！”男人们说道。

“他完了，唐·塔代奥，”女人们说道；并且还说：

“如果这个女演员活着下来，我要杀掉她。”

“我们必须祷告！”——这时合唱声渐渐增强。突然：

“那是他！不可思议！不可思议！”

民众强行冲破武装警戒进到院内。唐·塔代奥直挺挺地对着墙倒下去，正好倒在他把女演员驮出来的门的旁边。当鼓掌的手都冲着他时，他双眼紧闭；伊塔利阿穿着她的汗衫大声尖叫着在围着院子轻飘飘行走。女人们挡住了她。

“向他跪下！如果你送了他的命，送了我的唐·塔代奥的命，那你就要遭殃！”

她好似突然瘫软了，顺从地朝他面前跪下去。在她的嘴唇一接触到他的手时，他没有睁开眼睛脸色就变白了。他的高鼻子变得苍白，并且在颤动；他裹在已撕破的黑色道袍里的双肩在颤抖。他的一只手猛地一动，因而使她的嘴唇离开了手。

“耶稣和圣母马利亚，或许不能说吗？”女人们问道；这时男人们一直紧挨着神父的脸在鼓掌。

“可是他必须休息，他会生病的。一个牺牲自我的圣人。瞧瞧他吧，你们这些男人！你们在哪里，你们有着宽肩膀和饮大量酒的男人？奇马布埃，你在哪里？一个圣人必须来，否则这些臂膀就失去了……只是请允许我吻你的衣袖，我的小皮纳会身体健康！”

她们将伊塔利阿推开，每个女人都想碰到他；她们一群人把他抬起来——正好在她们想把他弄走，并说“回家去，尊敬的神父，您必须休息”时，她们才发现他已失去了知觉。她们将他放下，给他按摩，请求他，责备他。

“站起来，尊敬的神父，您在这里干什么？早晨要到了，您应该给我们布道。”

她们在仔细听。然后她们提醒他：

“木桶已判给了您，木桶是您的。律师被击败了，没有人听他的话。可大家都爱您，因为您把女演员从火里救了出来，您是圣人。”

稍停片刻。温柔的赞皮耶里太太突然抓自己的头发。这时她喊叫起来扑过去。

“他死了！我们怎么办呢？”

“没有，他眼睛已睁开了，”唯独一个像天使般的声音在说；人们看到了首席女歌唱演员弗洛拉·加林达，她的闪闪发光的双眼一动也不动地盯着唐·塔代奥。唐·塔代奥在呻吟，眼睛环顾四周，继而再次一惊地将眼皮合上。随后他站起来，拦住想要跟他一起走的女人：“我得祈祷，我的孩子们，我得做大量的祷告，”他穿过她们给他让开的路，从院子里走出去。

在最前面独自站着律师贝洛蒂。他在神父从身旁走过时动着两只手像在鼓掌一样。同时他使劲点点头。

“因此连加略人犹大①大概也要鼓掌，”站在一堆人最前头的面包师克雷帕利尼说道。律师将挂有泪水的脸转向他。

① 加略人犹大（Judas Ischariot），即出卖耶稣的犹大。

“对于一个正直的市民来讲，一个美好的举动始终都是一个美好的举动，尽管这个举动是由一个政治上的对手所做出。”

“一个正直的市民？”面包师重复道；他上面有火光闪动的肥胖的脑袋带有嘲弄意味地直摇晃。“我们大家都是正直的市民。毕竟有人知道关于洗衣房的某些事情，那些洗衣房是建在属于某些寡妇的亲戚的地盘上的。”

“某些寡妇，”鞋匠马拉戈迪接着说，“是某些律师的姊妹。”

“以至于，”机械工布兰迪尼补充道，“那些寡妇用她们的地盘从公共资金中得到了非常丰厚的收益。”

“我还记得，”锁匠凡塔皮耶说，“最近几次选举时的某些过程……”

“哎，一个律师有这么多麻烦事，”在附近的马拉戈迪的老婆高声喊叫，“小律师是不是也太多了——这些都是他自己封的，这个追逐少女的家伙，这个诱骗者！波佐的安德烈纳有个男孩，可这老头是否照料他了呢？大家看这个放荡鬼是什么东西！”

律师耸了耸肩；可是他到何处去求救呢？他突然感到他得从人丛中走出去。

“给演员们的钱是从哪里来的呢？……的黎波里街上的那栋房子对于城市来讲不是个耻辱吗？可是律师保

护它。”

“这变成了他的两个女儿，”理发师诺诺吉在律师背后对几个女人轻声说道，同时做了个鬼脸，引得她们发笑。紧接着他又钻进另一堆人中，低声说些不一样的话。可是他突然又来到凉亭边——在这之前律师已退到那里，将一只手捂到嘴上。

“当心，律师先生！人们把您想得很坏；我把这话告诉您，因为这是实情。可我自己，您知道得太清楚了，律师先生——”

“我了解您，诺诺吉，”律师说道；他握他的手，随之消失在黑暗中。理发师已经来到对面的库房旁边的萨韦佐处，萨韦佐曾向他招过手。

“我们应该开始吗？我应该说这场火——？”

萨韦佐使劲咬住嘴唇，抓抓自己的头发，然后生硬地说道：

“综观形势，这是个时机，因此我们行动吧！”

“后退！”药店老板站在最前头喊叫，“诸位先生，诸位女士，向后退！我们没有办法灵活操纵灭火机。”

工人们提着满桶水试图对着人群冲进去。他们反被推了回来，因而很气愤。

“如果你们硬要这样，那么这房子要烧光了！”阿奎斯塔帕切叫道，“难道我们是无政府主义吗？律师，过来！”

“再也不存在律师了！”群众回应道。

药店老板徒劳地寻找他的这个伟大的朋友。群众在对他下命令。

“上屋顶，从上面喷水！”

“屋顶还在的时候，他真应该爬上去的。你们现在全搞颠倒了。为什么你们不首先把玉米棒拿下来？现在至少得抢被褥！”

他们挤了进去。裁缝基亚拉伦齐向他们迎面射水。木阳台的残存部分断裂下来，火星飞溅。所有的人都呼天抢地地叫喊着，在浓烟中摔得横一个竖一个。

“世界末日！”旅馆老板马兰德里尼一面逃跑一面唉声叹气。“我妻子在哪里？我破产了！”

“马兰德里尼，”出现在凉亭内的律师说，“现在必须是个男人。请您相信我，还有比您的厄运更大的厄运。”

“啊，还超过我！”这时他用两个拳头捶腹部，用指甲敲他的圆溜溜的秃头。

“连我的便帽都烧坏了！我得去讨饭了！”

律师将他拉进凉亭。

“朝这里看，马兰德里尼：您的孩子躺在这里的一个台子上，他们在睡觉。如果他们真的再也没有妈妈了（这我是不愿意相信的），那您要安慰他们！这同时也是在安慰您。因为在不幸中安慰是行之有效的。”

旅馆老板在台子边上抽泣。

“这还不是全部……律师，我想对您说点更可怕的事。我妻子——她把所有的钱都带走了。”

“怎么？您说什么，马兰德里尼？您可不要——”

律师打住话头，因为外面响起了乱七八糟的声音。

“我告诉你们，这大火是人为的……旅馆老板是个无赖……火种是放在通阳台的木楼梯下面的。马塞蒂老早就已经发觉了。有人威胁他，叫他什么也别说。有人想沉默，因为几个身居高位的人已出了丑……啊！民众就该受骗！”

马兰德里尼在抽泣。

“因为我所有的有价证券都缝在她的羊毛内衣里。以往我不想把它们保存在任何地方。男人所拥有的一切中妻子是最保险的，不是吗？她比一个铁的保险柜还要保险。我还应该相信什么哟！”

律师准备开口，可是外面的焦孔迪先生的喊叫声把所有的杂乱声都盖住了。

“啊！马兰德里尼，你是个土匪，因此你才让我给你办保险，而且还没有交保险费！可是你露面呀，你不得好死！你在哪里？马兰德里尼！他已经逃了，这个纵火犯！”

旅馆老板挺直身子。

“怎么？他在说我吗？”

“我们让他们去废话，”律师辛酸地说道，“这是民众。”

“到底怎么了，是旅馆老板！”有人说道。“有嫌疑的完全是另外一些人。”

皮皮斯特雷利老婆的声音：

“是几个演员！唐·塔代奥对这种灾难早作了预告！现在他们放火烧了城市！”

“你是个可恶的老太婆！”

“难道她说得不对吗？房子着火时如果不是里面住的一个男演员，那还有谁会偷窃呢？”

“这我们老早就知道，所有的人都这么说。”

“完全是另外一些人！你们对这些高度机密知道什么。有些事……究竟谁是唐·塔代奥的敌人？谁想着要报仇？究竟是谁阻止了购置蒸汽灭火机呢？”

“律师的骄傲我们想必是熟悉的。唐·塔代奥粉碎了他的势力，这就使得他什么事都干得出来。城市宁可毁灭，也不要他来统治！”

“啊！律师是个恶棍？……如果我们想一想……士绅们全是恶棍！我们必须把他们全送到橹舰上做苦役！”

女人们又在起劲地喊叫。

“男演员！这是漂亮的男演员！我们将看到他脖子上套根粗链条！”

“我发觉他不看你们！这是律师，是律师！”

“是不是这个男演员帮了他的忙呢？”

律师在凉亭内将肩一耸。

“在这里您有群众！弄不清楚群众还会指控谁，到底是您真纳里还是我。”

可是旅馆老板却歪着头一步一步从他附近挪向旁边。律师四下张望：他已离去。一道道亮光透过孤寂阴暗的凉亭在闪动，就像许多条红蛇。在树叶之间有时出现了像地狱假面具一样的被扯裂的、剧烈飘动的一张张脸。律师今夜头一次唉声叹气。他朝自己弯下身，将双眼遮盖住。

外面发生了大碰撞；一个女人号叫起来，因为有人把她撞倒了。

“男演员！”她们在喊叫。“宪兵们到底是干什么的？难道他还要点火烧我们的房子吗？”

内洛·真纳里已经被灭火机冲开，已经被包围，被扔到一张桌子上。她们在他四周摞起他自己从屋内抢出来的椅子。加迪、基亚拉伦齐和老阿奎斯塔帕切不得不强行冲破路障将内洛拖回来。他惊慌地看着本城一些最温顺的面孔在向自己逼近，嘴里还愤恨地叫骂着。尼纳·赞皮耶里用好似只是用来弹竖琴琴弦的微微弯曲的手在鼓掌，这是因为他倒下了，受了伤。埃尔西利亚·帕拉迪西和米纳·帕拉迪西曾因为他互打耳光，现在也一起向他高声怒骂。

“是他！我看见了他。他是在大火烧起来的前一刻逃走的。大家都看到了他是从城门里跑出去的！”

“丰塔纳！卡帕奇！你们把他抓起来！坎蒂内利，给他们下命令！”

两个宪兵被人向前推。这时律师迎着他俩走来，他抓他的红色便帽。

“我的先生们，等一等！我的女士们，你们是在犯错误！”

他恳求着用他的手对着所有这些在吼叫和起哄的人头，对着这些向前猛冲的身子。

“我履行我的义务，我的女士们，我为你们效劳——”

“住嘴！你和你的一派到橹舰上做苦役去吧！”——并因此发出尖叫。

“因为我在保护你们，使你们别做出不公正的事。因为这个年轻人是无辜的，请你们相信我，是无辜的。我了解他的生活，我知道他在城外干了什么事……我应当将这告诉她们吗？”他小声对内洛说道。

“不。”

“您处在十分危险的境地。您已引起了民众的怀疑。”

“请您千万别吭声！”

“您是个勇敢的男子……我什么也不能进一步对你们讲，我的女士们，”他拼命喘气，“只能讲这里这个人是无辜的。你们难道就不再想想他经常用来打动你们的歌声吗？这样的歌声是不会骗人的。我，律师贝洛蒂——”

他踮起脚尖，将一只手向上伸，并尽量将双眼张大。

“——我为这里这个人向你们作担保！”

突然所有的手臂只还对着他挥动。尖叫声使他震耳欲聋。他不明白这些声嘶力竭的叫喊。男人们从女人们中间穿过扑了上来。粗壮的萨韦佐在他们最前头出人意料地站在一张椅子上，他伸出钢铁般的手对着律师，他脸上展现了威慑整个人群和叫人摸不透的力量。

“我在这里是要说出你们大家想要说的话！”他斩钉截铁地说道。“在这里，一个嫌疑犯在为另一个嫌疑犯作担保！”

“你说得对！是这样的！”

“律师并不比这个演员更值得信任！连他也是个演员！”

“好啊！”

“他已经把民众欺骗得太久了！”

"太久了！"

萨韦佐用左手给这种合唱打拍子。然后他将一个拳头向他的有如坦克车一样挺出的胸脯猛地一击："我，本城的一员，我来给你们说出这个公敌的名字；要是不是他，那你们就把矛头对准我本人而不要对准他！"

"把名字说出来！"

"是律师贝洛蒂！"——这时萨韦佐就此朝下跳进了汹涌怒涛和狂喊乱叫的人群之中，他将他的黑洞洞的张大的嘴伸向四面八方，在所有人的面前掀起风暴。律师为阿奎斯塔帕切、加迪和基亚拉伦齐所包围。他们抓着他的两只胳膊，他让群众看他的两只空手，好像是要向他们证明两手是干净的。尽管如此，群众仍在喊叫：

"洗衣房！蒸汽灭火机！选举！把他弄到橹舰上做苦役！把他扔到地上！啊！他还收买工人，让他们将水龙带对着我们。要是我们一旦逮住你，你就要倒霉！"——这时牲畜也跟着吼叫，警钟也在不停地响。

"多卑鄙的小丑，"女人们的声音在喊，"还戴着他的红色睡帽！"

律师的嘴在使劲地动，人们听不到他的话。可是他脸上的青筋暴了起来。

"我是你们的朋友，"抓住他胳膊的几个人听到他气喘吁吁。"可是你们应该看到：我是不是个男人，即使对付你们我是否算强大。我会懂得去战斗的。”

“别激怒他们，律师！”阿奎斯塔帕切耳语道。“为了我你要这么做！我宁可与世界上所有的敌对分子对立，而不与民众对立！”

“这是一些好人，律师先生，”裁缝基亚拉伦齐说道。“见了鬼，此刻他们疯了。我们必须有耐心。”

在萨韦佐劳累不堪地进行煽动的地方发出了极响的喊叫声。

“他跟马兰德里尼在凉亭内说了些什么？马兰德里尼，你说呀！他曾想买下你的地皮，为的是将来城市屠宰场在这里兴建时他可以索取双倍的地价。因为他想这么干！于是他就放火烧了这个旅馆！”

“弄到橹舰上去做苦役！弄到橹舰上去做苦役！”

律师气喘吁吁：

“我记住你们了！你们会认识我的！啊！甚至还有你，还有你这个由我养活的斯卡尔佩塔？怎么？焦孔迪，你忍心向我举起拳头？”

他不再吭声，因为连波利都在那后面挥动手臂。他感到老阿奎斯塔帕切抓他胳膊的手也渐渐松开了。他再也没有一个朋友了。律师十分痛苦地逐个打量在晨曦中显得灰白的上百张脸，并一直打量到那后面被在慢慢熄灭的火光映照的最后一批乱七八糟的人流。那么约莱·卡皮塔尼，她在哪儿呢？爱情和名声，它们在哪儿呢？一切都被民众的凶残情绪吞没了。律师感到极度痛苦。“你们真是需要施行恐怖统治！”

他弟弟加利莱奥在附近重复着群众的喊叫：

“弄到橹舰上去做苦役！乱弹琴，当然，弄到橹舰上去做苦役，否则究竟把这小丑弄到哪里去哩！他要吹牛皮，他要当伟大人物，现在就把他弄到橹舰上去做苦役。”

硬被压下去的悲痛不时从下面，从两腿之间迸发出来。

“全都只是诬蔑！律师是个——”

“怎么？你是说是个伟大人物吗？你应该看清这个人！”——这时理发师博诺梅蒂又被人踢了一脚。他的恸哭声更响——在此期间帕斯泰卡尔迪的遗孀在一堆被群众挤到关闭的库房门处的女人中发出了抽泣声：

“律师要弄到橹舰上去做苦役。这样那他就完了，这是我一直都担忧的事。”

“您值得安慰，”女仆费利卡塔说道。“您弟弟并不是唯一的一个。那男演员也要弄到橹舰上去做苦役。因为我们现在知道了，是他们共同纵火烧的这房子。”

“这是真的，”女人们喊叫道。“因为在律师和男演员两人想到伊塔利阿那里去时，他们争吵了起来。出于争风吃醋他们把蜡烛掀翻了；后来在房子起火时，埃尔西利亚·马兰德里尼来到了楼上。为了丝毫不暴露，他们把她捆了起来，并让她失踪了。说不定他们已把她杀害了，这个可怜的女人。”

“他们已把她杀害了！因为为一个像那个女演员一样的坏女人，男人们是什么事都会干的。”

“把这两个弄到橹舰上去做苦役！”——这时男高音和律师的几个护卫者从他们一侧在作最后的突围。敌对者的手把他们抓住了——这时所有的妇女突然发出尖锐刺耳的叫声。她们一片混乱地倒在裂开的库房门里，并一个接一个地滚进了干草中；由于衣裙绞在一起，她们都尖声大叫……她们突然沉默了。库房暗处出现了响动、低沉的呼唤声、不知所措的寂静。大家屏住气向那里窥望。第一批发愣的脸出现在门口，在这些人中有穿着汗衫的马兰德里尼的妻子。在她身后露面的是一脸不情愿的男爵托罗尼。

突然人群中爆发出响亮的笑声。首先是剧烈的冲撞，人们在冲撞间屏住气进行思索；然后是在院子里挤来挤去的潮涌般的人群，人群经林荫道一直拥到了那远处的广场上。最后面的一些人因为大笑而坐到了铺石路面上。“马兰德里尼的老婆——啊！这有点太惨了，他的房子在着火，可是她跟男爵在寻开心；”——人们继续笑着，这时在库房旁边最前面的一些人对着这一对喝彩。马兰德里尼太太愤怒地朝她丈夫喊叫：

“你究竟在干什么？你让我们的房子烧光了，而且你把我关到库房里？”

“我的太太！”——随着一声沙哑的喊叫旅馆老板抓住了她的肩头。

“有价证券呢？有价证券在你身上？”他气喘吁吁。

“到底怎么啦，通常应该谁把它们装在身上的？”

随之马兰德里尼将突然变得非常愉快的脸转向群众。

“我们还活着，”他在抽泣。“我们还在这里。”

“还有男爵，”有人回应道。

“他是偶然在这里的，”马兰德里尼太太说道。男爵粗暴地解释说，他是闻到了烟火味才到库房里来查看的。

“可是你把你的太太和我硬推进去锁上了！”

“原来是这样！你丢了脑袋，可怜的马兰德里尼！”人们一面喊叫一面摇头。旅馆老板抓抓秃顶。他太太继续痛斥，说他整个这段时间让她穿着汗衫跟一个先生待在一起。

“难道我能走出来把只允许给你看的样子展示给全城的人吗？把你的上装给我，快进屋去，我们去找衣服！”

人们像遇到唐·塔代奥时一样分列成两排在他们所走的路旁鼓掌。突然好些人一齐喊叫：

“可是那个女演员！那么她不是男爵每次一进旅馆就要找的女人！”

“显而易见，就男爵而言，她是无辜的。”

“怎么，只就男爵而言吗？律师难道只是仅仅跟她吹吹牛吗？”

“女演员是个正派女孩！”

“男人们可会中伤我们了！”帕拉迪西大娘叫道。

“我们姑娘们有理由狠狠控诉，”费利卡塔和蓬波尼亚补充道。“我们总是说这个女演员跟我们一样正派。”

“谁还想断言，”赞皮耶里太太温和地强调道，“她已满足了他的某种不允许有的要求呢？”

“谁想作这种断言？”大家威胁地重复问道。

波利、焦孔迪和坎蒂内利三位沉思着相互看看，他们没吭声。

“她值得被一个圣人从火中救出来！”诺诺吉的老婆叫道。

“她藏在哪里？要是我们找到她，我们要酬谢她。”

“那是她！”——这时法尼亚和纳纳两个女仆将她从凉亭中拉出来。在凉亭内年轻的塞韦里诺·萨尔瓦托里已经用他的大衣盖在她身上。群众因此举而称赞他。像原来一样脸上红扑扑和头发蓬乱的伊塔利阿被众多女人亲切拥抱。

“她的脚手冰凉！”

女人们搓她的脚和手。

“谁会想到女演员都很正派，”老制绳工费耶拉贝利对锁匠凡塔皮耶说道。“谁要是有个儿子，那他会把他给她做丈夫的。”

裁缝科科纳叫道：

“而波利却拒绝把他儿子奥林多给那个黄头发女合唱队员！”

“您这话说得不对，”男人们说道；而女人们说：

“您侮辱了我们大家。”

烟草商想溜走，可是他们拦住了他。

“你瞧吧，他们是多么相亲相爱！”——这时众人将在库房背后的奥林多连同黄头发姑娘一起拽了出来，把这两人领向他父亲。波利满脸通红；他冲向他的儿子。众人将他拖回来；他气得乱蹦乱跳。

“你们难道想说这两个人也正派吗？”

“为什么不呢？”

“可是如果我自己对她——”

女人们的喊叫把他的声音盖住了。

“啊！我们很清楚为什么他不愿意，因为她穷。”

“我们一些穷人还不足以供你们统治。打倒这些富豪！”

“不应该去问姑娘们的钱，”焦孔迪先生在想到他的两个女儿时提出建议。“只要看她们的心！”

“向他们表示你的祝福吧！”民众在喊叫；这时在那后面已爆发恶意的尖叫，波利下定了决心。

“宁可把我的房子烧光，我也不会祝福，”他嘴里在咕哝，“因为这个夜晚不会没有灾难就过去——”

可是在两只手并到一起时他非常用劲地拧住了他儿子的一只胳膊，因而奥林多朝上一蹦。高大的黄头发姑娘吃惊地扇动两手。

“多令人同情的家庭！”民众喊叫，鼓掌。

“全都出来！”药店老板阿奎斯塔帕切在那后面向他手下的人下命令。烟囱要落到屋内了。

可加迪将内洛拉到了门后。

“内洛，你现在处在危险的境地。”

“这我知道，可我今天一定会遇到更大的危险。对此我习惯了。”

“你在开玩笑，内洛，你还不知道是关于什么事。我已调查过一些针对你而来的可疑的事；我发现它们的源头……大多数来自于商人曼卡费德的一个店员，而这个店员又来自于他的主人。可商人曼卡费德又在大教堂旁跟卡穆齐太太在一起。”

在内洛吓了一跳时——

“那么这是真的。我想这是一个女人的仇恨心。听着，内洛，快逃！立刻逃！”

“今天早上在你们其他人离开时就逃。”

“这还不够早。在我们离开前她可能会想出某些新办法来对付你。到目前为止她已经大胆干的事不是在向你证明，直到她把你消灭掉之前她是不会罢手的吗？”

他用一只手搂住这年轻人的肩。

“我看你完了，朋友。”

内洛将额头埋下。

“或许我是完了。尽管如此，维尔吉尼奥，”——这时他握住朋友的手，“我也不听从你。我只听从我的命运，也就是阿尔巴。啊！永远不可能是别的……你不明白——”

他内心充满了幸福感，这使他更激动地握住他的手：

“这是没有她的最后一夜，在不长的时间内我们就永远在一起了。在你们其他人离开这个城市以后，我再迁居，我躲起来。他们不是会有许多人陪你们，城市不是会陷入混乱吗？然后我就匆匆离开到她那里去，车子停在矮树篱后面，她坐在车里等我，她向我招手示意：我来了，我来了，还有，啊，维尔吉尼奥！尽管如此我们也不是白活，我身边有她，她跟我在一起，生活无论把我们引向何处……而即使——”

他将头向后一甩，把一只手轻轻伸出去并纯真地微笑着。

“——即使引向死亡，跟她一道！”

片刻停顿；群众响起掌声和大笑声。

“因此你现在不想逃？”加迪再次问道。

内洛也突然大笑，并击掌。

“你很友好！逃跑——我可在我的圣女的保护之下。卡穆齐太太可能有好多见不得人的主意，可她怎么能是阿尔巴的对手！”

他催促他的朋友到晨曦中去。

“你看，这里的任何一个人是否想堕落。人都不会长期邪恶，生活太美好了。他们曾想把律师弄到橹舰上做苦役。现在他们在笑，他也在跟他们一起笑！”

因为律师在走来走去，他让人看到他在笑。他悄悄地对他姐姐帕斯泰卡尔迪的遗孀说道：

“我求你，阿尔泰米西亚，别哭！这会叫我失面子。一个公众人物必须轻松愉快。只要脸上带笑，就什么也不会失去。”

“把律师弄到橹舰上做苦役吗？”——这时他的身穿白色麦尔纱的外甥女阿梅利亚目瞪口呆地仰头朝空中凝视。律师嘴里发出“嘘！嘘”声。他用一只手将帕斯泰卡尔迪的遗孀的啜泣声止住。

“你起码要把我的假发带来呀，不是吗？”他生气地嘀咕。“昨晚正好你把它从我这里拿去梳理去了……谢天谢地，它在这里。”

他突然在这两个女性亲属身后低下头，将红色便帽脱下。

“要是我不戴这顶该死的便帽，说不定我就不会碰上这一切。世界历史上有大量这种后果严重的偶然事件……我现在感到已经好多了，”——这时他头上套着假发又露面了。姐姐从她的围裙里又拖出了他的棕色草帽；他立刻挥动着草帽向正走来的弗洛拉·加林达行了个屈膝礼。

“您是个勇敢的姑娘，您梳过妆了！”

“您遭到了失败，律师？您被喝了倒彩。您将怎么报仇呢？”

“我的办法是履行我的义务，”律师回答，说着他将他一只张开的手很有风度地向下一推。在她含有讽刺意味地微笑着时，他又说：

“这些民众似乎对您有点成见，有点放纵。可是如果民众真的屈从，那我就不是他们的代表，因为我会蔑视他们——我不是他们的主子，因为主子比奴仆还要可鄙，主子是从贬低奴仆中获利的……肯定不要！”他在向一圈士绅喊叫。在这个圈中萨尔瓦托里、曼卡费德、托罗尼三位先生正在表示赞成少尉坎蒂内利的意见。少尉是要求增派武装人员。

“肯定不要，诸位先生！世界上越少动用武力越好！”

“您的事呢，”弗洛拉·加林达说道。“我来只是为了帮您报仇。”

“怎么啦？”

“因为我还没有对您登在《民众之钟》上的一篇文章作出回报。您将看到没有哪个袒护我的人会吃亏的……让我们到旁边去……有人指控您纵火烧了这栋房子。到时候您会怎么说哩——”

她将头歪着埋下去。她的两只手在她的灰暗的风衣两个口袋里一张一合。

“——如果我对您说出真正纵火者的名字，您会怎么说呢？”

在他惊讶地张开嘴时，她继续说着，而且各个字都吐得既快捷又清楚：

“是唐·塔代奥，那个圣人。”

律师吓得直朝后退。他看到她平静地闭着嘴，好似非常肯定。——这时他将身子转来转去，将脖子伸向四面八方；他的眼珠子也鼓了出来，一边还重重地呻吟着。终于他擦掉了额头上的汗，嘘了口气。

“这没有必要。谁会相信我呢？……另外我自己也不相信。”

她让他完全回过神来。她两眼发着亮光。

“是他，是唐·塔代奥，”她带着使她显得更美的微笑重复道。

“可这您是从哪里知道的呢？您看到了些什么吗？”

“看到的并不比您多。并不比在唐·塔代奥救伊塔利阿和他昏厥时挤满院子的所有人能看到的多。”

“可由此而得出结论，他是个英雄；因为我必须说真话：这个神父，他是英雄，他不会是国家的敌人，我会称他为一个好市民。——也就是说您由此得出的结论是他犯下了卑鄙的罪行吗？您想开玩笑，小姐。”

“我有我的论据。我得到的最重要的论据在于这种事他是干得出的……您别恼火，律师！这种事他比您干的可能性要大得多。自从我看到他在你们的广场上斗殴被击败躲在钟楼后蜷缩一团痛苦难忍的样子以来，我就认识他了；我们现在就失火、伊塔利阿和其他些事只相互说上几句，我就确信我们会互相理解的。”

“啊！啊！”

律师将背向后一靠，嘴里冲出极平和的笑声。

“现在我全明白了。我真的忘记了，您是个艺术家。”

他将她的一只手从衣服口袋里拉出在上面亲吻。

“一个伟大的艺术家！”

“随您喜欢，”弗洛拉·加林达不说了，而是耸了耸肩。

“抓住他！”大家在喊叫；好些人脸绷得紧紧地坐了下来，因为上等兵卡帕奇没理会他们。人们看到他的两条长腿仍在远处轻飘飘地走着，可糕点师的学徒科莱托已经到了拐角处。

“你抓到这个傻瓜了吗？”马兰德里尼对着这个转回来的宪兵喊。他两手空空，一些男孩在欢呼，老泽基尼向他的酒肉朋友们建议，去查查旅馆老板的酒窖。

“谁知道这大火会不会已将他的葡萄酒烧成了白兰地酒。”

“诺诺吉，你老婆下身裹着床单，上身裹着毛巾；似乎情况不妙呀。”

众人现在才发现她是个什么样子。

“我们想必有多么害怕！”

“吉纳，要是城市失火了，你会怎么办？”

“把你耳朵伸过来，告诉你，我会跑到伦佐那里去。”

“你就说轻点，这我听见了；那我们说不定就会在半路相遇，吉纳。”

“医生拉努齐！这个老笨蛋把他妻子关在房内，为的是查看会有什么事。加利莱奥·贝洛蒂却对着窗子向她喊叫，城市失火了。现在她在呼喊。我们要告诉这老家伙，有个男人在她那里！”

“啊！我们的男人是勇敢的。马塞蒂！基亚拉伦齐！你们救了我们大家。可他们把你的家保住了，马兰德里尼。你为什么悲叹呢？你的被褥变得有点湿，仅此而已；可是你妻子没有躺在被褥里，而是躺在库房内。”

“她是躺在库房内！”

“你吝啬酒吗？你这个走运的家伙？我们的丈夫为你淌了汗！”

“我丈夫是所有人中淌汗最多的，”男中音加迪的太太说道，一边把他的衬衣袖子指给大家看。

“必须说连一些个演员也是勇敢的；甚至当真跟律师一道纵火的那个年轻演员也很勇敢。为什么他还没有蹲监狱呢？”

“别瞎说！”裁缝基亚拉伦齐说道。“阳台塌下来时，我差一点被砸死。是这个年轻演员把我拉开了。”

“不，这是维尔吉尼奥，”内洛说道。

“邮车要走了！”马塞蒂喊道；可是人们要求他安静。难道他想要这些演员两手空空的走吗？因为他们的东西全都烧光了。他就这样不相信上帝吗？特别是他连为感谢城市得救而奏的弥撒曲都不愿听。

“可是在艺人中并不是所有的人都这么好，”裁缝补充道。“我们的消防车有一次卡在了燃烧的木头里，我们人手正好不够，我喊，‘来人帮一把！’那个人就站在旁边，可你们猜猜看他动手了吗？”

众人用指责的眼光打量腋下紧夹着一个大纸卷、两个脚来回跺的乐队指挥。裁缝的脸已变成了紫红色。

“可能他是指挥，而我只是吹次中音号的。可是这时我们是在救城市，而不愿意帮忙的，那就不是好人。”

乐队指挥也同时满脸通红。他将一只空着的手向空中一捅，可立刻又很谨慎地放到他的纸卷上。他转过身来：

“你们知道什么？让我走！”

理发师诺诺吉在他身后低声说道：

“您看到裁缝是怎样煽动民众反对您的了吗？他想把您从本城排挤出去，因为他自己最喜欢当指挥。跟他老婆有暧昧关系的男高音想在这方面帮他的忙。”

“我能做什么？”乐队指挥对站在周围的人说道。“为了把消防车拽出来，我应该让我的弥撒曲烧掉，也让我的歌剧烧掉吗？因为这里，这是我的音乐作品，我不能让它们离手。毕竟像你们所知道的那样，城市有可能要烧光。”

“他是个坏家伙，”——这时基亚拉伦齐直冒火，他气得八字胡都翘了起来。“他只想到他自己和他的音乐作品。我们是够好的，还为他演奏作品；那么如果我们喜欢，我们有权烧掉。”

布兰迪尼和阿莱巴尔迪声明：这事他们看得很清楚，他们再也没有兴趣在今天早上音乐老师的弥撒曲中参演了。

“请您赞同我的观点，曼卡费德先生！”音乐老师一边喊叫一边用手掠自己的头发，把帽子都碰了下来。“您自己很担心您的货仓，货仓毕竟还不是歌剧总谱。难道我得让总谱毁掉吗？我知道我欠城市多少债，欠这些民众多少债。民众跟我一样对音乐有相同的感受，我从他们身上吸收了精华，我爱他们。可是我用一些作品来感谢他们不是比我救一栋房子更好吗？跟意大利、跟等待我的作品的全人类相比，烧光一栋房子又算得了什么！”

商人曼卡费德轻蔑地微笑，其他人在发着牢骚。

“不管怎么说，”波利表示，“不是全人类支付给您一百五十里拉，而是我们。”

乐队指挥将眼睛朝上翻。然后他不得不一声不吭地望着在继续痛斥的裁缝。律师在旁边说道：

“我们都发生了些什么事呀！怎么会出现两个老实人相互仇恨呢？”

“我告知诸位，咖啡已经准备好了，”杰瓦特尔·阿基莱叫道，同时挺着肚皮从人群中穿行。“大家昨天夜里没有合眼，所以我认为我得把我的咖啡煮得特别浓以伺候尊敬的顾客。”

他站到正中间。

“都请到‘前进’咖啡馆里去！”

可是那些人仍然留在那里，他们是想看烟囱倒塌；因为烟囱孤零零地耸着，它已由于屋顶裂开而失去了支撑，并已歪斜，而且越来越歪斜了。他们全都挤在院子出口处等候；只有科莱托和他的一帮人敢于走上前朝烟囱扔石头。旅馆老板向他们冲过去，可是有人向他喊叫：

“喂！马兰德里尼！不管你是揍他们还是不揍他们，烟囱都要倒。我们因为你的过失整夜都在担心害怕，现在我们想快活快活。”

“连你老婆都已快活过了。”

他们互相鼓着劲朝前跑，并扔石头。突然：“它倒了！哎哟！快逃命！”

在落到屋内的烟囱的扑通和噼里啪啦声中，所有的人都笑着和尖叫着飞快跑开了。只有旅馆老板双手抱住头连声叫苦地在他的死寂的院子里瞎跑。律师贝洛蒂来了，他对他进行安慰——尽管这样做是白费力气，他还是让他的朋友阿奎斯塔帕切和他的几个人离开了，而自己留了下来。

“可怜的朋友，看得出他不乐意表现出站在我一边。有时候，我们只说真话，生活很艰难。”

紧接着他吓了一跳。

“是卡穆齐！”

律师装着好像没有看到他，而在瓦砾中翻找。在他想悄悄溜进屋时，市政厅秘书叫住了他：

“早上好，律师先生！”

律师犹豫地走上前来。市政厅秘书穿着他的新的秋大衣和锃亮的鞋子，身上散发着浓浓的香味。律师拍拍自己已弄脏的上衣，同时试图将上衣扣好，可是一颗钮扣也没有了。

“您在这里，卡穆齐先生，”他说出话来。

“是的，我起得早了点。一些人对我讲了些编造的故事；您能不能告诉我，律师先生，真正发生的事？”

“您睡过觉了？”律师问道，嘴巴张着。

“因为正像我现在看到的一样只是塌了屋顶，所以我当时显然就打算不在爱看热闹和爱说废话的人中间熬夜了。难道你现在还不考虑吃早餐吗？”

他又掉过头来。

“您可以睡大觉！”律师激动地重复道。

“要是我当真相信是火灾，”市政厅秘书加以解释，

“那我或许就不睡觉了。”

“怎么？您不相信是火灾？可是响起了警钟！天空一片红！”

“我妻子把我唤醒时，她这样对我说过。可我就是这个样子，我习惯了这些民众的大肆夸张。——因为您跟我一样知道，这些民众是靠大肆夸张、云里雾里和吵吵嚷嚷过日子的，他们对一个头脑清醒和喜欢秩序井然的人只会加以折磨。就是现在我也确信，一些好市民的热心使马兰德里尼家遭受的损失比这场大火还要大！”

“哎呀！哎呀！”——这时律师一面软绵绵地用嘶哑的声音叫着一面晃动着肩和手。

“也就是说您否认阳光，卡穆齐！您随心所欲否认阳光！我只回答您一句话：如果这里真有人纵火了，那么这场火灾会不会也缺乏任何现实意义？”

市政厅秘书耸了耸肩。

“关于这个事也有人对我说了。在有好些其他人的场合甚至有人向我说出您是纵火犯，律师先生。”

律师开始极端做作地咯咯发笑。他斜视着他的陪伴者的脸。

“我看出来了，您认为我无罪，非常感谢。我愿意向您承认，刚才在您注视我时我不是没有担忧的。我们的性格不同，卡穆齐先生，这使得我们有时候在公众生活中相互对立。当然这还没有理由使我对您思路的清晰发生怀疑……您想知道，昨天夜里凭发昏的想象所臆造的最荒唐的事吗？”

“诗人之夜，”市政厅秘书说道。

“三十年来我——律师贝洛蒂将全部精力、才能和抱负都献给了这个城市的福利事业。如果说我自己在一个美好的夜里将城市置于大火中，我也不会认为这符合纯逻辑和严格逻辑。而连唐·塔代奥大概也不会纵火烧城市。我确切地听到了，说是唐·塔代奥！”

他狂笑，因而使林荫道上的好些居民跨到了他们的门槛上。市政厅秘书满足于轻蔑的讥笑。

“你一定会在那个流浪者面前感到羞愧，”他说，“或许他纵火了——因为万一大火是人为的和万一是场火灾。他会认为我们大家都疯了。”

“您多有才气，卡穆齐先生！”

可律师突然深深叹了口气。

“这一切都不意味着我想逃脱落在我身上的责任。民众是对的，啊，即使他们要我就否决蒸汽灭火机一事作出解释，那也是对的。”

他将双手捂到胸前点点头。

“难道不相信天命和诸神的忌妒吗？在这里您看到了一个人，他在为民众效劳时比大多数人都登得高，可是他一脚踏空翻了下来。而民众根本就不愿怜悯他，反朝他胸口上踹一脚，并且会常常去同情不值得同情的人。或许民众恨我只是因为我们太爱自己和我某一次对他们不够大气吗？”

律师停住脚步。由于市政厅秘书将这一问搁置不答，所以他继续说：

“在任何情况下民众都是对的。在我由于更大的事想节省钱而否决蒸汽灭火机时，我犯了不可饶恕的错误。不仅马兰德里尼房子的烧毁，而且我所造成的城市的不稳定和信任我的这些群众得不到保护，这些都成了我的负担。”

市政厅秘书摇晃着脑袋。他微笑着用一只手对着律师。

“您的大脑失控了。蒸汽灭火机我也是否决的。您从哪里知道用蒸汽灭火机就一定会减轻灾害呢？这我不相信，而且民众的喊叫也没向我证明这一点。此外我坚持这句话：凡事都有度，即使大火也是这样。我们不应该采取太多的行动，连防火也不应该。”

律师用手在空中一拍，抢过对方的话头：

“这是个有害的原则：我太狂热地一门心思要前进，以便能有意识地保持存在的东西。而大多数人的思想首先是认准了要保持。因此，由于我的过错而使民众发生了分裂；因此，啊，都怪我！而出现了内战。”

“这是律师！他胆敢露面。打倒他！”——这时“圣阿加佩图斯”咖啡馆的人全都出动了。在广场边上的律师将用来挡阳光的一只手从眼睛上方拿下来，他的陪伴者看到泪水在滚动。

“不是灾难在惩罚我，而是后悔在惩罚我，”律师发出悲叹。

他们在那后面彼此声嘶力竭地喊叫——这时“前进”咖啡馆死一般的寂静。诸位士绅没有转过身来；老阿奎斯塔帕切低着头。

“由于受到我的误导和被我拖着跑，朋友们此刻正因此而担心害怕和恨我。卡穆齐，请您注意到这种奇特情况：我还只能跟一直是我的对立面的您说话。您很有勇气！”

“呸！”市政厅秘书嘴里迸出粗言道。“由于我不相信公众生活，所以说干我愿意干的事对我来说是不难的。然而——”

市政厅秘书将夹鼻眼镜固定在他的半闭着的眼睛前方。

“——对您来说难道还不是自问为什么要干这么多，为什么要劳累不堪地采取如此行动？其中还剩下什么，难道此刻您要消失在看不见的个人生活中去吗？”

这么一问心里感到满意的卡穆齐想继续往前走。可律师却仍然在广场中央没有动；他脱下帽子，并且向一边吵闹、另一边沉默的广场四周投去冷静的目光。

“还剩下什么？”他回应道。“我不想说或许还剩下的一些已干成的事。可是还剩下爱。另外一些熟悉我的人将会像我曾经爱这个城市一样去爱它。而且像对民众一样对一个人来讲，向往美好而半途灭亡毕竟要比因没有行动而无过错地一直生活下去要光荣得多。”

他们绕着泉眼走；一群鸽子飞了起来。

“它们飞起又落下，”市政厅秘书说道。“这是人类的进步。当您跟我一道否决蒸汽灭火机的时刻，律师，那个时刻是您最明智的时刻。”

“啊！我反对。我们否决它并非出于相同的原因。一台蒸汽灭火机对您来说，卡穆齐先生，是太快和太新，可是我已经超到它前面了，超前了……”

“还是一样。”

“还是一样，”律师重复道，同时将一只手伸过去。“我们至少是碰到了一起——在我们犯相同错误的时候。让我们做朋友吧！”

他拖着步子朝上走进阶巷。市政厅秘书转向“前进”咖啡馆。老埃尔梅内吉尔达在另一侧从神父住宅里走出来。在离几位先生的桌子还有一段距离的地方，她站住了。

“我向女士表示欢迎！”杰瓦特尔·阿基莱叫道。“唐·塔代奥想买点什么提神的饮料？圣人好吗？”

“是呀，他好吗？”几位先生问道。她帽子下面麻木的脸上没有反应。

“焦孔迪先生在吗？”

“有什么事？”焦孔迪先生问道。她用她暗暗钻心的眼睛注视着他。

“您跟我来，先生，”她说道。“尊敬的神父想跟您谈谈。”

“怎么？”——这时焦孔迪将手指指到胸口。“您不会弄错吧？我是焦孔迪先生。”

“我找您。尊敬的神父跟您谈什么，这是他的事。”

焦孔迪先生面颊挂了下来，好像他干了什么坏事一样；他看看这个又看看那个。他们默默地耸耸肩。接着他猛地一动。

“那么是这样。只不过我好多年不做忏悔……”

“向尊敬的神父表示我的敬意，这您是知道的，”杰瓦特尔·阿基莱在嘱咐他；其他人也在后面喊叫：

“还有我的敬意，您是知道的。”

接着他们轻轻咳嗽，移动他们的杯子。少尉坎蒂内利大胆地说道：

“一件不寻常的事！”——这时商人曼卡费德轻轻地说：

“他大概想干什么事？”

“哎！”波利哼了一声；可是他急忙咳嗽。市政厅秘书擦擦他的夹鼻眼镜，冷静地猜测道：

“他想要知道马兰德里尼将从保险公司得到多少钱。据我所知，神职人员很好奇。”

其他的人由于受惊而默默无声。对面的喧闹已经停息；萨韦佐两手插在口袋里走了过来。

“有什么事？”他没有用手去抓帽子，问道。萨尔瓦托里先生和波利先生立刻分开来，他们拖了一把椅子到他们中间。

“即便我们自己想也是白想，萨韦佐先生。唐·塔代奥跟焦孔迪有什么关系呢？”

“一个圣人跟一个保险公司督察！”

“这事很简单，”萨韦佐解释道。他抓住椅子并将它推到铺石路面上。“唐·塔代奥想办他的人寿保险，因为他已经看出律师会干出什么事来。”几位先生呆呆地点头。杰瓦特尔·阿基莱的舌头在嘴里直打滚。

“这么说律师真的到了这个地方？”

“律师！”这时萨韦佐先生突然一阵苦笑。“你们知道他已答应我的工人，如果他们支持自由就给他们增加工钱吗？”

“也就是说请你们为自由发钱！”萨韦佐说道。商人曼卡费德在呻吟：

“他们那一派再也不在我店里买东西了，我看不见有农民来，我破产了；然而我从来就跟律师没有什么关系。”

“像我一样很少有关系，”杰瓦特尔·阿基莱声称。“律师使我们大家都破了产。您，萨韦佐先生，您是另一种人，您使教友焦瓦科内得到了众多顾客。”

少尉坎蒂内利说道：

“谁也不应该像律师这样将两派推向内地。内战无论如何都会使我们宪兵失掉我们的岗位；在米兰一些宪兵已被关进监狱——可我有妻室。”

“律师会去安慰她的！”萨韦佐说道。

波利突然在杯子中间一拍。他的颈脖暴了起来，透不过气地喊叫：

“现在我有了个儿媳！这是个什么样的儿媳哩！”

“您应该为她而感谢律师的政策，”萨韦佐说道。

“演员们抓住他们的箱子，提防着走来了；他们很清楚，我会要打破他们的头。可我不会去揍他们而是会去揍律师！我将强迫他去娶大个子黄头发姑娘！”

卡穆齐干巴巴地说道：

“对您来讲，昨天夜里一直躺在您床上就简单多了；那么您就会仍然没有儿媳了。特别是如果诸位都像我一样安安稳稳地睡觉——”

“究竟怎么啦？”萨尔瓦托里小声抱怨道。“当一个答应给工人增加工钱的歹徒在城里转时，我没法睡觉。昨晚火警钟声开始响时——你们只要问问我妻子我的头一句话是不是：律师大概又弄出什么事来了。”

“原来是这样！”大家都乱喊乱叫。“我们在一个歹徒手中。”

“谁救我们！”曼卡费德在呻吟。

“我们已经得救了，”少尉一面对着萨丰佐鞠躬一面说道。老阿奎斯塔帕切突然挺直身子，他将在桌子下面的一个捏紧的拳头抽出来。可是在大家看着他的嘴时，他又将嘴闭上并垂下了头。只有在他旁边的市政厅秘书听明白了他在嘟哝什么。

“两个儿子上大学……那个时代已过去了……人必须生活……”

“这是实际情况，萨韦佐先生，”杰瓦特尔·阿基莱表示，“您是唯一一个能救我们的人。”

可怕的沉默——可是萨韦佐将两个拳头撑在大腿上任凭时间这样过去。

“你们理应遭到民众愤怒。你们支持律师，因此你们现在也就一定会在政治上和生意上遭殃。再见，我去对民众说，你们预先就知道你们的毁灭，可是你们怕律师。”

他站起身，而萨尔瓦托里和波利两位先生却趴到了他的臂上。

“一句话，萨韦佐！我们是相互理解的！注意听完一句话，这能花您多少时间。律师欺骗了我们，他威胁我们，他用恐吓的办法强迫我们滥用民众的钱，强迫我们生活在与唐·塔代奥和中产阶级的冲突之中。”

“我们彼此之间，”——这时少尉将一只手贴在心口，“经常都在骂律师！”

“要是没有律师，”杰瓦特尔·阿基莱喊道，“那就不会有人阻止我们将公众的事交到您手上了，萨韦佐先生。”

大家七嘴八舌：

“谁对您搞了阴谋呢？谁剥夺了您的律师的称号和谁在市政厅选举时把您从名单上划掉了呢？难道是我？难道是我？……而我是要把您放到名单上去的人……我是更加了，我，因为我暗中不让人对律师有好感……请听我讲，我干得还要多！”——这时商人曼卡费德将头伸到桌子上方，向人们露出了他发亮的、乞求的眼睛。“我暗中偷偷到市长那里去，我请求他：他应当把您弄到市政委员会里；在他的年龄使他不得不引退时，他应当让我们的伟大人物萨韦佐先生而不应当让律师成为他的继任人。”

“应当让我们的政治家，本城的拯救者成为继任人！”萨尔瓦托里先生一面煽动性地挥舞着胳膊一面喊叫。

“应当让用铅笔吹出优美旋律的艺术家为继任人！”杰瓦特尔·阿基莱补充道。

“啊！”所有的人都发出赞叹声——这时萨韦佐站在那里，拼命地嘬他的鼻子。

“您需要什么？”萨尔瓦托里先生问道。“我们做好了牺牲律师的准备，”——这时波利证实了这一点。

“野蛮狂热纵欲。他难道不是也把我们牺牲了吗？”

“我们现在把他交出去！”曼卡费德用尖细的声音喊叫。“我是第一个要求这样做的。像民众所想，我们把他弄到橹舰上去做苦役！”

“只有在他纵火烧了马兰德里尼的房子的情况下才能这样办，”杰瓦特尔·阿基莱说道。“只是我们必须有些证人。”

“你们的任务是要找到他们，”萨韦佐让大家听见，“去除掉律师，那么我愿意宽恕你们。”

“我们想要多少证人就有多少证人，”他们在喊叫；商人曼卡费德抓住他的羊毛夹克衫抖动。

“我！这我看见了。还有我女儿：像全城人都知道的那样，她全都看到和听到了，我女儿说是律师。”

卡穆齐按住他的两肩，将他压到椅子上。

“事情会立刻变得对您很不利，这是很容易预料到的。连您女儿也应该改变她的食谱，否则她很可能失去一些知觉。”

“怎么？您，卡穆齐，想否认埃万杰利娜吗？”

“从来还没有人，”——这时商人曼卡费德将一个手指猛地向市政厅秘书一点，“敢说这种话，连您也不敢；这将给您带来厄运！”

卡穆齐不动声色，只眯着眼睛；人们向他冲过来。

“您将看到我们会不会让律师遭到毁灭！谁是他的朋友，而不是萨韦佐先生的朋友，他一定垮台。您要当心，卡穆齐先生！”

市政厅秘书予以反击。

“尽管如此，什么也不会发生。走吧，我了解本城；我不相信正在发生些什么事。”

这时杰瓦特尔·阿基莱向喧闹的人群喊叫：

“焦孔迪先生！你们没有看到，他又来了吗？”

所有的人都突然转身，每个人的手都是半伸半不伸的姿势。当焦孔迪先生令人捉摸不透地呻吟着坐下时——

“那么，唐·塔代奥说什么？”

“我应该立即将律师逮捕吗？”少尉问道。

“别开玩笑，焦孔迪！有什么事？”

“什么事也没有，”焦孔迪先生说道，一边急速将一个肩一耸，掉转目光。“什么事也没有。他大概是疯了。”

“怎么？你说谁？”

“我说唐·塔代奥。他大概是疯了，他想要我们公司赔偿马兰德里尼的损失。”

大家坐下，默默无言；只有萨韦佐没坐。过了一会波利皱着眉头说道：

“当然，他是个圣人。”

焦孔迪先生继续说道：

“他说他对一切负有罪责……现在就是这样了，你们想要我怎么办，我把我所听到的话再重复一遍。唐·塔代奥说律师是清白的，而且他愿意付钱。”

一阵激烈的欢呼声。因而药店老板阿奎斯塔帕切杵着他的木头假腿围着桌子直跳。

“他不会付钱的，”萨尔瓦托里先生迟疑地说道。

“他真的已经想把钞票推到我手里。我费了好大劲要他理解：首先保险公司必须定下来，是不是要拿他的两万里拉，以什么形式拿他的两万里拉。因为这是他所有的全部财产。”

萨韦佐交叉着两臂朝焦孔迪先生迈近一步：

“您说的不是真话！您想欺骗民众！过来！”他向广场上喊，“这是律师的奸细！”

理发师诺诺吉已经跑了过来。那后边的“圣阿加佩图斯”咖啡馆的所有的人都动起来了。可是焦孔迪先生由于愤慨而脸涨得通红地在大声叱责。

“我是奸细吗？我是‘对立双方’的督察员；如果有人向我表示他愿意为保险公司付款，那么我知道我该怎么做。”

“他知道他该怎么做！”药店老板在吼叫，“律师始终是伟大人物！”

“那他为什么愿意付钱呢？”理发师问道。站在一堆小声抱怨的人的最前面的面包师克雷帕利尼蛮横地重复道：

“那他为什么愿意付钱呢？”

“啊，这——”这时焦孔迪先生抬抬眉毛，耸耸肩，举起手臂，“是另一码事。我到的时候，他从祷告椅上站起，他几乎还没有站稳。大概有另一些非常虔诚的人来访过。这我怎么会知道，我是‘对立双方’的督察员。”

“他没说过律师是清白的！”

萨韦佐将两个拳头伸到这小老头的脸的前面。焦孔迪先生将两个拳头推开。

“他甚至说了他自己的罪过比律师严重。他说整个城市都有罪过，可是他最严重。而且他不再希望内战，他宁可支付两万里拉。此外他将马上就在他讲道时向你们说明一切，那么放开我，你们见鬼去吧！……见鬼去吧！”他用手推开逼迫他的一些男人。

“唐·塔代奥应该付钱，律师应该保有权力！”他们互相从头顶上向遍地是人的广场喊去。

“我们被出卖了！”面包师恶狠狠地喊叫；惊恐的喃喃自语声传播开来。

“唐·塔代奥应该支付两万里拉，因为我们不再想要律师……究竟怎么啦，唐·塔代奥：我们大家应该付钱。出于报复，律师会让我们挨饿。”

“唐·塔代奥在哪里？”在拥挤的人群中央有一个女人突然尖叫起来。“他们把她抓起来了！”

“这有点来势凶猛，”男人们说，民众都滚滚拥向了墙边。在钟楼附近冒出了一个声音：

“律师在地方行政长官公署；有人看到他了！”

对面市政厅旁出现了另一个声音。

“政府和他暗中搞在一起；他们已经发了电报，一个宪兵团马上就会到这里来。”

“我们完了！”

“我们完了！走，到地方行政长官公署去！”

“不，到唐·塔代奥那里去，去解救他！”

群众冲来冲去。萨韦佐额头前伸，从群众中突然钻出来。

“谎话！”他喉咙嘶哑，粗野地吼叫。“全是谎话！我现在把唐·塔代奥给你们请来，好使你们听到真话。把律师弄到橹舰上去做苦役！否则我自己到橹舰上去做苦役！”

可是他在大教堂房吓得朝后退，因为唐·塔代奥出现在林荫道上。女人们已将他围住，她们追随着他。“我们的圣人！谁想从我们这里抓走他，那是找死！”民众举着手臂向他扑过去：“说呀，唐·塔代奥！”可是他却面带狡黠的微笑，红红的眼皮抽动着，为避开冲过来的人而走着之字形路线；众多的求助者朝他两只张开的手扑过去，而他的这双毫无血色的手甚至也像是在乞求。

“说呀，唐·塔代奥！”

他张着嘴唇，舌头伸在唇间，人们看到他的喉头在动，可是谁也没听到他在说些什么……现在他站在大教堂的台阶顶上；这时所有的人都望着他；掌声响起——掌声立刻又停止。他已离去。

“他说了些什么？是什么话？”

“他向我们道出了秘密，因为一些可怕的事正在发生。”

“这没有人听见。这再也不会有人听见。这个圣人要死了。”

“他将拯救我们。他将布道。全都进大教堂去！”

“全都进大教堂去！”

他们向里面拥，人流汩汩地流过大门。他们嗒嗒的脚步声、喃喃的抱怨声以及背后的议论声已被大教堂吞没；最后一小股人离去了。——在“圣阿加佩图斯”咖啡馆旁，萨韦佐耷拉着头，两只手臂交叉着，站在空落落的铺石地面上……突然他用手向四周一抓，从桌上捞到一瓶酒，用力将它扔了出去。然后他啪的一声坐到椅子上。教友焦瓦科内从他的暗暗的门缝里溜出来，歪斜着身子点头哈腰，用手搓搓自己大腿想要他付他的利口酒钱；可是萨韦佐并没有将一个拳头从太阳穴上拿掉。教友焦瓦科内轻触他的膝盖，萨韦佐忽地站了起来，将手伸进口袋去掏什么，可是却抽出五个空指头，将教友焦瓦科内撞倒，呵斥着跳进大教堂。

他们依旧在“前进”咖啡馆大眼瞪小眼。药店老板又愉快地吼叫，并跺着脚。接着波利开口责骂：

“装疯子没有用，问题是我们现在怎么办？”

“活见鬼，我们去听布道吧，”焦孔迪先生表示，“或许唐·塔代奥要讲到‘敌对双方’。”

萨尔瓦托里先生呆板地说道：

“律师很明显要比我们所认为的强大得多。究竟他策动了什么事呢？”

“要是我们知道就好了！”少尉说道。“对于武装人员来讲，在我们了解出路之前难以采取行动。”

商人曼卡费德内心极为痛苦。

“我对此烦透了。我现在把自己封闭起来，让他们去烧光或炮击城市，他们想怎么干就去怎么干。”

“不管怎么说，好似——”这时波利挠挠自己的脑袋，“我们过于匆忙了。萨韦佐或许是个吹牛大王。”

市政厅秘书微笑着盯着自己的手指甲。

“我不是预先就对你们说过，什么事也不会发生吗？现在我建议诸位进大教堂去。因为毕竟唯一可信的是宗教。”

“事实上，”杰瓦特尔·阿基莱声称，“最聪明的办法是待在大家都在的地方。”

波利建议：

“我们不要在大家正好看着我们的时候站到那里去。然而在唐·塔代奥唱诗时，我们却已经在场了。”

“保安任务也需要我在场，”少尉最后说；他们起步去大教堂。药店老板想溜走，将事态的骤变去告诉律师；大家不得不紧紧抓住他。

“你是个没良心的人，你想使你的朋友们出丑。”

在大教堂附近他们逮住了差点儿溜掉的商人曼卡

费德。

“这不漂亮，曼卡费德。在这样的一个时刻！”

他们踮起脚，紧随人群挤进前厅。大教堂里面静得令人害怕，只有来自主祭坛的声音：

“火！将烧毁一切！”

这声音从上千个慷慨激昂而又弯下的人头上掠过。它的回声从一根根柱子上落下，再灌入恭顺的民众的耳中。

“不仅马兰德里尼的房子会烧，而且波利的房子和林荫道上的所有房子都会烧！广场会烧，谁也不再知道逃向何处！”

人们在颤抖。每句恫吓的话都使大家的耳朵一抽。波利迷迷糊糊地将颈脖来回乱转。

“或许他说得对，大火烧到我家了吗？”

“因为本城是耶稣在为耶路撒冷哭泣时哭过的城市！我告诉你们，不会有一块砖仍垛在另一块砖上。可悲呀！市政厅到时候一定倒塌，我会看到它如何将你们砸死：砸死你，费耶拉贝利，砸死你，科科拉，砸死你们这里的这些女人——抱住孩子，抱住！”

一阵长时间的战栗。小德索从托罗尼祈祷室内竖立着的吹号小天使雕塑的腰部摔下来，伤心地啼哭着，母亲冲过去撞倒了几个人。

“情况变得很危急，”杰瓦特尔·阿基莱在合唱声中喃喃自语，“他还说到我的名字了吗？”

“进大教堂！”唐·塔代奥在喊叫；他的声音突然变尖了。“全都进大教堂！再没有其他屋顶能抵御熊熊大火。要是你们祈祷，或许上帝能将熊熊大火挡住。不，上帝在对你们进行清点，你们中间有公正的人吗？有一个吗？这是最后的时刻……”

神父的两眼从这个人看到那个人；每个人头上都在冒热气，谁也不再呼吸。他又张开嘴；他们嘴里还没有出气，一个女人微弱地惊叫起来：赞皮耶里太太昏厥过去了——这时他们发出了刺耳的尖叫声。她身后一个女人、对面一个女人尖叫着，翻着白眼，夹紧双手从殿堂中横穿而行，一直来到神父脚下。他慢慢将头垂向胸前，半死不活地说道：“一个也没有。火来了。”

突然所有的人都跪了下来。一些弯下的颈脖在颤抖，就好像他们在等待被抓。众人发出的声音就像濒死的人在不安的似睡非睡时发出的声音一样。

“只有一栋房子要保留下来！”唐·塔代奥以刺耳的声音命令道。“整个城市只有一栋，就是的黎波里街的那栋房子！”

“怎么？”人们问道；这时他们站了起来。女人们咯咯地笑。年轻人互相寻找。在奇波拉祈祷室出现了拥挤；

糕点师塞拉菲尼将头伸到贤良的吉内夫拉亲王夫人墓碑后说道：

“你们在这里。今晚我来，而且就再也不走了——因为你们是仅仅剩下的人。”

泰奥和劳雷塔提出异议：

“我们跟其他人一样，如果唐·塔代奥让大家丧命，唯独留下我们是不合适的。”

她们啜泣着，泪水打湿了手帕。这时对外面坐在长凳上的女士们漠不关心的妈妈法里纳吉划着十字；高大的拉法埃拉用她画一般美丽的眼睛回看了卡穆齐太太一眼，她的眼神比卡穆齐太太更显轻蔑和异样。

商人曼卡费德将他用来护头的双手拿下来，从他下蹲的地方站起身。

“怎么？啊！多不合适的玩笑。我真以为我的房子再也不存在了，我的女儿死了，而且现在轮到了我。”

“谁知道现在外面是个什么样子，”卡穆齐回答道。“现在发生的事情不多，因而说不定最终为了生出某些事上帝想必会插手。”

唐·塔代奥像打苍蝇一样将一只手一拍；他手上粘上红色斑痕，嘴里喊叫道：

“它仍保留下来，你们该死的灵魂住在里面！”

“讲得好！”法尼亚和纳纳两个女仆说道；尽管他们

被越来越紧地挤到墙上，但她们还是在大声地咯咯笑。这里和那里都有人捂着手帕扑哧扑哧笑着。唐·塔代奥将话停住；他的脸变得苍白，随后他的声音就像是一下一下敲出的钟声，而且非常柔和：

“可是在天国上界已有记载：这个城市为罪恶而毁灭。耶稣曾为它哭泣，可是它不听。”

这声音一直震颤到最暗的角落。在大家都耷拉下眼皮后，唐·塔代奥也耷拉下眼皮。在一种压抑的沉寂气氛中他声音更轻地说道：

“因为所有的罪恶——本城全都有——归于一点。它们全来自我们不爱上帝。至高无上的信条是我们应该爱上帝和我们的近邻。可我们不爱他们，因而我们堕落。”

他的声音柔和地渗到啜泣自行停止的各个地方：“因为如果我们不爱我们的近邻，我们也就不会爱上帝。这不对吗？爱一个称作上帝的神是不够的。你们要爱众人，再则你们要爱上帝！”

他注视着坐在最前一条长凳上的阿奎斯塔帕切太太。

“你要贤德、宽容地对待你丈夫；即使你不每周忏悔，你也要爱上帝。”

在一些平民妇女长凳前，也正好在他脚下，有几个小青年蹲在他们的有草垫的椅子后面。他将眼睛向下对着他们。

“不要恨糕点师塞拉菲尼，”他对门旁的矮小的城市关税征收员奇戈利亚的太太说道，“如果他扣了秤，要想到他有六个孩子……要说莉娜的长处，”他又对着制鞋匠马拉戈迪的女徒工埃莱娜，“尽管她说过你的坏话。”

他对皮皮斯特雷利的老婆说道：

“不要盯住有罪的人。我们既不应该盯住演员们也不应该盯住律师，因为我们自己又怎么样。城市在燃烧，那么哪里会有真的不共负罪责的人，因为火就是这种人的罪过招引下来的。”

唐·塔代奥叹了口气，他将眼皮合上。

“他说什么？他想干什么？”——这时在长凳和柱子之间的空间里的男人们变得烦躁不安。“闷死了，唐·塔代奥只对女人们说话。”

“他说我们应该爱律师，”裁缝科科拉解释道；锁匠凡塔皮耶说道：

“这差得不太多。”

“他说恨律师的人就对马兰德里尼家失火共同负有罪责。”

“必须承认，”“定亲”旅馆老板表示，“马兰德里尼属于律师一派。难道我们的人真的要——？”

“你自己，吉戈莱蒂，大概会这样做，因为现在‘月亮’旅馆烧光了，谁还会有你这样好的生意呢？”

“如果进一步思考，所有的人都有嫌疑。”

“这很可怕。”

“我什么也没听见，”在合唱声中后面的焦孔迪先生说，“他讲到‘敌对双方’了吗？”

“在我的席位上，”——这时波利踮起脚尖把身子抬高，“现在坐着铁匠的老婆。中产阶级把我们的教堂凳子搬掉了，那他们起码应该把包厢留给我们。”

“你们大家共负有罪责，”唐·塔代奥重复道；这时他朝祭坛后退，将两手张开。可是此刻他偶然看到了一张脸：一张他似曾相识的脸，此刻这张脸就在他脚下的几个小青年中间，它有一双探求和挑战的眼睛，这对眼睛沉静而坚定。他徒劳地试图朝前方看；这对眼睛又将他召回来。这对眼睛就像一个似乎许多年都在他的祈祷椅上方、了解他的一切、甚至与他的心灵融合得像是他姊妹和对他享有极大支配权的虔诚圣女的眼睛。他感到毛骨悚然，他迅速说道：

“不！他们没有罪过。他们知道什么？只要有一个人是故意的就足以犯罪。”

他不想吸气，可仍在话语间深深吸了口气。他的胸部鼓起来好似要裂开一样。

“因为只有一个人不爱众人，他爱精神上的神。也就是说他使精神成了他的神，而且通过他的神——精神变得骄傲和孤独。可是对他的惩罚仍然是将他和众人绑在一道了：这是最轻惩罚。他曾否认爱，这样他必然受到强烈情欲的熬煎；背离精神的人必然恨自己，可是外部世界已使他受到了引诱；他必然将大火招到众人和他自己头上；他必然亲手将大火点燃……”

“唐·塔代奥，我不懂他的话，他想必感到身体很不舒服，”——这时萨尔瓦托里太太将身子从她的长凳上向帕拉迪西大娘弯过去，“在他为那个女演员而牺牲之后，这不奇怪。”

“有人说他在祭坛上布道，是因为他浑身被烧伤而没有力气登上布道坛。”

“然而他却想在演员们还没走之前使他们成为基督教徒。因为他只还对着首席女歌唱演员讲——似乎他把我们大家都忘了。”

女人们激动地将目光紧盯着那前方翘曲的白毡帽下的金黄色大发髻。

“他在对她说！他说得多有劲！他额头上有汗珠。她必然是个有大功劳的女子。我再也不会相信女演员是不正派的人了。伟大的圣人，唐·塔代奥！他教导我们了解众人和公正对待他们。他因为我们的罪过受了多少苦！你们看他的眼睛！两个眼睛黯淡无光……”

“怎么？”向前弯身并将眼睛从那双明亮、坚定的眼睛移向前方的唐·塔代奥问道。“我还必须说更多吗？难道全说出来？”

他的牙齿在磕碰，他气喘吁吁。皮皮斯特雷利的老婆抛开她的祈祷书大声唠叨。周围的女人们互相窃窃私语。唐·塔代奥用手抓自己的胸口，他在胸口上掏，他在把话掏出来：

“是的，是我，这是我干的！”

这时那对从未抽搐的眼皮在抖动。那双可怕的、黯淡无光的眼睛垂了下来。唐·塔代奥在自己四周乱抓。

“他在晃！他跌倒了！糟糕！圣人死了。”

所有的人都跳了起来，剧烈的冲撞将大家猛力向前推。在他们还没有到他身边之前，唐·塔代奥就从祭坛上爬起来了。唱诗所穿的白色道袍掉到了后面。

“你们看他的黑色道袍上烧的一些洞！”

一些哭丧着的脸和一双双祈求的手向他伸上来。他将两臂伸向他们。

“和睦！”他突然大声疾呼。“已经有了牺牲，我们现在应该和睦相处。放弃你们的纷争吧！不要花更多的时间去找纵火犯！他已作忏悔，他已走了。你们没有认出他来。谁也没有提出指控！他的罪行不归咎于他，是我们自己——”这时唐·塔代奥拍拍自己，“犯下了这个罪行！因为我们没怀有足够的爱。我们互相仇视，我们互相敌对；每个人都自认为公正，这样一来我们的城市就成了不公正的人的城市，所以城市必然着火。我深深自责——”

他将一只手朝上伸——

“——因为我把城市推向了内战，思想上的骄傲使我走向了堕落——我愿意赎罪。你们把律师请来，我把锁木桶的钥匙交给他。他是个伟大的市民——”

唐·塔代奥顿住，把话吞了下去——可是他双臂摊开来。

“——我的不公正对待使他受了苦。”

从祭坛周围密集的民众中向上伸出了一片手，人们开始喊叫：

“可是！尊敬的神父！”

“我的不公正对待使他受了苦！”唐·塔代奥声音高亢而又颤抖地再次叫喊，“谁也不及他为你们办的事情多。”

“可您！可您！”群众回答他。

他将脖子伸得更长，似乎想逃避那下面的声音。

“你们要互爱！你们要善良！善良！”

这时轰隆一声，就像是拱顶坍塌下来。殿堂一片喧闹，中间还夹有高声喊叫。人们看见一些妇女在奔跑，看见地上有个圆团。人都飞快地逃离了主祭坛——这时一颗头颅滚过来，停在唐·塔代奥面前：这是一个女人的石像头。

远处围成半圆的默不作声的拥挤人群在呆视。这个有女人发辫的头颅定在那里，它注视着唐·塔代奥，唐·塔代奥也注视着它。他像那颗头颅一样苍白，他将一双手持续张开。突然他将手扑到脸上离去了。跑到祭坛后的帷幕内他脸上的皱纹才颤动起来。

“出了什么事？这是鬼，快逃命！……不，不！这是从奇波拉祈祷室滚出来的。这是贤良的吉内夫拉亲王夫人的头颅。”

人们跑过去。几个小伙子曾蹲在亲王夫人的墓碑上。为了能看见唐·塔代奥，他们还爬到她头上——可是吉内夫拉亲王夫人的身体纤细极了！头折断时他们栽向法尼亚、纳纳以及的黎波里街几个女孩，跟她们一道都撞向祈祷室的栅格门。栅格门砰的一声关上又扫到一些在台阶上的人。在这种情况下还有一些人在来回挪动。

“瞧萨韦佐！他的一只鞋子掉了，他在别人的腿中间找鞋子。你多滑稽！对了，你的鞋破了个洞；你像童话中公猫一样向我们吹也没有用。”

女人们哈哈笑。萨韦佐又把他的这只鞋穿到脚上，他跺着脚。

“你们没看到这又是律师施的一个诡计吗？他想让人

干掉我，因为我把他推翻了。”

男人们互相看看。老制绳工费耶拉贝利愤怒地表示：“喂，律师不会是杀人犯。”

“你不要再反对律师，”赞皮耶利太太断然说道，“唐·塔代奥不想这样做。”

“唐·塔代奥不想这样做。”女人们重复道。

“什么，唐·塔代奥！他生病了，他胡说。”

萨韦佐立即遭到包围，一些曲着的手指直插他的眼前。

“决不允许反对圣人，否则你不得好死！”

“和睦！和睦！”制绳工喊道。“唐·塔代奥拿着圣餐杯来了。”

女人们急忙挤到中间去。

“他穿着他的圣餐袍真的好漂亮！”

可是她们看到他头发披下来，发尖一直拖到鼻子上。他左眼小一点，脸好像歪斜着。她们低声说道：

“他弄得多狼狈！他为我们哭过。”

理发师诺诺吉身体拱来拱去地钻进人群。

“我一开始就对你们说过，不是吗？我说过律师又会翻到上面。现在谁想得到他的宽恕，”——这时他朝面包师克雷帕利尼做了个鬼脸，“那他就要求助于他的朋友我。”

当他被裁缝基亚拉伦齐逮住时——

“快上去！您究竟在想什么？音乐老师还只等您一个了。”

“那他是白等，”裁缝回答，“因为我不会去参加吹奏他的弥撒曲。”

理发师大吃一惊。老泽基尼插话：

“你为我去吹奏吧，基亚拉伦齐！我爱音乐，音乐和酒是姊妹。”

所有的人都劝说裁缝。

“这与您所恨的音乐老师没有关系；这关系着我们所有受感化的人。您怎么会有这种念头。”

女人们说道：“这关系着唐·塔代奥。您想伤害他吗？”

当乐队指挥从合唱队那里下来，默不作声地拼命甩着两臂时，她们将裁缝朝前推进旋梯里。她们把守着，一直守到他到了上边为止。

“您总是这样！”

乐队指挥呼吸不畅，他抓抓自己的胸口。

“我早预见到了，由于您的原因我的弥撒曲将演奏失败。可是在这种情况下——啊！只要您在我面前，我就感到我对此能够胜任。”

管风琴前的教师赞皮耶里从其镜面里看到音乐老师极

度扭曲的脸和冒火的蓝眼睛，他惊异地转过身来。乐手们放下乐器。老的小公务员说道：

“让我们理智点，音乐老师。我们是在为上帝的荣光而演奏。”

“那我的荣光呢？”乐队指挥在吼叫。合唱队中的女学生互相推搡着，并嗤嗤地笑。

裁缝一句话不说，可像在排练时一样将他的次中音号吹得响得让大家惊跳起来。人们朝上张望并发笑。

“务必安静，唐·塔代奥在祈祷，他在坦白他的罪过……好似他真是犯了一些罪过，这个圣人。”

“欧费米亚夫人，您男孩的合唱服太大了。”

“可是他摇敬香炉比您的男孩灵巧多了。”

“在坦白罪过的过程中你想了什么，斯卡尔佩塔？我想起了律师给我兄弟在地方行政长官公署弄到的文书职位。”

肥胖的老科尔维叽里咕噜：

“律师最后的善举会是已在公平竞争中为我谋到了一个职位吗？”

锁匠凡塔皮耶在摇头。

“必须承认四个星期以来我们的行动并非始终是对的。我真的相信过是律师放的火。是不是大家都知道是这样的，而律师是不是代表自由和演员呢？可是唐·塔代奥说这是另外一个人，而且说他知道这个人——”

“这大概是那个英国人，因为他一大早就动身走了。”

“你胡说，科科拉，那么是那英国人！可是有人说一个流浪者曾躺在马兰德里尼的院子里，他已失踪了。”

“为什么坎蒂内利不派他手下的人去寻找！政府是干什么的！内战和火灾：啊！可以说我们是处在困境中，由于我们的罪过。”

唐·塔代奥在那最前边祈求上帝帮助。他三遍祈求帮助抵抗悲惨的愚昧。“我未曾了解你，啊，主，因为我不了解爱；啊，那些唉声叹气的人拼命向你指控我，因为我没有把你泄露给他们！”……他三遍祈求帮助抵抗悲惨的罪孽。他三遍祈求帮助抵抗悲惨的惩罚——带鼻音且颤抖的祈求声拖得很长；他最后的谦卑的、在寻觅的不和谐的声音还穿过了像成千上万人呻吟一样的管风琴的轰鸣声。合唱声像号啕大哭一般突然响起，所有乐器开始激情哀诉。

“这是求怜经。您听不见我的话吗，欧费米亚夫人？唉，唉，我只想向您承认，您的卡卢乔比我的利诺漂亮。所以我说他的合唱服太大。”

“唉，唉”的声音穿过几条长凳。各祈祷室的民众在祈求保佑。

可是唐·塔代奥使人们悲惨的一切声音停止。他的声音在寂静中猛地冒出：

“荣归我主！”

合唱队对他作了回应：

“荣归我主！”

几把小提琴逐步高起来，各种号角吹得庄严而激越。管风琴像风一样在呼啸。

又平静下来时，锁匠凡塔皮耶划着十字。

“我觉得上帝的意愿是我们应当将律师请回来。”

“我不反对，”糕点师塞拉菲尼回答说，“可是克雷帕利尼会愿意吗？”

因为面包师在到处煽动。

“哎，科科拉，哎，马拉戈迪，将公敌喊回来，你们感到就那么容易？唐·塔代奥，啊！他可以这样说，他又不在生意场上。可是我们就不同，律师会报复我们的！对你，斯卡尔佩塔，他会不再容许你在市政厅工作；对我，谁知道哩，他会使我的独家经营许可不再继续有效。”

“全都那么幸运！”一些戴着五光十色围巾的年轻人在喊叫；这时双眼一直都呈樱桃红的面包师徒劳地对着喜庆的民众叫骂。焦孔迪先生大胆走出来：

“自从律师不再吭声以来，您的面包就变得更小了，克雷帕利尼。要是您真的掌了权，那我们一定会饿死！——”焦孔迪先生同时向赞成他的意见的民众眨眨眼。他挺着肚皮回到在合唱队下方的各位士绅那里。

“振作起来！”他说道。“我要奋力救你们大家，而且我要救律师。自从我与唐·塔代奥谈话以来，一切顺利。保险公司督察的活动是外交家最好的学校。”

萨韦佐来了，他从牙缝里说出：

“先生们以为律师不会得知你们大家曾背叛过他吗？这他会知晓的，这一点我现在向你们发誓。”

“别搭理！”焦孔迪先生向已在责骂的药店老板低声说，“在我们面临的错综复杂的情况下必须谨慎。”

所有的人都从萨韦佐处后撤。他听到了轻轻的咳嗽声，他在卡穆齐太太跪着的一条长凳旁镇静下来。上等披头纱将她的头整个儿包了起来；谁也未能看见他们在说话。

“我们的事情不妙，似乎……您看唐·塔代奥！他在为赞赏我们而祈祷；让我们也来祈祷。”

她将腰弯得更低，用手指轻轻摆弄十字架念珠。他咬牙切齿。

“这我不能否认。男高音从我手里逃脱了，而我曾加害的律师却像个幽灵一样回来了。”

她长时间沉默；她将头抬起又垂下，像在祈祷的人一样。而后她轻声说道：

“您跪下去！”

当他的耳朵靠得很近时：

“我关心男高音：他可能很平静。他以为他今晚会犯个大罪将一个姑娘拐走。这姑娘是肯定归先生的。可是我将阻止他犯罪，并搭救阿尔巴。请让我祈祷吧！”

她停顿片刻，叹了口气：

“我感到圣阿加佩图斯在听我讲。您不知道他有一次搭救过一个落入拐骗者手中的少女吗？他的办法是用他的祈祷使拐骗者丧失让少女变得处境危险的全部能力。”

当她听到萨韦佐气呼呼的时候：

“您要是有信念多好！那您说不定也会成功……我把律师交给您。您没有试过去改变唐·塔代奥的观点吗？这或许也没必要。他病了——人们将他奉为圣人，这使得他更虚弱。您必须放弃他而自己去与律师交往。”

“与谁交往？”

“与律师交往。您必须立即去找他，因为否则其他人就抢在前面到他那里去了——而且他们会表示愿意效劳于他。现在在他知道您的力量的时候，我告诉他您再也不想用您的力量去对付他。您自告奋勇去把您的一派人带到他那里去，和他共同行使权力。”

“决不，”萨韦佐说道，嗓音很高。她任凭时间流逝，然后说道：

“能够握住您的手，他会很高兴的；而且由于您又带来了和睦相处，所以都会友好地接待您。于是就赢得了策划使我们最终摆脱律师的某些新招的时间。”

她的腰弯得更低了。

“我们宁可解脱！”

“决心！”他重复说道。“我恨死他了。我已经被迫伪装了太久。本城有他的空间就没有我的空间。要是他回来，那我就赌输了……可是他不会回来了。我将不准许民众把他叫回来。我将使用暴力，我将——”

“那里安静！”——这时卡穆齐太太将身体转向阿奎斯塔帕切太太。“您不感到在唐·塔代奥祈祷时不应该讲话吗？”

唐·塔代奥像他为之行动和用他的手势将其现世生命召回的人一样恭顺地双手合拢鞠躬。他从祭坛的左侧走到右侧。“他的转变更加困难，”他心里在想；当焚香从小诺诺吉和小科科拉的香炉中向他周围腾起时：“可是他的事业散发香气。他的人散发香气。”

“时间很紧了，”——这时萨韦佐抓着锁匠凡塔皮耶和制鞋匠马拉戈迪的胳膊。“唐·塔代奥在诵读使徒书信，现在必须作出选择。你们想夺取权力还是想召回专制呢？”

"哎！即使是小老百姓也站在这里，"制鞋匠说道。

"还有唐·塔代奥，"凡塔皮耶补充道。德鲁索、斯卡尔佩塔、塞拉菲尼两兄弟全都说同样的话。

"没有唐·塔代奥就没有中产阶级。因为没有他我们怎么赢得民众呢？"

地方行政长官菲奥里奥先生站在近旁，萨韦佐向他靠近一步。他立刻消失在一根柱子的后面——这时萨韦佐感到头顶发凉：地方行政长官正是这样让律师垮台的！这才过去了几个小时呢？

他去抓谁的手，谁都将手插进口袋里。他们都耸耸肩。

"您问问民众是否想要您而不想要律师。您问问民众。"

萨韦佐额头朝前冲进托罗尼祈祷室。带刺鼻的洋葱味的民众经这个祈祷室的台阶拥出来。呈角锥形的人群一直延伸到祭坛；他们跪下，腿东一条西一条；有人肩上扛着孩子；一个在地上不再有立足之地的姑娘站在一个年轻男子的交叉在一起的两只手上。

"我在这里！这里是解救过你们的人！"——这时萨韦佐想挥动双臂，可是他因此而碰到的人将他的双臂拍打下来。他两臂未动而两眼直转。

"律师已倒台！现在你们应该认识自由！"

"让我们安宁！你没看见你踩着我们了吗？"

"我不是士绅，我是你们中间的一员：你们看这里！"——这时他一只脚跳着好让另一只脚从夹住的地方拔出来。"我的一双鞋都穿了洞。还有这里！"

他将他的指甲裂开的几个粗笨的手指向他们伸过去。他们回答道：

"这固然对，这双鞋和这双手。可是我们不喜欢你的脸。"

托着那个姑娘的男子说道：

"为了爱自由，你太多地想到你自己。"

"唐·塔代奥不想要你，他想要律师，"一个女人在喊叫；另一个女人也在喊：

"律师比你有趣，他爱女人和民众。"

为了给自己边上的人节省空间，一个戴着五光十色围巾的年轻男子交叉着双臂站在祭坛上。他从那上面盯着萨韦佐的眼睛。

"律师爱自由，这一点可以感受到。您，萨韦佐先生，想被人钦佩；如果您能战胜律师，那您真的得踩钢丝从钟楼尖顶一直踩到那边的市政厅。"

所有的人都喃喃地表示赞成。有个人从一块大的齿纹头巾中冒出一句：

"律师是个伟大人物。"

在那边的角落里甚至有个人企图鼓掌。在上面唱诗班中的乐队指挥听见了这句话。

“啊，是这样的，我很清楚这很美，”——这时他轻轻地指挥着，将头偏向一边，并忍住笑。

“它这么美，这个弥撒升阶圣歌，因为它是在弗洛拉·加林达很生气而弄得我极不愉快的那个夜里创作的。该多好，我曾有那个糟糕的夜晚！当时就显示出，我为她所忍受的一切与这种‘宗教生活的进步’是相配的；当这种进步得以实现时，我肯定会赢得她，而且我立刻高兴地唱我的赞美诗。”

指挥棒悠悠滑动，他张望着寻找唐·塔代奥。他的心突然剧烈地跳动。“我的赞美诗！它现在到了！只有这一瞬间还存在！”指挥棒在震颤。

“赞美诗！”唐·塔代奥在唱着。

乐队指挥再次快速扫视大家。当他将一只手缓缓放下时，激动不已的欢笑不可抑制地显现在了脸上……这时他突然一抽搐。“次中音号！这我是知道的。”他的脸突然变得像他身后的柱子一样苍白，他目光迷惘，颈脖伸得很长。

“吹错了，基亚拉伦齐！当然，您必然会吹错的。”

“他有意这样吹是要贬低您的成就，”理发师诺诺吉从他的黑管上方尖声尖气地嘀咕；与此同时脸涨成深红色的裁缝将次中音号朝前一推。

“怎么？您敢在当中停吹吗？我冤枉您了？那么也就是说，”——这时乐队指挥双臂举起，从指挥台上跳下来，“由您来执棒吧，您会比我指挥得更好，您比我更了解我的乐曲。”

大家一个一个将手中的乐器放下，合唱渐停。唯有管风琴将赞美诗奏到了底，同时只还有尼纳·赞皮耶里将像雨滴一样的竖琴声落入了激烈争吵之中。裁缝已将他的椅子掀翻；他们两相对峙。乐队指挥两眼鼓了出来，脸发青。他抓自己的颈脖，声音完全沙哑地说道：

“您以为您懂点音乐，因为您老婆在陪一个男高音睡觉。”

所有的人都已经行动起来。阿莱巴尔迪和小曼多利尼还不足以将裁缝拉住。漂亮的阿尔福抱住了他的大腿——这时诺诺吉和老的小公务员逃进了旋梯。合唱队员朝墙边挤过去。有人在喊叫：“救命！”

“你们为什么在那上边跺脚？”有人朝上边问道。“有什么事？”

教师赞皮耶里将头从这边伸过去。

“音乐老师感到身体不舒服。这是一部很难的作品，是他自己写的。”

“现在必须安静；皮皮斯特雷利已经准备去点

蜡烛。”

唐·塔代奥回到主祭坛左侧。

“他怎么驼着背走路！”帕拉迪西大娘注意到；赞皮耶里太太补了一句：

“我还真以为他是在爬山呢。”

法尼亚和纳纳两个女仆睁着大大的映照着烛光的眼睛跪在奇波拉祈祷室台阶上麇集的人群中，她们小小的黑手捂在胸前。

“你看到十字架了吗？他戴着十字架。他为我们戴十字架。”

这时所有的蜡烛燃了起来，蜡烛的火苗在教堂半圆形后殿金色底背上交相闪烁。小德鲁索和小科科拉将香炉摇晃得更高，香烟聚集得更浓，从香烟中冒出了唱福音诗的声音。

布兰迪尼、阿莱巴尔迪和小曼多利尼将裁缝推了下去。裁缝气喘吁吁地去找他的老婆；可是她坐在那后边的人堆里，他只好停留在前厅内。人们仍然听到他轻一脚重一脚地走来走去。大家在猜测他要干什么——这时一种富有活力和充满希望的旋律就像从唯一得以解脱的心里蹦了出来。

“《使徒信经曲》！它美极了！”

“这取自于《可怜的托涅塔》，”波利断言道。

“你就看这个年轻人，我还真不相信这是他作的。”

这个乐曲结束时，人们伸长脖子克制着感情：

“好啊，音乐老师！”——这时身着现出虹彩并闪闪发亮的刺绣道袍的唐·塔代奥更恭顺地向祭坛俯下身，他将两只手更高地向上摸索。

“降临吧，圣灵！”

他一面喃喃自语一面洗自己的双手。他呼唤：

“祈祷吧，兄弟们！”

合唱声突然增强：

“圣哉！圣哉！圣哉！”

这时出现了预料到的被感动后的寂静。很快女人们就互相低语，男人们最终躁动起来……铃声响起。

所有的人都声音很响地从长凳、墙壁和台阶上滑下来。人们听到诺诺吉老太跪下去时拐杖啪嗒一声。在打鼾的焦孔迪太太被她两个女儿一捅急忙把头埋下来。所有的人都将额头深深低下，唐·塔代奥举起一个闪闪发亮的容器。容器中一个小小的白色圆粒像上帝的沮丧的眼球一样朝所有的民众望过去——在长时间的寂静中，神父充满困倦和忧伤的眼睛在一旁呆滞地对着民众。

“即使对待我们这些罪人，”他使着劲，两臂像钉在十字架上一样，嘴张得很大，而声音微弱，“也愿施以仁政！”——在所有的人都轻轻咳嗽，将椅子到处乱推和朝外挤出去时，合唱队对他的祈祷作了回应：

“……愿为我们解脱灾祸。”

药店老板阿奎斯塔帕切在头一批人中被推到门外。

“你怎么啦？你究竟有什么好哭的？”波利问他。

“啊！他们装上帝的羔羊装得多像！这弥撒多令人激动，多感化人！我已经很久没到这破房子里了。”

这时在一批人中出现了他的妻子，他搂住她，左右亲吻了她两下。她完全保持平静。

“这与此无关，”波利说，“这与律师有关。我们必须把他请来。”

他向马拉戈迪、制绳工和斯卡尔佩塔走过去。

“我说得不对吗，你们几位？这是和睦的时候。和睦比生意更好——而且毕竟我们是人。”

“哎！我不反对，”他们同声回答道。“因为内战使该来的农民不来了，今天还是礼拜天。这正中你们的意；可也中我们的意。”

杰瓦特尔·阿基莱也将面包师克雷帕利尼及其一些朋友聚集在大教堂前。

“啊！你们以为律师会报复你们？你们不了解他。律师是个最无私的有教养的人。”

“我为我的这个朋友作担保，”药店老板说，“他会使您的独家经营继续生效的。”

然而面包师却抓抓自己的头，不动声色地钻进了在向乐队指挥表示祝贺的人堆里。乐队指挥身靠大教堂，将发热的两个手心抵在墙上，六神无主地微笑着。“也就是说我已把他们感化了，”他心想，“我已使他们激情焕发，他们感受到了和睦。可是在我创作我的弥撒曲时，我必须忍受，必须为弗洛拉·加林达而忍受。”

在他什么也不说时，一堆人渐渐减少。乐队指挥仍然靠在墙上微笑。突然卡瓦列雷·杰尔达诺将一只戴戒指的手伸向他，脸上显得非常友善。

“音乐老师，我收到了一个关于您的好消息。——这消息昨晚就通过邮局到了我手中，可是为了使您的好事成双，我才想等您的弥撒曲取得成功后再告诉您，音乐老师——”

他做了个轻松愉快的手势，就像是在挥动一根魔棒一样。

“——您现在是蒙迪—贝伦迪公司管弦乐队第二指挥，您将去威尼斯参加秋季演出活动。”

乐队指挥笑得愣住了。卡瓦列雷·杰尔达诺将离得最近的几个人招过来作证。

“怎么？这是应得的奖赏。因为我们音乐老师多尔伦吉不仅是个天才，而且是个讨人喜欢的天才。”

有人表示赞成这种看法。卡穆齐太太碰了下帕拉迪西大娘。

“啊！爱达夫人，我刚才还强调我们从未像在音乐老师的弥撒曲中那样产生如此虔敬的思想，可现在他要离开我们了。”

“这太理所当然了，”弗洛拉·加林达说道。她那对一直都极其严肃的眼睛下方突然呈现出一个大的白色半圆圈，尽管她两片嘴唇微微张开，露出了牙齿，像是在微笑。她将乐队指挥的一只松软的手拉起用劲抖动。

“这很容易预见，他将超过我们其他人。被您抛到身后的我向您告辞，音乐老师。您必须明白我曾帮助过您。因为我曾对小莉娜说过蒙迪—贝伦迪公司。您要记住已被您转让给卡瓦列雷·杰尔达诺的您的情侣小女仆莉娜。”

人们咯咯发笑。老泽基尼发出扑哧扑哧的笑声。音乐老师突然站立不安；人们看到他的颈脖在剧烈抽搐，同时将身子紧紧地往墙角里挤。卡瓦列雷·杰尔达诺伸着双手跟在他后面。

“我亲爱的多尔伦吉，这些老实人的误解怎么能——我要使您确信，只有您的非凡天才——”

“您别这样，卡瓦列雷，这是不应该有的幸事，我的神经经受不住。可是不管怎么说——”

他突然向四面冲；他挺着额头，受伤般地呻吟。

“——我使您失了面子，使您陷入了危险境地。使您，使对我有善举的人！”

卡瓦列雷开始探听。

“究竟怎么回事，我的亲爱的？请您说说清楚。”

乐队指挥将两个拳头抵到太阳穴上不停地叫：

“哦！哦！”

从广场上传来乱哄哄的喊叫声：

“我们要和睦！我们要律师！”——可是萨韦佐一再吼叫：

“如果你们叫他，那我将使你们成为感到遭他报复的第一批人！”

卡瓦列雷·杰尔达诺忐忑不安地环顾四周。

“我有什么好害怕的呢？现在您必须说。”

“裁缝……”

乐队指挥用一只手捂住嘴，他一字一句地从手指缝里挤出来：

“我曾不知所措，我再也不知道如何对付他的种种伤害……当时我曾对他说您用他的老婆来欺骗他。”

老男高音咯咯发笑。

“哎！这难道是真的？”

“可是裁缝大发雷霆，他或许会杀死您。”老头的脸瘪了下去；他将一只手张开。

“这不是真的！我发誓，这不是真的。可能我有过这种企图。我不否认我——”

“我们要律师！诸位先生应该把他请来！你住嘴，阴谋家！”

乐队指挥和卡瓦列雷·杰尔达诺绞着手，互相兜圈子瞎跑起来。

“哎！这些年轻人！”老头哀叹道，“头掉了照样无所谓。这么狂热！这意味着流血！多糟糕的事！”

“我干了些什么事！”乐队指挥大声叹息。老头站着不动，他气得直摇头。

“可是为了我的善举您应对我负有照顾的义务！您所干的事卑鄙又下流！”

紧接着两腿支撑不住的他变成了哭诉：

“他要杀死我。现在我往哪里躲哩。啊！我很清楚我说不定会在这里送命，在这个不足十万人和笼罩着神秘的城市里送命。那个该死的隐身女人，她将假裁缝的手把我杀死！”

突然他弯着膝盖从这里逃进林荫道。他跑着又停下来。卡穆齐太太出现在拐角处。

“卡瓦列雷！”

她赶上了他，她低声说道：

“别到那里去。裁缝在这旁边。”

当他悲叹着到处乱跑时——

“广场上全是人，到那里您会最安全。您今天就离开本城，这很好。”

“我将永远也离不开本城了。”

“必须采取防范措施。我可以把您藏在我家里；可是裁缝知道您的住处——”

“请您救我！”

老头抓住她的一只胳膊。她只是摇头。波利和阿奎斯塔帕切挣脱了被狂热驱使在广场上推来推去的人数众多的、情绪激昂的人堆，并且从它的里面钻了出来。

“大家取得一致意见，我们去找律师。”

“这是徒劳！他已被拘捕，他要去橹舰上做苦役。”

萨韦佐从胸前掏出一包脏纸，又将一个手指弄湿：

“这是他的供状！他已承认，他放了火。”

群众后退——突然他们冲向前。

“让我们看！在哪儿！”

“这是假的！”药店老板雷鸣般地喊叫，一边奋力去抓。他将这纸举到空中。“它是这个流氓伪造的。这个流氓果不出所料。现在你们清楚了，你们应该把谁押送到橹舰上去做苦役。”

他用一只手对着大吵大嚷的民众，跺着木头假腿，喊得脸上的青筋都暴了出来：

“放了他！别动手！啊，你们得敬佩律师的宽厚。他会原谅对他做过某些小动作的所有的人，他甚至会原谅这个家伙；你们把他的纸头还给他。”

这个老头用很大方的动作将纸头送给在斜睨自己鼻子的萨韦佐。民众鼓掌。

“好啊！把律师请来！”

“裁缝，”卡穆齐太太说，“从音乐老师嘴里并没有听到您的名字，不是吗，卡瓦列雷？他只听到有个男高音在他老婆那里。可是这里你们有两个男高音。您可以把另一个送去！”

当他注视她时——

“对了，您把他送去，好让他代您到裁缝老婆那里请求原谅。他定会代您给她一个小时的时间，他定会干他觉得好的事——可我们却去给裁缝一个暗示。啊！不用多久他就会问是什么样的情况；他会不加考虑……”

“可这似乎是谋杀，”卡瓦列雷·杰尔达诺说道，同时向后退了一步。卡穆齐太太耸耸肩。“我给您出主意，因为您希望这样。您没有觉得裁缝就站在所有这些人的后面，在母鸡卢恰所住的巷子房朝这里看吗？他有一双多亮的眼睛！”

“救命！我愿意照您说的去做。”

“别怕，卡瓦列雷！我去试试看，让他平息怒气。

啊！他走了。他究竟在何处？可是现在我警告您。”

商人曼卡费德强行冲到阿奎斯塔帕切身后。

“你们别不带我去！我不是律师派的最忠实的成员吗？我时刻都没有怀疑过他。”

焦孔迪先生也摇摇摆摆地走了过来。

“还有我呢？你们必须公正，因为要不是我和唐·塔代奥的谈判律师或许永远也不会再浮上来。”

他们向他解释说，在这个时刻为了使民众保持其信念他更有必要在广场上施展外交才能。

在阶巷前，萨韦佐突然再一次堵住了他们。他用两个拳头盲目地捶自己；在他想要说话时，他们急忙走了。

“胆小鬼！可怜的胆小鬼！”他吼叫着。“双料叛徒：事情危急时趴下；情况生变时又爬起来。我：哦！我毁灭了。而我是因为看不起你们才毁灭的。”

他敲得他的胸部砰砰地响，他向后转身。

他们默默地朝上登……商人曼卡费德转向药店老板：

“你真应该回他几句。你为什么不把他打倒在地呢？”片刻后波利唉声叹气：

“好像我们曾没头没脑说了些话，然而我们绝对没有做什么。至于我，即使在困境中我也还是站在律师一边的。”

药店老板一直不作声，他把头低下来。

“……律师的外甥女站在他房间的窗口，”曼卡费德注意到。烟草商说道：

“他大概是在家庭内部寻求安慰。而他马上就会看到他还有一些朋友。”

还在老远的地方他就向上面吹口哨。小阿梅利亚转身退回房内。

“舅舅，那里来了三位先生。”

律师在床上耸耸肩。他眼睛一直闭着。帕斯泰卡尔迪的遗孀朝窗外看。

“谢天谢地，是几个朋友。”

“究竟是什么，几个朋友，”——这时加利莱奥·贝洛蒂将眉毛一直吊到头发下方。“再也没有朋友了。他们大概是要对律师说，他要被弄到橹舰上做苦役。”

“你在作孽。你没看见律师病了吗？你顶好到广场上另一些讨厌的人那里去。他真的没有好转吗，医生？”

在检查律师便壶的医生表示是这样的。

“你真的会好转，你真的会好转，真乱弹琴。可广场上缺了律师不就乏味了吗？”加利莱奥吵吵嚷嚷地穿过房间。

“加利莱奥！”烟草商的声音正好在房子下面叫，“告诉律师，我们是来逮他的。”

帕斯泰卡尔迪的遗孀像个小姑娘一样将一个拳头靠在面颊上突然叫了一声。

“我说过什么话，”——这时加利莱奥挺了挺胸部。律师猛一动，医生连忙撑住了他。

“即使我遇到最残酷命运的沉重打击，”律师一面说一面用一只手在一张抖动的纸上写，“可我感到我不会完蛋，因为——”

他找到了要说的话：

“——我相信民众的公正。”

这时门突然打开了。波利向房里喊：

“你们好。大人物在家吗？”

可是他立刻不作声，并后退一步。

“阿尔泰米西亚太太，”药店老板悄悄地说，“有什么事吗？律师不看我们，他身体很不好吗？”

当她只是将合拢的双手抬起时——

“那么大概我们必须对民众说，他们不能拥有他。因为民众想再拥有他。”

“那么？你们不是要逮他吗？”加利莱奥问道。

“究竟在说什么话！你们不懂这是在开玩笑吗？”波利说道。“民众在呼唤你，律师。”

“我在这里，”律师说道。这时他将两条腿从被子里抽出来。他推开医生，可随之他穿着衫裤坐到床沿上就再也动不了了。他姐姐冲过来。

“你会毁掉自己，律师。声誉会置你于死地。”

“什么，声誉！”——这时加利莱奥对三位先生解释道：

“律师，他热水澡洗得太多了。总是正好在别人吃饭的时候，他要整个厨房为他弄热水。此外，当然，能看得见四个星期以来他办公室里除了一些臭娘儿们就没有别的人……”

姐姐突然诉起苦来。

“这我经常对你说，律师，如果你想手中有权，那你就不可能击退女人们的进攻，因为她们是会毁掉你的。这种事现在已发生了。”

“因为律师，”加利莱奥下了结论，“今天早上在浴缸里中风了。”

律师突然站起来，用两个手背在空中拍击。

“真是胡说八道！中风了，像我这样一个男人！请您告诉三位先生，医生，我非常健康！”

“只是有点虚弱，”医生下了判断。“律师，看来您似乎是又失去了许多血糖！”

药店老板使劲踩高跷般地走过来抓住律师的手。

“我可怜的朋友，你受苦了。你受苦是我们这些民众造成的。可我们现在要再拥有你，并要感谢你，走吧！”

“我走，我感到好多了。我的衣服！啊！民众在呼唤我。您，医生，想要我病；可民众想要我健康；我甚至比您还强壮，我是健康的。”

他拥抱朋友阿奎斯塔帕切、姐姐和医生。

“您的脸已经不大发灰了，”医生卡皮塔尼说，“您的眼睛已经有了神。那么我把您交给民众，可您要答应我，您要服用我给您开的药。”

“比这还要多！我还要服用您没给我开的药！”——这时律师轻拍他的肚皮，然后在医生宽宽的淡黄色的两个面颊上吻得发出了响声。

“您多讨人喜欢，医生！啊，我们大家多么愉快！我很清楚，事情会这样的。我从未对民众的公正失去信任。”

“别穿这条裤子！”波利喊道。“这是个重要日子；律师必须穿得像去举行他的婚礼一样。”

“那条新裤子你放在哪里？”帕斯泰卡尔迪的遗孀问道。“你看看加利莱奥：他已找到了它。”

加利莱奥大叫大嚷：

“要说有人了解律师的事，这就是我。”

姐姐给律师打上领带。曼卡费德表示：

“在我把它卖给你时，好像有人当场对我说过，你或许会在这样大的庆典上戴它。因为我们已战胜了所有的人。唐·塔代奥已请求我们宽恕。”

“这不是真的，”药店老板说道。“他敦促我们大家和睦。上帝已使他理智了：因此他现在看清楚了，律师，你是个有大功劳的人。”

“他也算一个，”律师说，“这我是从昨天夜里才知道的。”

他让医生给他穿上外套，然后伸手取帽子。

“我们走！阿尔泰米西亚，来吧！”

她摸摸她土里土气的紧身衫。

“我怎么能去。民众看到我在你身边，他们会取笑你的。”

他回答说：“别着急，民众不会要求我跟本来的样子有什么不同的。”

“舅舅要弄到橹舰上去做苦役吗？”身穿她那白色麦尔纱衣服的小阿梅利亚眼睛睁得老大，在窗旁问道。有人不得不碰碰她。

当他们从房里走出时，正好响了一炮；民众在下面喊叫起来。

“野蛮狂热纵欲，”波利说道。“他们甚至把炮都从市政厅里拖出来了。”

“但愿他们不要惹祸，”律师说道。“我们必须去查看一下。”

“哎！”药店老板说，“你认为这不是事关重大吗？唐·塔代奥想把木桶的钥匙交给你。”

当律师张着嘴停住时，曼卡费德表示：

“你看，他害怕我们。”

律师找到了要说的话：

“怎么？法院已将木桶判给了他，而他想要——这可真是笨！”

他止住笑，他继续前行。

“我想说，他或许不会干这种事。你们看，唐·塔代奥具有高尚的心灵。”

一直到一个角上他都没再说话——这时下面广场上嗡嗡响的黑压压的人群散开来，众多的手已经拼命朝这上面伸，而且爆发出响亮的喊声：

“那是他！那是律师！律师万岁！”

他站在台阶的最后一个平台上；跟他一起的几个人朝后退了好几级；他在欢迎他的民众面前将帽子取下，深度弯腰。市政厅的阴影遮住了他，遮住了他向后靠的脸——然而人们还是看到了脸上一道宽宽的阳光。的确，阳光使律师脸上的肌肉富有弹性，使原本多皱的皮肤显得润泽，使所有的皱纹突突地跳动，并在很大程度上反射亮光。

“从没见过律师这个样子，”女人们在喊叫，“他好漂亮！”

男人们互相说道：

“我们真应该把律师送进国会，让他们在首都看到我们有一个多伟大的人物。”

“我亲爱的朋友们，”律师透不过气似的说道，一边挥动双手。药店老板挤到了前面。“让开，诸位先生！”这时少尉坎蒂内利从人群中拨开了一条窄道。律师穿进去时，看见对面另一人踏上了这条窄道：是唐·塔代奥！而且罗马教皇的旗帜悬挂在大教堂上方！这时钟楼上的钟开始敲响，在另一边立刻响起一阵炮声。律师突然转身，看见市政厅飘起了三色旗[①]。

“律师万岁！”

在没有握每个人的手之前，他们不让他继续前行；高兴得停下来的他几乎还没有看清这些脸。突然：

“卡穆齐！啊！”

他向三色旗瞥了一眼：

“我亲爱的朋友卡穆齐！”

“奏《加利波第颂》！”药店老板喊叫。因为在潮涌般的民众背后他家的前边一些乐器在闪闪发光。这时杰瓦特尔·阿基莱站在椅子上挥动他的旗子。

“奏《加利波第颂》！”民众重复喊叫。地方行政长

① 三色旗（Tvikologie），意大利国旗。

官菲奥里奥正好还能将音乐老师拦住。他恳请音乐老师奏《国王进行曲》。

因而这首进行曲急速响起，人们鼓掌。律师从民众中挣脱开来；他抬头看到唐·塔代奥双手捧着那把生锈的大钥匙走过来了。唐·塔代奥脸色苍白，好像死人一般；他血红的眼睛一刻不离开律师。当一个妇女弯腰去吻他的黑道袍时，他迅速转过身去。此外，尽管大家都从他那里拿开了手，可他还是一直放慢步伐，就好像他故意要将这段行程的时间拖长、再拖长……律师突然伸出双手并开始快步行进。他面带极其尊敬的神情，几乎在向前跑。因此在唐·塔代奥还没走到泉眼处之前他们就相遇在一起。他将钥匙拿得更靠前，律师行屈膝礼将它接下。随后他们各自微微后退。民众默默等待。轻声咳嗽的律师和唐·塔代奥朝地下看。突然唐·塔代奥微笑着睁开眼睛，这时律师已将两臂张开。在他们相互拥抱时，民众的掌声在他们四周热烈响起。熠熠发光的黄红两色罗马教皇旗在大教堂上哗啦啦地飘扬。杰瓦特尔·阿基莱在拥挤的人群头上的蓝天中拼命舞动他的白红绿三色旗。皮皮斯特雷利此刻敲着两个钟，并让这两个钟摆来摆去。乐队开始行进，在快速迈步中演奏它的乐曲。这乐曲像使人沉醉的风一样萦绕广场——在此期间响起第三次炮声。唐·塔代奥和律师手牵着手。

“律师万岁！唐·塔代奥万岁！”——在他俩各自向自己的一方鞠躬时，两人在中央的手不时猛地一动，好似一个要将整个掌声引向另一个一样：正像在演出《可怜的托涅塔》时人们所曾看到的首席女歌唱演员和男高音那种表现。

“唐·塔代奥万岁！”

女人们摈弃羞怯，她们扑向他，并在他脸上吻出了响声。他带着脸上的红唇印和稍纵即逝的微笑站在那里。

“律师万岁！”

“我亲爱的朋友们！这是锁木桶的钥匙！”——这时他将脖子朝上伸。“我们把它拿了回来；现在我们要向演员们展示我们的木桶！”

“我们要向演员们展示我们的木桶！”民众叫道。律师将一个手指压在嘴上，他偷眼看了唐·塔代奥一下。可唐·塔代奥将一只手一张一收，并急忙宣称：只要演员们过来，他愿陪他们一起去。

“怎么，尊敬的神父？”——这时律师连续数次脱帽表示敬意。

“多崇高的圣人啊！”民众说道。这时加迪和卡瓦列雷·杰尔达诺已被推了过来，律师将他们介绍给神父。

“卡瓦列雷是位环球著名人物，为崇高事业奋斗的人都感谢他。而加迪先生昨天晚上却像我们中间的一员一样用灭火机灭火。您，当然，尊敬的神父，您比所有的人干的都多。”

“深重的罪孽，”唐·塔代奥将一只手压在胸前急忙说，“就要求高尚的品德；我看清楚了，我们的功劳跟我们的罪过是一码事。”

“我同意您的意见，”律师说道。“我们始终只能去做我们亏欠的事，而允许我做的一点点好事——

他将手臂一弯：

“——是民众要我做的。”

一片鼓掌声——这时长长的一队人将神情庄重的他们俩一直推到钟楼门前。他们谁也不愿走在前头；他们互相围着转，就这么转着被推到钟楼里面。群众跟着拥过来。潮涌的人群经多级台阶一直绵延到大教堂。萨韦佐从人群中溜出来，悄悄挤到厚门帘下。他蹑手蹑脚地穿过前厅。从那后边全空着的长凳里冒出唯一一张朦朦胧胧的苍白的脸。

“这里是您，萨韦佐？”卡穆齐太太问道。

“由于您给了我一个暗示——”

“我，一个暗示？”

声音从柱子上反弹回来；卡穆齐太太轻声说道：

“您弄错了……可您怎么穿着大衣和提着行李

袋呢？”

“是这样。因为我要走；我要离开我失败的地方。我宁可在异乡开始新的战斗，也不在此地忍受老对手取得可耻胜利给我带来的痛苦。”

音量已被减弱的欢呼声钻进了这寂静之处。

“您听见了？”——这时他气得咬牙切齿。他把帽子朝地上一扔。

“您把它拾起来，”卡穆齐太太说，“我们是在教堂内。因为上帝自己是赞成律师的，所以一些事将无法改变。”

“我将去把它们改变——在我于他乡取得胜利并变成大人物之后。”

“我，”卡穆齐太太轻轻叹了口气说，“我有个现在是、并且将一直是市政厅秘书的丈夫。所以我就不得不在本城结束我的一生和等待着看看神父是否会高兴答应我的请求。”

“我要奔向广阔的世界！多么不一样的兴趣和激情！”

“您这样认为？”——她非常温和地将头低下。

“会听到我的消息的。我在首都成了一名大家都畏惧的大记者之后，我就回来；那时律师将看到人们会把谁送进国会。啊！我多么想在城里造成浩劫。我要将一些有权势的家庭踏成泥浆！我要看见破产者横尸广场。”

他咬牙切齿，狠毒地斜睨着，嘴都扭歪了。

外面吼叫起来：

“后退！天哪！人都要闷死了！”

两人互相看看。

“对普遍和解这样重大的庆祝活动来讲，”卡穆齐太太缓缓地说，“钟楼狭窄了一点。似乎它可以省掉您的麻烦，萨韦佐先生，所有的人都要送命了。”

她的嘴角在抽动；一道闪光从她眼前掠过，可她立即闭上了眼睛。片刻后：

“那么您要跟演员们一道乘邮车走吗？”

他将他大衣的两个下摆敞开。

“我步行，这对一个坚定、贫穷的征服者是得体的；而且我就穿这双被敌对的群众给我踩破的鞋。”

“那么您半路上对某个人说话就更容易了……在维拉斯库拉您告诉阿尔巴：男高音让她等待，他被阻在裁缝基亚拉伦齐的老婆那里。”

他交叉着的两只手臂将大衣合拢。他抬头向上探问：

“这您是怎么办到的？”

“这些圣女！这些圣女做这种事……也许我的祈祷会使她们感动吧？不管怎么说，这关系着天神的利益，可怜的阿尔巴是天神的未婚妻——现在所有的人都转向和睦，难道我们就不该做点善事吗？”

“那么这么个男高音对您的伤害比整个城市对我的伤害还深吗？”

当他遭到恶狠狠一瞥时：

“啊，您算了吧！我什么也不知道，可我是按您的意愿在做。我担心从中会出什么事？我是个匆匆而过撂下一句话的陌路人。但愿这个城市因此而毁灭！”

他将大衣角从后颈甩出去，结果它又经另一个肩飘回来。

“我是胜利者时再见！”

他脚步声很响地离开了。当厚门帘在他身后落下时，卡穆齐太太微微耸了一下肩。

外面突然有人喊叫：

“萨韦佐！”

从钟楼内被挤出来的一些多余的人都拥在大教堂台阶周围。

“看这个丑恶的猴子！好像是他在内战中挑唆我们。难道他不就是纵火烧旅馆的人吗？把他抓住！”

萨韦佐将下巴埋在大衣里，将帽子拉在两眼上方，两肩前耸，呵斥着跳下去，突然又穿过人群，踏着沉重的脚步从那里离开了。

“噢噢噢！”一些继续被挤出来的摩肩接踵的人在

叫。萨韦佐消失在市政厅巷内。一个女人说道：

“他也要生存，这个可怜人；谁知道他要踏上什么样的艰难旅途。”

“伊塔利阿小姐到了。您快点，小姐，律师在向你们演员展示木桶。为什么您不早点来呢？”

伊塔利阿不得不缝补衣服；她其余所有的衣服都毁于水火之中了。

“怎么？”德鲁索的老婆和女仆蓬波尼亚在叫，“这样您离开本城不就比您来时更可怜了吗？”

“给伊塔利阿小姐让路！”——这时肥胖的老科尔维拉着她的手，领着她挤进钟楼。他以肚皮左右开弓，将一些人推向墙壁；而且在每一级楼梯上他都在说话：

“啊！伊塔利阿小姐。您正好还逃避了，多亏唐·塔代奥……我非常高兴看到您很健康，小姐……唐·塔代奥，他在楼上放木桶的房间里。律师已经问到过您了。”

她听到律师在说话。当伊塔利阿跨进门时，他把话中断了。

“请您进来，小姐！木桶在等待您，这个时刻它已等待了三百年。请您看看它，小姐，请您仔细看看它！”

伊塔利阿抬头看它悬挂之处：那是些相互开裂、用铁圈防止掉落的腐烂小板条。随后她疑惑地寻找其他人的脸。唐·塔代奥两手放在一起呆呆地直望窗外。弗洛拉·加林达撇着嘴，卡瓦列雷·杰尔达诺将一个小镜子掏了出来。内洛·真纳里在人群后面像个男孩似的默默地动来动去；加迪不得不拉住他。这时伊塔利阿大胆开口道：

“用这木桶不可能盛水呀。”

“但是可以用它来盛教义，”律师认真回答道。“这个木桶，它可能像是件很不成样的用坏了的物品，然而它却教导我们，”——这时律师将声调提高，“要相信人类的进步！”

他摆动两只圈起来的手臂，好似要叫塞满了这小房间门口伸长脖子的所有的人都进来。

“因为我们头一次夺得它时，那是一场大规模的残酷战争。战争中阿多尔纳城的人所流的血想必多得可以将这个木桶装满。可是现在：没有人被战败。我们大家一直是胜利者，因为每个人都已战胜自己和每个人都在与别人比赛行善事！”

他喜气洋洋地微笑着，让掌声平息下来。

“可您，伊塔利阿小姐，您要去拥抱您的救星，就像我们大家拥抱他一样；因为他不只是救了您。”

“唐·塔代奥在哪里？”

群众徒劳地到处乱找。

有人在楼梯上喊叫：

“他到下面的广场上去了！”

他正好在最顶上拉开通向平台的门的门闩。他无声地溜出去，双手把门抵住，由于突然萌生的反抗情绪而颤抖：“走吧！你们为什么还要折磨我！我为你们牺牲得还不够吗？”

没有人听到他的话。律师被潮涌般的民众朝下拥到广场上。他只要还在跌跌撞撞地走，就决不失去他极其幸福的微笑，而且始终将木桶的钥匙从人的波涛中高高举起。

“律师应当将它挂在脖子上！”民众要求道；有人在寻找系带。

“你扎头发的带子或许合适，”医生卡皮塔尼对他的妻子说道。她两颊绯红地将带子从头上取下，将它穿到钥匙上。当她将它套到他的脖子上打结时，律师说道：

“大家知道我是怎么想的：没有妇女们的酬谢，我的整个声誉或许没有任何价值！”

妇女们鼓掌。律师吻约莱·卡皮塔尼的手；在喧闹声中他对她耳语：

“你的爱使我坚持住了。”

他是这样认为的——他的确知道得很清楚：昨天夜里所有的人都背弃他时，这个心上人没有大家那么激烈。当一些人过来时，他握住他们的手；在他迟疑地看他们时，羞怯不安使他们停住不动。这时他把他们拖到身边。

“喂！斯卡尔佩塔，市政厅的供应品昨天夜里没有一起被烧毁……究竟怎么啦，马拉戈迪！这是在所难免的错误，其实我们从未忘记我们彼此是一样的……有人对我说，克雷帕利尼，您担心您的合同，是吗？这是多奇怪的凭空想象。相反，如果演员们再来，我要恳求您在您的包厢里给我留个简单座位，因为曾经归我的包厢那时将归您。”

当他与药店老板不期而遇时——

“你，朋友罗莫洛？可以这样说，我们值得流出喜悦的泪水。”

他们相拥在一起。老战士在朋友脖颈旁结结巴巴地说道：

“我可以下地狱；可是有一点我是明白的：我再怎么也不会去上吊——因为今天清早我就没这样做。”

律师跟他贴得更紧。——可当他随后掏手帕时，突然另外一双手搂住了他的脖子，接着一双又一双。廉价香粉扑进他的鼻子，帽上饰羽刺得他发痒；刺耳的尖细声、雪白粉嫩的塌鼻子和小彩旗，一切都在围着他转。

“佩你用蓝带子穿着的钥匙，你是本城最漂亮的男人……我非常高兴你恢复了健康……我们决不会忘记我们的领导人……再也不会有人给我们这样预支……”

律师将身子挺直，四处张望着寻找约莱·卡皮塔尼。

“好了好了，孩子们，”他连续不断地小声说。小女合唱队员们全都哈哈大笑，并像小鸟一样展翅飞开了。戴着大帽子、围着五光十色围巾的小伙子们去捕捉她们。

“所有的人都到这里来！”从“前进”咖啡馆传出喊声。“士绅们付账。”

“这里也付账！”面包师在“圣阿加佩图斯”咖啡馆旁喊叫。随后他又补充道：

“每人一杯，可你已经站到这里来过一次了。”

人们脚步更快地冲过广场。所有的人更神清气爽，所有的声音更响亮。帕拉迪西大娘和她的两个女儿、卡穆齐太太和两个焦孔迪小姐刚搽过粉又从她们家里返回来。有人说道：“没有人会相信我们整整忙活了一夜。”

“多美好的事：和睦和慷慨解囊！”焦孔迪先生宣布道，“甚至萨尔瓦托里先生也提高了他工人们的工资。”

“我没这个打算！”萨尔瓦托里先生叫道。“焦孔迪先生想作弄我，因为他的工厂现在归了我。”

可这对他毫无用处；他已被围住，他的工人们已被叫了过来，他得到了祝贺和赞扬。一直弄得他由于骄傲而流泪，但还要将酒递给工人们。

“二十年来人们都叫他吝啬鬼，”卡穆齐太太窃窃私语。“我们必须消除许多偏见，我们是多么可怜无知。就我这方面来看，我认为这个女演员跟我是一样的人。”

她拥抱伊塔利阿，这时人们鼓掌。法尼亚和纳纳两个女仆到处喊叫，说这个可怜的女演员所有的衣服都烧光了。出于同情，四周的人都沸腾起来了；诺诺吉的老婆立即拿来一件棉上衣，阿奎斯塔帕切太太拿来一条裙子："但愿它能给您带来好运，我穿它到教堂的次数比到剧院的次数多多了。"——这时帕拉迪西大娘从她巨大的新帽子上抽出了几个饰针。同时她的两只手在抖动，虽然人们提出异议，说这顶帽子是城市的骄傲，可她还是坚持自己作点牺牲。因而伊塔利阿不得不流着泪扑到她的怀里。

"我们大家多友好啊！"卡穆齐太太说道。

"嗨！教友焦瓦科内！"——这时杰瓦特尔·阿基莱钻过去。"我清楚地看到萨韦佐那个笨蛋把你的一瓶斯特雷加[①]利口酒洒光了，我能推想这是你唯一的一瓶酒。在像我这样的店里这种酒很多；你现在拿一瓶，我支援你。人必须明智：我们俩将会被城市所养活。"

"大家都高兴！"——这时焦孔迪先生拧他妻子的面颊，弄得她好不容易地微笑了。"我们的两个女儿将会有丈夫，因为在我与唐·塔代奥所作的重要商谈中，他答应过我，要设法给你们找到。嗨，你们对只想到你们而不想别人的父亲能有什么好说的呢？"

---

① 斯特雷加（strega），原文为意大利语，意为巫婆、丑妇，以此作酒的品牌，似与我们以"狗不理"、"猫不闻"等命名的食品有异曲同工之妙。

他将嘴噘起，切西拉将欢呼声止住，扑过去亲了他一下。解除了婚约的罗西纳的眼睛变得明亮而又含情脉脉；她心想：

“尽管如此，难道有幸福吗？”

“这一切都非常美好，因为我们很幸福，阿尔巴和我，”内洛在默念；同时他独自不知疲倦地在沐浴着阳光的民众中穿来穿去。一切像在飘动，一切轻如梦幻！我抱的希望，果然成了现实。“我不晓得在其他人离开时我该藏在何处，现在卡瓦列雷对我说起了裁缝！好像是上帝派了他，或者好像他是从阿尔巴本人那里来。可是我很明白，他们不会一直像昨天晚上那样坏；他们一定会像我们一样变得很幸福。现在或许大家都想对我……”

他向两位帕拉迪西小姐投去感谢的目光。她俩早先由于他的原因斯打，可昨天夜里却对他高声怒骂，现在则给他扇扇子。尼纳·赞皮耶里在她从内洛旁边走过时，她更加紧紧地吊在其未婚夫小曼多利尼的臂膀上；同时垂下眼睛，似乎像想起了一件不贞洁的行为一样想起了昨夜自己曾因这个年轻演员摔倒而鼓掌。

可是理发师博诺梅蒂却到处用他从一块锯齿形边大围巾中露出的眼睛骄傲地凝视每个人，并喊叫：

“律师是个伟大人物！”

后来许多人将目光转了过去，或离开了。内洛·真纳里将他抓住。

“您始终是对的，博诺梅蒂先生，过去虐待您的人现在害怕您。可在大家都已和解时，难道您还想原谅他们吗？”

内洛深情地微笑，心想：“多妙的主意！我自己找到过这个主意吗？这是阿尔巴由于我而产生的想法，这是阿尔巴！”他又补充了一句：

“因此您还可以利用律师。”

“您说得对！”——这时博诺梅蒂扯下围巾，将它抛向空中。

“律师万岁！”

这时所有的人都一起喊，而律师则行屈膝礼。突然，他奔向两位不一起喊并拉长了脸的佩尔尼希小姐。

“怎么？我们市民中还有人在抱怨？我的两位小姐，你们是遭到了损失。我可以回答你们，你们没有必要把你们的羽饰帽捧在手上走进拥挤的人群；但是我不会这样回答。恐惧把你们的脑子弄糊涂了，我们所有人头脑里实际上也都一样。另外那里没有灭火机。这是我绝对不会否认的真实情况：那里是没有灭火机！那么因此，啊，我的两位小姐——”

他向围成一圈的听众挥动手臂。

“——在唐·塔代奥给马兰德里尼支付他的房钱时，女人们称我是她们的朋友；可她们不要误以为：我要向你们支付你们华丽饰品的钱。”

所有的手都在拼命挥动——这时挂着一把生锈的大钥匙、挺起胸脯的律师在继续寻找。

“加迪！”——他同时伸出双手。“昨夜在公民道德方面您胜过了我们所有的人，您难道真的要离开我们吗？我们失去您这个朋友，心里好痛苦。”

现在就这样了，男中音回答说，那该怎么办哩。

“哎！那如果我们把您留在这里呢？我想找我们的市政厅秘书谈谈；他是我的亲密朋友，我有把握他会在我们的某个办公室里给您一个领导岗位的。您是个一家之主，加迪，您是个能干的人。怎么样？再也不用东奔西跑，再也不会有忧虑了！”

加迪说道：

“这件事是值得考虑……然而，不行。我感谢您，律师先生。人当然不能长期去坐区域列车，可是将来或许会安全，大概这是真的。但是我还会有这样一些朋友吗？——而且还会像现在一样，尽管我只是一般地唱唱也会感受到一些富有生命力的大事吗？”

“哎！另外一些人也感受到了它们……您不愿意留下吗？很遗憾，因为您值得成为我们中的一员。”

当他发觉卡瓦列雷·杰尔达诺时——

“您至少会，卡瓦列雷，永远留在我们大理石碑上。

您光辉的名字再也不会离开本城！”

老男高音激动不已。

“那么我的纪念碑的事没有被否决吗？”

“管它否决还是不否决。市政委员会都会高兴地看到它的错误得到了纠正。真是随心所欲，我再也不指望它在市政厅立纪念碑了。作为考虑到人性诸种弱点的政治家，我必须采取行动。像您这样的人，卡瓦列雷，是理解我的。可是——喂，马兰德里尼！”

他把旅馆老板叫过来。

“您，马兰德里尼，在唐·塔代奥为您重建房子时，不要拒绝把为您最有名望的客人在房子旁立纪念碑的钱放进您的费用中。”

“可他不是我的客人，”马兰德里尼说道。

“这不要紧！难道为这种小事而使一个大计划落空吗？卡瓦列雷，后人将会为您的名声而惊叹，他们会一直想到它。”

“我不反对，”旅馆老板说道，“说不定一些英国人会来看这个铭文。”

“您天赋真高！”——这时老歌唱家扑上搂住了律师的脖子。

可是群众冲向阶巷。马车夫马塞蒂红着脸骂骂咧咧地站在那边角落里他的邮车上。

“车别走！演员们应该留在这里！”民众命令道。

律师急忙赶到那边去；他提议演员们动身前，大家应该在广场上吃顿早餐。马塞蒂徒劳地喊叫，现在十点了。我已经等到了弥撒结束——

“下车！”民众一面喊一面将他从车夫驾座上弄下来。杰瓦特尔·阿基莱和教友焦瓦科内的一些桌子被民众经斜坡推过广场，再将它们对接在市政厅的拱廊下面。有人在桌上铺上台布，女人们拖来她们的餐具。帕拉迪西大娘甚至拿来她的几个大汤罐，糕点师塞拉菲尼拿来香肠，帕斯泰卡尔迪一眨眼工夫就拿了她的油饼返回来。老泽基尼和他的几个酒肉朋友眼睛盯着商人曼卡费德，一直盯着他把他的酒拿了出来为止。波利让他妻子奥林多和黄头发儿媳背上了雪茄烟。

“哎！在像今天这样的日子里，人们或许必须将妻子从店里叫来，把店门关上。”

一些被安置在房子背阴处的穷人在用黄油涂面包。科莱托一边摇着他糕点车上的铃铛，一边模仿他祈祷时皮皮斯特雷利的样子；姑娘们扇着扇子围住这车子转，并眨着眼睛等待有人给她们提供一些吃的东西。

“到这里来，科尔维！还有些供一无所有者吃的食品。”

赞皮耶里太太、尼纳和小曼多利尼没有吃，他们把自己储存的东西分给一大圈儿童。这时一些小伙子和女仆将母鸡卢恰从她住的巷子里拖了出来。

“她应该坐在律师旁边！母鸡卢恰坐在律师旁边！”

律师欠身接待她。

“究竟怎么啦？这是开玩笑。律师旁边是唐·塔代奥的座位。他在哪里？”

“怎么？”加利莱奥·贝洛莱叫道；他把通往市政厅的小巷给堵住了，因为从施佩洛来的驼背矮小录事想逃进去。“我也许说得不对吗？您是驼背——”

他把话吞了下去。

“可因此我们大家不是一样嘛。”

他和他手挽手入席。

“唐·塔代奥找不到！满城都找不到！”

真见鬼，他是碰到了某些事。究竟是什么事呢？他一定在睡觉，那就应随他去，因为他比其他所有的人都更疲劳。祝圣人健康！

律师神采奕奕。身子扭来扭去地被带到拱廊下荣誉席上的不是母鸡卢恰，而是约莱·卡皮塔尼太太。在律师的另一侧是卡瓦列雷·杰尔达诺。可是他自己没有能坐下来。

“基亚拉伦齐想要离开，因为音乐老师坐在他附近！”

律师去加以干预。

“你们还像两个大男人！真难以相信，你们竟会扰乱这个市民庆典。在您和您妻子已和解的时候，基亚拉伦齐——”

他妻子在笑，尽管她两个眼泡还肿着。

裁缝固执地重复道：音乐老师诽谤了他，现在他怎么能是他的朋友。律师坚持道，音乐老师只是为了讲点玩笑话才这样说。

“您很清楚，基亚拉伦齐，要是妻子欺骗丈夫那才是怪事。”

音乐老师张开一只手。

“你们认为我是阴谋家，尽管过去我只是在发脾气——可你们绝对别再认为，啊，绝对别再认为我过去说的是实情！曾经给您造成不幸，我怎么担待得起哩；现在我非常幸福。”

他在哽咽；裁缝几乎没听懂他的话。律师激动地说道：

“您可能有怀疑？”

裁缝的脸渐渐发红，他呼哧呼哧地直喘气，突然他抓住了对方的手。律师鼓掌。

“那么你们相互就再不仇恨了。”

“我们真的相互仇恨吗？”乐队指挥问道。“这就像那种产生于意外的对别人的仇恨。你扔不掉它，因为你有了它。似乎人类的仇恨产生于我们的骄傲，因为有不公正，则有人就不公正。可这种人自己就干了最不公正的事。那我还能写我的歌剧嘛！”

对律师：

“因为您不认为一个人必须善良才能进行创作。”

“哎！您这是说谁？”律师回应道。

弗洛拉·加林达在那背后的阶巷旁的角落里将身子向后靠着，她看着人们津津有味地吃，不假思索地闲聊，充满信任地笑，亲密地结为朋友……多虚伪的欺骗！似乎人们都有点忘形了。善良？凡是伟大都不善良。唐·塔代奥下来时他就错了，这他会发觉的。我们不应该结盟……然而道路为那里的那个无辜者铺平了，他要去蒙迪—贝伦迪公司，可我要继续在农民面前唱。这跟我所想的不一样。我怎么会比他更艰难呢？尽管我有准备，即使我生活过得很沉重，是这样吗？

“您听着嘛，小姐！”泽基尼和几个酒徒在喊叫。“您应该唱点什么。这里有使您提神的酒。您过来！”

“弗洛拉！”在她对面的伊塔利阿叫道；接着她转过身来，目的是这可使她将注意力集中到年轻的塞韦里诺·萨尔瓦托里身上，因为他想吻她。“弗洛拉，有人叫你！……啊，她没听到。她是个想得太多的姑娘；因此她像老太婆一样，脸上已经有好多皱纹。”

首席女歌唱演员用极其深沉和呆滞的目光望过去，刚看到过的情景立刻从她眼里消失了。

“也就是说他令人同情。而他令他们同情，是因为他使自己与他们平等；因为他乐于帮助他们，因为他跟他们交心。而为了变成大人物，则必须将自己的心紧紧把握住……今天他把他的心上人转让给那个老头，因此而得到了回报。明天他将向人们卖他的音乐作品。不！他没有超过我；今天是他开始毁灭的一天，这是不可能的。就让他仍有片刻时间去拥有小街小巷的人的同情——在我富有激情的精湛艺术从它上面扫过去之前。”

她的椅子受到碰撞。几个用四肢在桌下爬的男孩像狗一样伸嘴去咬点心。身穿白衣的“定亲”旅馆的厨师端来一个大锅，所有的人都奔了过去。卡瓦列雷·杰尔达诺到处喊内洛·真纳里。卡穆齐太太挡住了他。

“我猜，卡瓦列雷，您正想干件蠢事。您想告诉这个年轻人，他不应该再到裁缝那里去。”

“他们已经和解！我得救了，您明白吗？得救了，”——这时老头又蹦又跳。“隐身女人什么也没捞到，我还有很长时间都不会死！”

“我将为您祈祷，”卡穆齐太太说道。“可因此裁缝还是拿着中音号。怎么样？一个具有您的阅历的男人没有发现这之间的内在联系？裁缝的老婆和真纳里已经老早相识。”

在老头朝后退时——

“他们甚至还打暗号！有人把两个男高音弄混淆了，因而怀疑到您，卡瓦列雷。有人把您看成女人的克星，这不足为奇，不是吗？”

卡穆齐太太叹了口气。老头惶恐不安地将头转来转去。

“他再也不可以到裁缝的妻子那里去，”他发出悲叹，“如果裁缝重新产生怀疑，他会看都不看一眼就将我打死。啊！事情多复杂。内洛！”

卡穆齐太太拼命抓住他的两只手。

“您不要吭声！您一定不要吭声！”她生气地说道；这时她的嘴难看地张着，她脸色苍白。他突然保持镇定，眯着眼打量她。她立即松开他，闭上双眼。

“您使我多么痛苦，”她喃喃地说道，“已经好久了，啊，我就向您透露我妒忌裁缝的老婆，可您真坏，根本视而不见。”

突然老头脸上充满着真切的柔情。

“您冷静点，怪只怪我对您爱得太深，才什么也没看见。”

她眯着眼迅速朝四周瞟了一下。她丈夫和律师一道在挥动手臂。波利、面包师克雷帕利尼、马拉戈迪、药店老板，一些士绅和中产阶级在四周喧闹着互相拥抱。

“这您现在知道了，无情汉，您在被人爱着。”

“坚贞的女子！我感到了这爱有多么炽热！”

这时她抬起头来看。老头在发抖。

“要是您不再愿意想别的人，只还想我——您回家去，我跟着您。”

在几个酒鬼的沙哑歌声中，商人曼卡费德细而刺耳的声音显得尤为突出。

“只管喝！这是我的酒，它不要你们花钱。要是根本不花钱，那么连圣母马利亚都会喝醉。可是她喝不到这瓶酒。”

他把酒灌进肚里。他面颊上的眼窝已发红，他鼓起来的兔子般的眼睛像酒瓶一样发亮。老泽基尼敲敲他的背脊问他：他今天大白天会喝醉，这他女儿是否已预先知道。

“哎！”商人曼卡费德说，“即使这事她先前不知道，可她现在知道也还是够早的。”

“可是灾难呢？”男中音加迪问道，“您女儿可是预报过的，说我们演员在这里一段时间内要发生一场灾难。

我们今天走了，现在灾难在哪里？或许它还要来？”

“为什么它还要来呢？我必须拿我的酒给你们喝，光这还不够算一个灾难吗？”

商人曼卡费德咯咯发笑。他将头埋向他的胃，他已变得烂醉如泥。人们拖着椅子朝后退。

“什么时候见过你这样，曼卡费德？”

“当心！我告诉你们。”

在他吸足了气时：

“我女儿是——是个——”

其间他在打嗝。商人曼卡费德用一只颤抖的手朝他家关着的百叶窗做了个嘲笑的手势。顿时人们惊惧地抱怨。酒徒们大喊大叫：

“那里安静！”有人喊道。男高音在唱歌。

因为内洛站在桌上仰着头在对着蓝天唱：

“看吧，亲爱的，我们四面开满鲜花的家——”

所有的人都一起挤到市政厅拱廊下面的有亚麻布顶篷的窄窄的遮阳处。只有他将一张白净的脸庞朝向阳光，他细细的眼睫毛都清晰可见；激起的歌声使得他的脑袋振动时，他那里油油亮光光的头发也跟着在他的额头上飘动。

“老是《可怜的托涅塔》，”焦孔迪先生说道，“这些年轻人显然其他什么也不知道了。”

“不要紧，”——这时波利轻轻地拍了拍他的儿媳，

“现在这个人进入了家庭，有时晚上她应该跟留声机一道唱《可怜的托涅塔》，而且我或许还会邀请些朋友。”

“我们不知道黑暗，也不知道死亡。我们的天空清澈透亮，我们的幸福天久地长，”内洛唱完了；他的高音在延续、延续……最后所有的人都屏住呼吸和近于恐怖地呆视着：就好似永恒的、为非同寻常的生活所铸就的道德的消失不了的呼唤响彻天空。

他突然从桌上跳了下来。

“多能干的青年！我们永远不会忘记他。”

大家都去拉他。帕拉迪西大娘激动得难以自制，她在他的两个面颊上响亮地亲吻。当他晕头转向地从她的帽子的宽大黑色帽檐下浮上来时，加迪将他拉进了邮车的门。

“我的内洛，我现在也跟你道别。我不想给你更多的告诫……”

内洛的手一动——

“我知道，告诫也不会有用。同时我也知道没有很好的理由，因此我为你担心。我真的很害怕。我猜想你现在陷在网中。冲破它！和我们一起走！不，我知道你不会，我应该住嘴。可是我看见一些射向你的目光，我的听觉异常灵敏；我觉得我像个妇女，我很可笑。”

“你不可笑，维尔吉尼奥，你是我的朋友。没有人会像你这样通情达理地善待我。阿尔巴：啊！这比通情达理更重要。”

“问题是，”加迪说，“你是我青年时代最晚的一个朋友。只要一看到你年轻——我们建立友谊时，我也还算年轻。你还记得在西尼加利亚海滨的那个夜晚吗？我们什么吃的也没有，于是我们从桩柱上采贻贝。夜里我们走进一个沙坑，在那里找到了一个姑娘供我们分享。时间一去不复返了。”

内洛爽朗大笑。

“是的，时间一去不复返了。可是会越来越美好。”

“那么我就向你致意了，”——加迪长时间拥抱他。“再见，我的兄弟！”

面包师克雷帕利尼正好在对还在一个劲儿地吃得肥胖的科尔维大嚷大叫。他说，话虽然不能这么说，可他也不应该把全城都吃得破产，因为他自己就是吃破产的。胖老头不动声色地眯着眼，解释道：

“我吃，是因为律师是个伟大人物。够长的一段时间人们不知道应该相信什么和应该站在谁的一边。现在，感谢上帝，我又有了好胃口。律师万岁，自由万岁！”

面包师发出吼叫：

“他爱自由，他爱自由。但是我们必须首先以抗拒的方式教育他懂得爱自由。自由是件好事；因此每个人都得很好地注意，谁也不能从中索取得太多。”

“好啊，律师！”大家在喊叫。因为他爬上了一张在阳光下的桌子。他将一只手伸出去，将眉毛高高抬起，一直到民众安静下来。

“本城的市民们！我们的艺术家们要走了！”他喘了喘气，这时已是一片掌声。他一面重复一面将一根竖起的手指来回动：

“他们要走了；可是他们离开我们跟他们到我们这里来时是不同的。一些大的事情——”他踮起脚，“一些大的事情我们已穿过来……你就等等嘛，马塞蒂！”

因为马车夫不能再久等。他叭叭叭赶着他的车从邮局大门驶出。如果人们不让他通过，他就威胁着要把一切撞翻。

“还有你，马塞蒂，”律师将一只手臂向前一捅喊道，“必须熟记众人的意志比个别人的意志更值得尊敬，尽管后者甚至以惯例和法律为依据！”

他回到民众这边。

“短短几个星期在我们心灵深处和街头巷尾引发的坏事和好事都要比以往好些年多得多。”

“这是真话！”

“我们是什么？一个小城。那些人给我们带来了什么？一点点音乐。然而——”

律师将两只手臂伸向远方。

“——我们受到了鼓舞，我们进行了战斗，而且我们在人性的学校里已前进了一大步！”

他将两只手收回到胸前，目光闪亮地看着人们鼓掌，然后非常激奋地在那上面向空中挥动双手。

“因此祝演员们和城市所有的人健康！”

大家都想帮他从桌上下来，同时大家喊叫：“祝您健康！”——与此同时桌子已被抬走，而且一些家庭主妇也抢在马塞蒂的车驶进来之前将她们的餐具搬走了。

“你究竟为什么哭呢？”加利莱奥·贝洛蒂问他姐姐阿尔泰米西亚；同时他将她的手指往边上一推。

“难道还有哪一家像我们一样以家中有这样一个小丑而自豪吗？没有理由哭哭啼啼。”

可是他自己却张大眼睛，以防眼里充满泪水。

马塞蒂的鞭子啪啪地响，演员们匆匆地从巷子里奔出来。旅馆老板马兰德里尼握住他的两个客人——伊塔利阿小姐和内洛·真纳里先生的手。他请求他们原谅，因为他们最后一夜被闹得不得安宁。首席女歌唱演员弗洛拉·加林达两手插在她大衣口袋里从母鸡卢恰所住的巷子里走出，裁缝基亚拉伦齐像她来时一样在她前面一座塔似的肩上扛着她的小箱子。卡瓦列雷·杰尔达诺亲切地与大家告别，他让他的钻戒朝四面闪光。一群女合唱队小队员就像在阵风中一样从城市的各条缝里翩翩飞出，她们穿着浅色衣装，染了头发，化了妆。她们有如被惊起的奇异昆虫，人们不知她们从哪里来；她们再次沿着一些老房子闪闪发光、飞散、立刻消失，人们不知她们去了何处。

她们应该上行李车；男中音加迪非常沉着地监督装车，他将他的家人推了上去——在此期间她们得向帮助她们提行李包的男青年们发誓永远忠诚。理发师博诺梅蒂的帮手伦佐不让他的衣着花哨的小姑娘离开他的怀抱，他想要成为歌唱演员一直跟她在一起。他试图展现他的男高音，可是由于激动弄得发不出声来。朋友们安慰他，叫他一同乘车走一段，并说他们也会来的。于是这几个朋友去取他们的自行车。

“我们大家一起走！”——这时民众一再劝请想要穿过去的马塞蒂，让他缓慢行驶。还没有驶到市政厅巷，他不得不将车停住。因为内洛·真纳里在喊他的朋友加迪；加迪也想乘两侧有护栏的小车跟在后面，于是他下了车。

马塞蒂连续高声唤马，这时一身打猎装备的男爵托罗尼还在后面跑。连波利、阿奎斯塔帕切、商人曼卡费德和焦孔迪先生也想一起钻进车里。伊塔利阿在不停地抽泣。

“那么律师呢？”她问道，一边扬着头巾，一边仍在抽泣。

首席女歌唱演员弗洛拉·加林达再一次将一只手从车窗里伸向一动不动站在那里注视着她的裁缝基亚拉伦齐。他突然神不守舍地向前冲；可是马车又已起动，他没有拉到这只手，反被绊了一跤。大家都笑了；但是弗洛拉·加林达却郑重地从自己胸前取下一朵蒙有灰尘的用亚麻布做的小玫瑰花，将它扔到了裁缝的胸前。

乐队指挥多尔伦吉将目光转过去看着地上。人们要求他把整个乐队拉出来，而这时他开始将两臂一甩："难道我得跟在这些蹩脚演员后面长途行进？我，将在威尼斯指挥大型歌剧的我？"——这时他突然哭了起来。民众一声不吭，他们让他进了小巷；他逃走了。

"出发！全都跟在后面！"——在驿车穿过城门时，整条市政厅巷都挤满了人。一些戴着大帽子和五光十色围巾的年轻人快步超过邮车，他们让他们的灵巧的、铿锵作响的四弦琴乐队蹦到队列的前面。年轻的塞韦里诺·萨尔瓦托里的马车在队列的中间颠簸，轻型的篮筐式车厢在两个大车轮之间摇晃。啊！这个漂亮的士绅，他早已让一些女合唱队小队员上了车——现在她们嗡嗡乱叫地在车上鼓了出来。她们摞在一起，她们吊着年轻的塞韦里诺的脖子；当他在他低矮的驾座上将她们的腿向上拖到他的下巴下时，她们摘下他的单片眼镜，随后又给他戴上，而他丝毫不改高雅神情。在她们的前方基亚拉伦齐及其朋友们在全力吹奏他们的乐器；当然在她们后面理发师诺诺吉和他的一帮人的乐声更为喧闹。

坐在“定亲”旅馆老板的宽大的、顶篷可开合的四座马车上的几位夫人的脸上毫无表情！——然而大家解释说，她们要一起去斯佩洛。哎！她们倒感到很舒适，可是四周的民众不得不保护自己，因为屠户奇马希埃驾着他送肉的车一定要超到大家的前面。这车上坐着他的几个朋友。面包师克雷帕利尼对他妻子说道：

“你真的不要认为他是驾车送他们出去玩的！回来的时候他会将一头小牛偷运进城。因为即便这些东西也要被城市关卡收税。”

她回答道：

“那么我们也可以从鲁菲尼那里把葡萄弄来。”于是他们跑回去取他们的手推车。人还在不断地跟来。男人们背着孩子；女人们扇着扇子，她们的高跟鞋咔哒咔哒直响。而且传出声音：“你好，索拉·安娜，难道就这样陪着演员们去斯佩洛。太阳真美！”——这时他们身后的尘土向上直冲。最后面的人在努力赶上。

“城里再也没有一个活人了！不能走的人也都在催自己快一点。就请看吧！诺诺吉的老婆在用手推车推她婆婆，得有人帮她一把。”

人们来到洗衣房旁边，这时从后面传来嗒嗒嗒的马蹄声。“好像是铁匠的大白马，可谁骑在马上呢？真是瞎胡来，是律师！向您致敬，律师先生！”

律师一边用草帽回礼，一边在他的高大的骏马上摇晃。

“允许吗？”他向民众。民众回答：

“管它允不允许！这跟屠户是不同的。只管向前；律师，您应当到最前面。”

“律师到最前面！”——这时所有的人都退到两旁。律师骑马从中穿过，由于要使劲他将嘴微微张开，同时深感荣幸地面带微笑。

“这里还有加利莱奥！愿加利莱奥的驴健康！”

“当然，它健康！”戴着钟形草帽的加利莱奥大喊大叫；他透过蓝色夹鼻眼镜向外探看，他让他的棕色小牲口循着律师的踪迹小步急奔。

“律师是个伟大人物，”他解释说，“可我们也不是纸做的。”

律师坐在马鞍上歪过来向顶篷可开合四座马车上的几位夫人欠身。

“多美好的日子！一派市民和睦、土地丰饶和民众伟大的景象！”——同时他将右手伸向城市、田野和民众。可随之他问起男高音真纳里。坐在行李车上的他的朋友说根本不知道他的情况。他说他从邮车上下去了。

“可他又上了车，”卡穆齐太太宣称。

“这您看到了？”

“全都看到了，不是吗，诸位太太？”

在律师让他的白马又快速奔跑前，由于约莱·卡皮塔尼的原因他姿态优美地将头弯向胸部。他骑马穿行之处，所有的人都喜形于色；而且儿童们也在鼓掌。此刻加利莱奥骑着驴来了。

“哎——真纳里呢？”律师一追上驿车就问。“那么你没有带上他，马塞蒂？你难道不知道我们对我们的客人是要负责的吗？”

“您别激动，律师，”——这时卡瓦列雷·杰尔达诺将他招到车窗前，“这倒不如说是一种快乐的意外事件。”

他轻声低语，律师会心地微笑。

“啊！你们这些艺术家。这我简直难以想象。风流冒险一直到最后时刻！她可是所有女子中最漂亮的——这是我们市民们的报复，你们中谁也没能看到这最漂亮的女子。因为她很少从她的隐居点走出来……”

他指着阴暗的花园，花园的寒气正好侵袭到从旁经过的这些人。这寒气就在人们的肩上，它含有古柏难闻的怪味；人们打着寒战将头掉过来，一直到从公路弯道走出又来到阳光地里为止，人们一声不吭。后来律师说道：

“那里住着一些孤独的人，他们对你们漠不关心。他们甚至对我们也漠不关心。这令人感到惊奇，可却有一些城市对之毫不起作用的人；这些狂热信徒，他们对人类的诸多大事始终漠然置之。一个窄小的花园，此外是死亡：这就是全部。”

在继续前行时：

“可这是个死气沉沉的地方。就在她们现在在修道院束缚下生活的处所，从前是那些作为神职人员为维纳斯服务，有时甚至要将她们的鲜血泼到这位女神祭坛上的女奴的住房。”

他向乐队连续高声喊叫，因为基亚拉伦齐和他的那帮人在花园那一边竭尽全力起奏一个新曲，而理发师一帮人则坚持非要由他们演奏不可。这是《可怜的托涅塔》剧中的结婚进行曲；大家一起唱它。一旦他们在阴沉的角落里行走时，歌声就有点轻而飘忽；他们越远去，就唱得越纵情。

自行车和四弦琴、驿车，律师、加利莱奥和民众，两帮乐队、装满女合唱队员的篮筐式马车和民众，几位太太乘坐的顶篷可开合的四座马车、屠户的车子、坐有加迪和男合唱队员的行李车、四周和后面的民众，一直到在扬起的灰尘中费力地拖着更小的小孩的小孩，一直到一些耽误了时间的人，一直到坐在手推车上的诺诺吉老太婆：在他们所有的人都轻轻地呼吸好些口气忍受住了阴森的维拉斯库拉并摆脱它进入阳光中时，它那里出现响动，一张脸微微露了出来。

阿尔巴一只手向后抓住栅栏，将面纱更紧地包着头，身子前倾着窥望……人群掀起的灰尘还悬浮在空中。她突然一下子跑了起来。她动作不灵活地朝城里跑，就像是置身在拥挤的人群中一样上气不接下气和惶恐不安地张大嘴——这时她的一只手在胸前面纱紧紧打结的地方越抓越紧。

壕沟中长着一丛血红色的花楸树，她突然后退一步，目光惊慌地看着公路上扬起的灰尘，就好像其中横卧着某种可怕的怪物，于是她将双手捂到脸上，踉踉跄跄地走向一块石头。

她抬起头；乐曲轻轻的、相互融和的余音忽高忽低地传来，外加传送到四野的小教堂的钟声。她觉得所有那些声音都在追着她唱；这些声音像在梦境中嘲弄似的复述她的痛苦。在皮耶罗失去托涅塔时，他就是这样在婚礼队伍后面老远的地方听皮费拉里的长笛声的！这促使阿尔巴站起身垂头踏上回家的路。她的痛苦不同样是他的痛苦吗？我们的一切痛苦不都汇入了世界的大和谐之中吗？

她头晕目眩地又到处转，继续奔跑，以致跌倒、气喘吁吁地休息、再蹒跚行走。偶尔一次她停下来四处张望，同时缓缓摇头。风仍旧发出田野气息，油树叶像以往一样微微闪亮，天空湛蓝——这时阿尔巴将绞着的双手向上伸向清凉的树。

在城门前她停在一根黑色柱子后面谛听，同时她把手帕塞到嘴里使别人听不见她的呼吸声。关税哨所毫无动静，铺石路面没有脚步声。她抓抓自己的额头；这也许不是欺骗和妄想吧？当她数到二十时，仍然一片寂静，她想转回头……一只公鸡啼鸣，她走进了城门。

她踮起脚悄悄地走，向一些房屋摸去。她的心被一个黑洞洞的门里发出的一道闪光吓了一跳。终于出现了广场；她张望过去，广场上阳光刺眼，整个广场空无一人。一只猫在阳光下伸懒腰，继而逃走了。泉眼的水在缓缓流淌。多么令人感到恐惧的疲倦！多么沉重的双脚！在好不容易来到母鸡卢恰所住的巷子时，她倒在墙上闭上了双眼。

在全城所有的钟齐鸣时，钟的咝咝声和回荡声打破了寂静；当钟的剧烈的喧闹声穿过来时，她将一只耳朵侧向小巷的一个角落。阳光火辣辣地晒在她的眼皮和张开的嘴唇上；她的背软绵绵地从墙上滑下来，她的一只手抓在面纱的结上——阿尔巴在等待和倾听。

在好像是跟阿尔巴一起默默等待的沉寂空城里出现了

一个不显眼的举动：钟塔背后的那扇百叶窗在震颤，它在非常轻微地震颤，并被打开了一点点。

乐队指挥多尔伦吉在林荫道背后城市尽头铁匠铺楼上他的穿风的房间里越过椅子，气喘吁吁地控制住心情继续跑着。只有一次他突然停住，就好像前面是某些无法越过的障碍。这时他嘴唇噘起，双手下垂……一个抗争的乐章：他怀着胜利的心情猛弹钢琴，弹每个节拍时他都果敢地将后脑勺从沙发椅上弹起，就好似他在颠簸和在生活的铁蹄之下。

可是唐·塔代奥却在从钟楼上眺望。他站在钟楼狭窄的顶上，看到脚下只是一圈城垛，几只褐色的鹰从看不清的屋顶上向他冲过来；他的四周是蓝天——这时他目光急切地一直盯着城的那一边广阔土地上缓缓向前推进的、看起来很小的一群人和一团灰尘。这灰尘的一颗曾经就是世界！它曾经是思念和仇恨、性欲冲动和学识、罪孽和革职。它此刻在何处？它是谁发现的呢？她正在远去，远去。多么可怕！“再一次，上帝，让我再看她一次！创造个奇迹，让我看到她！”……这时他的心被深深触动。唐·塔代奥跪下；上帝已从旁而过，他的话在发出回响。“因为她是一颗灰尘，你就把所有的灰尘都放到你心上吧！因为不准你爱某一个人，你就去爱所有的人吧！”

巷内有响声，因而阿尔巴用牙齿咬住一片嘴唇。有脚步声：她的头向后一仰，她的手在自己周围抓……不，还不能死，不能没有报复就死！他的看不见的脚越走越近，越走越近。这脚步多么沉重，多么可怕啊！它踏在她的心上，心在喷血。她扭着脸扯面纱，她扼自己的咽喉，她割伤自己——直到最后，最后她的手一闪，对着这可恨的胸脯一刀。

她正好倒在角落里，眼睛里流露出惊慌和不知所措的神色。随之他看着她；当他跪在她面前时，他的嘴形像是在叫她的名字而没有发出声音；接着他栽倒在地。他滚向一侧，他想把身子撑起来……

她跌跌撞撞地避开几步，这时她在原地转圈，并且脖子来回地转着。

“孤单一人？孤单一人？我不知道我是不是真的会孤单一人。”她问他躺着的地方冲过去，她摇摇他。

“内洛，起来！”——她屏住呼吸。

“调皮鬼，为什么你不动？”

她垂头丧气地坐下，目光看向空荡荡的周围：

“这难道是我干的吗？”

她将脸扑到他的胸脯上，她低声哭泣，哭泣……

那后边的一窗百叶窗在剧烈震颤。

阿尔巴在他的头发上擦自己的泪水，她吻他的嘴，身子靠着身子躺到他旁边。当她的一只手在地上寻找时，她对他说道：

“太阳现在再也不会温暖我俩了。天已是这样黑沉沉！我再也不能注视你的眼睛了。”

她已找到了刀；她说道：

“我们可怜人，我们不得不舍弃生命，”——这时她将刀插进心脏。

钟塔后面的那扇百叶窗关上了。阴影从寂静、刺眼的广场边的两侧渐渐退去。接着钟声响起，它徐缓地和被人遗忘地发出回响……可是在十二下相同的钟声消失后，从林荫道传上来微弱的歌声。这是一种幽灵的歌声，它的旋律任何一个活人都听不懂。——这时那个矮小的老老头矫揉造作地从林荫道小步奔出来，一直跑到广场。他脱下帽子，而且还向四周看不到的聚会者点头哈腰。当看见那两个人拥抱着躺在地上时，他远远躲开了，一边戏谑地微笑着将一个手指压在嘴唇上。